Fischer TaschenBibliothek

Alle Titel im Taschenformat finden Sie unter:
www.fischer-taschenbibliothek.de

Vier Morde erschüttern die Stadt Norden in Ostfriesland. Alle Opfer waren Mitglieder im Regenbogen-Verein, einem Verein, der sich um behinderte Menschen und ihre Angehörigen kümmert. Und der auch die finanziellen Belange dieser Menschen betreut. Gab es Unregelmäßigkeiten bei den Einnahmen? Was passierte mit den Geldern, die die Angehörigen für die Betreuung ihrer Angehörigen an den Verein zahlten? Kommissarin Ann Kathrin Klaasen, Anfang vierzig, gerade frisch von Ehemann und Sohn verlassen, muss all ihr Können aufbieten, um dem Täter auf die Spur zu kommen.

Klaus-Peter Wolf, 1954 in Gelsenkirchen geboren, lebt als freier Schriftsteller und Drehbuchautor in Norddeutschland. Er zählt heute zu den erfolgreichsten Autoren deutscher Sprache. Seine Bücher und Filme wurden mit zahlreichen Preisen ausgezeichnet, u. a. mit dem Anne-Frank-Preis, dem Erich-Kästner-Preis und dem Magnolia Award Shanghai. Seine Bücher wurden bisher in 22 Sprachen übersetzt und über 8 Millionen Mal verkauft.

Weitere Informationen, auch zu E-Book-Ausgaben, finden Sie bei www.fischerverlage.de

Klaus-Peter Wolf

OSTFRIESEN
KILLER

Kriminalroman

Fischer TaschenBibliothek

MIX
Papier aus verantwor-
tungsvollen Quellen
FSC® C013736

Veröffentlicht im Fischer Taschenbuch Verlag,
einem Unternehmen der S. Fischer Verlag GmbH,
Frankfurt am Main, Mai 2012

© S. Fischer Verlag GmbH, Frankfurt am Main 2012
Umschlaggestaltung: bürosüd°, München
Umschlagfoto: © Photolibrary.com/Getty Images
Satz: Pinkuin Satz und Datentechnik, Berlin
Druck und Bindung: Kösel, Altusried-Krugzell
Printed in Germany
ISBN 978-3-596-51246-1

Die Polizeiinspektion Aurich, die Landschaft, Fähren, Häuser und Restaurants gibt es in Ostfriesland wirklich. Doch auch wenn dieser Roman ganz in einer realen Kulisse angesiedelt ist, sind die Handlung und die Personen frei erfunden. Ähnlichkeiten mit lebenden Personen und Organisationen wären rein zufällig und nicht beabsichtigt.

Sogar das Hans-Bödecker-Gymnasium habe ich erfunden, weil ich der Meinung bin, dass es in Ostfriesland längst ein Hans-Bödecker-Gymnasium geben müsste.

Diesem großen Mann widme ich dieses Buch
in Dankbarkeit.

Donnerstag, 28. April, 17.32 Uhr

Ulf Speicher wusste nicht, dass er nur noch vier Stunden zu leben hatte.

Es war erst Ende April, doch in der klaren Luft prickelte die Sonne angenehm auf seiner Haut. Die kleinen Wasserlachen im Watt glitzerten, als hätte das Meer bei seinem letzten Besuch einen Teppich aus Diamanten hinterlassen.

Jetzt sah es aus, als ob noch Ebbe wäre, als könnte man vom Festland mühelos nach Juist oder Norderney laufen. Aber die Flut drückte das Wasser bereits zurück in die Priele. In einer knappen Stunde, wenn die Sonne hinter Juist untergegangen war, konnte das Watt zu einer tödlichen Falle für Touristen werden. Erst vor ein paar Wochen hatte sich das Meer einen Familienvater geholt, der ohne Wattführer von Norddeich nach Norderney gehen wollte, um in der »Oase« seine Frau und seine Kinder zu treffen.

Ulf Speicher erzählte gern solche Geschichten.

Zum Beispiel von der untergegangenen Stadt unter den Muschelbänken. »An manchen Sonntagen, wenn der Wind günstig steht«, behauptete er, »glaubt man, die versunkenen Kirchturmglocken läuten zu hören.«

Oder von der Frau, die schon bis zum Hals im Schlick eingesackt war und nicht mehr wagte, sich zu bewegen. Sie musste angeblich mit einem Kran herausgezogen werden. Und von der Schulklasse, die mit ihrem Lehrer auf eine Wattwanderung ging und ohne ihn zurückkam.

Er erzählte diese modernen Gruselgeschichten mit einem Augenzwinkern. Großstädter hörten so etwas gerne, wenn sie Urlaub am Meer machten.

Ulf Speicher liebte es, den feuchten Meeresboden unter seinen Füßen zu spüren, wenn der Schlick zwischen seinen Zehen hervorquoll. Er fühlte sich dann gut und lebendig. Er war jetzt 55, hatte einen Kugelbauch und den Ansatz einer Glatze. Und noch nie in seinem Leben hatte er mehr und besseren Sex gehabt als in den letzten Jahren. Er bereute es nicht, von Frankfurt hierher an die Nordsee gezogen zu sein. Seitdem er im hohen Norden wohnte, hatte sich sein Leben von Grund auf verändert. Er war jetzt der Leiter des Vereins Regenbogen, von dem behinderte Menschen und deren Angehörige betreut wurden.

Die meisten Ehen zerbrachen, wenn ein behindertes Kind geboren wurde. Die Belastung für die

Beziehung war zu groß. Speichers Verein Regenbogen entlastete die Angehörigen. Die Frauen konnten endlich einmal Urlaub machen, ausspannen und wussten ihre Kinder gut betreut. Manch eine hatte zum ersten Mal seit Jahren endlich wieder so etwas wie Freizeit und bändelte schon aus lauter Dankbarkeit mit ihm an. So wie das Leben jetzt lief, konnte Ulf Speicher nur zufrieden damit sein.

Er drehte sich zu den beiden Frauen hinter ihm um. Durch die Meerluft und die Sonne waren ihre Wangen schon rot gefärbt. Sie kamen im Schlick nicht so schnell voran wie er.

Die beiden sahen gar nicht aus wie Schwestern. Alexa Guhl hatte ein behindertes Kind und war eine eher stämmige Frau. Ihre Schwester Liane Rottland dagegen wirkte zart und zerbrechlich. Frustriert von Männern und gescheiterten Zweierbeziehungen, hatten sich die beiden zusammengetan und kümmerten sich rührend um den geistig behinderten Markus.

Alexa, die einen traurigen Zug um die Mundwinkel hatte, gefiel Ulf Speicher am besten. Mit ihr konnte er sich so manches schöne Schäferstündchen vorstellen. Er musste nur noch die dünne Schwester irgendwie loswerden.

Der Wind trug ihr Kreischen zu ihm herüber. Sie steckte im Schlick fest.

Ulf Speicher dachte nur einen kurzen Augenblick

an seine Freundin Jutta Breuer. Sie würde ihm nicht in die Quere kommen. Als er sie vor einigen Jahren kennengelernt hatte, hatte er auf seiner Unabhängigkeit bestanden, auf getrennten Wohnungen. Er stellte beim Regenbogen-Verein die Dienstpläne auf und wusste immer, wann sie sich wo befand. Sie hatte eine häusliche Pflege und würde bis mindestens 22 Uhr damit beschäftigt sein. Danach würde sie nicht mehr zu ihm kommen, sondern ihm höchstens noch Gute-Nacht-Grüße per SMS schicken.

Alexa Guhl und Liane Rottland bemühten sich, gegen den ablandigen Wind vor der Flut zum Festland zurückzukommen. Panisch waren sie noch nicht, denn sie fühlten sich durch Ulf Speichers Anwesenheit sicher. Aber er drängte sie, sich zu beeilen.

Ihre Stiefel blieben immer öfter im Schlick kleben. Der weiche Meeresboden machte schmatzende Geräusche, wenn die Frauen ihre Füße herauszogen. Es klang fast unanständig. Irgendwie gierig.

Die beiden sahen sich an. Sie wagten nicht, es auszusprechen, doch sie dachten beide dasselbe: Es hörte sich an, als sei das Meer hungrig.

Ulf Speicher forderte die beiden Frauen auf, die Stiefel auszuziehen und wie er barfuß zurückzuwaten. Gerade lief die Frisia V durch die ausgebaggerte Fahrrinne in Norddeich ein. Es sah aus, als würde sie auf Rädern durchs Watt gezogen werden. Irgendwie gespenstisch. Ein Schiff, das auf dem Trockenen fuhr.

Ulf Speicher grinste, als er die riesige Graffiti sah: *Nordsee ist Mordsee.* Die Schrift, eingerahmt von Totenköpfen, musste über mehrere Meter gehen. Er hatte so einen Graffiti-Künstler unter seinen Zivildienstleistenden.

Vielleicht war Kai das, dachte er nicht ohne Stolz.

Ulf Speicher hob eine Muschel aus dem Wasser, zeigte sie vor und aß sie demonstrativ auf. Er wusste, dass das die beiden Frauen wahrscheinlich ein bisschen ekelte. Dann ließ er seinen üblichen Spruch los: »Frischer kriegt man sie nirgendwo.«

Er schlürfte das Innere der Muschel aus und schluckte es absichtlich laut runter. Über Alexas Rücken lief eine Gänsehaut. Es hatte etwas Animalisches, wie er diese Muschel aussaugte. Und schon bückte er sich nach der nächsten.

Er hielt ihr die Muschel hin. Ihre Schwester wendete sich angewidert ab: »Das wirst du doch wohl nicht essen!«

Alexa nahm die Muschel. Hier ging es nicht um eine kleine Meeresfrucht. Das hier war etwas anderes. Das hier war eine Verabredung, eine Verabredung zum Sex. Sie wusste es, und Ulf Speicher wusste, dass sie es wusste.

Sie nahm die Muschel zwischen ihre Lippen und schluckte sie mit einem leichten Ekelgefühl hinunter.

Ulf Speicher nahm sie in den Arm und lachte. Er beglückwünschte sie und lud beide Frauen zu sich nach Hause zum Muschelessen ein.

Liane kapierte natürlich sofort, dass diese Einladung nicht wirklich für sie galt. Ein bisschen freute sie sich für ihre Schwester, die in den letzten Jahren nun wahrlich kein einfaches Leben gehabt hatte, und gönnte es ihr. Aber ein bisschen war sie auch erstaunt, dass ihre solide Schwester sich auf einen Mann einließ, den sie erst heute Morgen kennengelernt hatte.

Liane lehnte dankend ab, sie wollte in ihre Ferienwohnung zurückgehen, um sich ein bisschen auszuruhen. Sie habe sich wohl bei der Wattwanderung heute etwas übernommen.

Als sie das Festland erreichten, gingen Ulf und Alexa bereits Hand in Hand wie ein frisch verliebtes Pärchen. Liane ging gut zwanzig Meter hinter ihnen, um nicht zu stören.

Die Fahrt von Norddeich nach Süderneuland dauerte knapp fünfzehn Minuten. Ulf Speicher gab Gas. Sie sprachen während der Fahrt nicht. Alexa war aufgeregt wie beim ersten Mal. Sie war ihrer Schwester dankbar, dass sie so unkompliziert die Bahn freigemacht hatte für dieses Liebesabenteuer.

Ulf Speicher bewohnte eine Doppelhaushälfte. 127 Quadratmeter. Groß genug für ihn und seine fast viertausend Bücher umfassende Bibliothek.

Das Haus gefiel Alexa. So eins hatte sie sich immer gewünscht. Die roten Backsteinziegel strahlten friesische Heimeligkeit aus.

Das Garagentor funktionierte per Fernbedienung. Überlebensgroß war John Lennons Kopf auf das Tor gemalt.

Alexa lächelte. Jetzt wusste sie wenigstens, welche Musik er mochte.

Im Flur zogen sie sich schon im Stehen aus. Sie konnten ihre Sachen gar nicht schnell genug loswerden.

Sie überlegte, wann sie sich zum letzten Mal vor einem Mann nackt ausgezogen hatte. Es war mindestens vier, fast fünf Jahre her und in einer Beziehungskatastrophe geendet. Danach hatte sie sich irgendwie aufgegeben und war auseinandergegangen wie ein Hefekloß. Ihre Schwester sagte, sie habe einen Schutzpanzer um sich herum geschaffen, einen Panzer aus Fett.

Ulfs Bauch und seine einem Teddybär ähnliche Figur machten es ihr leichter.

Er meinte verschmitzt, dass er mit diesen halb verhungerten Frauen aus den Illustrierten nichts anfangen könne. Er stünde mehr auf Rubensmodelle, auf richtige Frauen, wie sie eine sei. Sie war ihm dankbar dafür.

Während er zärtlich ihre großen Brüste streichelte und liebevoll küsste, wurde die Kugel, die dazu be-

13

stimmt war, das Leben von Ulf Speicher auszulöschen, in den Gewehrlauf geschoben.

Hauptkommissarin Ann Kathrin Klaasen kam sich blöd dabei vor. Aber sie tat es trotzdem. Es war ein günstiger Moment. Sie saß alleine im Büro. Ihre Kollegen Weller und Rupert unterhielten sich im Flur euphorisch über den Aufstieg der Auricher Handballer von der Kreisklasse in die zweite Handballbundesliga.

Ann Kathrin Klaasen musste den Namen zweimal eintippen, denn beim ersten Mal schrieb sie Susanne mit i. Solche Fehler passierten ihr sonst höchst selten. Ihre Finger waren sehr präzise geschulte Werkzeuge. Sie hatte, im Gegensatz zu ihren Kollegen, das Zehn-Finger-System gelernt, sie hackte nicht nach dem Adler-Suchsystem auf der Tastatur herum wie Rupert und Weller. Sie schrieb mühelos 300 Anschläge pro Minute.

Tatsächlich erschien das Bild von Susanne Möninghoff auf dem Bildschirm. Ann Kathrin hatte nicht wirklich damit gerechnet. Sie betrachtete die Frau abschätzig. Das Bild musste ein paar Jahre alt sein. Oder war sie wirklich so jung? Sie hatte gewelltes langes Haar, getöntes Rot, Körbchengröße mindestens 85 B. Kein Wunder. Hero war busenfixiert. Frauen mit weniger ausladender Oberweite nahm er kaum zur Kenntnis.

Ann Kathrin spürte einen Anflug von Übelkeit. Gleichzeitig stieg ein merkwürdiges Triumphgefühl in ihr auf. Das wusste er garantiert nicht: Seine süße kleine Susanne tauchte in ihrer Kundenkartei auf.

Ann Kathrin ließ sich den Text ausdrucken. Sie sah zur Tür. Nur noch ein paar Sekunden, dann …

Zu spät. Rupert betrat das Büro wie jemand, der erwartete, in einen menschenleeren Raum zu kommen. Mit rechts griff er sich in den Schritt. Er trug oft zu enge Unterhosen. Immer wieder korrigierte er ihren Sitz, wenn er vermutete, dass ihm dabei keiner zusah.

Er überspielte die Peinlichkeit mit einem Kopfschütteln: »Erst machst du ein Mordstheater, um endlich deine Überstunden abfeiern zu können, und dann …« Demonstrativ tippte er auf seine Uhr. Es war ein bisschen so, als wollte er damit vergessen machen, wo seine Finger gerade noch herumgefummelt hatten.

Ann Kathrin Klaasen nahm das Papier aus dem Drucker. Sie faltete das Blatt zusammen und ließ es in ihrer schwarzen Esprit-Handtasche verschwinden.

Rupert trat hinter sie, um einen Blick auf den Computerbildschirm werfen zu können. Mit seiner notorischen Neugier hatte er schon so manchen Fall gelöst. Aber Ann Kathrin wollte verhindern, dass er mit seiner viel gepriesenen Kombinationsgabe dahinterkam, was sie hier gerade getan hatte. Was sehr dienstlich aussah, war hoch privat und eigentlich nicht erlaubt.

Schnell schloss sie das Programm. Vielleicht ein bisschen zu schnell, denn Rupert stutzte. »Dein Urlaub hat bereits vor einer Stunde begonnen. Was willst du noch hier?«

Sie korrigierte ihn. »Vor anderthalb Stunden.« Dann stand sie auf und zog ihren Mantel an. Sie musste so schnell wie möglich hier raus.

In der Tür begegnete ihr Weller. Er hielt drei Akten unterm Arm und machte den Versuch, sie an Ann Kathrin loszuwerden. Da sie nicht reagierte, wären die Akten fast auf den Boden gefallen, wenn Weller nicht im letzten Moment beherzt zugegriffen hätte.

Weller hatte hektische rote Flecken im Gesicht. Seine Haut reagierte auf jede Stresssituation. Er roch nach Nikotin und einem viel zu scharfen Rasierwasser.

»Ich schaffe es nicht zum Haftprüfungstermin. Ann, kannst du vielleicht für mich …«

Ann Kathrin Klaasen verschränkte die Arme demonstrativ vor der Brust. Sie wehrte ab. »Nein, nein. Im Grunde bin ich überhaupt nicht mehr da.«

Sie ließ ihn einfach stehen und rauschte durch den Flur nach draußen. Weller sah ein bisschen beleidigt hinter ihr her und winkte resigniert ab, als habe Reden ja doch keinen Sinn. Aus der Tiefe des Büros rief Rupert: »Erhol dich gut, Ann!«

In der Polizeiinspektion fühlte Ann Kathrin Klaasen sich verletzbar. Sie war geflohen wie ein waidwundes Tier. Sie fragte sich, was sie eigentlich fürchtete. Rupert und Weller waren nette Kollegen. Manchmal vielleicht etwas ruppig oder unsensibel im Umgang, aber das war es nicht.

Sie sollten sie nicht so sehen. Sie war kurz davor zu heulen, und das kratzte am Bild der taffen Hauptkommissarin, die immer alles im Griff hatte, egal ob Beruf, Haushalt, Familie oder ihr Körpergewicht.

Der Sex mit Alexa Guhl verlief ganz anders, als Ulf Speicher es sich vorgestellt hatte. Als sie verstanden hatte, wie sehr sie ihm gefiel, hatte sie all ihre Hemmungen verloren und die Initiative ergriffen. Sie stellte Ansprüche, verlangte von ihm, sie hier zu streicheln und da zu berühren. Sie übernahm ganz die Regie bei dem Spiel. Bald schon kam er sich vor wie ein Schuljunge, der von seiner Lehrerin Anweisungen entgegennahm.

Sie unterbrachen für eine kleine Pause. Er liebte es, zwischendurch Kaffee zu trinken oder auch ein Glas Sekt und das Spiel über den ganzen Abend auszudehnen.

Die Sonne war gerade hinter Juist versunken. Sie mussten Licht machen. Nackt ging Ulf Speicher in die Küche, um einen Kaffee aufzubrühen. Er wusste nicht, dass er durch ein Zielfernrohr beobachtet wurde und im Fadenkreuz eine wunderbare Zielscheibe abgab.

Das Fadenkreuz wanderte über seinen Körper, vom Bauch über die Brust zum Kopf.

In diesem Moment tänzelte Alexa in die Küche. Auch sie immer noch nackt. Draußen fuhr jemand mit dem Fahrrad vorbei. Um keinen Preis wollte Alexa nackt in Ulfs Küche gesehen werden. Deswegen schaltete sie das Licht aus.

Damit rettete sie Ulf Speicher das Leben.

Für eine Stunde.

Ann Kathrin Klaasen war nach Neßmersiel gefahren, um dem Sonnenuntergang im Meer zuzusehen. Sie brauchte Zeit, um ihre Gedanken zu ordnen. Sie wusste nicht, wie lange sie so gesessen und aufs Meer gestarrt hatte. Jedenfalls begann sie jetzt zu frösteln.

Sie hatte ihren Twingo vor Aggis Huus geparkt. Hierhin fuhr sie gerne, wenn sie ihren Gedanken nachhängen wollte und ein bisschen Zeit für sich selbst brauchte.

Im Geschäft nebenan konnte sie nie an den Kinderbüchern vorbeigehen. Als ihr Sohn klein war, hatte sie immer eine gute Ausrede, mit neuen Bilderbüchern und Geschichten für Erstleser nach Hause zu kommen. Jetzt wurde es schwieriger. Sie gestand sich ihre Leidenschaft ein. Ja, sie liebte Kinderbücher. Jugendbücher interessierten sie schon nicht mehr.

Hero hatte natürlich sofort eine psychologische Erklärung dafür parat: Sie lebte dann seiner Meinung nach das kleine Kind in sich aus. Er behauptete, sie würde manchmal davon dominiert, wie eine Marionette von ihrem Spieler.

Sie hasste es, wenn er so sprach, und wusste doch, dass er recht hatte.

Sie wählte die »Zaubergeschichten« von Ulli Maske. Das Titelbild sprach sie an. Ihr Vater hatte Geschichten von Zauberern, Hexen und Elfen geliebt. Mit dem Buch setzte sie sich in Aggis Huus. Sie mochte die Wohnzimmeratmosphäre hier. Selbst die Anwesenheit einer Touristengruppe konnte nichts daran ändern, dass dies hier kein normales Café war. Ein wenig fühlte sich hier jeder Gast zu Hause.

Sie bestellte sich ein alkoholfreies Jever und den Tageseintopf mit Wurst. Genau das gehörte hierhin. Es gab wenige solcher Plätze. Ann Kathrin fand, hier sollte kein Sushi serviert werden und keine ausgefallenen Spezialitäten, sondern deftige Eintöpfe und selbstgemachter Kuchen.

Ann Kathrin konnte die Füße ausstrecken und sich für einen Moment sicher fühlen. Hier war die Welt einfach und schön. Das Böse, die komplizierte Zivilisation, blieb draußen.

Ann Kathrin wartete auf den Eintopf und blätterte in ihrem neuen Kinderbuch, aber sie las sich nicht wirklich im Text fest. Sie wusste, dass ihr noch etwas bevorstand. Etwas, vor dem sie am liebsten weggelaufen wäre.

Als dann die junge Bedienung den Brotkorb und den Eintopf vor sie hinstellte, ahnte Ann Kathrin sofort, sie würde keinen Bissen herunterbringen. Es war ihr peinlich, jetzt nichts essen zu können. Sie wollte die Küche nicht beleidigen. Eine Weile saß sie so vor ihrem Teller und starrte hinein. Sie tippte die Wurst mit der Gabel an, schnitt sie in kleine Stücke, tauchte sie in den Kartoffeleintopf, aber am Ende zahlte sie doch, ohne auch nur von der Suppe probiert zu haben.

Im Blick der Kellnerin lag die Frage: Stimmt etwas nicht mit unserem Essen? Soll ich Ihnen etwas anderes bringen?

Ann Kathrin Klaasen verließ Aggis Huus mit vielen Beteuerungen, wie toll der Eintopf sei, aber sie müsse sich wohl einen Virus gefangen haben.

Sie stieg in ihren grünen Twingo. Das Auto war wie ein Schutzraum für sie. Ganz gegen ihre sonstigen Gewohnheiten drückte sie die Sicherung für alle Türen runter. Es war wie eine Abgrenzung nach außen. Sinnlos, aber wohltuend. Hier sollte sie jetzt niemand stören.

Sie betrachtete ihr Gesicht im Rückspiegel, bevor sie den Motor anließ. Nein, sie sah nicht aus wie 37. Sondern viel älter. Sie kam sich eher vor wie 47. Ja, vor kurzem noch hatte sie jünger ausgesehen, wie Anfang 30 vielleicht. Sie war immer viel jünger geschätzt worden, als sie in Wirklichkeit war. In der Pubertät hatte sie das mächtig geärgert.

Andere Frauen begannen vielleicht, sich aufzudonnern und schliefen noch öfter mit ihrem Mann als sonst. Aber sie konnte das nicht. Etwas in ihr war zu Eis gefroren.

Sie trug weite Pullis und ging nicht mehr zum Friseur. Sie kämmte sich die Haare morgens nur kurz mit einer Bürste durch und steckte sie mit einer Spange am Hinterkopf zusammen. Sie hörte auf, Make-up zu benutzen. Lediglich die dunklen Ränder unter den Augen schminkte sie kurz mit einem Abdeckstift weg.

Ann Kathrin fischte den Ausdruck aus ihrer Handtasche. Sie unterdrückte den Impuls, das Papier zu zerreißen. Sie bemühte sich jetzt, es wie ein Beweisstück zu betrachten. Dann lenkte sie den Twingo aus der Parklücke und versuchte, sich auf den Verkehr zu konzentrieren.

Sie stand unter Hochdruck. Sie kannte Möglichkeiten, solchen Stress abzubauen. Aber jetzt wollte sie das nicht. Sie hoffte, so genug Wut und Power für die eigentliche Konfrontation zu haben. Diesmal würde sie sich von seiner Weichspülerstimme nicht einlullen lassen. Diesmal sollte es voll zur Sache gehen.

Zunächst fuhr sie über die Störtebekerstraße in Richtung Norden, den Deich immer rechts neben sich in Sichtnähe. Doch dann fühlte sie sich noch nicht stark genug für die Auseinandersetzung. Sie redete sich ein, sie müsse noch einmal Luft schnappen und ihrem Sohn Eike die Chance geben, einzuschlafen. Er sollte nichts von dem drohenden Unheil mitbekommen.

Sie bog in Richtung Hage ab und fuhr zum Meerhusener Moor. Hier am Rand des Naturschutzgebietes ließ sie den Wagen stehen und spazierte durch fast völlige Dunkelheit zum kleinen Eversmeer hin. Zunächst hatte sie noch keinen festen Boden unter den Füßen. Später dann, als sie tiefer ins Gebiet um das Ewige Meer eindrang, führte sie der Eichenbohlenweg hinein in die Stille des Moors. Endlich erreichte sie die Aussichtsplattform am See. Hier saß sie eine Weile und tat nichts.

Dann erhob sie sich mit einem tiefen Seufzer, reckte sich, als habe sie lange geschlafen und entschied, dass sie nun so weit sei.

Gern wäre sie noch ein bisschen weiter ins Moor gegangen, doch zu ihrem eigenen Schutz blieb sie auf den Holzbohlen. Um diese Zeit hatte man hier keine Hilfe zu erwarten. Das Moor konnte tückisch sein. Genau wie das Wattenmeer.

Eine günstige Schussposition bot sich, als Alexa Guhl im Wohnzimmer zwei Kerzen anzündete und Ulf Speicher gut gelaunt eine Weinflasche entkorkte.

Alexa konnte sich gar nicht mehr daran erinnern, wann sie sich zum letzten Mal so frei gefühlt hatte, so eins mit sich und ihrem Körper.

Da klingelte es an der Tür. Beide stoppten mitten in der Bewegung und sahen sich an. Alexa machte ein enttäuschtes, ja, erschrockenes Gesicht. Ihre größte Angst war, gleich vor einer anderen Frau zu stehen. Seiner Ehefrau oder Lebensgefährtin. Ihr wurde schlagartig bewusst, dass sie seine genauen Lebensumstände überhaupt nicht kannte. Sie wusste nur, dass er Ulf Speicher war. Der Gutmensch. Mit einem Riesenherz für Behinderte und deren Angehörige und genügend Durchsetzungsvermögen, um in diesen schweren Zeiten eine Organisation wie den Regenbogen-Verein durch die Klippen der sozialen Kürzungen zu schiffen.

Ulf Speicher legte den Zeigefinger über seinen Mund, schüttelte den Kopf und blies die Kerzen aus. Auf keinen Fall würde er jetzt öffnen. Niemandem.

Der unangemeldete Besucher vorn an der Tür verschaffte Speicher noch einmal einen kurzen Aufschub.

Als müsste Ann Kathrin Klaasen sich selbst beweisen, dass sie nun bereit war, die Auseinandersetzung zu suchen, übertrat sie die Geschwindigkeitsbegrenzung bewusst. Rechts neben ihr lag der Bahnhof. Eine einsame Taxe wartete davor.

Taxi van Hülsen. 2-1-4-4.

Der Pfeifenraucher nickte ihr freundlich zu. Er hatte sie im letzten Jahr ein paar Mal abgeholt, wenn sie von Fortbildungsmaßnahmen in Hannover oder Oldenburg spät nachts mit dem Zug zurückgekommen war.

Sie fuhr am liebsten mit dem Auto nach Norden. Der Bahnhof hatte immer etwas Trostloses an sich, besonders, wenn die letzten Touristenströme versiegt waren. An den staubblinden Scheiben erzählte ein altes Werbeplakat, dass man hier einst Dart spielen und Kaffee trinken konnte. Jetzt war sogar der Automat abgebaut, an dem man im Sommer Getränke und Süßigkeiten ziehen konnte.

Wenn man mit dem Auto über die B 72 auf die Bahnhofstraße kam, wirkte Norden dagegen einladend. Direkt am Ortseingang der Esoterik-Laden. Draußen ein Schild: Reiki. Was immer das war, Ann Kathrin fand es sympathischer als mit Marlborowerbung empfangen zu werden.

Links und rechts je eine Windmühle. Sie fuhr dazwischen hindurch wie durch ein Stadttor. Der Anblick dieser Mühlen ließ sie gleich tiefer atmen, als könne sie das Meer bereits riechen.

Dann die Riesen-Doornkaatflasche. Die nahm sie jedes Mal ganz bewusst wahr. Andere Städte hatten

Reiterdenkmäler. Irgendwelche Könige oder Feldherren. Norden hatte die Doornkaatflasche. Sie belächelte dieses grüne Monstrum. Es erinnerte sie jedes Mal daran, dass Doornkaat der Lieblingsschnaps ihres Vaters gewesen war. Im Eisfach hatte immer eine Flasche gelegen. Daneben zwei gefrorene Gläser.

»Doornkaat«, hatte ihr Vater verkündet, als sei es eine tiefe philosophische Weisheit, »muss man kalt trinken: Eiskalt!«

Sehr zum Leidwesen ihrer Mutter, denn damals besaßen sie noch keine Tiefkühltruhe, nur dieses kleine Gefrierfach im Kühlschrank, und die Doornkaatflasche füllte es zur Hälfte aus.

Ann Kathrin Klaasen trank selten Schnaps, aber wenn, dann einen eiskalten Doornkaat. Sie bewahrte Flasche und Gläser an der gleichen Stelle auf wie einst ihr Vater. Wenn sie sich – genau wie er früher – im Stehen vor dem Kühlschrank einen eingoss und ihn runterkippte, dann sagte sie jedes Mal: »Prost, Paps.«

»Hast du Kummer mit den deinen, trink dich einen!« Dieser Satz von ihm, ironisch lächelnd auf seine Kohlenpottvergangenheit anspielend ausgesprochen, gehörte auch zu seinen viel zitierten Lebensweisheiten. Er, der verdammt viel Kummer im Leben gehabt haben musste, war aber nie zum Trinker geworden. Zäh und grimmig kämpfte er den Kampf des Lebens bis zum Schluss.

Wenn sie vor dem Kühlschrank stehend das gefro-

25

rene Glas an die Lippen führte, dann gab es immer Ärger wegzuspülen. Dann hatte sie zu viel zu lange geschluckt und den Mund gehalten. Dann platzte sie innerlich fast.

Das warme Gefühl des Alkohols breitete sich jedes Mal wohlig in ihr aus. Sie schüttelte sich dann und stöhnte, als würde sie alle fremden Energien abschütteln, die nach so einem Tag an ihr klebten wie der Matsch an ihren Schuhen. Es war für sie wie ein Ritual.

Sie stellte das Glas immer in Augenhöhe auf dem Kühlschrank ab, wie ihr Vater es so gern hatte. Sie liebte es, das Glas anzuschauen, auf dem die Wärme ihrer Fingerspitzen Spuren hinterlassen hatte. Sie stand dann meist noch einen Moment still und sah zu, wie die Zimmertemperatur die Kristalle auf dem Glas zu Tropfen schmolz, die langsam wie silbrige Schnecken daran herunterkrochen. Es war ein meditativer Moment.

Danach war sie jedes Mal wieder bereit, sich der Welt zu stellen. Ann Kathrin Klaasen, die Kämpferin. Ann Kathrin Klaasen, die Unerschrockene.

So könnte sie sich vermutlich sogar heute wieder in den Griff bekommen. Aber genau das wollte sie nicht. Dies war nicht der Tag, um etwas herunterzuspülen und ins Gleichgewicht zu bringen. Heute wollte sie eine Entscheidung. Danach dann vielleicht den Schnaps. Vielleicht …

Ihr Haus lag im Norden von Norden, im sogenannten Getreideviertel. Keine tausend Meter Luftlinie vom Deich entfernt. Sie fuhr am Kornweg vorbei und bog in den Haferkamp ab. Je näher sie ihrem Haus kam, umso schneller schlug ihr Herz.

Der Mond hing fast über ihrem Haus, als ob ihr das Universum so den Weg zeigen wollte. Sie lenkte ihren Twingo im Distelkamp Nummer 13 auf die große Auffahrt.

Der Wind hatte gedreht. Es war, als würden ihr die Köpfe der Tulpen im Vorgarten zunicken.

Sie parkte vor der Garage. Heros Wagen war schon drin.

Der Gedanke, dass sie es genau so machen würde, wenn sie in diesem Haus einen Mörder zu verhaften hätte, huschte durch ihren Kopf. Seine Garage war jetzt zugeparkt. Er konnte mit dem Auto nicht raus. Zunächst mussten einem gefährlichen Verbrecher die Fluchtwege abgeschnitten werden. Nach ihrer Erfahrung ergaben sich selbst die härtesten Jungs, wenn sie keine Chance mehr sahen, davonzukommen.

Obwohl Ann Kathrin Klaasen direkt bei der Haustür ausstieg, betrat sie die Wohnung nicht durch den Haupteingang, sondern durch die Garage. Das Licht dort ging automatisch an. Sie beugte sich an der Fahrerseite in Heros blauen Renault Megane, zog ihr Notizbuch aus der Handtasche und schrieb den Tachostand auf.

27

Sie schnüffelte am Beifahrersitz herum. Nein, ein fremdes Parfum konnte sie nicht ausmachen. Doch die Zahlen auf dem Tacho sagten ihr genug.

Ann Kathrin straffte ihren Körper und zupfte an ihrer Kleidung herum. Sie räusperte sich wie eine Opernsängerin, die vor dem großen Auftritt befürchtet, dass ihre Stimme versagt. Dann erst betrat sie das Haus.

Sie holte tief Luft und schritt der Auseinandersetzung entgegen.

Donnerstag, 28. April, 21.32 Uhr

Ulf Speicher knipste das Licht an und ging noch einmal in die Küche, um eine neue Flasche Wein zu holen.

Das Licht reichte, um die tödliche Kugel genau zu platzieren.

Ja. Prima. So. Jetzt hab ich dich. Du wirst keinen Schaden mehr anrichten. Nicht in meinem Leben und auch nicht in dem von anderen Menschen.

Gute Nacht, du verlogenes Schwein. Jetzt hab ich dich endlich …

Der Zeigefinger krümmte sich über dem Abzug.

Mit geschlossenen Augen lag Alexa auf dem Sofa und stellte sich vor, wie es wäre, bei Ulf zu bleiben. Mit ihm in diesem Haus zu wohnen. Er hätte bestimmt keine Probleme mit Markus. Wenn es überhaupt einen Mann gab, der mit behinderten Kindern umgehen konnte, dann Ulf. Das Haus war groß genug. Es

29

hielt sie ohnehin nichts in Oberhausen. Sie hatte ihre Freunde verloren und ihre Arbeit. Eine bessere Betreuung gab es hier in Ostfriesland für Markus mit Sicherheit.

Ihre Schwester würde das verstehen. Dann wäre auch sie endlich frei, um ein eigenes Leben zu führen.

Alexa fragte sich, ob sie gerade dabei war, sich neu zu verlieben.

Irgendwo draußen knallte etwas. Das Klirren der Scheibe hörte sie nicht.

Doch dann prallte etwas mit voller Wucht auf den Boden. Erstaunt stand sie auf und ging zur Küche. Sie sah Ulf auf dem Küchenboden liegen mit einem kreisrunden Loch in der Stirn.

Dann schrie sie, wie sie noch nie in ihrem Leben geschrien hatte.

Nummer Eins.

Im Flur stand die Sporttasche. Heros Cordjacke hing am Kleiderständer. Die unbedarfte Ehefrau sollte denken, dass er mal wieder beim Handball gewesen war.

Ann Kathrin öffnete die Sporttasche so leise, dass Hero im Wohnzimmer den Reißverschluss nicht hören konnte. Er sah sich einen Boxkampf an.

Sie befühlte die Sportkleidung. Dann erschien

30

sie in der Wohnzimmertür wie ein Racheengel. Sie lehnte sich mit der rechten Hand so gegen den Türbalken, dass Hero ihre linke Hand mit seiner Sporttasche noch nicht sehen konnte.

Sie bemühte sich um eine freundlich-interessierte Stimme, konnte aber den bebenden Unterton, der das drohende Gewitter ankündigte, kaum verbergen: »Na, mein Schatz, wie war's beim Handball? Habt ihr gewonnen?«

Hero Klaasen legte die Fernbedienung neben sich, schaute kurz zu ihr, dann zurück zum Bildschirm. Er trug sein Lieblingsoberhemd. Weiß mit blauen Streifen, die Ärmel locker aufgekrempelt. Seine Haare waren vom Duschen noch feucht.

Er winkte lächelnd ab. »Ach …«

»Also habt ihr verloren?«

Er nickte, als sei das erstens belanglos und zweitens selbstverständlich, nahm die Fernbedienung und stellte den Ton lauter. Er liebte es, in den Kampfpausen die Tipps der Trainer zu belauschen, die auf ihre angeschlagenen Schützlinge einredeten.

Ann Kathrin schwang die Sporttasche im hohen Bogen ins Wohnzimmer und ließ sie durch die Luft auf die Couch segeln. Fast hätte die Tasche Heros Kopf gestreift.

Irritiert sah er seine Frau an. Jetzt hatte sie endlich seine Aufmerksamkeit.

»Was soll das?«

31

Triumphierend ging sie stumm an ihm vorbei, öffnete die Tasche und schüttete die Handballsachen vor ihm auf den Boden. Alles war noch schön gefaltet, also unbenutzt. Mit spitzen Fingern, ganz so als würde sie einen eklig verschmierten Lappen anfassen, hob sie sein Hemd mit der Nummer 4 auf und roch daran.

»Früher hat mein tapferer Sportler bei jedem Spiel die Sachen durchgeschwitzt. Heute riechen sie, als ob sie aus der Reinigung kämen.«

Treffer. Klare Beweisführung. Aus der Nummer würde er so leicht nicht herauskommen.

Er verdrehte seine Augen und schaute zur Decke, als müsse er den Himmel für ihre entsetzliche Dummheit um Verzeihung bitten.

Dann hob er beide Hände hoch wie jemand, der sich ergeben möchte und sagte: »Mein Gott, ja, ich geb's zu! Ich bin gar nicht hingefahren. Ich war zu Hause und hab Fernsehen gesehen. Ich brauch das. Boxkämpfe entspannen mich.«

Sie nahm seine Ausrede sofort ernst, machte zwei Schritte zum Fernsehgerät und legte die Hand darauf. Sie sah ihn an, als ob sie ihm noch eine Chance für ein Geständnis geben wollte, bevor sie die Beweisführung fortsetzte: »Der Kasten läuft noch keine fünf Minuten. Sonst wäre er warm.«

Hero sprang auf. Er riss die Fernbedienung wie eine Waffe hoch und schaltete das Fernsehgerät aus.

»Was wollen Sie, Frau Kommissarin? Wessen bin ich angeklagt? Muss ich einen Anwalt hinzuziehen?«

Ann Kathrin glaubte, Hero überführt zu haben, und stellte ihm nun die einzige wirklich wichtige Frage: »Warum tust du mir das an?«

Er zuckte mit den Schultern und tat, als hätte er keine Ahnung, wovon sie redete. Sie spürte aber, dass er innerlich erschrocken war. Er arbeitete noch an einer haltbaren Position, die er einnehmen konnte. Er ahnte, dass sie alles wusste, hoffte aber noch, einer Verurteilung entkommen zu können.

»Was tu ich dir denn an?«

»Was hat deine kleine Freundin, das ich nicht habe?«

Es war schwerer für sie, den Satz herauszubekommen, als sie gedacht hatte. Sie spürte, dass mit den Worten »kleine Freundin« gleichzeitig eine Träne in ihr linkes Auge trat. Auf keinen Fall wollte sie heulen. Nichts wäre jetzt schlimmer für sie, als ein Versuch von ihm, sie zu trösten.

»Ich habe keine kleine Freundin.«

Ann Kathrin ging nun auf und ab. Ihr Wohnzimmer war viel größer als der Verhörraum im Kommissariat, sie bewegte sich aber im Wohnzimmer genauso, wie sie es bei den Verhören tat. Drei Schritte, eine Kehrtwendung, drei Schritte, eine Kehrtwendung. Jeweils beim zweiten Schritt ein Blick auf den Verdächtigen.

33

Sie bemühte sich, kalt zu referieren, wie sie es als Hauptkommissarin gewöhnt war. Den Verdächtigen mit den Fakten konfrontieren, damit er die Sinnlosigkeit seiner Gegenwehr einsieht und gesteht.

»Das geht seit einem halben Jahr so. Meinst du, ich krieg das nicht mit? Die Turnhalle ist keine zwei Kilometer von hier entfernt. Du fährst aber jedes Mal 37 Kilometer hin und zurück. Heute auch.«

Hero sah sie fassungslos an. »Du kontrollierst meinen Tachostand?« Er schüttelte verständnislos den Kopf. »Das ist doch krank!«

»Krank? Das sind Fakten!«

Hero brauchte jetzt mehr Abstand zu ihr. Während Ann Kathrin weiterhin mit drei Schritten, Kehrtwendung, drei Schritten, ihr Revier im Wohnzimmer markierte, suchte er Schutz in der von ihr am weitesten entfernten Ecke, angelehnt ans Buchregal. Er zeigte mit dem Finger auf sie: »Jedes Mal, wenn du eine neue Diät anfängst, geht das Ganze wieder von vorne los. Es ist einfach unerträglich! Wann fängst du endlich an, dich so zu akzeptieren, wie du bist? Dann musst du weder mich kontrollieren noch dein Körpergewicht.«

Seine Worte waren wie ein Brechmittel für sie. Jetzt spürte sie die Wut in sich aufsteigen wie eine faule Fischsuppe, die der Magen wieder hochpresst, um das Gift aus dem Körper zu bekommen.

»Ich lasse mich jetzt vom Herrn Psychologen nicht zur Patientin machen! Ich bin deine Ehefrau!«

Heros Hemd zeigte Schwitzflecken unter den Achseln. Er bemühte sich, ihrem Blick standzuhalten.

»Ach ja? Du lässt dich von mir nicht zur Patientin machen? Aber wieso fühle ich mich dann dauernd wie ein Angeklagter im Kreuzverhör?«

»Betrügst du mich etwa nicht mit ihr?«

Hero wollte antworten. Er holte tief Luft. So gern hätte er jetzt etwas Bedeutungsschwangeres gesagt. Etwas, das ihr den Wind aus den Segeln genommen hätte. Aber ihm fehlte ein gutes Argument. Er hätte eine Sekunde oder zwei gebraucht, um nachzudenken. Aber diese Zeit ließ sie ihm nicht. Spöttisch hakte sie nach: »Wahrscheinlich ist sie nur eine Patientin von dir, die sich im Rahmen der Therapie in dich verliebt hat. Ich weiß natürlich, dass das eine völlig normale Projektion ist. Sozusagen rein professionell dazugehört. Du hast es mir ja oft genug erklärt.«

Einerseits trafen ihre Worte ihn, andererseits gaben sie ihm auch wieder ein bisschen Boden unter die Füße. Diese Auseinandersetzung war nicht neu.

Er stöhnte. »Ich habe es hauptsächlich mit Frauen zu tun und du in deinem Job mit Männern. Da haben wir uns wohl wenig vorzuwerfen. Männer agieren ihren Frust und ihre Verletzungen eben gerne aus – dabei werden sie dann schon mal kriminell, während Frauen häufig die Aggression gegen sich selbst kehren, magersüchtig werden oder …«

Nein, das wollte Ann Kathrin sich nicht von ihm anhören. Keinen Vortrag. Jetzt nicht. Sie fiel ihm mit einem Angriff ins Wort: »Ist sie so schwer Suizid gefährdet, oder warum hast du sie im letzten Monat siebzehnmal angerufen?«

Hero konnte es nicht glauben. Er atmete heftig aus. Während Ann Kathrin weiterhin ihren Drei-Takte-Schritt einhielt und dabei spürte, dass von ihren Füßen die Sicherheit in ihren Körper strömte, ging er zum Schrank, nahm sich ein Glas heraus und lief damit ins Bad.

Gezwungenermaßen verließ Ann Kathrin ihren professionellen Laufrhythmus und folgte ihrem Mann. Er ließ das Glas mit Leitungswasser volllaufen und trank es in einem Zug leer. Er wirkte blass um die Nase. Er hatte Angst, sein Kreislauf könnte versagen.

Hart stellte er das Glas auf dem Rand des Waschbeckens ab und fuhr sie an: »Du kontrollierst also auch meine Anrufe!«

»Glaubst du, ich kann keine Telefonrechnungen lesen?«, konterte sie. »Jeder Anruf ist einzeln aufgeführt.«

Vom Streit der Eltern geweckt, erschien ihr Sohn Eike nun im Schlafanzug. Das Gummi in der gestreiften Schlafanzughose war gerissen, und er musste sie mit einer Hand festhalten, damit sie ihm nicht vom Hintern rutschte.

»Mama? Papa? Was ist los?«

Eike kam Hero gerade recht. »Siehst du, jetzt hast du den Jungen geweckt! Der schreibt morgen eine Mathearbeit, für die wir die ganze Woche gelernt haben …«

Ann Kathrin bemühte sich um einen festen Stand und stützte die Hände in den Hüften ab. »Ach, dann bin ich jetzt wohl schuld, wenn er sie vergeigt?«

Eike lief auf seine Eltern zu. »Mama! Papa!« Er war schon dreizehn, doch er konnte es immer noch nicht ertragen, wenn die Eltern sich stritten. Am liebsten hätte er sie beide gleichzeitig umarmt. Doch sie standen sich so feindlich gegenüber, dass er sofort spürte: So läuft das nicht.

Ann Kathrin sah ihren Sohn an. Er war blass im Gesicht. Aber sie konnte ihm das jetzt nicht ersparen. »Dein Papa hat eine Freundin. Susanne Möninghoff.«

Hero stellte sich vor Eike, als müsste er ihn vor seiner Mutter schützen. »Bitte, Ann. Lass den Jungen da raus. Das ist nur etwas zwischen uns beiden.«

Sie mochte es nicht, wie er sich beschützend vor seinen Sohn stellte. Damit wies er ihr eine schlimme Rolle zu. Sie hatte ihr Kind nie geschlagen, in all den Jahren war ihr nicht einmal die Hand ausgerutscht. Warum sollte sie ihm jetzt etwas tun? Wenn überhaupt, dann musste Hero mit ein paar Ohrfeigen rechnen. Er tat gern so, als müsste er den Jungen emotional vor ihr schützen. Er spielte gerne den großen Guten. Wenn sie spät vom Dienst kam, hatte er natürlich schon gekocht. Er kontrollierte die Hausaufgaben. Er gab Nachhilfestunden. Er fuhr den Jungen herum, wenn die öffentlichen Verkehrsmittel mal wieder nicht ausreichten, damit ihr Kind alle Termine hintereinander bekam.

Ann Kathrin schüttelte den Kopf. »O nein, das ist keineswegs nur etwas zwischen uns beiden. Glaubst du, dass es ihn nichts angeht, wenn unsere Ehe vor die Hunde geht? Wir werden jetzt unsere Beziehung klären. Ich mache keine Kompromisse mehr. Entweder, du verlässt sie, oder du ziehst hier aus. Entscheide dich.«

Hero drehte ihr jetzt den Rücken zu und nahm Eike in den Arm. Er versuchte, eine Überlegenheit zu erreichen, indem er ruhig blieb und deutlich leiser sprach als sie.

»Du verlangst doch jetzt nicht im Ernst von mir, dass ich nach 14 Jahren Ehe heute Abend einfach so …«

»Doch!«, brüllte sie, um ihn endlich aus der Reserve zu locken.

Er versuchte, Zeit zu gewinnen. Jetzt stellte er sich neben Eike und sah Ann Kathrin wieder an. »Und wenn wir uns trennen – was wird dann aus ihm?«

Ann Kathrin fixierte ihren Mann mit einer Mischung aus Strenge und Verachtung. »Eike ist alt genug. Er darf selbst entscheiden.«

Dann wendete sie sich an ihren Sohn. Ihre Stimme wurde freundlich, aber die Aufregung schwang noch mit. »Keine Angst, Eike, wir zwingen dich zu gar nichts. Du kannst weiter hier wohnen und Papi so oft sehen, wie du willst.«

Eike löste sich aus der Umarmung seines Vaters. »Aber ich …« Er konnte nicht weitersprechen. Seine Unterlippe bebte. Tränen liefen über seine Wangen.

Mit verständnisvoller Therapeutenstimme, vielleicht ein bisschen zu professionell, sagte Hero: »Keine Sorge, mein Junge. Wir werden das jetzt nicht übers Knie brechen. Wir sind alle nur ein bisschen nervös. Morgen sieht die Welt schon wieder ganz anders aus.«

Dann verpasste er Ann Kathrin mit einem Blick einen energetischen Schlag, der sie innerlich zusammenzucken ließ. Sie spürte plötzlich einen Kloß im Hals.

»Was willst du eigentlich?«, zischte er.

Sie hörte sich selbst rufen: »Klarheit! Ich will Klarheit. Noch heute Abend!«

Zunächst war es ein Geräusch wie sehr weit weg, etwas, das nicht hierhin gehörte. Er wusste noch vor ihr, was es war: ihr Handy. Sein Blick verriet es ihr. Darin lag dieses: Na bitte. Typisch. Genau in so einer Situation. Dieser Vorwurf: Du hast ja nie Zeit für uns.

Ann Kathrin griff unter ihren Pullover und pflückte das Handy vom Hosengürtel. Ohne darauf zu achten, wer sie anrief, klappte sie es auf und sagte nur klar und deutlich: »Nein, jetzt nicht.« Dann ließ sie es wieder zuschnappen und wollte es unter ihrem Pullover verschwinden lassen. Es klingelte augenblicklich noch einmal.

Ihr Mann und ihr Sohn warfen sich vielsagende Blicke zu. Sie stöhnte, wendete sich von den beiden ab und klappte das Handy wieder auf. »Ich hatte doch gesagt, jetzt …«

Schon Ruperts Stimme sagte ihr, dass sie jetzt nicht noch einmal auflegen konnte. Es war etwas passiert. Etwas Dramatisches.

Ann Kathrin ging mit dem Handy in Richtung Küche, um ungestört zu sein.

Eine Leiche war kein alltägliches Ereignis. Ein Ermordeter reichte aus, um den Urlaub abzubrechen, auch wenn er gerade erst begonnen hatte. Eine Leiche relativierte auch diesen Streit. Jetzt musste Ann Kathrin ganz die Hauptkommissarin werden. Etwas in ihr war sogar erleichtert. Hier war jetzt alles ausgesprochen. Die Karten lagen auf dem Tisch, und sie hatte einen guten Grund, sich noch einmal zurückzuziehen, um dann gestärkt in die nächste Runde zu gehen.

»Ja, gut. Ich komme sofort.«

Sie wollte zurück zu Mann und Sohn, doch die beiden standen bereits nebeneinander in der Küchentür.

»Es tut mir leid. Wir müssen unser Gespräch leider auf morgen ver …«

Hero ließ die Hände gegeneinanderklatschen. »Siehst du, so ist es immer. Wenn es stimmt, dass sich in einem Tropfen Wasser das ganze Meer spiegelt, so zeigt sich in dieser Situation hier unsere Ehe. Du bist plötzlich da, machst einen Riesenaufstand, und bevor irgendetwas geklärt wird, bist du wieder weg, und wir beide bleiben mit dem Alltag zurück.«

Ann Kathrin nahm den Ball an und schmetterte die Vorlage hart zurück. »Entschuldigen Sie bitte, Herr Psychologe, aber ich habe mit meinen Mördern keine Verträge, in denen steht, dass sie sich an die Bürozeiten halten müssen. Meine Klienten sind auch nicht verpflichtet, 24 Stunden vorher abzusagen, wenn es ihnen nicht passt. Ein Verhör ist auch nicht auf 50 Minuten beschränkt und wird nicht von der Krankenkasse bezahlt.«

Im Vorbeigehen berührte sie Eike und strich ihm durchs Haar. »Geh wieder schlafen. Ich beeil mich. Wir reden morgen früh. Ich hab dich lieb. Es tut mir leid.«

Als sie die Tür hinter sich schloss, lehnte sie sich einen Moment mit dem Rücken dagegen und holte tief Luft. Innen hörte sie die Stimme von Hero. Er rief hinter ihr her: »Dankeschön für den netten Abend, Frau Kommissarin! Es war mal wieder ganz bezaubernd!«

Ann Kathrin Klaasen war immer noch aufgewühlt und eigentlich viel zu sehr mit sich selbst beschäftigt, um sich jetzt einem Mordfall widmen zu können. Sie war noch ganz im Gefühl der betrogenen Ehepartnerin, die spürt, wie weh es tut, recht gehabt zu haben.

Die Konfrontation war nicht ganz so gelaufen, wie sie es erhofft hatte, doch sie war stolz auf sich, weil sie sich nicht wieder hatte einwickeln lassen. Wenn sie an Eike dachte, wuchs ihre Wut auf Hero. Er zog den Jungen an sich, brachte ihn auf seine Seite, nutzte ihn als Waffe im Ehekrieg. Manchmal sah Eike sie an wie Hero. Das Gesicht nach unten, den Augenaufschlag ein bisschen verschämt. Diese tiefbraunen Augen konnten sie mit einer Mischung aus: *»Mir kannst du doch nichts vormachen«* und *»Ich hab dich längst durchschaut«* angucken.

Ann Kathrin Klaasen fuhr zu dem Zweifamilienhaus in Süderneuland. Die Fahrt war viel zu kurz für sie, um den Streit mit Hero zu verdauen und sich frei von privaten Sorgen dem neuen Fall widmen zu können. Sie war in wenigen Minuten dort.

Die Siedlung glich der, in der sie selbst wohnte.

Recht neue Ein- und Zweifamilienhäuser, rote Ziegel, gepflegte Vorgärten. Auch hier die ersten Tulpen und Krokusse. Im Licht der Scheinwerfer sah sie die weißen Blüten der Birnbäume.

Jedes Haus war in seiner Architektur anders, und doch ergab alles zusammen ein einheitliches Bild. Eine friedliche Idylle. Ein schöner Ort, um dort zu wohnen.

Sie musste die Hausnummer nicht suchen. Vor dem Zweifamilienhaus parkten bereits zwei Polizeiwagen mit laufendem Blaulicht. Eine Gruppe uniformierter Beamter aus Norden sicherte den Tatort. Außerdem waren ihre Kollegen von der Spurensicherung aus Aurich da. Um den Vorgarten wurde ein rot-weißes Band gezogen, um den Bereich abzusperren.

Im Licht der Scheinwerfer sah Ann Kathrin das Garagentor. John Lennons riesiges Gesicht lächelte sie an. Sein Gesicht füllte das ganze Garagentor aus. Es war in einem Rahmen wie aus schwarzem Trauerflor.

Rupert und Weller waren schon im Haus. Sie mussten sich lange überlegt haben, Ann Kathrin anzurufen, denn ihr Weg hierher war viel kürzer als der Weg der beiden aus Aurich. Wahrscheinlich hatten sie die Entscheidung erst angesichts der Leiche gefällt.

Vorsichtig betrat Ann Kathrin das Haus.

Direkt im Eingangsbereich des Hauses lag Wäsche auf dem Boden. Ein großer BH fiel Ann Kathrin auf. Dann Männershorts.

Innen war es eine typische IKEA-Wohnung. Nicht arm, nicht reich, geschmackvoll zusammengewürfelt. Viele Bücher, ein paar selbstgemalte Aquarelle an den Wänden.

Rupert stand an der Tür wie ein Securitymann, der aufpassen musste, dass niemand ohne Backstagekarten den VIP-Bereich betrat.

Der Raum war groß. Sitzmöbel trennten den Arbeitsbereich vom Wohnzimmer ab. Ein großer Schreibtisch neben Regalen mit Akten. Trotzdem wirkte es nicht wie ein öder Büroraum, denn die Rücken der Akten waren mit einem Bild von der Nordsee bei Flut und klarem Wetter beklebt. Es war wie ein Puzzle. Das Bild ging von Akte zu Akte weiter. Eine Weitwinkelaufnahme. Zwischen den Buchstaben E und L konnte man Juist sehen. Die Insel erstreckte sich über drei Aktenordner und acht Buchstaben.

Das alles hier war mit viel Liebe selbst gemacht und zusammengeschraubt. In dieser Wohnung hatte sich jemand sehr wohl gefühlt.

Weller stand am Fenster. Er sah sich einige Glasscherben an, die in der Blumenvase lagen. Auf die langstieligen Blätter hatten sich staubfeine Glassplitter gelegt wie eine dünne Schicht frisch gefallener Schnee. Erst jetzt drehte er sich zu Ann Kathrin Klaasen um und sagte: »Tut mir leid, dass wir deinen Urlaub unterbrechen mussten, aber du siehst ja …«

Sie winkte ab und ging gar nicht darauf ein. Angesichts der Leiche fiel ihre private Situation von ihr ab. Sie war jetzt ganz die Frau Hauptkommissarin. Sie wunderte sich, wie schnell das gehen konnte. Ein Mord hatte Priorität. Ganz klar.

Erst jetzt sah Weller seiner Kollegin richtig ins Gesicht. »Was ist denn mit dir? Das ist doch nicht deine erste Leiche.«

Ann Kathrin Klaasen schüttelte den Kopf. »Mir … ich hab heute noch nicht viel gegessen.«

Er glaubte ihr nicht ganz. Sie konnte tagelang hungern, ohne so auszusehen. Er kannte das. Sie nannte es »Heilfasten«. Er »Schlankheitswahnsinn«.

»Privater Stress?«

Ann Kathrin Klaasen fand nicht, dass ihm so eine Frage zustand. Auf keinen Fall würde sie ihm von ihrer gescheiterten Ehe erzählen.

Sie schaute auf ihre Uhr. Es war 22.30 Uhr. Seit 16 Uhr hatte sie eigentlich Urlaub. »Bringen wir es hinter uns, Kollegen.«

Rupert nickte.

Sie fuhr fort: »Was wissen wir?«

Die Frage tat Rupert gut. Er brauchte in solchen Fällen Sachlichkeit.

Ann Kathrin Klaasen sah sich die Leiche an, während Weller sprach. Der Tote wirkte so, wie er auf dem Küchenboden lag, auf eine beunruhigende Art friedlich. Seine Augen waren halb geöffnet. Es war keine Angst darin zu sehen. Dieser Mann war ohne Argwohn gestorben. Die Kugel hatte seinem Leben so schnell ein Ende gesetzt, dass das Gehirn nicht in der Lage gewesen war zu begreifen, was geschah.

»Der Schütze muss hinter dem Haus gestanden haben. Die Kugel hat zunächst die Fensterscheibe hier durchschlagen und dann Herrn Speicher in den Kopf getroffen. Das ist der Besitzer des Hauses. Ulf Speicher.«

»*Der* Ulf Speicher?«, fragte Ann Kathrin.

Weller nickte. »Ja. *Der* Ulf Speicher.«

Ann Kathrin hatte schon oft Fotos von diesem Mann in der Zeitung gesehen, allerdings war er da nicht nackt gewesen, und natürlich hatte er auch kein Loch in der Stirn gehabt

Sie war ihm nie persönlich begegnet, hatte aber zweimal für seine Organisation gespendet. Einmal die gesamten Einnahmen der Weihnachtsfeier, auf einstimmigen Beschluss der Kollegen, ein zweites Mal, um Arbeitsplätze für Behinderte in Ostfriesland zu schaffen.

Es standen zwei Weingläser auf dem Tisch, und aus der Gesamtsituation folgerte Ann Kathrin, dass er nicht allein gewesen war.

»Alexa Guhl hat uns gerufen.«

»Seine Lebensgefährtin?«

Weller schüttelte den Kopf. »Wohl kaum. Das hier sieht«, er räusperte sich, »eher nach einem gewalttätig unterbrochenen One-Night-Stand aus. Sie ist nebenan im Wohnzimmer. Die Frau steht unter Schock. Sie kriegt gerade ein Beruhigungsmittel.«

Rupert beugte sich über Ulf Speicher. »Der hat Lippenstift am Schwanz. Oder glaubt ihr, das hier sind Blutspuren?«

Ann Kathrin drehte sich abrupt um und ging ins Wohnzimmer.

»Was ist?«, fragte Rupert. »Hab ich wieder was Falsches gesagt?«

Weller zuckte mit den Schultern. »Du weißt doch, wie sie ist.«

Ann Kathrin Klaasen kannte Dr. Waldemar Bill. Seitdem sie bei ihm in Behandlung war, wurde sie nicht mehr krank. Er hatte ihre alten Schutzimpfungen aufgefrischt und riet ihr jedes Jahr zu einer neuen Grippeimpfung.

Sie war froh, ihn zu sehen. Seine Anwesenheit trug auch dazu bei, Alexa Guhl zu stabilisieren. Alexas Haare standen wirr ab. Sie war barfuß und trug einen blau-weiß gestreiften Männerbademantel, auf dem groß »Sauna« stand. Dr. Bill hatte ihr gerade eine Beruhigungsspritze gegeben, die im Moment ihr Sprachvermögen beeinflusste. Ihre Sätze kamen

47

langsam, schleppend und verzögert. Sie war erleichtert, dass eine weibliche Kripobeamtin hinzukam. Alexa wollte sich nicht mit Rupert oder Weller unterhalten, sie wollte die beiden nicht mal bitten, sich jetzt anziehen zu dürfen.

Ihre Wäsche lag noch im Flur. Sie schaffte es nicht, dorthin zu gehen, sie aufzuheben und sich im Badezimmer umzuziehen. Sie hätte dazu an der Küche vorbeigemusst. An der Leiche.

Sie fühlte sich, als seien sie beide bestraft worden für den schönen Fick, den sie gehabt hatten. Als habe es nicht sein dürfen, so viel Glück und Spaß auf einmal. Jetzt fürchtete sie, vorgeführt, bewertet und beurteilt zu werden. Sie wünschte sich ihre Schwester herbei.

»Sie sind zur Tatzeit hier im Haus gewesen?«, fragte Ann Kathrin so sachlich wie möglich.

Alexa Guhl nickte stumm.

»Haben Sie den Mörder gesehen?«

Alexa schüttelte den Kopf.

»Wo haben Sie sich zum Zeitpunkt des Mordes genau aufgehalten?«

Alexa sah die Männer im Raum an. Ann Kathrin verstand sofort, doch ohne dass sie es sagen musste, verabschiedete sich Waldemar Bill, und auch Rupert und Weller verließen das Zimmer.

»Ich habe … wir hatten …« Nein, sie bekam es nicht heraus.

Ann Kathrin Klaasen glaubte, auch so Bescheid zu wissen, und fragte: »Haben Sie schon lange eine sexuelle Beziehung zu Herrn Speicher?«

Alexa Guhl verdeckte ihr Gesicht mit den Händen. »Mein Gott, das ist mir alles so schrecklich peinlich. Ich habe ihn heute erst kennengelernt. Ich wohne mit meiner Schwester auf dem Ferienhof Groot Plaats.«

Ann Kathrin Klaasen fragte nach: »In Norddeich?«

Alexa Guhl nickte. »In der Deichstraße. Fast direkt am Meer.«

Ein Verdacht keimte in Ann Kathrin auf. Sie stellte sich vor, wie ein eifersüchtiger Ehemann durchs Fenster beobachtete, dass seine Frau es mit Ulf Speicher trieb. Er hatte ein Gewehr im Kofferraum. Vielleicht ein Jäger, oder jemand vom Schützenverein. In einer Kurzschlussreaktion tötete er den verhassten Nebenbuhler.

»Sind Sie verheiratet?«

»Nein. Ich bin geschieden.«

»Und Herr Speicher, wissen Sie, ob der verheiratet war?«

»Er trug jedenfalls keinen Ehering.«

Sie kannten sich also noch nicht einmal gut genug, um zu wissen, ob er verheiratet war oder nicht, dachte Ann Kathrin. Ging das heutzutage so schnell? Sie spürte Wut in sich aufsteigen, ganz so, als hätte

Hero sie nicht mit Susanne Möninghoff betrogen, sondern mit Alexa Guhl.

»Ist Ihnen irgendetwas aufgefallen? Hat er Ihnen gegenüber geäußert, dass er sich fürchtet? Sind Sie auf dem Weg hierher verfolgt worden?«

Alexa Guhl schaute sie an, als sei sie durch die Fragen völlig überfordert. Dann antwortete sie wie aus einer fernen Welt: »Es hat geklingelt.«

»Wann?«

»Vielleicht eine halbe Stunde, bevor …«

»Hat Herr Speicher geöffnet?«

Kopfschütteln. »Nein. Wir waren ganz still. Wir wollten keinen Besuch. – Bitte, kann ich jetzt gehen? Ich möchte zu meiner Schwester.«

»Ein Beamter kann Sie gleich dorthin fahren. Sind das Ihre Kleider dort im Flur?«

Jetzt wäre Alexa Guhl am liebsten im Erdboden versunken. Sie wagte es nicht einmal zu nicken. Hoffentlich, dachte sie, ist dieser Albtraum bald vorüber.

»Nur noch eins: Haben Sie ein Auto gehört? Ich meine, dies hier ist eine sehr ruhige Gegend. Man hört es, wenn ein Wagen vorbeifährt.«

»Wir hatten Musik an. Die Beatles.«

»Ich fasse also zusammen: Sie waren mit dem Opfer in einem Raum, haben aber nichts gehört und nichts gesehen. Sie haben uns aber gerufen.«

»Ja, das habe ich.«

Ann Kathrin ahnte, wie schwer es der Frau fiel, ihre Wäsche aus dem Flur zu holen. Heiko Reuters, der Kollege von der Spurensicherung, hielt den BH inzwischen in der Hand. Ann Kathrin wies ihn kurz zurecht: »Ich glaube kaum, dass wir hier drin Hinweise auf den Täter finden. Aber draußen will ich alles haben. Jeden Fußabdruck, jede Zigarettenkippe, jede Stofffaser. Wer weiß, wie lange der Mörder sich vor dem Haus herumgetrieben hat.«

Sie nahm dem Kollegen die Unterwäsche ab und reichte sie an Alexa Guhl weiter. Die verschwand damit dankbar im Badezimmer.

Alexa Guhl verzichtete darauf, von der Polizei zur Ferienwohnung gebracht zu werden. Sie bestellte sich lieber ein Taxi.

Ann Kathrin Klaasen gab Anweisungen: »Wir brauchen eine Liste aller Anrufe, die in den letzten vierzehn Tagen hier ein- oder ausgegangen sind.«

Weller antwortete nicht ohne Stolz in der Stimme: »Schon in Arbeit. Hab den Typen von der Telekom ein bisschen Feuer unterm Hintern gemacht. Diesmal müssen wir nicht bis zum Monatsende warten.«

Ann Kathrin Klaasen verfiel unwillkürlich in ihren Verhörgang. Drei Schritte. Kehrtwendung. Drei Schritte. Weller machte das rasend, aber er schwieg. Er wusste, wie genau sie war. Sie sah manchmal am

51

Tatort Dinge und konnte sie in einen Zusammenhang stellen, der ihnen allen entgangen war. Er nahm sein Handy und ging damit in den Flur.

»Wir brauchen vergleichbare Fälle.«

Rupert fragte: »Männer, die beim Geschlechtsverkehr erschossen wurden?«

Ann Kathrin mochte es nicht, wenn er so sarkastisch war.

»Nein, ich dachte eher daran, dass jemand von außen in ein Haus hineinschießt. Ich habe davon noch nichts gehört.«

Rupert notierte. »Klar.«

Seine Unterhose kniff. Er versuchte, sie unauffällig in eine weniger unbequeme Lage zu zupfen. Ann Kathrin sah ihn auffordernd an. Sie wusste, er würde erst wieder ruhiger werden, wenn er sich in den Schritt gegriffen hatte.

Jetzt tat er es.

Sein Gesichtsausdruck entspannte sich. Er konnte nicht klar denken, wenn seine Eier eingeklemmt waren oder das Gummiband kniff. »Die Nachbarn müssen gefragt werden. Vielleicht hat jemand den Täter gesehen. Wir brauchen eine Spurensicherung der Tür. Möglicherweise befindet sich sein Fingerabdruck auf dem Klingelknopf. Ist er mit dem Auto gekommen? Er könnte aus einem stehenden Fahrzeug geschossen haben. Oder auch von einem Fahrrad aus. Ich wette, abends fahren in dieser Siedlung nicht viele unbekannte Autos herum. Wer hier nicht wohnt oder zu Besuch ist, hat hier nichts zu suchen. Du kannst in dieser Straße weder einkaufen gehen, noch gibt es eine Kneipe.«

Ann Kathrin Klaasen hatte gelernt, erst die Fakten zusammenzutragen, bevor die Spekulation begann, darum behielt sie ihre Gedanken für sich. Aber sie konnte die Gedankenströme nicht wirklich steuern. Ihr Gehirn stellte Zusammenhänge her, wo vielleicht gar keine waren.

Sie stand auf und ging an einem der Buchregale entlang. Manchmal sagt ein Buchregal mehr über einen Menschen aus als seine gesammelten Kontoauszüge.

Ulf Speicher hatte sich viel mit Krankheiten beschäftigt. Ein paar Bücher über Krebs. Gesunde Ernährung. Pädagogische Fachbücher. Beatlessongs. Suchtprävention. Kafka. Historische Romane von Tilman Röhrig.

Ann Kathrin stöhnte: »Ich hab so ein Gefühl, als ob uns diese Sache noch lange beschäftigen wird. Meinen Urlaub kann ich wohl erst mal vergessen.«

Sie spürte dabei eine gewisse Genugtuung. Ja, eigentlich war es ihr sehr recht, jetzt hier gebraucht zu werden. Im Beruf fühlte sie sich wichtig. Das bedeutete ihr im Moment viel mehr, als über ihre gescheiterte Ehe nachzudenken.

Dann kam Weller fröhlich von draußen zurück.

53

Er klappte sein Handy zusammen und sagte: »Wir wissen jetzt, wer geklingelt hat. Kai Uphoff aus Lütetsburg. 22 Jahre alt. Die Nachbarin hat ihn erkannt. Doris Raab. Lehrerin am Hans-Bödecker-Gymnasium. Bei ihr hat er Abitur gemacht. Sie ist sich völlig sicher, dass er es war. Wir kennen ihn. Ein Sprayer. Züge, Wohnblocks in Emden, Aurich und …«

»Gibt es einen Zusammenhang zwischen dem Toten und diesem Kai Uphoff?«, fragte Ann Kathrin Klaasen.

»Ja. Kai macht Zivildienst im Regenbogen-Verein.«

Rupert wollte sich gerade eine Filterlose in den Mund stecken. Er durfte hier natürlich nicht rauchen. Er fand das zwar übertrieben, aber er hielt sich an die Vorschriften.

»Dann werden wir dem Bürschchen jetzt einen Besuch abstatten«, entschied Ann Kathrin Klaasen.

Sie fuhr hinter Rupert und Weller her. Sie wollte gern die paar Minuten im Auto alleine sein. Sie ärgerte sich, weil Weller etwas gemerkt hatte. *Das ist doch nicht deine erste Leiche.*

Die Eltern von Kai Uphoff hatten das Dachgeschoss für ihren Sohn ausgebaut. Der Vater öffnete im Schlafanzug. Er sah aus wie jemand, der bei nächtlichen Besuchen erst sein Gewehr holt und dann zur

Tür geht. Aber er ließ die Polizei höflich herein. Es stand kein Schrotgewehr hinter der Tür.

Nein, sein Sohn sei nicht zu Hause, sondern bei der Freundin in Hage. Trotzdem bat Ann Kathrin Klaasen, sich sein Zimmer ansehen zu dürfen. Es war eine Art Künstlerwerkstatt mit Schlafgelegenheit. Skizzenblöcke und Tapetenrollen lagen herum. Stifte, Farben, Spraydosen ohne Ende. Das Frisiamotiv hatte er hier vorher in allen Größen, Schriftarten und Farben ausprobiert, nur nicht gesprayt, sondern gezeichnet.

Rupert und Weller wussten nicht sofort, wonach Ann Kathrin Ausschau hielt. Glaubte sie, hier das Gewehr oder die Munition zu finden? Sie beteiligten sich an der Suche, obwohl Weller fand, so blöd könne doch wohl kein Mensch sein, in seinem eigenen Zimmer deutliche Hinweise auf einen Mord zu hinterlassen.

Aber Ann Kathrin Klaasen fand etwas anderes, das sie stutzig machte. Kai Uphoff sprayte nicht nur. Er malte auch mit Acrylfarben. Bilder von aufgeschlitzten Tieren. Schweinehälften am Haken. Messer, die Muskelfleisch durchtrennten.

Sein Vater stand ruhig im Raum und beobachtete die Kommissare. Er fragte nicht, ob sie einen Hausdurchsuchungsbeschluss hätten. So etwas konnten sie rasch beibringen. Er wollte kooperativ sein, und er wusste: Sein Sohn hatte Dreck am Stecken. Diese verfluchte Sprayerei.

Ohne gefragt worden zu sein, kommentierte er die Bilder: »Der Junge hat in den Ferien im Schlachthaus gearbeitet. Hat ihm nicht gutgetan. Er ist zu sensibel für so etwas. Eine Künstlerseele. Hat er wieder Mist gebaut? Gesprayt? Er hatte versprochen, damit aufzuhören. Aber das ist wie eine Sucht. Der braucht eine Therapie.«

Ann Kathrin Klaasen sah den besorgten Vater an. »Deshalb sind wir nicht hier. Kennen Sie Ulf Speicher?«

»Natürlich. Mein Sohn macht bei ihm Zivildienst.«

»Ulf Speicher ist ermordet worden.«

Herr Uphoff zuckte zurück, als sei eine Waffe auf ihn abgefeuert worden. »O mein Gott – aber Sie glauben doch nicht im Ernst …«

Rupert fand Fotos von einer nackten jungen Frau. Fünfzig, vielleicht hundert Aufnahmen. In allen Stellungen. Er schenkte den Bildern viel Aufmerksamkeit.

Herr Uphoff fing sich wieder. »Damit hat mein Sohn doch nichts zu tun. Mein Sohn und Herr Speicher konnten sehr gut miteinander. Kai hat nicht nur im Regenbogen für ihn gearbeitet, sondern er hat auch ganz legal für ihn gesprayt.«

»Wie soll ich mir das denn vorstellen?«

Herr Uphoff sagte es nicht ohne Stolz: »Er hat seine Garagentür gesprayt.«

Ann Kathrin Klaasen nickte. »John Lennon?«

»Ja, genau.«

Weller fand, dass sie genug gesehen hatten. Er sagte: »Aber den Rest fragen wir ihn lieber selbst. Wo, sagten Sie, ist er?«

»Bei seiner Freundin.«

Rupert zog das oberste Bild vom Stapel. »Ist die das?«

Herr Uphoff schien zu gefrieren.

Ann Kathrin fragte sich, was ihr Kollege sich dabei gedacht hatte. War er so unsensibel, oder sollte das hier eine besonders geschickte Befragung durch Provokation werden?

»Sie heißt Kira Sassmannshausen und wohnt in Hage.«

»Ich weiß«, sagte Rupert. »Hinten auf den Bildern ist ein Stempel mit ihrer Adresse. Wollten die damit Handel treiben oder was?«

Ann Kathrin wollte aus der Situation herauskommen. Sie verabschiedete sich von Herrn Uphoff und versiegelte die Tür zu Kais Zimmer. Sie bat ihn, nicht hineinzugehen und nichts anzurühren.

Als sie draußen vor der Tür standen, stellte sie fest, dass Rupert die Fotos noch in der Hand hielt.

Weller scherzte: »Die gefallen dir wohl, was?«

Rupert wollte ins Haus zurück und Herrn Uphoff die Bilder aushändigen, aber das fand Ann Kathrin nicht korrekt. Sie schlug vor, die Bilder der jungen

Frau zu geben, die darauf abgebildet war. Gegen Quittung selbstverständlich.

Bei Kira Sassmannshausen in Hage war Kai Uphoff nicht mehr. Kira sah blass aus, als hätte sie lange nicht geschlafen und würde sich ungesund ernähren. Sie war eindeutig die junge Frau auf den Fotos. Auch sie wohnte noch bei ihren Eltern, und in deren Beisein behielt Rupert die Bilder lieber für sich. So viel Taktgefühl hatte er denn doch.

Ihre Mutter platzte mit der Wahrheit heraus. Herr Uphoff habe angerufen und wollte seinen Sohn sprechen. Eigentlich habe Kai bei Kira übernachten wollen, aber dann sei er gleich aufgebrochen. Nicht mal seine Schuhe habe er sich zugebunden.

Ann Kathrin Klaasen gab eine Großfahndung heraus. Weit konnte er noch nicht sein.

Eike Klaasen lag auf seinem Bett. Er ertrug es jetzt nicht, zugedeckt zu sein. Barfuß war er in seine Joggingschuhe geschlüpft. Er kreuzte die Arme hinter dem Kopf und sah auf seine Schuhe. Er brauchte jetzt das Gefühl, in jeder Sekunde weglaufen zu können.

Er stellte sich den Radweg am Deich vor, dort, wo er mit seinem Vater so oft gelaufen war. Sie trainierten gern gemeinsam. Seinem Vater Hero liefen die Schweißperlen immer schon übers Gesicht, wenn Eike die Anstrengung noch gar nicht spürte.

Er mochte dieses verschwitzte Gesicht seines Vaters. Den fiebrigen, kumpelhaften Blick, mit dem er, eigentlich sich selbst anfeuernd, Eike zurief: »Nur nicht schlappmachen, mein Junge! Man braucht im Leben Kondition!«

Eikes Gesicht war feucht von Tränen. Er hasste es, wenn sich sein Vater und seine Mutter stritten. In der rechten Hand hielt er den Schalter seiner Nachttischlampe und knipste wie mechanisch das Licht immer wieder ein und aus. Hell. Dunkel. Hell. Dunkel. Hell. Dunkel.

Unten brüllten seine Eltern herum. Bei jedem Stimmwechsel schaltete er um. Wenn er seine Mutter hörte, machte er das Licht aus. Wenn sein Vater einsetzte, schaltete er es an. Manchmal fielen sie sich ins Wort. Dann wechselte das Geschrei so schnell, dass der rasche Wechsel zwischen Hell und Dunkel in seinem Zimmer das Licht vor seinen Augen flackern ließ.

Er hörte seine Mutter schreien: »Das beleidigt mich! Das verletzt mich! Ich fühl mich wie frisch operiert! Ich will nicht mehr! Hau ab!«

Auch sein Vater antwortete schon lange nicht mehr in der ruhigen, sachlichen »Wir-können-ja-über-alles-reden«-Stimme. Vielleicht, weil er wusste, dass er Ann Kathrin damit rasend machte, statt sie zu beruhigen. Vielleicht war er auch wirklich aufgeregt. Bei seinem Vater wusste Eike es nie so genau. Er verhielt sich nur selten so, wie er sich wirklich fühlte. Er wollte mit der Art, wie er auf etwas reagierte, etwas erreichen. Er tat etwas so und nicht anders, um den anderen zu etwas zu bringen.

Seine Mutter nannte das manipulativ. Sein Vater selbst fand es reflektiert, überlegt, pädagogisch wertvoll, erwachsen.

»Ich muss hier sowieso raus! Ich ersticke hier! Immer musst du an Menschen herumzerren! Nie kannst du jemanden sein lassen, wie er ist! Deine kontrollierende Energie schnürt mir den Hals zu!«, schrie Hero Klaasen, und Eike war sich sicher, dass sein Vater sich dafür hasste, so sehr aus der Haut zu fahren.

»Was tust du da?«

»Ich packe. Das siehst du doch!«

»Da. Nimm das Telefon. Ruf sie an! Ruf sie an! Sag ihr, dass Schluss ist mit ihr. Mach Schluss. In meinem Beisein. Dann sag ich Schwamm drüber. Dann können wir es noch einmal versuchen. Ich bin bereit, dir noch einmal zu verzeihen, wenn …«

»Ich aber nicht!«, brüllte sein Vater zurück. »Mir stehts bis hier! Bis hier!«

Die Stimme seiner Mutter überschlug sich: »Der Junge und ich, wir kommen auch ohne dich klar!«

Bei ihrem Satz hatte Eike das Licht ohnehin ausgeschaltet. Nun ließ er es aus, denn er hörte ihre Schritte auf der Treppe. Sie rannte außer Atem hoch.

Eike schob die Füße mit den Joggingschuhen unter die Bettdecke und drehte sich zur Seite.

Ann Kathrin öffnete die Tür. Ein Lichtkegel fiel aus dem Flur ins Zimmer und auf Eikes Bett. Leise trat sie an sein Bett heran und sah ihn an. Ihr Atem rasselte noch und erinnerte sie daran, dass sie früher einmal geraucht hatte. Vor fünf, sechs Jahren hatte sie aufgehört, doch die Lunge bedankte sich immer noch für die Misshandlungen von damals.

Sie war froh zu sehen, dass Eike schlief. Er sollte von dem ganzen Ärger so wenig wie möglich mitbekommen. Sie streichelte über seine Haare, ohne sie wirklich zu berühren. Nur ein paar hochstehende, leicht elektrische Haarspitzen kitzelten ihre Handinnenfläche.

Ann Kathrin war sich nicht sicher, ob Eike sich nur schlafend stellte oder wirklich eingenickt war. »Ich liebe dich, mein Kleiner«, sagte sie leise, bevor sie die Tür wieder hinter sich schloss.

Ann Kathrin konnte jetzt unmöglich zusammen mit ihrem Mann in einem Zimmer schlafen. Sie bereitete sich ihr Lager im Wohnzimmer auf der breiten Couch. Sie wollte mit dem Gesicht zum Fenster liegen. So konnte sie draußen die Sterne sehen.

Jetzt war es ruhig im Haus. In ihr stieg ein Schluchzen empor. Es war nicht mehr nötig, dass ihr Mann ihr Vorwürfe machte. Sie tat es jetzt selbst.

Ich mach alles kaputt, ich blöde Kuh, dachte sie.

61

Wann hab ich mich zum letzten Mal schön für ihn gemacht? Ihn verführt, ihm gezeigt, wie sehr ich ihn liebe? Ich fahr morgens gutgelaunt und ausgeruht zur Arbeit, versprühe in der Dienststelle meine Energien, da bin ich die nette und geachtete Kollegin, aber wie erlebt er mich abends? Leere Batterien, völlig erschöpft. Mehr als ein bisschen im Fernsehen herumswitchen läuft da nicht mehr. Und dann schlaf ich meist beim Spätfilm ein.

Sie dachte an den Anfang ihrer Beziehung, als sie manchmal ein Wochenende lang gar nicht aus dem Bett gekommen waren, sich wieder und wieder bis zur Erschöpfung geliebt hatten. Verglich sie das mit den schnellen Verlegenheitsnummern, die sie heute hinter sich brachten, nur um es mal wieder getan zu haben, weil das ja schließlich zu einer guten Ehe gehörte, wurde sie traurig. Kam sich vor wie eine andere Person.

Wie oft hatte sie ihn abends, neben ihm liegend, die Decke schon bis zum Kinn hochgezogen, gefragt: »Hast du denn noch Lust?« So hatten sie dann nebeneinander gelegen, jeder mit seinen Bedürfnissen, mit unausgesprochener Wut, frustriert und ratlos.

Ann Kathrin musste an Alexa Guhl denken, die Ulf Speicher kennengelernt hatte und am gleichen Tag mit ihm ins Bett gegangen war. Es kam ihr irgendwie erbärmlich vor. So etwas war ihr noch nie passiert. Aber dann beschlich sie das Gefühl, im Leben vielleicht etwas falsch zu machen.

Sie stand auf und öffnete das Fenster. Es war jetzt so ruhig in der Siedlung, dass sie sich einbildete, das Meer zu hören. Der Wind kam von Westen und kämmte die Baumkronen an den Bahngleisen. Der letzte Zug fuhr hier um 23.15 Uhr vorbei. Der erste am Morgen kam erst nach Sonnenaufgang.

Sie ließ das Fenster offen.

Fein säuberlich standen auf rosa Löschpapier sechs Namen untereinander. Der oberste, Ulf Speicher, wurde durchgestrichen. Der nächste Name lautete Kai Uphoff.

Das Gewehr stand wieder im Schrank, neben den anderen. Es hatte seinen Dienst getan. Eine gute Waffe. Präzise und tödlich. Sie wussten jetzt, dass es ihnen an den Kragen ging. Vielleicht würden sie versuchen, sich aus dem Staub zu machen. Der nächste Schlag musste schnell erfolgen. Sie durften keine Ruhe finden und nicht herausbekommen, wer ihre Pläne durchkreuzte. Noch heute Nacht sollte der Nächste sterben.

Kai Uphoff wusste nicht, wohin. Er radelte zurück in Richtung Lütetsburg. Es war nur wenig Verkehr, und wenn ihm ein Auto entgegenkam, sprang er vom Rad und suchte seitlich am Weg Deckung, so als ob er zu einem der Häuser am Wegrand gehören würde.

Was hatte sein Vater da gesagt? Ulf Speicher sei ermordet worden? War sein Vater besoffen? Hatte er irgendetwas falsch verstanden? Bestimmt war die Kripo da wegen der Sprühaktion auf der Frisia V. Aber auch das ergab keinen Sinn. Er hatte alles gestanden. Warum sollten sie ihn mitten in der Nacht abholen wollen?

Als sein Handy klingelte, glaubte er zunächst, es sei Kira. Doch dann meldete sich eine andere, ihm sehr wohl bekannte Stimme.

»Was willst du denn um die Zeit?«, fragte er und bereute gleich seinen bissigen Ton.

Die Person am anderen Ende der Leitung bat ihn um Hilfe. Er solle an den Deich kommen. In Norden. Hinter dem Flugplatz.

Er fragte nicht, warum er um diese Zeit an diese abgelegene Stelle kommen sollte. Etwas in der Stimme war so beschwörend, dass es keinen Widerspruch zuließ. Die Person schien Angst zu haben. Kannte sie den Mörder?

Kai schaltete in den fünften Gang und jagte in Richtung Flugplatz.

Er hatte noch genau 70 Minuten zu leben.

Den ganzen Tag über war es so schön gewesen, doch jetzt, um Mitternacht, begann es plötzlich zu hageln.

Der Schauer hielt nur wenige Minuten an, reichte aber aus, um Kai Uphoff völlig zu durchnässen.

Einmal war er vom Norddeicher Flugplatz aus mit Ulf Speicher nach Juist geflogen. Es war im Sommer gewesen. Der ganze Flug hatte keine fünf Minuten gedauert, mit einem wunderbaren Blick über das Wattenmeer. Er hatte die Begeisterung von Ulf Speicher für diese Insel sofort verstanden. »Juist«, hatte Speicher damals gesagt, »ist wie die Karibik, nur ohne die Scheiß-Palmen.«

Als Kai am Deich ankam, war es stockfinster. Er stellte sein Fahrrad am Zaun ab und öffnete das Schafgatter. Er lief die Treppen zur Deichspitze hoch und sah sich um. Er wusste, dass er nicht allein war, er fühlte die Anwesenheit einer Person. Aber er konnte sie nicht sehen.

Der Wind ließ seine nasse Kleidung sofort auskühlen. Hier würde er nicht lange stehen und auf seine Verabredung warten. Er ließ sich nicht verarschen.

Hier standen mindestens zweihundert Schafe auf der Weide, aber das Geräusch hinter ihm kam nicht von einem Schaf. Kai drehte sich um.

Die Klinge von einem Schwert zerfetzte die Luft und zertrümmerte seinen Schädel.

Nummer Zwei.

Paul Winter wurde von einem Schrei geweckt, als der Name Kai Uphoff auf dem rosa Löschpapier durchgestrichen wurde. Im ersten Moment wusste Paul Winter nicht, ob er geträumt oder den Schrei wirklich gehört hatte. Dann wurde ihm klar, es war seine Tochter Jenny. Neben ihm im Bett reckte sich seine Frau Lioba.

»Gehst du?«

Schlaftrunken antwortete er mit einem »Hmmm«. Ohne Licht zu machen, stand er auf und ging mit traumwandlerischer Sicherheit ins Kinderzimmer.

Jenny war nassgeschwitzt. Ihre Stimme klang rau und krank. Er gab ihr ein Glas Wasser zu trinken und holte ein Fieberthermometer.

Die Kleine weinte. »Ich habe etwas Schreckliches geträumt«, sagte sie. Eine dunkle Wolke habe das Haus verschluckt und sie alle aufgegessen.

Paul Winter wusste, dass seine Tochter viel Phantasie hatte. Obwohl sie bereits im ersten Schuljahr war, lebte sie noch sehr in magischen Welten, unterhielt sich mit ihrem Teddybären, als sei er lebendig, und hielt ihre Träume und Phantasien für Wirklichkeit.

Sie hatte leicht erhöhte Temperatur, darum machte sich Paul Winter keine Sorgen. Die Kleine reagierte rasch mit Fieber, manchmal war sie zwei Nächte lang heiß und aß nichts. So kämpfte sie fast jede Krankheit nieder.

Am liebsten wäre er wieder schlafen gegangen,

doch Jenny klammerte sich so sehr an ihn. Er spürte, dass sie wirklich Angst hatte. Sie verlangte von ihm, die Fenster zu schließen, damit die Wolke nicht hereinkönne.

Er nahm sie auf den Arm, wickelte eine flauschige Decke um sie und trug sie zum Fenster ihres Kinderzimmers. Er öffnete das Fenster und ließ ein bisschen von dem frischen Wind herein.

Sie klammerte sich mit beiden Armen so sehr an seinem Hals fest, dass er kaum Luft bekam. Lioba nannte Jenny ein Papakind. Wenn sie ein Problem hatte oder krank war, lief Jenny garantiert zu ihrem Vater, während ihr neunjähriger Sohn Tobias in ähnlichen Situationen zu seiner Mutter kam. So hatten sie ihre Kinder aufgeteilt in ein Mamakind und ein Papakind.

Natürlich hätte Paul Winter jedem ins Gesicht gesagt, dass er beide Kinder gleich liebte. Aber das stimmte nicht. Er fühlte sich für Jenny mehr verantwortlich als für Tobias. Vielleicht, dachte er, wäre er nicht so widerstandslos aufgestanden, um nach Tobias zu sehen wie nach Jenny.

Während er das Fenster schloss, wusste er, dass er die Nacht in Jennys Bett verbringen würde. Sie legte ihren Kopf auf seine Brust. So war sie schon als Säugling eingeschlafen, wenn nichts anderes mehr nutzte. Sie hörte seinen Herzton und schlief dabei langsam ein.

Als sie älter wurde, erzählte er zusätzlich noch Geschichten. Sie wollte immer die gleichen Geschichten hören, Abwechslung mochte sie gar nicht. Sie wollte wissen, wie die Dinge ausgehen. Dann konnte sie jede Spannung ertragen.

Besonders gern mochte sie Geschichten von Drachen, Rittern und Piraten, während Tobias die eher langweilig fand. Ihn interessierte der Weltraum, und am liebsten sah er mit seiner Mama sonntagabends in der ARD einen Tatort.

Ein Kissen unter den Kopf geklemmt, erzählte Paul Winter die Geschichte von dem Drachen, der Zahnschmerzen hatte. Kein Zahnarzt der Welt traute sich in seine Nähe, um ihm zu helfen, denn der Drache war als Menschenfresser bekannt. Nur ein kleines Mädchen namens Jenny hatte Mitleid mit dem Drachen und half ihm, denn sie war vor kurzem mit argen Zahnschmerzen beim Zahnarzt gewesen und hatte ihn auch nicht aufgefressen.

In alle Geschichten, die Paul Winter erzählte, wob er die Namen seiner Kinder und deren Spielkameraden ein. Die Kinder liebten das. Es machte seine Geschichten unendlich viel spannender für sie. So fühlten sie sich, als würden sie die Abenteuer selbst erleben.

Jenny schlief auf seiner Brust ein. Er hörte ihren gleichmäßigen Atem. Sie war noch immer ganz verschwitzt. Ruhig blieb er so liegen.

Er war Kirchenmusiker, hatte aber den Glauben an Gott längst verloren. Trotzdem konnte für ihn das Leben nach dem Tod nicht einfach vorbei sein. Es kam ihm so banal vor. Immer wieder fragte er sich, was aus der Seele des Menschen wird, wenn der Körper in der Erde zu Staub zerfällt.

Er ahnte nicht, dass er der Antwort auf diese Fragen sehr nahe war.

Der nächste Name auf der rosa Liste war Paul Winter.

Das fließende Wasser säuberte die Klinge des Schwertes. Das Blut lief durch den Abfluss. Wie leicht es war zu töten. Es machte den Kopf frei, schaffte Klarheit. Es wirkte fast wie Aspirin nach einer Nacht mit zu viel Alkohol und Nikotin.

Die Waffe für den nächsten Angriff musste sorgfältig ausgewählt werden. Keine Wiederholungen. Jede Attacke sollte anders sein als die anderen.

Freitag, 29. April, 06.20 Uhr

Ann Kathrin Klaasen brauchte keinen Wecker, denn in hellen Räumen konnte sie nicht schlafen. Sobald genügend Licht durchs offene Fenster ins Wohnzimmer fiel, wurde sie wach. Sie fror. Die Decke war klamm.

Die Tulpen in ihrem Garten hatten die Köpfe noch geschlossen. Aber das Zwitschern der Vögel kündigte einen sonnigen Tag an.

Sie hatte einen schlechten Geschmack im Mund und war froh, sich ausgiebig allein im Badezimmer die Zähne putzen zu können. Am liebsten wäre sie jetzt unter die Dusche gegangen, doch vorher wollte sie das Frühstück vorbereiten. Sie wusste nicht genau, warum sie das tat. Vielleicht war es ein Versuch, sich zu versöhnen. Am liebsten hätte sie alles ungeschehen gemacht, das Rad ein paar Jahre zurückgedreht, bis zu der Zeit, als Eike sieben oder acht war und sie sich entschlossen hatten, das Haus im Distelkamp zu kaufen. Als sie Birnbäume und Kirschbäume pflanzten, die ihr nicht mal bis zur Brust gingen und die in den ersten Jahren ein bisschen jämmerlich aussahen in der ostfriesischen Erde.

Inzwischen tragen die Bäume Früchte, doch etwas in uns ist eingegangen, dachte sie.

Mit dem Schneebesen verrührte sie Milch und Eier. Schon spuckte die Kaffeemaschine die letzten Tropfen in den Filter und machte dabei ein gurgelndes Geräusch. Alle Welt hatte heute bessere Kaffeemaschinen. Espressomaschinen, die Geräusche machten wie im Restaurant. Selbst in der Dienststelle hatte Weller eine solche Maschine aufgestellt. Sie nahm dreimal mehr Platz weg als die alte, dafür konnte man per Knopfdruck wählen: Milchkaffee, Latte Macchiatto, Espresso. Und ganz normalen Kaffee machte sie auch, wenn auch nicht besonders gut.

Nein, ihr war diese alte Kaffeemaschine, die einfach nur Wasser heiß machte und in den Filter sprudeln ließ, lieber. Vielleicht, weil die Geräusche sie an zu Hause erinnerten. An das Frühstück bei Mama, mit der selbstgemachten Himbeer- und Sanddornmarmelade … Vielleicht war sie in Bezug auf Kaffee ähnlich konservativ wie ihre Mutter. Sie erinnerte sich noch gut daran, wie lange die sich gegen eine Kaffeemaschine gewehrt hatte. Sie behauptete, frisch aufgebrühter Kaffee, das sprudelnde heiße Wasser direkt aus der Kanne von Hand in den Filter gegossen,

71

schmecke einfach besser. In diesen neuen Maschinen, sagte sie, würde das Wasser gar nicht heiß genug. Außerdem verbrauchten sie zu viel Kaffeepulver.

Ann Kathrin Klaasen lächelte. Wenn sie an ihre Mutter dachte, erinnerte sie sich immer an kleine Situationen. Wie sie Kaffee kochte. Wie sie das neue Dampfbügeleisen ausprobierte. Wie sie einen Gugelhupf aus dem Herd holte und mit Puderzucker bestreute. Sie erinnerte sich an ihre Mutter als Hausfrau. Natürlich wusste sie, dass sie einen Beruf gehabt hatte. Sie war Grundschullehrerin gewesen. In den ersten Jahren hatte sie sich beurlauben lassen, um sich ganz um ihr Kind kümmern zu können. Etwas, wozu sich Ann Kathrin nie hatte entschließen können. Sie war zu sehr, was sie tat. Und sie fürchtete, wenn sie ihren Beruf aufgab oder einschränkte, ihre Identität zu verlieren.

Sie überlegte, ob sie einen Tee kochen sollte. Hero würde das als eine Art Friedensangebot sehen. Aber sie entschied sich dagegen. Der Tee war nicht nur ein Friedensangebot. Er lieferte ihm auch eine große Angriffsfläche. Hero war Teespezialist. Er konnte am Geschmack mindestens 30 verschiedene Sorten unterscheiden. Einige unter der Bezeichnung gehandelte Tees akzeptierte er überhaupt nicht als Ostfriesentee. Alles, was irgendwie parfümiert war, mit Vanille, Kokos oder Mango, ließ ihn gleich lauthals über den kulturellen Verfall in Deutschland schimpfen. Wer die Sahne nicht vorsichtig gegen den Uhrzeigersinn in die Tasse tropfen ließ, sondern fettarme pasteurisierte Milch hineingoss und dann umrührte, sank für ihn auf das Niveau eines Barbaren zurück.

Manchmal hatte sie Tee mit ihm getrunken, um ihm einen Gefallen zu tun. Er nahm mindestens drei Tassen. Das nannte er »Ostfriesenrecht«. Sie hatte diesen Satz so oft gehört, dass sie, wenn er die dritte Tasse eingoss und sie die Kluntjes knacken hörte, ihm manchmal zuvorkam und sagte: »Ich weiß, drei Tassen sind Ostfriesenrecht. Aber mir schlägt der starke Tee zu sehr auf den Magen.«

Er schüttelte dann den Kopf. Es war für ihn wie eine Beleidigung.

Ann Kathrin Klaasen stand vor der Kanne. Sollte sie ihm jetzt seinen Tee kochen oder setzte sie sich damit nur seiner Kritik aus, denn irgendetwas würde sie in seinen Augen garantiert falsch machen.

Sie hatte plötzlich das Gefühl, dieser Ostfriesentee würde ihm Macht verleihen. Er konnte dann entscheiden, ob er sie loben oder niedermachen würde. Nein, sollte er sich doch seinen blöden Tee selber kochen!

Eike trank Kaffee, genau wie sie. Mit viel Milch und braunem, karamelisiertem Zucker. Ann Kathrin warf sich die strähnigen Haare aus dem Gesicht. Oben knarrten Treppenstufen. Sie hörte Geflüster.

73

Sie öffnete die Küchentür. Vor ihr standen Eike und Hero, voll angezogen, jeder mit einer großen Tasche in der Hand, Hero noch mit einem Rucksack auf dem Rücken, ganz so, als wolle er in Urlaub fahren.

Natürlich wusste sie genau, dass es hier nicht um Urlaub ging. Die Gesichter der beiden waren eindeutig. Sie wehrte sich dagegen. Sie wollte es nicht wahrhaben und überspielte es mit einem Lächeln, das verunglückte. Sie zeigte auf den Frühstückstisch, versuchte, nicht wütend zu werden, sondern freundlich zu bleiben, und sagte: »Guten Morgen, ihr beiden. Ich hab Rührei mit Krabben gemacht.«

Die beiden folgten ihrer einladenden Geste nicht, sondern blieben stehen und schauten sich an. Eike schluckte. Ihm war die Situation peinlicher als den Erwachsenen. Er fühlte sich seiner Mutter gegenüber schuldig.

Allmählich begann Ann Kathrin zu kapieren, obwohl ihr Verstand sich noch weigerte, die Botschaft wirklich anzunehmen. Sie schüttelte den Kopf, noch bevor Eike etwas sagen konnte. Das machte es ihm leichter, die Worte herauszubringen, denn offensichtlich wusste sie es schon.

»Mama, bitte sei nicht böse, aber ich geh mit Papa.«

Ann Kathrin drehte sich ab, so dass Eike den Schmerz nicht sehen konnte. Sie biss sich in den Handrücken. Sie holte tief Luft, drehte sich wieder zu ihrem Sohn um und versuchte, ihre Gefühle so gut wie möglich zu verbergen. Doch die Tränen standen ihr in den Augen.

»Klar, mein Großer«, sagte sie, als sei das alles gar kein Problem. »Wenn dir das lieber ist. Ich kann das schon verstehen.« Sie lachte. »Ihr beiden Männer zusammen, das ist bestimmt nicht schlecht. Und Papa hat ja auch viel mehr Zeit, sich um dich zu kümmern. Ich …«

Hero war froh, dass sie keine große Szene daraus machte. Aber er wollte ihr jetzt keine Gelegenheit zu langen Reden geben. »Wir ziehen vorerst zu Susanne«, stellte er klar.

Der Name traf Ann Kathrin wie ein Schlag ins Gesicht. Am liebsten hätte sie Hero eine runtergehauen oder ihn getreten. Stattdessen beugte sie sich zu Eike und streichelte über seine Haare. »Ich bin dir nicht böse, Eike, ganz bestimmt nicht. Ich respektiere deine Entscheidung natürlich, auch wenn sie mich traurig macht.«

Eike versuchte, ihrem Blick zu entkommen, aber er schaffte es nicht. Als er seine Mama, die sich bemühte, tapfer zu lächeln, ansah, schossen ihm sofort die Tränen in die Augen.

»Du hast immer schon einen eigenen Kopf gehabt, und das ist gut so, mein Kleiner. Schließlich hast du den von mir, was?«, sagte sie und tätschelte aufmunternd seine Wangen. Länger hielt sie es nicht aus. Sie wollte vor ihrem Sohn jetzt keinen großen Gefühlsausbruch erleben.

Sie kniff Eike in die Wangen und schob ihn zur Tür. »Heute bringt dich keiner zur Schule. Mein Großer fährt heute mal mit dem Bus. Ist das o.k.?«

Hero schüttelte protestierend den Kopf, doch Eike nickte. »Jaja, Mama. Klar. Ihr wollt bestimmt noch reden.«

»Ich hol dich um halb zwei ab!«, rief Hero hinter seinem Sohn her. Schon stand Eike draußen.

Ann Kathrin schloss die Tür hinter ihm und wendete sich dann Hero zu. Ihr Gesicht hatte jetzt einen vollkommen anderen Ausdruck. Statt Trauer bekam der Zorn Oberhand. Die heiße Wut stieg ihr in die Augen. Die Empörung schüttelte sie.

Ann Kathrin ging auf Hero zu. Er wich zwei Schritte zurück. Einen Moment hatte er Angst vor ihrer körperlichen Nähe, so als könne sie ihre Nahkampfausbildung nutzen, um ihn zu attackieren.

»Das ist ja wohl das Mieseste, was du mir je geboten hast!«, schrie sie. »Du hast ihn mit all deinen psychologischen Tricks eingewickelt und gegen mich eingenommen!« Sie stach mit ihrem Zeigefinger gegen seine Brust, als sei es ein Messer, das sie in seinen Körper treiben wollte. »Und du nimmst ihn nicht mit zu dieser Susanne!«

Sie sprach den Namen aus wie etwas Widerliches, Verwerfliches. Sie nahm ihre Handtasche von der

Garderobe und zog den Zettel heraus, den sie sich im Büro ausgedruckt hatte.

»Die hat einen schlechten Einfluss auf mein Kind!«, brüllte sie. »So etwas lasse ich nicht zu! Du kannst dich ja abgeben, mit wem du willst, aber meinen Sohn ziehst du da nicht mit rein!«

Hero hatte mit viel gerechnet, aber damit nicht. »Spinnst du?« Er tippte sich an die Stirn.

Ann Kathrin hielt ihm das Papier hin. »Zwei Anklagen wegen Drogenbesitzes.«

Hero verzog das Gesicht. Erst guckte er zur Decke, dann nach unten, als würde er sich für seine Frau schämen und keineswegs für seine Geliebte. Er schüttelte den Kopf. »Bitte, Ann! Das ist zig Jahre her. Es waren ein paar Gramm Haschisch. Sie war noch auf dem Gymnasium. Danach würde heute kein Hahn mehr krähen. Das …«

»Du nimmst sie natürlich in Schutz!«, keifte sie. »Ist ja klar! Du hast ja immer schon mit dem Schwanz gedacht!« Wieder tippte sie auf den Zettel. »Fahrerflucht …«

Er riss ihr den Zettel aus der Hand und verwendete ihn nun wie ein Beweismittel gegen seine Frau. »Siehst du eigentlich gar nicht, was du da tust? Du hast Polizeiinformationen benutzt, um …« Er knüllte den Zettel zusammen und warf ihn wie einen Pflasterstein gegen seine Frau. »Ach, mach doch, was du willst!«

Ann Kathrin verschränkte die Arme vor der Brust

und lehnte sich gegen das Buchregal. Sie hatte ihn getroffen. Der große Psychologe und Menschenkenner Hero Klaasen verlor die Fassung. Zumindest ein wenig.

Hero sammelte sich kurz, dann legte er los. »Ja, sie ist deine Konkurrentin! Ja, sie ist im Bett eine Offenbarung! Das wolltest du doch hören?! Aber kapier doch endlich: Mit deinen Fahndungsmethoden machst du dich höchstens lächerlich. Sie ist deine Rivalin, aber sie ist nicht kriminell! Sie hat einen geregelten Job und mit Eike versteht sie sich ganz prima. Du hättest ihn besser gefragt statt den Polizeicomputer!«

Ann Kathrin konnte nicht anders. Sie verpasste ihrem Mann eine Ohrfeige.

Er dachte nicht einmal daran, die Arme hochzureißen, um sie abzuwehren. Fassungslos stand er da und befühlte mit den Fingern die Stelle im Gesicht, ganz so, als könnte er es nicht glauben. Das war noch nie passiert. In all den Jahren nicht.

Eike stand vor der Tür und sah auf seine Uhr. Es war viel zu früh. Er konnte jetzt noch nicht zur Schule. Es fuhr noch kein Bus.

Eike hatte die Auseinandersetzung seiner Eltern mit angehört. Jetzt klopfte er. Vielleicht brauchten die beiden ihn, um damit aufzuhören.

Ann Kathrin öffnete die Tür. Sie sah ihren Sohn

an, als hätte sie ihn noch nie im Leben zu Gesicht bekommen. Wie eine Erscheinung aus einer anderen Welt.

Er stammelte: »Mama, ich hab noch gut eine halbe Stunde Zeit. Außerdem hab ich noch nichts gefrühstückt, und ich …«

Sie nickte. »Ja, ja. Du hast recht. Entschuldige bitte. Ich bin ganz durcheinander. Ich hab dir doch Rühreier gemacht.«

Da schoss Hero an ihr vorbei nach draußen zu Eike, nahm seine Hand und zog ihn mit sich aus der Tür. »Wir frühstücken bei Susanne.«

Der Satz traf Ann Kathrin wie eine Antwort auf ihre Ohrfeige, und sie spürte, dass es auch genau so gemeint war. Sie wollte noch hinter Eike herrufen, aber dann hielt sie etwas zurück. Sie durfte ihn nicht vor diese grausame Entscheidung stellen. Sollte er doch ruhig mit seinem Vater gehen. Das Leben entschied sich nicht in solchen zugespitzten Situationen, redete sie sich ein. Das Leben war Alltag. Eike würde zu ihr zurückkommen, wenn ihm das Geturtele der beiden Verliebten auf den Wecker ging. Und die beiden wären wahrscheinlich froh, ihn wegschicken zu können, um sich endlich wieder ihrem Liebesspiel widmen zu können.

Die Eifersucht kroch durch ihre Innereien wie ein Parasit, den sie verschluckt hatte, und der begann sie von innen aufzufressen.

Ann Kathrin Klaasen fuhr nicht über die B 72 den ausgeschilderten Weg von Norden nach Aurich. Sie bog links hinter Norden in Richtung Berumerfehn ab und nahm die Strecke über Westermoordorf und Großheide.

Sie hatte von ihrem Vater gelernt, dass man auf Schleichwegen oft besser zum Ziel kam als über die großen ausgeschilderten Straßen. Wie viel das Verhalten im Straßenverkehr doch über einen Menschen aussagt, dachte sie.

Normalerweise war diese Strecke hier wenig befahren, doch heute Morgen hatte sie einen Lastwagen vor sich. Möbeltransport Janssen.

Das hier war ihr Ostfriesland. Die Felder weit und ohne Zäune. Sie mochte die saftigen Wiesen, in denen die Köpfe vom Löwenzahn leuchteten wie kleine gelbe Sonnen. Um diese Jahreszeit war die Landschaft hier in sattes Gelb getaucht.

Sie versuchte gar nicht, den Möbeltransporter zu überholen, sondern drehte die Scheibe herunter, genoss den kalten Fahrtwind und ließ den Blick über die Rapsfelder streifen. Herrlich, dieses Gelb!

Ann Kathrin Klaasen sog die Luft ein und bildete sich ein, den Löwenzahn riechen zu können. Erinnerungen aus ihrer Kindheit kamen hoch. Wie sie in solchen Wiesen mit ihrem Vater gespielt hatte. Etwas später in der Jahreszeit. Sie pflückten Pusteblumen und bliesen die kleinen Fallschirmchen von den

Stängeln. Jedes einzelne würde eine neue Blume ergeben, hatte ihr Vater versprochen. Fleißig, als sei es ihre Aufgabe, ja, als sei sie dafür geboren worden, arbeitete sie daran, dass die Pusteblumen niemals aussterben würden. Wenn sie jetzt ihren Blick streifen ließ, schien es, als hätte sie gesiegt.

Sie parkte ihren froschgrünen Twingo im Carolinenhof und ging mit schnellen Schritten durch die Einkaufspassage. Sie musste sich noch etwas Gutes tun. Sie kaufte sich ein belegtes Brötchen. Wurst, Käse, Tomaten, ein Salatblatt. Nein, sie biss nicht hinein, sie ließ es sich einpacken. Sie steckte das Brötchen in ihre schwarze Tasche, wo sie es sofort wieder vergaß.

Man konnte hier 90 Minuten lang kostenlos parken, ab dann kostete es pro angefangener Stunde 50 Cent. Damit hatte sie zum Glück nichts zu tun. Sie hatte einen Parkausweis. Sie hätte den Wagen auf den Hof der Polizeiinspektion stellen können. Aber heute fand sie das unpassend. Manchmal wurde sie komisch angesehen, als gehöre es sich für eine Kommissarin nicht, einen Twingo zu fahren. Der Gedanke, damit auf Verbrecherjagd zu gehen, war ja auch ein bisschen lächerlich. Doch der Twingo war ihr Privatwagen. Damit lieferte sie sich keine Verfolgungsjagden in Ostfriesland. Überhaupt war ihr Leben als Kriminalkommissarin bis jetzt viel unspektakulärer verlaufen als in jedem ARD-Tatort.

Wenn mein Leben verfilmt würde, dachte sie, manchmal fast neidisch auf ihre TV-Kollegen, würden die Zuschauer dann überhaupt zu mir halten? Bin ich jemand, mit dem man sich identifizieren kann?

Als sie die Dienststelle betrat, hielt sie ihren Chip unter das Lesegerät, um ihr Kommen für ihr Zeitkonto registrieren zu lassen. Sie stieg in den Fahrstuhl und fuhr zur zweiten Etage hoch.

Als sie den Flur zu ihrem Büro entlangging, lag eine merkwürdige Nervosität in der Luft, als sei etwas Bedeutendes geschehen. Etwas, das die Aufmerksamkeit der Nation bald auf Aurich richten würde.

»Von Kai Uphoff keine Spur. Null ouvert Hand.«

Diesen Ausdruck gebrauchte Weller, der leidenschaftliche Skatspieler, oft.

»Wie vom Erdboden verschluckt. Aber der kommt nicht weit. Hat höchstens fünfzig Euro in der Tasche. Ich wette, wir gabeln ihn heute noch bei einem Freund auf. Oder er stellt sich freiwillig. Kommt mit Anwalt oder so.«

Während Weller redete, spielte Rupert wie unbewusst mit den Bildern auf seinem Schreibtisch.

»Ich glaube nicht, dass er es war«, sagte Ann Kathrin mit Nachdruck. »Er hat auf der Frisia V so viele Fingerabdrücke hinterlassen, dass er von den Kollegen gefasst werden musste. Der Mörder von Ulf Speicher war viel vorsichtiger.«

»Na, na, na, Kai Uphoff hat am Tatort auch Fingerabdrücke hinterlassen. Auf der Klingel. Und dann ist er auch noch getürmt.«

»Stimmt, das spricht nicht gerade für ihn.«

Weller spürte, dass seine Kollegin zu Hause schweren Stress hatte. Ihre Gereiztheit war nicht auf den Fall allein zurückzuführen. Er beschloss, sie heute zum Abendessen einzuladen. Er wollte nicht in irgendein Restaurant mit ihr gehen. Er fand den Gedanken reizvoll, etwas zu kochen und vielleicht mit ihr und Rupert gemeinsam die Sache noch einmal in Ruhe durchzugehen.

In dem Moment kam die Meldung aus Norddeich. Die Leiche eines jungen Mannes war gefunden worden. Sein Gesicht sei entstellt, als habe jemand versucht, ihn zu enthaupten. Aber er habe ein Portemonnaie bei sich gehabt mit Papieren darin. Es könnte sich um einen gewissen Kai Uphoff aus Lütetsburg handeln.

Ann Kathrin Klaasen hatte schon viele Leichen gesehen. Ein erhebender Anblick war es nie. An der hier hatten über Nacht bereits die Möwen gepickt. Es war schwer zu sagen, was in seinem Gesicht mehr Schaden angerichtet hatte: Die Tatwaffe oder die Schnäbel der Aasfresser.

»Wir haben zwei Leichen«, sagte Ann Kathrin. »Beide Männer kannten sich. Beide gehörten zum Regenbogen-Verein. Jetzt schauen wir uns den Laden an.«

Freitag, 29. April, 9.43 Uhr

Paul Winter malte gedankenverloren Männchen auf seinen Notizblock. Er, seine vier Kollegen und die drei Zivildienstleistenden vom Regenbogen-Verein hatten noch keine Ahnung vom Tod ihres Chefs. Natürlich stand noch nichts in der Zeitung. Sie warteten auf ihn. Doch Ulf Speichers Stuhl blieb leer.

Ludwig Bongart fühlte sich dadurch direkt erleichtert. Einen Chef zu haben, der immer als Erster im Büro war, fand er sehr anstrengend. Er drehte sich eine Zigarette. Als er das Blättchen anleckte, zitterte seine rechte Hand. An seinen rechten Fuß gelehnt stand die Tasche mit den Briefen, die er zu seiner Verteidigung mitgebracht hatte. Er wusste, dass hier etwas gegen ihn lief, und er wollte nicht schutzlos dastehen. Die Sache musste endgültig geklärt werden.

Caro Schmidt machte hier ihr Freiwilliges Soziales Jahr. Sie strickte an Fausthandschuhen.

Der Besprechungsraum war nicht nur mit dicken Akten vollgestopft wie sonst, jetzt standen auch noch überall Kisten mit Plüschtieren herum, alte Lampen und Bücher. Die Vorbereitung für den Flohmarkt.

Josef de Vries nippte an seinem Tee und sah sich in der Runde um. Es lag dicke Luft im Raum.

Paul Winter saß auf heißen Kohlen. Er hatte überhaupt keine Lust, sich jetzt hier mit internen Streitigkeiten und Eifersüchteleien zu beschäftigen. Er wollte zu seiner Tochter. Er hatte Jenny nicht zur Schule gebracht. Sie war immer noch fiebrig. Wahrscheinlich saß sie jetzt mit seiner Frau beim Kinderarzt. Er wäre gerne dabei gewesen. Lioba konnte kein Blut sehen. Sie kippte schon bei dem Gedanken an eine Spritze um. Paul Winter stellte sich vor, wie seine Tochter gerade die Mama tröstete, statt umgekehrt. Seit Jahren hatte er die Kinder bei fast allen Arztbesuchen begleitet.

Während er hier als ehrenamtlicher Mitarbeiter auf den hauptamtlichen Chef und einen Zivildienstleistenden wartete, brauchte seine Tochter ihn. Und das machte ihn sauer. Er würde gleich ein paar klare Worte sprechen. Das nahm er sich vor.

Jutta Breuer wusste auch nicht, wo Ulf Speicher war. Offiziell war Jutta nicht die zweite Chefin, sondern ein ganz normales Mitglied im Team. Aber da jeder wusste, in welcher Beziehung sie zum Chef stand, hatte sie natürlich eine Sonderstellung.

Manchmal, wenn sie redete, war es gerade so, als käme die Anweisung von ihm persönlich.

»Also, auch wenn Ulf jetzt noch nicht da ist, lasst uns anfangen. Die Zeit drängt.«

Sie ging zum direkten Angriff über. Ludwig hatte es erwartet. Sie sah ihn mit ihrem Habichtsblick an und feuerte die Sätze gezielt auf ihn ab. Jeder einzelne saß.

»Ich will dir wirklich nicht zu nahe treten, Ludwig. Alle wissen dein Engagement zu schätzen. Aber du hast zu Sylvia jede professionelle Distanz verloren.«

Das Zittern seiner Hände wurde jetzt noch schlimmer. Er hielt sie unter den Tisch, damit es nicht alle sahen.

Zum Glück sprang Paul ihm zur Seite: »Professionelle Distanz? Was erwartet ihr, Leute? Er ist ein Zivi!«

Bernd Simon nickte. »Ohne Zivis gäbe es den Verein doch schon lange nicht mehr.«

Jutta Breuer gab ihm recht. Sie bemühte sich, ihre Stimme sachlich zu halten.

»Wir hatten doch beschlossen, dass Sylvia nur noch von weiblichen Kräften betreut wird.«

Jetzt platzte Ludwig Bongart heraus: »Ja! Bitte! Dann gib du ihr doch Gitarrenunterricht! Ich bin froh, wenn ich sie loswerde! Mir steht das alles bis hier! Ich halt das nicht mehr aus!«

Er hob die Tasche hoch und kippte sie auf dem Tisch aus. Die Briefe segelten quer über die Tischplatte. Zwei fielen zu Boden. Niemand bückte sich und niemand berührte die rosafarbenen und hellblauen Briefchen mit den Herzchen darauf.

»Ich werde in sechs Wochen Papa, und die Sylvia schreibt mir andauernd Liebesbriefe! Meine Freundin wird schon ganz nervös. Glaubt ihr, für mich ist das schön?«

Es war ein modernes Bürohaus. Unten drin eine Buchhandlung.

Ann Kathrin Klaasen und Weller betraten das Gebäude. Hinter ihnen stürmte ein junger Mann die Treppen hoch: Tim Gerlach. Ann Kathrin und Weller nahmen den Fahrstuhl.

»Die Liste von Ulf Speichers Ehrungen ist lang«, sagte Weller. »Der Mann hat eher auf das Bundesverdienstkreuz gewartet als auf seinen Killer.«

Der Verein lag im dritten Stock. Im Fahrstuhl klebte ein Schild:

Regenbogen
Hilfsdienst für Behinderte und deren Angehörige

Tim Gerlach kam vor ihnen oben an. Weller forderte das einen gewissen Respekt ab. So fit wäre er auch gern gewesen.

Bunte, offensichtlich von Kindern gemalte und dann ausgeschnittene Pappbuchstaben waren an die Tür geheftet und ergaben den Namen Regenbogen, wobei das N in der Mitte fehlte.

Die Tür war nur angelehnt. Tim Gerlach stieß sie auf. Die Tür federte zurück, weil dahinter einige Kisten an der Wand standen.

Tim Gerlach rannte in den Raum. »Ich lass den ganzen Laden hier hochgehen! Mit mir nicht, das sag ich euch! Mit mir nicht!«, brüllte er.

Mit dem Gefühl, genau zur rechten Zeit gekommen zu sein, folgten Ann Kathrin Klaasen und Weller dem jungen Mann.

Er stieß die Tür zum Sitzungszimmer auf. Aus ihrer Position konnte Ann Kathrin Klaasen Jutta Breuer sehen. Sie fuhr Tim Gerlach an: »Das hier ist eine Teambesprechung! Wir haben jetzt keine Sprechstunde!«

Aber Tim Gerlach ließ sich von ihr nicht bremsen. Sie machte ihn nur noch aggressiver.

»Hör mal zu, du blöde Möse, die Sylvie will nicht länger von dir gegängelt werden! Ich werd die gesetzliche Betreuung übernehmen, ist das klar?«

Jutta Breuer beugte sich über den Tisch und spottete: »Ja, klar. Du übernimmst ihre gesetzliche Betreuung.«

Tim Gerlach zeigte mit dem Zeigefinger wie mit einer schussbereiten Waffe auf jeden Einzelnen am

89

Tisch und brüllte: »Und ob! Und niemand von euch Pappnasen wird etwas dagegen unternehmen!«

Ludwig Bongart sah seine Chance, aus der Position des Angeklagten herauszukommen. Er erhob sich und baute sich groß vor Tim Gerlach auf.

»Hau ab, Tim! Wir haben hier was zu besprechen. Für deinen Scheiß haben wir hier echt keine Zeit.«

Tim Gerlach stieß Ludwig Bongart vor die Brust, so dass dieser über seinen eigenen Stuhl stolperte und nun wieder saß.

»Ihr haltet alle ganz schön die Fresse! Wenn ihr Sylvie nicht in Ruhe lasst, hol ich die Bullen! Ihr habt euch Zigtausende unter den Nagel gerissen. Glaubt ihr denn, ich bin blind?«

Sein emotionaler Auftritt löste die Sitzordnung auf. Jutta Breuer wollte die Handlungsführung zurückbekommen. Sie fixierte Tim Gerlach und versuchte, ihn mit Blicken niederzukämpfen. Manchmal gelang es ihr, ihre Zivildienstleistenden mit einem einzigen scharfen Blick zur Räson zu bringen. Aber Tim Gerlach ließ sich davon nicht beeindrucken. Er packte und schüttelte sie.

»Der Scheck ist geplatzt! Weißt du, wie blöd ich jetzt dastehe?«, brüllte er.

Jutta Breuer konnte scharf im Umgangston sein und hart gegen Mitarbeiter. Aber körperliche Auseinandersetzungen war sie nicht gewöhnt. Es wich sofort jede Energie aus ihr.

Ludwig Bongart kam ihr zu Hilfe. Diesmal war er schneller. Er drängte sich zwischen Jutta Breuer und Tim Gerlach. Dann schlug er zweimal nach Tims Kopf. Der erste Schlag glich mehr einer Ohrfeige, der zweite war hart und machte einen dumpfen Ton, als würde etwas in Tim Gerlachs Kopf zerbrechen. Er sackte zusammen.

Ann Kathrin Klaasen hielt ihn von hinten fest.

»Hey, hey, hey, hey! Jetzt ist es aber gut.« Sie suchte eine Möglichkeit, um Tim Gerlach ruhig abzulegen. Der Raum war eng. Während sie das tat, erklärte sie die Situation: »Moin. Mein Name ist Ann Kathrin Klaasen. Ich bin von der Kripo Aurich. Das ist mein Kollege Weller.«

Tim Gerlach öffnete die Augen und nickte zufrieden. »Das wird aber auch Zeit, dass ihr kommt. Macht dem Spuk hier endlich ein Ende!«

Jutta Breuer war kreidebleich im Gesicht. Ihre Lippen waren schmal und blutleer. Sie konnte nicht glauben, dass wirklich die Polizei in ihrem Büro stand.

»Polizei? Hat der Sie etwa gerufen?« Sie zeigte auf Tim Gerlach.

Ann Kathrin Klaasen schüttelte den Kopf. »Wir müssen Ihnen leider mitteilen, dass Ihr Chef, Ulf Speicher, gestern Abend in seiner Wohnung erschossen worden ist.«

Ann Kathrin registrierte das helle, ungläubige Entsetzen in den Gesichtern. Jutta Breuer traf es besonders hart. Ihr wurde augenblicklich schlecht. Sie hielt sich am Tisch fest und würgte.

»Ulf ist … Sind Sie sicher?«

Caro Schmidt war sofort bei Jutta Breuer und holte ein Fläschchen mit Tropfen aus der Tasche. »Mein Gott, Jutta!«

Das junge Mädchen umarmte Jutta Breuer.

Weller zog Tim Gerlach nach draußen. »Ich glaube, wir beide unterhalten uns mal nebenan.«

Laut, mehr für die anderen bestimmt als für Weller, rief Tim Gerlach geradezu triumphierend: »Ich erzähl alles! Alles!«

Weller sah Ann Kathrin kurz an. Im Laufe der Zeit hatten sie gelernt, sich mit Blicken zu verständigen. Sie war mit seiner Vorgehensweise einverstanden.

Tim Gerlach redete wie ein Wasserfall. Er saß rittlings auf dem Bürostuhl. Manchmal stieß er sich mit dem Fuß ab, so dass der Stuhl sich ein paar Mal drehte. Weller ging im Raum umher, hörte zu und las die Rückendeckel von einigen Akten. Er schaute sich die offenen Kisten an und nahm immer wieder Gegenstände in die Hand. Er blätterte in einem Kochbuch mit dem Titel »Gerichte, mit denen Sie Eindruck machen können«.

»Das ist ein Haufen Krimineller, Herr Kommissar. Die sind so scheinheilig, das glaubt man alles überhaupt nicht.«

»Was genau tun sie denn?«, fragte Weller.

»Von weitem betrachtet ist das ein ganz edles Unternehmen. Sie helfen ganz selbstlos den armen Behinderten …« Tim Gerlach lachte, als hätte er gerade einen Witz erzählt.

Weller hakte nach: »Und – was machen sie in Wirklichkeit?«

»In Wirklichkeit? Ja, haben Sie denn echt gar keine Ahnung, was hier abläuft?«

»Nee«, sagte Weller. »Klär mich auf.«

Jetzt stand Tim Gerlach auf und dozierte: »Die reißen sich das Geld von den Behinderten unter den Nagel. Die denken, die können nichts machen, die sind ja sowieso bescheuert.«

Caro streichelte Jutta Breuers Hand und hielt sie im Arm.

Ludwig Bongart telefonierte. »Ja, stell dir vor, wir sind auch alle fassungslos. Ausgerechnet Ulf … Niemand hier versteht das. Es ist ein einziger Albtraum.«

Die anderen Mitarbeiter waren mit ihrem Schock und ihrer Trauer beschäftigt. Paul Winter erklärte: »Sie müssen das verstehen, Frau Kommissarin. Ulf Speicher ist … war … für uns alle …«

Ann Kathrin Klaasen zog einen Block aus der Tasche. Sie bemühte sich, erst mal beruhigend zu wirken. »Ich kenne Sie doch alle noch gar nicht. Wer sind Sie denn?«

93

»Ich heiße Paul Winter. Ich bin Musiklehrer. Ich arbeite ehrenamtlich hier, wie die meisten. Mein Bruder war ein Downkind, müssen Sie wissen.«

»Wer sind denn die Hauptamtlichen?«, fragte Ann Kathrin Klaasen.

Jutta Breuer raffte sich auf und putzte sich die Nase. Sie bog ihren Rücken durch und setzte sich gerade hin. Sie stellte beide Füße nebeneinander, um mehr Halt zu haben, und legte ihre Hände auf die Knie.

»Ich bin hier fest angestellt.«

»Und Ihr Name?«

»Jutta Breuer. Diplom-Sozialpädagogin.«

»Frau Breuer, was hatte der Auftritt von dem jungen Mann gerade zu bedeuten?«

Jutta Breuer antwortete mit scharfem Ton. »Sie meinen Tim Gerlach? Der ist ein ganz schlaues Bürschchen. Er versucht, Sylvia Kleine abzukochen. Er hat sie so weit gebracht, dass sie ihm zum Geburtstag ein Auto schenken wollte. Sechzehntausend Euro!«

Jetzt taxierte Jutta Breuer Ann Kathrin Klaasen, um zu sehen, wie sie auf die Summe reagierte. Da sie in Ann Kathrins Gesicht wenig lesen konnte, wiederholte sie die Summe: »Sechzehntausend Euro.«

»Und Sie haben das verhindert?«, fragte Ann Kathrin.

Jutta Breuer lachte bitter. »Ja, das kann man wohl

sagen. Sylvie sieht ganz normal aus, aber sie hat das Gemüt einer Neun- oder Zehnjährigen.«

Paul Winter räusperte sich. »Mit dem Liebeshunger einer erwachsenen Frau.«

Jutta Breuer schaute ihn zurechtweisend an. »Sie ist süchtig nach Liebe und männlicher Anerkennung. Die Männer fahren auf ihre sexuelle Distanzlosigkeit ab. Sie beuten sie finanziell und sexuell aus.«

Ann Kathrin Klaasen notierte sich den Namen Sylvia Kleine. Sie beschloss, selbst mit ihr zu reden.

»Was war Herr Speicher für ein Chef?« Sie schaute sich in der Runde um. Niemand antwortete.

»Oder wollen Sie lieber einzeln mit mir reden?«, fragte Ann Kathrin.

Sofort wollten alle sprechen, aber Jutta Breuer schnitt das mit einem Handzeichen ab. »Sie erfahren es ja sowieso. Ulf und ich hatten eine Beziehung.«

Jetzt brach sie innerlich zusammen. Wenn das hier gespielt war, dann war sie eine sehr gute Schauspielerin.

»Wir haben uns geliebt«, sagte sie und brach in Tränen aus, als hätte sie erst in dieser Sekunde erfahren, dass er nicht mehr lebte.

Ann Kathrin Klaasen kannte das. Oft verzögerte sich eine Reaktion, wenn jemand vom plötzlichen Tod eines Angehörigen erfuhr, der gerade noch voll im Leben gestanden hatte. Manchmal fingen die Menschen an zu putzen, zu lachen, Witze zu erzählen und erst eine Weile später registrierte ihr Gehirn, was wirklich geschehen war.

Ludwig Bongart nahm sein Handy vom Ohr. »Ohne Ulf Speicher gäbe es das hier alles gar nicht. Er war für mich … ein Vorbild.«

»Und – hat jemand von Ihnen einen Verdacht, wer Herrn Speicher getötet haben könnte?«, fragte Ann Kathrin.

Betretenes Schweigen. Dann ging Ludwig Bongart zum großen IKEA-Regal. Er zog einen Karton heraus und ließ ihn bewusst aus einiger Höhe auf den Tisch fallen. Es knallte laut. Der Karton lag jetzt zwischen all den Liebesbriefen.

»Das sind Drohbriefe«, sagte er, griff in die Kiste, hob ein paar hoch und ließ sie wieder in den Karton segeln. Er sah einzelne an. »Anonyme natürlich.«

Im Regal fielen jetzt einige Aktenordner um, die vorher durch die Kiste gestützt worden waren. Ludwig griff zwei davon und warf sie auch auf den Tisch.

»Viele haben allerdings auch Namen und Anschrift. Das nennt man dann wohl Beschwerdebriefe. Die mit Adressen haben wir abgeheftet. Die anderen sind in der Kiste gelandet.«

Ann Kathrin Klaasen öffnete den ersten Ordner. »Sie beantworten so etwas?«

Ludwig spottete: »Aber klar. Wir haben doch sonst nichts zu tun. Wenn die Frau vom Bäcker sich bedroht fühlt, weil ihr Enkel mit unserem Holger Karten spielt, dann müssen wir sie beruhigen. Wahrscheinlich hat ihr Enkel Holger nur das ganze Taschengeld abgezockt …« Er stockte und fragte unsicher: »Darf ich mal zum Klo?«

Ann Kathrin nickte. »Natürlich.«

Auf dem Weg zur Toilette kam Ludwig an Weller und Tim Gerlach vorbei. Weller registrierte die wütenden Blicke, die die beiden wechselten.

Weller nickte Tim zu: »Also für den Augenblick wärs das. Ich denke, wir werden noch Fragen an Sie haben und uns dann an Sie wenden.«

Tim ging unsicher zur Tür.

Weller hatte das Kochbuch noch in der Hand. Er hielt Ludwig vor der Toilette an. »Was ist das alles?«, fragte er und zeigte auf die vielen Kisten im Raum.

»Das sind Spenden für unseren Basar. Wir machen das jedes Jahr. Dieses Jahr feiern wir das zehnjährige Bestehen unseres Vereins. Am 7. Mai.«

Ludwig versuchte jetzt, an Weller vorbeizukommen, aber Weller hielt ihn fest. »Wie muss ich mir Ihre Arbeit vorstellen? Was machen Sie hier den ganzen Tag?«

»Das ist Hilfe zum eigenständigen Leben.«

»Ja, und wie sieht so was aus?«

Ludwig schaute auf seine Uhr. »Heute zum Beispiel. Einkaufen.«

97

»Wie, einkaufen?«

»Na ja, unsere Klienten haben Schwierigkeiten, sich selbst ihr Geld einzuteilen. Einige können nicht mal die Aufschrift auf den Dosen lesen. Es ist ganz einfache, praktische Lebenshilfe, die wir leisten.«

Weller fand das im Prinzip gut und zeigte sich beeindruckt.

»Ist noch was?«, fragte Ludwig.

»Ja, erstens würde ich dieses Buch gerne kaufen und zweitens, wenn es Ihnen nichts ausmacht, könnten Sie mir vielleicht was mitbringen, wenn Sie sowieso einkaufen gehen?«

Ludwig Bongart lächelte. »Klar Mann, kein Problem. Kaufen können Sie das Buch aber nicht. Wir geben es nur gerne gegen eine kleine Spende ab.«

Weller zog fünfzig Euro aus der Tasche und hielt sie Ludwig hin. Der pfiff durch die Lippen. Dann musste Weller ihn leider enttäuschen. »Für Buch und Einkauf zusammen.«

Ludwig sah erstaunt, wie Weller die Zutaten eines Rezeptes abschrieb. Dann reichte Weller ihm den Zettel.

»Soll ich Ihnen den Kram bringen oder holen Sie ihn hier ab?«

»Ja, ähm, äh … würden Sie das denn für mich tun?«

»Klaro. Wo wohnen Sie denn?«, fragte Ludwig.

Nebenan im Besprechungsraum kam Ann Kathrin Klaasen nicht umhin, die zweite Bombe platzen zu lassen. »Leider haben wir noch eine zweite Leiche. Sagt Ihnen der Name Kai Uphoff etwas?«

Paul Winter erlitt einen Kreislaufzusammenbruch. Das Schwindelgefühl kam überraschend. Er versuchte noch, sich an der Tischkante festzuhalten, dann aber schlug er hart auf dem Boden auf.

Paul Winter hatte noch genau zwölf Stunden zu leben.

Ann Kathrin Klaasen überquerte den Fischteichweg vor der Polizeiinspektion und ging durch die Marktpassage schnurstracks auf die Markthalle zu, vorbei an der Brasserie, vor der bereits Schüler saßen und ihre Cola tranken. Einen besseren Ort, um schnell etwas Gutes zu essen, kannte sie in Aurich nicht. In der Markthalle wurden frisch gepresste Fruchtsäfte angeboten und Kaffeegebäck, dem Ann Kathrin nur selten widerstehen konnte. Es gab einen Italiener, der über mehrere Meter Antipasti ausstellte. Sie mochte es, wenn sie das Essen sehen konnte, bevor sie es kaufte.

Vor der Markthalle stand eine Skulptur, an der sie schon oft achtlos vorbeigelaufen war. Eine Sau, die ihre drei Ferkel säugte. Die Ferkel sahen fröhlich aus, mit fast menschlich lachenden Gesichtern. Direkt daneben ragte ein Stück von einem Wikingerschiff aus der Markthalle heraus, als habe es sie eben gerammt. Kinder kletterten darauf herum. Draußen saßen Familien beim Milchkaffee und genossen die milde Frühlingssonne.

Ann Kathrin blieb stehen. Irgendwie kam sie nicht an den drei Ferkeln und ihrer säugenden Mutter vorbei. Diese Skulptur stimmte sie zutiefst traurig. Sie erinnerte Ann Kathrin daran, dass sie als Mutter gescheitert war. Ihr Sohn war mit dem Vater ausgezogen.

In den ersten Wochen hatte sie Eike gestillt. Danach waren sie auf Fläschchen umgestiegen, das war praktischer, zumal sie sofort wieder halbtags mit dem Dienst begann. Sie konnte nicht zu Hause sitzen und die säugende Mutter spielen. Irgendwie war sie dafür nicht geschaffen. Stattdessen machte sie eine ostfriesische Einbrecherbande dingfest und verhaftete vierzehn Wochen nach der Geburt ihres Sohnes einen Trunkenbold, der das Gesicht seiner Ehefrau mit den Splittern einer Bierflasche entstellt hatte.

Sie hatte lange Zeit geglaubt, ihr Sohn sei stolz darauf, eine berufstätige Mutter zu haben und dann noch eine mit einem so spannenden Beruf. Gern sah er sich mit ihr »Tatorte« an, zumal es immer mehr Kommissarinnen gab. Wenn die Lena Odenthal einen schwierigen Fall gelöst hatte, sagte Eike oft zu seiner Mutter: »Die ist wie du, Mama.«

Nur hatte Lena Odenthal im Film kein Kind und

auch keine feste Beziehung. Wahrscheinlich wussten die Drehbuchautoren genau, warum.

Durch den Anblick der Skulptur und die Erinnerung war ihr der Hunger wieder vergangen. Sie trank im Stehen nur ein Glas frisch gepressten Orangensaft.

Die Nervosität war in allen Gesichtern abzulesen. Selbst der sonst so gelassene Staatsanwalt Scherer vibrierte innerlich. Direkt nach der Dienstbesprechung war die Pressekonferenz angesetzt.

Rupert öffnete den obersten Hemdknopf. Ihm wurde warm. Er hatte einiges vorbereitet für diese Sitzung. Vielleicht war es auch nur die Anwesenheit von Rieke Gersema. Die Pressesprecherin hatte sich auf die Fensterbank gesetzt, neben den Hibiskus, der, erfreut über den Frühling, drei große rote Blüten zur Schau trug. Sie hatte zum Niederknien schöne Beine und zeigte sie gern. Ihr Rock endete, wenn sie stand, kurz über dem Knie, aber so, wie sie jetzt saß, hätte Rupert sie sich als Titelbild einer Illustrierten vorstellen können.

Ann Kathrin Klaasen sah Ruperts Reaktion auf ihre Kollegin Gersema, und einen Moment flammte die Eifersucht wieder in ihr auf. Phantasiebilder drängten sich in ihr Bewusstsein. Susanne Möninghoff im scharfen Minirock, wie sie die Beine übereinanderkreuzte und Heros Blick genoss.

Früher hatte Ann Kathrin manchmal mit ihm zusammen im Katalog schöne Unterwäsche ausgesucht und sie dann für ihn getragen. »Modenschau machen« nannten sie das und tranken dabei kühlen Sekt mit frischen Erdbeeren. Danach liebten sie sich fröhlich und ausgelassen. Wie lange war das her? Feierte er jetzt solche Abende mit seiner Susanne?

Ann Kathrin wurde übel. »Ich brauch ein Glas Wasser«, sagte sie und stand auf, um es sich zu holen.

Vor jeden Sitzplatz hatte jemand Papier und Bleistift hingelegt. In der Mitte Kaffee in Thermoskannen. Hinten bereitete Rupert einen Computer mit Joystick vor. Er legte sich ein paar Internetausdrucke zurecht. Er hatte seine eigene Theorie und wollte die heute vorstellen.

Weller hatte das Kochbuch bei sich.

Rupert referierte: »Ulf Speicher war sofort tot. Es war ein einzelner gezielter Schuss aus 15 Metern Entfernung. Der Täter stand neben einer blauen Mülltonne. Wahrscheinlich hat er sich sogar darauf aufgestützt. Wir haben aber keine verwertbaren Faserspuren gefunden. Es muss ein geübter Schütze sein. Vermutlich eine Präzisionswaffe, die ballistische Untersuchung läuft noch. Das Projektil ist kaum verformt. Es hat die Stirn von Ulf Speicher durchschlagen und ist hinten wieder ausgetreten. Das vermutliche Kaliber ist …«

Staatsanwalt Scherer schlug mit der geöffneten Hand auf den Tisch. Als habe er nur auf ein Stichwort gewartet, um zu explodieren, fiel er Rupert jetzt ins Wort: »Machen Sie Druck, Mensch! Ich krieg Pickel, wenn ich Worte wie *vermutlich* höre. Wir haben exakte kriminalistische Untersuchungsmethoden!«

Um die Situation zu entschärfen, löste Ann Kathrin ihren Kollegen zunächst ab: »Ulf Speicher hat lange beim Jugendamt und beim Sozialamt in Frankfurt gearbeitet. Er wollte nicht in den Institutionen versauern und gründete für Ostfriesland den Verein Regenbogen, um Betroffenen unbürokratischer helfen zu können.«

Staatsanwalt Scherer schüttelte den Kopf. Er fühlte sich von Ann Kathrins Worten nur genervt. Ohne darauf zu achten, fuhr sie fort: »Als Chef war Speicher bestimmt nicht einfach. Er verlangte viel von seinen Mitarbeitern. Er ist in gewisser Weise gnadenlos für die Rechte von Behinderten eingetreten. Nicht immer leicht in dieser Zeit der Sparmaßnahmen und Kürzungen. Solchen Vereinen streicht man gerne die Mittel.«

Staatsanwalt Scherer wippte auf seinem Stuhl hin und her. Er hielt es kaum noch aus. Trotzdem fuhr Ann Kathrin Klaasen fort: »Speicher hat sich praktisch mit allen offiziellen Stellen angelegt. Viele haben ein Motiv. Da sind Eltern, die sagen, der Speicher hat uns das Kind weggenommen, um das Pflegegeld zu kassieren, das wir bisher bekommen haben. Andere sagen, er hat das Kind aus dem katastrophalen Elternhaus geholt und in professionelle Pflege überführt. Ehemalige Mitarbeiter hassen ihn, weil er als Chef viel zu viel von ihnen verlangte. Ein Prozess vor dem Arbeitsgericht läuft noch. Eine Erbengemeinschaft klagt gegen ihn. Sie behaupten, er habe sich ihr Erbe für seine ›dubiose Organisation‹ unter den Nagel gerissen.«

Kriminaloberrat Ubbo Heide, Ann Kathrin Klaasens direkter Vorgesetzter, schüttelte den Kopf: »Aber Ann. Das sind Motive für Hass und Streit. Aber für einen Mord?«

»Wir werden uns diesen Personenkreis genauer ansehen müssen.«

»Ich bin mir nicht sicher«, warf Rupert ein, »ob wir den Mörder wirklich in Ulf Speichers Umfeld finden können. Der Täter könnte sein Opfer auch zufällig ausgesucht haben.« Er blätterte in seinen Internetausdrucken: »Wir erinnern uns doch alle an die Heckenschützen von Washington. Zwei Männer töteten zehn Menschen. Sie schlugen fast täglich zu. Dann, in West Virginia, im August 2003, drei Opfer. Das Phänomen breitet sich aus wie … ein Virus.«

Ubbo Heide riss die Augen weit auf: »Ein irrer Sniper in Ostfriesland? Das hätte uns gerade noch gefehlt. Was spricht dafür? Gibt es harte Fakten? Oder sind das nur Vermutungen?«

Ann Kathrin fand die Ausführungen von Rupert völlig blödsinnig. Das lenkte nur ab. So sorgte man dafür, dass in kürzester Zeit hier eine Sonderkommission aus Hannover eingesetzt werden würde. Sie verstand Rupert nicht.

»Nun«, fuhr er fort, »zunächst haben wir einen Menschen, der aus großer Distanz erschossen wurde. Erfahrungsgemäß schlägt so ein Sniper rasch hintereinander wieder zu. Der Kick ist kurz. Der Adrenalinstoß heftig. Das Allmachtsgefühl hält aber im Alltag nicht lange an. Schon ist man wieder das kleine Würstchen von nebenan und nicht mehr Herr über Leben und Tod. Jeder Rausch trägt bereits die Sucht in sich nach dem nächsten …«

Ann Kathrin meldete sich zu Wort, doch Ubbo Heide sah ganz konzentriert auf Rupert. »Gibt es Erfahrungswerte für Deutschland?«, fragte er.

Rupert stand auf. »Nein, für Deutschland nicht. Aber schaut euch das mal an.«

Er ging zum Computer und schaltete die vorbereitete Demonstration ein. Das Spiel begann sofort. Ein Gewehr erschien auf dem Bildschirm, dann Räume, Gänge. Menschen, die niedergeschossen werden konnten.

Rupert führte es vor. Die anderen standen um ihn herum und schauten.

»Jetzt!«, sagte Weller, und Rupert schoss. Allerdings daneben. Dann wurde er selbst erledigt.

»Mist! Aber da drin bin ich schon oft gescheitert. Man sieht nicht, wer hinter der Hecke sitzt.«

Ann Kathrin stieß ihn an. Sie wollte nicht, dass er sich und ihr Team hier so blamierte.

»Wieso? Das ist ein ganz legales Spiel. Ich habe es zu Weihnachten bekommen.«

»Ja, genau das ist doch das Problem. Es gibt Hunderte Eintragungen im Internet. Diskussionsforen, Berichte über die Scharfschützen der Wehrmacht und …«

Ubbo Heide warf ein: »Das ist doch nur ein Spiel.«

»Ja. Für Zigtausende. Und dann dreht einer durch und macht Ernst. Für den ist das Internet Trainingslager und Inspiration zugleich.«

Staatsanwalt Scherer nickte. »Ich muss Ihnen ausnahmsweise vorbehaltlos recht geben, Rupert. Wir haben es mit einem Sniper zu tun. Das wird ein großer, ein bedeutender Fall.«

Ann Kathrin schüttelte den Kopf. »Aber ich bitte Sie. Wir haben es mit zwei Leichen zu tun. Das zweite Opfer wurde nicht erschossen, sondern vermutlich mit einem Schwert oder einer Machete am Deich erschlagen.«

Staatsanwalt Scherer winkte ab. »Wir haben keine Hinweise darauf, dass die Fälle in einem direkten Zusammenhang stehen. Es kann sich um verschiedene Täter handeln.«

»Zwei Morde, an einem Abend, hier bei uns in Ostfriesland?«

»Nun, die Duplizität der Ereignisse ist sicherlich verwirrend, aber vergessen Sie nicht, Frau Kollegin, dass es sich um zwei völlig unterschiedliche Tötungsarten handelt.«

»Aber es gibt einen Zusammenhang zwischen beiden Opfern. Beide arbeiteten für den Verein Regenbogen.«

Staatsanwalt Scherer lockerte seine Krawatte. »Wir sollten die Kollegen aus den USA um Beistand bitten. Wir haben schließlich mit so etwas keinerlei Erfahrung.«

Ann Kathrin war enttäuscht. Sie zeigte es ihren Kollegen deutlich. »Na prima. Aber bis wir internationale Hilfe bekommen, ermitteln wir weiter in seinem Umfeld. Das kleine Einmaleins. Wer hatte ein Motiv? Wer einen Vorteil?«

Am Computer lief das Spiel weiter. Rupert stieß Weller an: »Es gibt noch mehr schöne Sachen. Möchtest du lieber als US-Marine Iraker erschießen oder Geiseln befreien?«

Ann Kathrin legte von hinten die Hand auf Ruperts Schulter. »Rupert. Es reicht.«

Sie bat die Herren wieder an den Tisch und berichtete, was sie über den Fall Kai Uphoff wusste. »Er war als Sprayer, der die Frisia V verunstaltet hat, verhaftet worden, und er muss etwa anderthalb Stunden vor dem Todesschuss auf Ulf Speicher an seiner Tür geklingelt haben. Auch bei ihm wurde nichts entwendet. Er muss ein Handy bei sich gehabt haben, aber das hat man bis jetzt nicht gefunden. Ich sehe sehr wohl Parallelen. Nicht nur, dass beide Männer kurz nacheinander ermordet wurden und beide im Regenbogen-Verein arbeiteten. Nein, beide Tötungsdelikte sehen beinahe wie Hinrichtungen aus. Fast rituell. Jeweils wurde das Opfer belauert, belauscht, beobachtet und dann angegriffen. In keinem Fall hatte das Opfer eine Chance, weder bei der Kugel noch bei dem Schwerthieb. Und da war noch etwas …« Der Zusammenhang fiel ihr erst jetzt auf. Sie musste an die Aktfotos denken und sah den toten Ulf Speicher nackt auf dem Küchenboden liegen.

Sie sagte es ungeschützt in den Raum: »Beide Opfer hatten offensichtlich ein erfülltes Liebesleben. Der eine wurde beim Sex erschossen, der andere kam direkt von seiner Freundin. Die haben wahrscheinlich auch nicht nur den Rosenkranz gebetet.«

Der Staatsanwalt schüttelte den Kopf und verzog spöttisch die Mundwinkel. »Aber ich bitte Sie! Wollen Sie uns jetzt weismachen, dass ein wahnsinniger Killer durch Ostfriesland läuft, der das Glück von Pärchen nicht ertragen kann und dann die Männer abschlachtet?«

»Nein, das will ich nicht. Ich suche nur einen Zusammenhang.«

Staatsanwalt Scherer lachte. »Nein, Sie konstruieren einen, Frau Klaasen. Das ist etwas anderes.«

Ann Kathrin registrierte die Blicke zwischen Ubbo Heide, Rupert und dem Staatsanwalt. War das hier ein abgekartetes Spiel? Versuchten die drei, sie aus dem Fall herauszukicken? Ging es darum?

Sie ging entschlossen zur Tür. »Ich habe jetzt einen Zeugen zu vernehmen.«

Rieke Gersema hob abwehrend die Hände: »Moment, Moment! Wir gehen gleich in die Pressekonferenz. Was sage ich denn da?«

Ann Kathrin sah Weller auffordernd an. Er sollte mit ihr kommen. Dann wandte sie sich schnippisch an Rupert und zeigte auf Rieke Gersema: »Das könnt ihr beiden doch bestimmt gut gemeinsam klären, oder nicht?«

Weller fuhr den Wagen. Ann Kathrin saß neben ihm und blätterte in einem der Aktenordner, die sie aus dem Regenbogen-Verein mitgenommen hatte. Weller wagte nicht, sie anzusprechen. Er spürte, dass sie immer noch vor Wut über Ruperts Verhalten kochte.

Ann Kathrin blätterte die Seiten so heftig um, dass eine aus dem Ordner herausriss.

Weller stöhnte. »Mein Gott, er hat das nicht so gemeint. Es ist nur eine Theorie. Er muss sie doch wohl äußern dürfen!«

Ann Kathrin antwortete nicht darauf. Ihr wurde plötzlich ein Zusammenhang klar. »Natürlich! Weißt du, warum wir das Handy nicht finden? Der Täter hat es mitgenommen.«

»Aber Ann. Niemand tötet einen Menschen, um sein Handy zu klauen.«

»Natürlich nicht. Aber der Täter hat nicht am Deich mit dem Schwert in der Hand auf ein zufälliges Opfer gewartet. Das glaubst du doch selber nicht. Er hat das Opfer dorthin gerufen.«

Weller bremste den Wagen ab und fuhr auf den Seitenstreifen. »Das heißt, das letzte Telefongespräch kam vom Mörder.«

»Darauf wette ich ein Monatsgehalt.«

Weller wählte schon die Nummer der Polizeiinspektion.

Ann Kathrin redete ungehindert weiter. »Kira Sassmannshausen hat die Handynummer. Wir müssen seine Anrufe überprüfen lassen. Mach Druck. Wir brauchen das sofort. Außerdem sollen sie eine Handyortung versuchen. Wenn das Ding Kontakt zu irgendeinem Funkturm hat, finden wir den Täter in der nächsten Stunde.«

Weller lächelte. Manchmal war sie einfach verdammt gut.

Während er die nötigen Angaben an die Zentrale durchgab, entwickelte sie ihre Theorie: »Kai Uphoff musste vermutlich sterben, weil er den Mörder gesehen hat. Vielleicht hat er Kira Sassmannshausen etwas erzählt. Der Mörder ist danach zur Wohnung von Uphoff gefahren. Und weißt du, warum er ihn nicht von außen durchs Fenster erledigt hat wie Ulf Speicher?«

Weller schüttelte den Kopf und schluckte trocken.

»Weil der Mörder überhaupt keine Schussposition finden konnte. Das Zimmer von Kai Uphoff ist oben unterm Dach. Es ist kein hoher Baum in der Nähe. Der Mörder hätte schon auf eines der gegenüberliegenden Dächer klettern müssen, um ein freies Schussfeld zu haben. Bei Kira Sassmannshausen ist die Situation genauso. Der Mörder musste ihn herauslocken und dann …«

»Dann hätte er ihn immer noch am Deich erschießen können«, warf Weller ein. »Warum das Schwert?«

Ann Kathrin musste zugeben, dass sie es nicht wusste. Sie forderte Weller auf, weiterzufahren zu Georg Kohlhammer. Sie wollte diese Vernehmung auf jeden Fall durchführen.

Sie las Weller vor, was in dem Beschwerdebrief stand: »Hör dir das an: ›Wenn Sie mit Ihrem idiotischen Verhalten vierzig Arbeitsplätze in der Region gefährden, müssen Sie sich nicht wundern, wenn die betroffenen Familien kommen, um sich bei Ihnen zu bedanken. Ihre dämliche Geheimnummer nutzt Ihnen gar nichts. Ich habe Ihre berufliche und private Telefonnummer bereits an meine Mitarbeiter weitergegeben, damit sie wissen, an wen sie sich wenden können, wenn sie ihrem Ärger Luft machen wollen.‹«

Weller fuhr jetzt am Tempolimit und sagte: »Das erfüllt doch den Tatbestand der Beleidigung und der üblen Nachrede. Das ist doch kein Beschwerdebrief. Der droht ja ganz massiv.«

»Na ja. Er droht mit seinem Anwalt. Das verstößt nicht gegen die Gesetze.«

»Hunde, die bellen, beißen nicht.«

Wenige Minuten später hatten sie das gesuchte Gebäude in Hage erreicht. Es sah aus wie ein ganz normales Schnellrestaurant. Sechs oder sieben Stehplätze am Fenster, eine Theke.

Ann Kathrin lächelte. »Das ist also der Geschäftsbetrieb mit vierzig Arbeitsplätzen.«

Weller stieg aus und verschloss den Wagen mit der Fernverriegelung. »Auf den Typen bin ich gespannt ...«

Georg Kohlhammer stand selbst hinter der Theke, obwohl noch zwei junge Mitarbeiterinnen an der Friteuse arbeiteten. Zwei Schülerinnen aßen im Stehen ihre Pommes, einer dritten packte Kohlhammer gerade ein halbes Hähnchen ein, als Ann Kathrin Klaasen und Weller den Imbiss betraten.

Kohlhammer hatte ein rosiges Gesicht und hervorquellende Augen. Er litt unter zu hohem Blutdruck, aber die Pillen dagegen nahm er nicht mehr, weil sie ihm auf die Potenz schlugen.

»Moin, mein Name ist Ann Kathrin Klaasen von der Kripo in Aurich. Das hier ist mein Kollege Weller.«

Kohlhammer putzte sich hocherfreut die fettigen Hände am Kittel ab und reichte dann seine Hand über die Theke. Ann Kathrin nahm sie, wenn auch widerwillig. Am liebsten hätte sie sich sofort danach die Hände gewaschen. Der ganze Mann war ihr unsympathisch.

»Na endlich! Endlich nimmt sich die Kripo der Sache an. Ich war schon drauf und dran, den Glauben an den Rechtsstaat zu verlieren.«

Georg Kohlhammer blickte zu seinen beiden Aushilfskräften. »Ihr macht das hier, nicht wahr, Mädels? Ich kann mich doch auf euch verlassen? – Kann ich Ihnen etwas anbieten? Mit vollem Magen diskutiert es sich besser. Ein Tässchen Kaffee, ein Schnäpschen, ein gutes Schniener Witzel oder …«, er lachte über den eigenen Witz, »lieber mein berühmtes Schischlak? Manche sagen auch Schaschlik dazu.«

Die jungen Frauen hinter der Theke warfen sich genervte Blicke zu. Sie kannten das. Er war so ein Sprechblasentyp. Machte hundertmal am Tag den gleichen Witz, und das sieben Tage die Woche.

113

Weller sah zu den beiden Frauen. Natürlich bemerkte Kohlhammer seinen Blick.

»Elfi, der Kommissar schaut dich so an! Vielleicht möchte er lieber eine zarte Hähnchenbrust, hahaha!«

Ann Kathrin Klaasen kürzte das Ganze ab. »Danke, wir haben bereits gegessen.«

Weller schielte nach den Würstchen auf dem Grill. »Ich eigentlich noch nicht …«

Kohlhammer öffnete den Zugang, der hinter die Theke führte. »Kommen Sie doch mit nach hinten. Da reden wir ungestört.«

So, dachte Ann Kathrin, stattet ein Mann Räume aus, dem jeder Geschmack für schöne Dinge fehlt. Viele Pin-up-Girls an den Wänden, große, plüschige Polstersessel, ein tragbares Musikteil, übergroß.

Georg Kohlhammer setzte sich breitbeinig auf das Sofa und nahm es fast ganz ein. Er redete großspurig und schien gar nicht zu merken, wie unangenehm die Kommissarin ihn fand.

Weller saß ihm gegenüber, während Ann Kathrin im Raum umherging und sich umschaute. Notizen auf dem Kalender an der Wand, Postkarten – sie inspizierte alles.

Weller hatte das Gespräch übernommen. Er brauchte kaum Fragen zu stellen. Kohlhammer sprudelte voller Mitteilungsbedürfnis heraus:

»Hier hat alles begonnen. Der Laden gehörte meinen Eltern. Als mein Vater gestorben ist, habe ich was draus gemacht. Wir haben jetzt zwölf Filialen, vier Wagen und acht Zelte für Bierfeste.«

»Und was bitte werfen Sie dem Verein Regenbogen vor?«, fragte Weller.

Kohlhammer lachte spöttisch. Er hob die Hände zur Decke, als würden die Vorwürfe dort herunterhängen und er müsse sie nur greifen und vorzeigen. Es waren so viele, dass er nicht wusste, wo er anfangen sollte.

»Also, meine Mutter, ja, die ist plemplem, ist die. Die hat sich von dem Speicher belabern lassen. Der greift hier die Hälfte der Kohle ab, hetzt mir die Buchprüfer auf den Hals und … Letzten Monat durfte ich ihm € 80 000 überweisen.«

»Dem Verein oder Herrn Speicher persönlich?«

Kohlhammer brauste auf: »Ach, hören Sie doch auf! Ob Sie mir Geld in die linke Arschtasche stecken oder in die rechte, das ist doch egal.«

»Und Sie? Sind Sie enterbt worden?«

»Na, das wäre ja wenigstens was. Dagegen könnte man ja was machen. Aber nein! Das hier soll ein integrativer Betrieb werden!«

»Ein was?«, fragte Weller nach, der tatsächlich keine Ahnung hatte, wovon Kohlhammer redete.

»Hier sollen geschützte Arbeitsplätze entstehen für die Leute von Speicher. Können Sie sich vorstellen, dass einer Würstchen bei so einem sabbernden Idioten kauft? Ich nicht!«

Kohlhammer verschränkte die Arme vor der Brust und saß geradezu beleidigt auf seinem Sofa.

Weller versuchte, das Ganze zu konkretisieren. »Herr Speicher wollte also, dass Sie Behinderte einstellen?«

Kohlhammer winkte ab. »Ich kann doch hier gar nichts machen ohne den Speicher. Keinen Kredit aufnehmen, nicht expandieren, nicht investieren. Ich darf nur malochen und dann die Kohle abdrücken.«

Ann Kathrin Klaasen nahm ein Bild von der Wand, auf dem Kohlhammer zu sehen war, sein Bruder, sein Vater und seine Mutter. Sie zeigte ihm das Foto: »Ist das Ihr Bruder?«

Kohlhammer nickte.

»Und für ihn verwaltet Herr Speicher das Vermögen?«, fragte Ann Kathrin Klaasen.

Kohlhammer schrie sie an: »Vermögen? Das hört sich immer so an, als würde Geld für einen arbeiten. Ich habe aber noch nirgendwo Geld arbeiten sehen. Es sind immer so Typen wie ich, die sich krumm malochen!«

Ann Kathrin Klaasen zeigte auf mehrere Postkarten, die mit Heftzwecken an die Pinnwand gepiekst waren. »Sie lieben wohl Thailand, was?«

»Ja. Da mache ich jedes Jahr Urlaub. Pattaya. Das ist ja wohl nicht verboten.«

Kohlhammer nahm sofort eine Verteidigungshaltung ein. Er kannte Frauen wie Ann Kathrin Klaasen. Sie griffen ihn an, fanden seine Thailandreisen suspekt. Sie führten Worte wie »Bumsbomber« im Mund. Für solche Frauen war ganz Thailand ein einziger Puff.

»Wo waren Sie gestern zwischen einundzwanzig Uhr und Mitternacht?«

»Wieso?«

»Um diese Zeit wurde Ulf Speicher ermordet, und kurze Zeit später Kai Uphoff, sein Zivildienstleistender.«

Kohlhammer war baff. Er rang nach Luft. Ihm wurde schlagartig klar, dass er unter Verdacht stand. Sonst fiel ihm immer sofort ein flotter Spruch ein. Aber jetzt hatte er für ein paar Sekunden keine Sprechblase zur Verfügung. Er brauchte einen Moment, um sich zu sammeln, dann schimpfte er los: »Der Speicher führt nicht nur mich an der Leine! Die Sylvie Kleine nehmen die auch aus, und die Pfeiffers hat er ruiniert! Drei Zweifamilienhäuser. Mehrere Ferienwohnungen. Das Schuhgeschäft. Alles hat der sich unter den Nagel gerissen.«

Ruhig wiederholte Ann Kathrin Klaasen ihre Frage: »Wo waren Sie gestern zwischen einundzwanzig Uhr und Mitternacht?«

»Hier. Hinter der Theke. Bis 23 Uhr.«

»Und dafür gibt es Zeugen?«

Er schlug sich auf die Oberschenkel. »Na klar. Meine Mädels da draußen und jede Menge Kunden.«

Weller wog ab, dass Kohlhammer für den Mord an Kai Uphoff trotzdem noch in Frage käme. Außerdem konnte dieser Mann bestimmt gut mit großen Fleischermessern umgehen.

»Und danach?«, fragte Weller.

»Dann hab ich Waren zu unseren Filialen gefahren. Fünfzig Kilo Zwiebeln, vierhundert Würstchen, tausendzweihundert Schnitzel. Ich kassiere die Buden jeden Abend ab und fülle die Bestände neu auf. Für arbeitende Menschen wie mich geht es nach der Arbeit erst richtig los. Dann fängt die Buchhaltung an. Die Ansprüche des Staates müssen befriedigt werden. Mich hält doch jeder von vornherein für einen Steuerbetrüger, weil ich, wenn ich einen Hamburger verkaufe, vorher keinen Vertrag mit meinen Kunden mache und sie bei mir keine Rechnung mit ausgewiesener Mehrwertsteuer kriegen. Alles, was heute in bar läuft, ist dem Staat doch verdächtig. Und genau in diese Kerbe haut der Speicher. Schickt mir ständig seine Kontrollettis auf den Hals. Die schauen mir auf die Finger, wie viel Waren ich im Großmarkt einkaufe, und dann rechnen die nach, wie viel ich mit dem Verkauf erzielt haben müsste. Zweimal hat der mir schon die Steuerprüfung auf den Hals gehetzt, die dumme Sau. Wer immer ihn erschossen hat, der hat ein gutes Werk getan.«

Der blanke Hass dieses Mannes hatte etwas Faszinierendes für Ann Kathrin Klaasen. Er hielt seine Wut überhaupt nicht zurück. Das taten ihrer Erfahrung nach nur Menschen, die unschuldig waren oder aber Überzeugungstäter. Religiöse Fanatiker. Terroristen.

Plötzlich wurde ihr ganz heiß. Das Gefühl breitete sich vom Magen her über den ganzen Körper aus. Was, wenn hier jemand die Speerspitze der Behindertenarbeit in Ostfriesland umbrachte?

Ihr Handy klingelte. Sie griff instinktiv danach. Rupert hatte die ersten Ergebnisse aus dem Labor. Er las ihr vor: »Das Geschoss ist vollständig erhalten. Es handelt sich um ein nicht alltägliches Kaliber. 7,9 mm.«

»7,9? Bist du dir sicher?«

»Ja. Die chemische Zusammensetzung ist auch ungewöhnlich. Im Laborbericht steht: *Die Patrone wurde 88 genannt. Man kann sagen, dass mit der Umstellung auf diese Patrone das Zeitalter der Bleigeschosse zu Ende war. Man ging zu Stahl-Kupfer-Mänteln über. 1888. Daher der Name des Geschosses.*«

Sie ging mit dem Handy am Ohr nach draußen. Vor dem Schnellimbiss blieb sie stehen und beobachtete durch die Fensterscheibe das Geschehen im Laden.

Ann Kathrin konnte es kaum glauben: »Mensch,

119

Rupert, das wird ja immer kurioser. Eine historische Waffe?«

»Ja, hör dir das an: *Gewehr und Patrone wurden noch bis Anfang des 20. Jahrhunderts geführt und dann durch das Gewehr 98 abgelöst. An der Grenze zu Ostpreußen wurde es sogar bis in die zwanziger Jahre getragen.* Das könnte doch eine heiße Spur sein.«

Sie holte tief Luft und bemühte sich, ihrer Stimme keinen zornigen oder bissigen Unterton zu geben. »Bist du immer noch der Meinung, dass es sich um einen Sniper handeln könnte? Ein Sniper, der eine historische Waffe benutzt? Das ist doch wohl Blödsinn.«

»Ja, so etwas hat es noch nie gegeben. Wundert mich, dass das Ding überhaupt losgegangen ist. Wer jemanden umbringen will, benutzt doch kein hundert Jahre altes Gewehr.«

»Die Munition müsste ja dann auch aus den zwanziger Jahren stammen.«

»Das gibt keinen Sinn.«

»Für jemanden, der den nächsten Mord mit einem Schwert begeht, vielleicht schon.«

»Du meinst, irgend so ein Waffennarr, der altes Zeug sammelt?«

»Wir müssen herausfinden, wer solche Dinger noch besitzt. Vereine, Sammler, Börsen und so weiter. Klappere alles ab.«

»Klar. Du kannst dich auf mich verlassen.«

In Ruperts Stimme lag eine gewisse Dankbarkeit dafür, dass sie ihn jetzt nicht schärfer anging. Er kam sich vor wie ein Verräter, nur weil er seine eigene Meinung geäußert hatte.

Beide zögerten noch einen Moment aufzulegen.

Rupert fügte hinzu: »Man wird sich ja wohl noch mal irren dürfen.«

»Ja sicher. Was ist mit dem Handy?«

»Noch haben wir keine Infos.«

»Akzeptier das nicht. Bleib dran und mach ihnen Druck. Ich hab das blöde Gefühl, die Sache hier ist noch nicht zu Ende, und unser Killer hat sich das nächste Opfer bereits ausgesucht.«

»Hast du Anhaltspunkte dafür?«

Ann Kathrin legte die linke Hand ein paar Zentimeter unter den Bauchnabel und drückte dagegen. »Ja. So ein Unwohlsein in der Magengegend.«

»Das schreib ich wohl besser nicht im Bericht.«

Sie hörte, dass Weller sich hinten im Laden verabschiedete. Sie schloss die Augen und fragte sich einen Moment, was Ulf Speicher wohl für ein Mensch gewesen sein mochte. War er das Schwein, das Georg Kohlhammer in ihm sah und so viele andere auch? Trat er konsequent für die Rechte von Behinderten ein oder nutzte er deren Situation, um sich zu bereichern und Einfluss auf ein paar gutgehende Familienbetriebe zu bekommen?

Sie ging zum Auto zurück. Wahrscheinlich, dachte

sie, liegt die Antwort auf all meine Fragen in den Aktenordnern im Regenbogen-Verein.

Ann Kathrin wollte sich auf jeden Fall diese Sylvia Kleine ansehen. Weller steuerte den Wagen durch die Siedlung und sah mit neidischen Blicken die komfortablen Häuser an. Er fühlte sich auf unangenehme Art an seine beengte Wohnsituation erinnert.

Rupert meldete neue Ergebnisse. Ann Kathrin lächelte zufrieden, weil sie richtig gelegen hatte. Der letzte Anruf auf Kai Uphoffs Handy war um 22.49 Uhr von einem öffentlichen Münzfernsprecher gegenüber der Post gemacht worden.

Na bitte. Der Täter hatte ihn von dort aus zum Flugplatz gelockt, ihm dort aufgelauert und ihn erschlagen.

Das Handy war auch gefunden worden. Es hatte etwa zweihundert Meter von der Fundstelle des Toten entfernt neben dem Radweg Richtung Norden in der Wiese gelegen. Der Täter hatte es offensichtlich im hohen Bogen weggeworfen. Aber es funktionierte noch und sendete Signale aus.

Ann Kathrin dachte laut nach. »Das heißt, entweder ist der Täter mit dem Fahrrad abgehauen oder er will, dass wir genau das denken und deswegen hat er das Handy dort weggeworfen. Er könnte genauso gut mit einem Privatflugzeug, zum Beispiel von Juist

122

aus, gelandet sein, die Morde begangen haben und danach wieder gestartet sein.«

»So ein Flug müsste registriert sein«, warf Weller ein.

»Müsste schon. Aber ein geübter Flieger kann dort nachts blind starten, wenn er die Strecke kennt. Da sind nur kleine Maschinen. Es gibt keine Kontrollen, keine Polizei. Nachts wird der Flugplatz nicht bewacht. Der Täter hätte auch bequem eine Waffe mit in den Flieger nehmen können.«

»Aber die Maschinen, die dort starten, haben doch bestimmt keinen großen Radius. Ich meine, wo soll der Täter sein? Auf Juist? Auf Norderney? Er muss sich einen kleinen, unbewachten Flugplatz ausgesucht haben.«

»Ja. Er könnte aber genauso gut nach Holland geflogen sein oder nach Belgien. Aber wir sollen denken, dass er mit dem Fahrrad unterwegs war.«

Ann Kathrin bedankte sich bei Rupert und klappte ihr Handy wieder zu.

Weller strich sich über den Bart. »Wenn das stimmt, was der Kohlhammer uns erzählt hat, dann ging es wirklich um viel Geld. Und ich kann mir vorstellen, wie nervig so etwas sein kann. Du hast einen Betrieb und bist doch nicht Herr der Sache. Du musst von allem, was du verdienst, die Hälfte abgeben, und dauernd redet dir einer rein. So fühlen sich manche Scheidungsopfer. Wer sagt uns eigentlich, dass wir es nicht mit einem Profi zu tun haben?«

»Du meinst, jemand hat einen Killer beauftragt, um Speicher zu töten? Gut, das könnte ich mir noch vorstellen«, sagte Ann Kathrin. »Aber Kai Uphoff?«

»Du hast selbst gesagt, es könnte sein, dass der Zivi getötet wurde, weil er den Mörder gesehen hat.«

Sie nickte. »Ja. Aber wieso die historische Waffe?«

»Wir haben es mit einem Trickser zu tun«, prophezeite Weller. »Das ist genauso wie mit dem Handy. Der will uns auf falsche Fährten locken. Ich sag dir – das ist irgendein Profi, aus Amsterdam oder Brüssel. Heutzutage kriegst du so einen für zehn-, zwanzigtausend. Der kommt, erledigt seinen Job und ist schon wieder weg. Ein historisches Gewehr, ein Schwert, alles nur, um uns zu beschäftigen. Der spielt mit uns. Der verarscht uns.«

Das Haus, in dem Sylvia Kleine wohnte, sah aus wie Pippi Langstrumpfs Villa Kunterbunt. Der Garten wild zugewuchert. Auf der Terrasse saß ein Riesenteddy in einer Hollywoodschaukel. Auf dem Tisch vor ihm stand eine Schüssel mit Bonbons und Lutschern, die für einen Kindergeburtstag gereicht hätte.

Ein Pferd graste auf der Wiese.

Im Garten standen zahlreiche Spielgeräte, alles neues, modernes Zeug. Nur ein Karussell mit alten

Kutschen und Holzpferden hob sich deutlich davon ab. Ein seltenes Sammlerstück, das eher in ein Spielzeugmuseum gehört hätte als ungeschützt auf diese Wiese, wie Ann Kathrin fand.

Weller steckte die Hände in die Hosentaschen und sah sich um. »Hier wohnen nur Arbeitslose«, sagte er.

Ann Kathrin sah ihn irritiert an. Was redete der da?

Er beantwortete ihre Frage, obwohl sie sie nicht gestellt hatte: »Na, glaubst du, mit Arbeit kann man so viel Geld verdienen?«

Sie lächelte milde. »Wir beide vielleicht nicht. Andere schon.«

Sie gingen durch das offenstehende Tor in den Garten. Ann Kathrin bückte sich und betrachtete einen großen, grünen Plastikfrosch, der die Augen verdrehte, hin und her hüpfte und Wasser spritzte.

Weller interessierte sich mehr für einen nachgebauten Ferrari, ein Spielzeug, mit dem die kleinen Schumacher schon richtig fahren konnten. Vermutlich war das Ding teurer als die Klapperkiste, die Weller privat fuhr.

»Fehlt nur noch Herr Nilsson«, sagte Ann Kathrin.

Weller kapierte nicht. »Wer?«

»Pippi Langstrumpf! Villa Kunterbunt! Kein Begriff?«

125

Weller schüttelte den Kopf. Er hatte zwei Kinder. Aber Geschichtenvorlesen war Sache seiner Frau gewesen. Seiner Exfrau. Wenn er nach Hause gekommen war, hatten die beiden meistens schon lange geschlafen.

Ann Kathrin wollte klingeln, da ging die Tür von alleine auf. Eine Katze zwängte sich hindurch. Ann Kathrin hob sie hoch.

»Ist das Herr Nilsson?«, fragte Weller.

Ann Kathrin schüttelte den Kopf. »Mensch, Weller. Herr Nilsson war ein Äffchen. Was hast du denn in deiner Kindheit gelesen?«

Da Ann Kathrin die Katze auf dem Arm hatte, drückte Weller den Klingelknopf für sie. Doch die Klingel war entweder abgestellt oder kaputt.

Die beiden traten einfach gemeinsam mit der Katze ein. Sie standen in einer Art Eingangshalle. Es roch nach Weihnachtsgebäck.

Ann Kathrin rief: »Hallo? Frau Kleine?!«

Sie sah sich um. Die Räume hier waren einmal mit sehr viel Geld und Geschmack eingerichtet worden. Das konnte man noch sehen. Aber jetzt lagen Teeniezeitschriften herum. Auf dem Boden hatte jemand Domino gespielt. Die Dominosteine waren über den Boden verstreut. Daneben leere Coladosen. Zwischen all dem auf einem Sessel ein paar Kleidungsstücke. Obendrauf Dessous, als habe sich hier eine Frau ausgezogen.

»Frau Kleine?«, rief Ann Kathrin noch einmal. Die Antwort kam aus einem der hinteren Räume: »Ich kann jetzt nicht! Ich bin in der Küche!«

Ann Kathrin ging in die Richtung, aus der die Stimme gekommen war. Da öffnete sich neben Weller die Badezimmertür. Tim Gerlach trat heraus. Er trug ein großes, flauschiges Handtuch um die Hüften.

Weller hielt ihn an. »Sie hier?«

Ann Kathrin folgte dem Duft und ging in die Küche. Im Flur hingen Fotos an den Wänden, mit Booten und Anglern, die stolz ihre großen Fische in die Kamera hielten.

Sylvia Kleine kniete vor dem Herd. Sie trug einen kurzen Rock und eine geringelte Strumpfhose in allen Farben des Regenbogens. Über dem Rock eine Schürze. Ihre langen blonden Haare hatte sie mit mehreren Klammern am Kopf hochgesteckt. Sie hatte dicke Topfhandschuhe an den Händen, um sich nicht zu verbrennen, und zog ein Backblech aus dem Ofen. Darauf lag Weihnachtsgebäck in Tannenbaum- und Herzchenform.

Sylvia war von ihrer eigenen Arbeit begeistert. »Ich habe Lebkuchen gemacht! Den gibt's doch sonst gar nicht um diese Jahreszeit!«

Sylvia hob das Blech hoch und ließ es auf die Ceranplatte vom Herd knallen.

»Moin. Mein Name ist Ann Kathrin Klaasen. Ich bin von der Kriminalpolizei. Mordkommission.«

Ann Kathrin hielt ihren Ausweis hoch, aber Sylvia schaute gar nicht hin. Sie hatte nur Augen für ihre Lebkuchen. Sie zog die Handschuhe aus und berührte einen mit den Fingern. Er war ihr noch zu heiß.

Ann Kathrin ließ die Katze von ihrem Arm auf den Boden herunter.

»Magst du Katzen?«, fragte Sylvia Kleine.

Ann Kathrin nickte.

Die Katze lief zu Sylvia. Sie streichelte das Tier. »Du bist gut«, sagte sie, und es war unklar, ob sie damit die Katze meinte oder Ann Kathrin Klaasen.

»Meinen Sie mich?«

Sylvia nickte. Die langen, abstehenden Haare wippten dabei rauf und runter. Sie hatte ein schönes, ebenes Gesicht und einen großen Mund, der Ann Kathrin an Julia Roberts erinnerte.

»Wie kommen Sie denn darauf, dass ich gut bin?«

Sylvia kraulte ihre Katze. »Willi lässt sich nur von guten Menschen anfassen. Der ist misstrauisch.«

Ann Kathrin sah die schöne junge Frau mit der heftigen erotischen Ausstrahlung vor sich, hatte aber das Gefühl, mit einem Kind zu sprechen.

»Ich komme, weil … vielleicht wissen Sie es ja schon. Ulf Speicher ist erschossen worden.«

Sylvia wendete Ann Kathrin den Rücken zu, nahm einen Pfannenwender und hob die ersten Lebkuchen vom Blech. Betont erwachsen sagte sie: »Das weiß doch jeder. Die Jutta hat mich angerufen, und der Tim hat es auch erzählt.«

Sie drehte sich zu Ann Kathrin um und bot ihr einen Lebkuchen an: »Willst du mal probieren? Die sind noch heiß!«

Ann Kathrin nahm ein Lebkuchenherz und einen Tannenbaum und pustete. »Hmmm. Die riechen köstlich.«

Sylvia Kleine freute sich über das Lob. »Das hat meine Oma mir beigebracht. Die konnte auch Christstollen backen.«

Sie machte eine Geste, um zu zeigen, wie toll die Christstollen gewesen waren, und leckte sich über die Lippen.

Weller erschien mit Tim Gerlach in der Küche. »Guck mal, wen wir hier haben, Ann.«

»Der Tim wohnt ein bisschen bei mir. Der hat Krach mit seinen Eltern«, sagte Sylvia und zog Tim zu sich, weg von Weller, als wolle sie ihn beschützen.

Tim Gerlach sah Weller triumphierend an, dann nahm er sich auch einen Lebkuchen. Er biss ein kleines Stück ab, warf den Rest wieder aufs Blech zurück und nörgelte in Richtung Sylvia: »Gibt's denn nichts Richtiges?«

Sie sah ihn gleich schuldbewusst an und verhakte

ihre Finger ineinander. Sie wirkte jetzt auf Ann Kathrin wie ein Schulkind, das die Hausaufgaben nicht gemacht hatte und nach einer Ausrede suchte. Plötzlich erhellte sich Sylvias Gesicht. Sie wollte alles großzügig regeln: »Wir können ja den Pizzaexpress anrufen«, schlug sie vor.

Tim nickte: »Meinetwegen.«

Wie selbstverständlich lud Sylvia alle ein. »Wollt ihr auch was? Die haben da ganz tolle Nudeln. Ich ess am liebsten Spaghetti aglio oglio.«

Ann Kathrin warf Weller einen Blick zu. Der kapierte sofort. Weller streckte die Hand nach Tim Gerlach aus. »Ich glaube, Herr Gerlach und ich unterhalten uns besser nebenan.«

Tim wehrte sich auf eine trotzige, maulende Art, aber damit hatte er wenig Erfolg. Weller schob ihn vor sich durch die Tür. »Du willst dich doch bestimmt gerne anziehen, nicht wahr?«

»Wohnen Sie hier ganz alleine?«, fragte Ann Kathrin.

Sylvia schüttelte den Kopf. »Nein, die Jutta betreut mich doch. Und dann kommt noch die Frau Cremer zweimal die Woche zum Aufräumen und so.«

»Ist das das Haus Ihrer Eltern?«

Sofort wurde Sylvia traurig. »Meine Eltern sind …« Sie scheute sich, es zu sagen, presste die Lippen fest aufeinander und verzog die Mundwinkel. Sie setzte sich und drückte die Knie gegeneinander.

»Sind sie tot?«, fragte Ann Kathrin.

Sylvia nickte. Dann sprang sie auf. Als würde sie von einem Bewusstseinszustand in einen anderen wechseln, war sie mit einem Schlag wieder fröhlich. Sie breitete die Arme aus und drehte sich. »Das hier gehörte meinem Opa und meiner Oma. Das ganze Haus und alles. Die waren sehr lieb. Jetzt gehört alles mir. Das hier und ein paar Häuser, eine Metzgerei … Aber da geh ich nie hin. Weil, ich bin doch …«

Ann Kathrin konnte sehen, wie Sylvia versuchte, sich an das Wort Vegetarier zu erinnern und es richtig auszusprechen. Es gelang ihr aber nicht. Dann tat sie, als müsse sie sich übergeben und lachte: »Also, ich ess kein Fleisch.«

Sylvias Gesichtsausdruck veränderte sich wieder. Sie wirkte jetzt geheimnistuerisch und winkte Ann Kathrin näher zu sich heran: »Wenn du von der Polizei bist, kannst du mir dann nicht helfen?«

»Brauchen Sie denn Hilfe?«

»Und wie. Ich bin … also, ich will nicht mehr vom Regenbogen betreut werden. Und von der Jutta schon gar nicht.«

»Warum denn nicht?«

»Die wollen den Tim hier rausschmeißen. Ich soll auch nicht mehr hier wohnen. Das ist aber mein Haus und mein Geld.« Jetzt wurde sie laut. »In der Bank hat die Jutta gesagt, sie sollen mir kein Geld mehr geben. Boah, äi, das ist so gemein, so gemein!

Das ist doch mein Geld! Ich kann damit machen, was ich will!«

Tim Gerlach zog sich im Gästezimmer an. Weller sah ihm dabei zu.

Auf dem Bett lagen Schulbücher. Offensichtlich hatte Tim eine Sporttasche mitgebracht. Darin lagen seine Sachen. Aber direkt daneben eine neue Jeans, eine Lederjacke. Alles Markenklamotten, teilweise noch mit Preisschildern dran. In einer Ecke lagen Tims alte Turnschuhe. Mit denen musste er gekommen sein. Sie sahen aus, als hätte er sie mindestens ein Jahr lang getragen. Daneben standen seine neuen Cowboystiefel.

Weller setzte sich. »Hat sie dir die neuen Klamotten gekauft?«

»Was dagegen?«

»Man kann das auch so sehen: Du hast dich hier in einem gemachten Nest häuslich eingerichtet. Da kommt dir Ulf Speicher mit seinem Verein in die Quere.«

»Hey, hey, hey!«, protestierte Tim Gerlach. »Sie liebt mich. Das ist nicht verboten.«

»Klar. Und du liebst sie auch.«

»Sie verdächtigen mich doch nicht etwa, den alten Bock ausgeknipst zu haben?« Tim lachte. »Der hat anderen viel mehr geschadet als mir, der scheinheilige Hund.«

»Komisch«, sagte Weller, »so etwas Ähnliches habe ich heute schon mal gehört. Wo warst du eigentlich gestern zwischen 21 Uhr und Mitternacht?«

»Hier.« Tim Gerlach zeigte nicht ohne Stolz auf das Bett. »Ich hab gepennt. Und morgens bin ich dann zum Regenbogen-Verein. Den Rest kennen Sie. Dort haben wir uns ja getroffen.«

»Warst du hier alleine im Bett, oder gibt es dafür Zeugen?«

Tim antwortete zerknirscht: »Ja, ich war alleine. Sylvie und ich haben uns gestern den ganzen Abend gezofft. Sie wissen ja, wie Frauen sind.«

Weller schüttelte den Kopf: »Nee, weiß ich nicht. Erzähl mal.«

Tim stieg in seine Stiefel. Er stöhnte und richtete die Augen zur Decke. »Sie wollte den ganzen Abend Domino spielen und Filme gucken.«

»Und du?«

Genervt zischte Tim: »Wissen Sie, was die guckt? Den Zauberer von Oz! Drei tolle Nullen! Käptn Hook! Und am liebsten natürlich die alten Pippi-Langstrumpf-Filme.«

»Pippi Langstrumpf?«

»Ja! Pippi Langstrumpf. Sie haben richtig gehört.«

»Und jetzt willst du mir erzählen, ihr hättet euch deswegen gezofft? Du weißt doch genau, was mit ihr los ist! Was willst du denn mit ihr gucken? Das Schweigen der Lämmer? Also. Worum ging es?

Warum hattet ihr Streit? Erzähl mir ruhig die ganze Wahrheit. Meine Kollegin fragt deine Freundin in der Küche mit Sicherheit gerade genau dasselbe. Und glaub mir, sie wird es ihr verraten.«

Tim Gerlach trat nach seinen alten Turnschuhen. Einer davon flog quer durch den Raum. »Erst erzählt sie, dass sie mich liebt, schenkt mir ein Auto, ich bestell die Kiste und dann …«

»Dann platzt der Scheck?«

»Ja. Kann man denn da gar nichts machen? Ich meine, das ist doch Enteignung! So was ist doch in diesem Staat verboten.«

Weller konnte sich ein Grinsen kaum verkneifen. »Nimms nicht so schwer, Junge. Mit den tollen Klamotten reißt du dir bestimmt in der nächsten Disco ne neue Sahnetorte auf.«

Tim nickte, als sei das nun wirklich kein Problem.

Schadenfroh fügte Weller hinzu: »Und die kauft dir dann ein größeres Auto. Mit ein bisschen Glück auch noch ein Segelboot und ein Haus am Meer.«

Weller stand auf und verließ den Raum.

»Arschloch!«, zischte Tim.

Weller wirbelte herum und sah ihn scharf an. »Nimm dich in Acht, Kleiner. Ich kann dich auch mitnehmen und achtundvierzig Stunden festhalten. Dann erst muss ich den Haftrichter fragen, ob das in Ordnung war.«

Inzwischen war Ann Kathrin Klaasen Sylvia Kleine ins Wohnzimmer gefolgt. Auch hier hingen viele große Bilder von Booten und Anglern. Ein Teil des Wohnzimmers sah aus wie ein Ballettstudio. Eine Wand war ganz aus Spiegeln und mit einer langen Ballettstange. Daran stand Sylvia jetzt und senkte den Kopf. Daneben gab es noch eine ganz normale Wohnzimmergarnitur, als würde hier manchmal jemand im Sessel sitzen und Sylvia beim Tanzen zusehen.

Sylvia zog sich einfach den Rock aus und übte jetzt in ihrer bunten Strumpfhose. Ann Kathrin beobachtete sie und sprach dabei mit ihr. Sie begab sich ganz selbstverständlich auf Sylvias Ebene, ohne sich dabei über sie zu erheben. Dadurch, so hoffte sie, würde Sylvia sich öffnen.

»Das machen Sie toll.«

»Ja, findest du, echt?«

»Man sieht Ihnen an, wie fit Sie durch das Tanzen sind. Sie haben ganz stramme Beine und einen durchtrainierten Körper.«

»Tanzt du auch?«

»Nein, aber ich trainiere im Butterfly-Fitnessstudio.«

Während sie ihre Dehnübungen machte, fragte Sylvia: »Sind da bei euch Männer und Frauen im Studio?«

»Klar«, sagte Ann Kathrin.

Sylvia sah enttäuscht aus. »Bei uns in der Ballettschule sind nur Mädchen. Bis auf den Andreas. Der ist ein Junge. Aber der ist schwul.«

Weller tauchte im Wohnzimmer auf und sah einen Moment lang fasziniert zu. Dann tippte er auf seine Uhr, um Ann Kathrin zu zeigen, dass er gerne Feierabend machen wollte.

Sie erhob sich aus dem Sessel. Als Sylvia Kleine im Spiegel erkannte, dass Ann Kathrin Klaasen gehen wollte, lief sie zu ihr hin und hielt sie fest. »Och bitte, bleib doch noch.«

»Das geht nicht, ich, äh, ich muss jetzt ins Fitnessstudio.«

Sylvia lehnte sich an Ann Kathrins Schulter an wie ein kleines Kind. »Bitte nimm mich mit.«

Ann Kathrin dachte an die Worte ihres Vaters: *»Wenn ein Zeuge einmal redet, unterbrich ihn nicht, solange du spürst, dass er authentisch ist. Die ungeheuerlichsten Aussagen sind manchmal im alltäglichen Mist verpackt. Die meisten Menschen haben ein Redebedürfnis. Lass sie kommen. So habe ich viele Fälle gelöst.«*

Vielleicht war dies genau so eine Situation. Vielleicht war sie hier ganz nah an der Lösung des Falles. Vielleicht drehte sich ja alles um diese junge Frau.

Ann Kathrin sah Sylvia an. Die hüpfte voller Vorfreude mehrfach in die Luft und rief: »Bitte, bitte, ich will mit!« Dabei klatschte sie in die Hände.

»O.k. Meinetwegen. Warum nicht.«

Sofort zog Sylvia sich den Rock wieder an.

»Ich muss nur noch eben meine Katze füttern!«, rief Sylvia. »Willi! Willi!« Sie verschwand aus dem Raum.

Weller konnte es kaum glauben. »Nimmst du sie wirklich mit ins Fitnessstudio?«

Ann Kathrin zuckte mit den Schultern. »Wieso nicht?«

»Du kannst sie nicht vernehmen wie eine normale Zeugin, Ann. Wäre hier nicht ein Psychologe angebracht?«

»Ich glaube, sie mag mich, und sie will mir was erzählen.«

»Zweifellos will sie das«, sagte Weller kritisch, »aber glaubst du denn, sie ist als Zeugin ergiebig? Das hier bringt doch überhaupt nichts.«

Ann Kathrin sah sich im Raum um. »Was glaubst du, wie viele Millionen sie schwer ist? Zwei? Drei?«

Weller musste ihr recht geben. »Auf jeden Fall genug, um einen Mord zu begehen.«

Er sah zur Tür, um sicherzustellen, dass sie auch nicht belauscht wurden. Von Tim Gerlach keine Spur. »Wenn es dem Bengel gelingt, sie zu heiraten und er die Vermögensfürsorge kriegt, kann er mit dem Geld machen, was er will.«

»Ja«, nickte Ann Kathrin, »und dabei war ihm nur Ulf Speicher im Weg.«

»Sollen wir ihn mitnehmen?«

Ann Kathrin schüttelte den Kopf. »Das nimmt uns jeder Haftrichter auseinander. Wir brauchen handfeste Beweise.«

Schon hopste Sylvia in den Raum zurück. Sie brachte eine Duftwolke von frisch geöffnetem Katzenfutter mit. »Ich habe meine Sportsachen schon eingepackt!«, rief sie. Dann fragte sie Weller: »Kommst du auch mit?«

Der schüttelte den Kopf und sah seine Kollegin an.

»Wenn du willst, komm ruhig«, sagte Ann Kathrin mit einer einladenden Geste.

»Nee, lass mal. Ich hatte eigentlich vor, dich zum Essen einzuladen.«

Sie staunte. »Du mich?«

»Ja. Ich wollte für uns kochen.«

»Ich wusste gar nicht, dass du kochen kannst, Weller.«

»Ich kann einige Sachen, die dich verblüffen würden.«

Ann Kathrin sah schon Sylvias enttäuschtes Gesicht. Sie schüttelte den Kopf: »Vor dem Training esse ich nicht gerne. Das macht viel zu schwer.«

Weller winkte ab.

»Schon gut. Weißt du, was ich jetzt mache?«

Ann Kathrin sah ihn fragend an.

»Fängt mit F an und hört mit Eierabend auf.«

Sylvia verstand nicht, was er meinte, und Ann Kathrin fand den Witz nicht gut.

Sylvia hakte sich bei Ann Kathrin unter. »Komm, lass uns gehen.«

Ann Kathrin hatte das Gefühl, dieses Mädchen beschützen zu müssen. Sie kam ihr so zerbrechlich vor. Wie ein Kleinkind, das fröhlich in einem Haifischbecken planschte, ohne zu merken, dass die Bestien es bereits umkreisten.

Als Weller bei sich zu Hause die Tür aufschloss, kam Ludwig Bongart mit dem Rad gerade um die Ecke. Er hatte eine Kiste mit Lebensmitteln auf dem Gepäckträger.

Ludwig stöhnte schon von weitem: »Sie wohnen ja echt am Arsch der Welt, äi! Ich bin fast vierzig Minuten mit dem Rad gefahren!«

»Oh, danke. Sie haben die Lebensmittel für mich eingekauft.«

»Ja, ich hab ja sonst nichts zu tun. Ich bin ja bloß Zivi!«

Weller bat den jungen Mann mit ins Haus. Er stellte die Kiste auf den Küchentisch.

Ludwig Bongart zählte auf: »Kirschtomaten, Limettensaft, frische Chilischoten, Mozzarella …«

Weller sah in das Kochbuch. »Da fehlen noch Schwarzkümmel, frischer Koriander und Feigen.«

»Klar«, fauchte Ludwig ihn an, »und ein großes, totes, schwarzes Pferd! Mensch, ich bin Zivi, kein Galeerensklave! Was glauben Sie, wo wir mit unseren Klienten einkaufen? Im Feinkostladen?«

Weller schüttelte den Kopf. »Und wie soll ich jetzt den Salat hinkriegen?« Er zeigte auf das Bild. »Hier. Salat Morgenröte.«

»Muss man in Ihrem Alter so eine Show abziehen, um eine Frau rumzukriegen?«

Weller trat einen Schritt zurück. »Ich bin Feinschmecker!«, verteidigte er sich.

»Klar. Und ich Gehirnchirurg. Ich muss jetzt los. Schwangere Frauen sollte man nicht warten lassen. Ich hoffe, Sie kriegen Ihren Salat auch so hin.«

Ann Kathrin Klaasen besuchte das Butterfly-Fitnessstudio inzwischen seit zwei Jahren. Der Vertrag hatte sich für sie am Anfang gar nicht ausgezahlt. Sie ging viel zu unregelmäßig. Mehrfach hatte sie überlegt, ihn zu kündigen, aber das Training war gut für ihren Rücken. Hier konnte sie an den Fitnessmaschinen Stress abbauen und danach bei einem Saunagang entspannen.

Ann Kathrin bemerkte die Blicke der Männer sofort. Die Schönheit und Ausstrahlung von Sylvia Kleine ließ keinen männlichen Besucher unberührt. Sylvia trug ein hautenges, pinkfarbenes Bodystocking und eine silberfarbene Latexhose. Ihre kindlich-zwanglose Art sich zu bewegen faszinierte die

Männer. Einer ließ beim Bankdrücken sogar die Gewichte fallen.

Ob sie merkt, welche Wirkung sie hat, dachte Ann Kathrin. Weiß sie, was sie auslöst? Spielt sie vielleicht sogar damit, oder ist sie wirklich so unschuldig, wie sie tut?

Ann Kathrin wollte Sylvia die erste Maschine erklären, an der sie selbst gerne ihren Rücken trainierte, aber es waren sofort vier hilfsbereite Männer da, die Sylvias Handhaltung korrigierten und übereifrig darauf achteten, dass sie auch den Rücken gerade hielt und nicht zu viele Gewichte nahm.

Ann Kathrin war nun wahrhaftig keine unattraktive Frau. Aber solange sie hier trainierte, hatte noch nie so eine Traube von Männern um sie herumgestanden, um ihr eine Maschine zu erklären.

»Danke, wir kommen gut selbst klar. Ich trainiere hier seit zwei Jahren. Ich weiß, wie das geht.«

Ann Kathrin hatte bis jetzt die Männer hier als sehr zurückhaltend erlebt und fand es toll, hier ungestört trainieren zu können. Sie wunderte sich, welche Reaktionen Sylvias Auftritt auslöste. So etwas hatte sie in diesem Studio noch nicht erlebt.

Als Sylvia nun den muskelbepackten Kurt fragte, ob sie mal seine Arme anfassen dürfte, platzte der fast vor Stolz, wurde aber gleichzeitig rot. Er warf sich in Bodybuilding-Pose und ließ seine Muskeln von Sylvia befühlen.

Ann Kathrin war nach einer Stunde froh, endlich gehen zu können.

Liegt es an mir?, fragte sie sich. Bin ich empfindlich geworden, weil mein Mann mich betrügt, oder war das hier gerade etwas ungewöhnlich?

Ann Kathrin Klaasen fuhr Sylvia Kleine nach Hause. Nachdem Sylvia ihr zweimal das Du angeboten hatte, nahm Ann Kathrin an. Die Situation, dass sie von ihr geduzt wurde, sie aber zurücksiezte, war auf die Dauer ja doch unhaltbar.

»Der hat gesagt, er heißt Kurt. Meinst du, das stimmt?«

»Klar stimmt das. Warum soll das denn gelogen sein?«

Sylvia überlegte. Offensichtlich erinnerte sie sich an viele Lügen von Männern. Sie biss sich auf die Unterlippe. So heftig, wie sie darauf herumkaute, musste es weh tun.

»Jungs lügen viel. Erst versprechen sie einem alles und dann … Die nehmen immer nur, und dann hauen sie ab.«

»Hattest du schon viele Jungs?«, fragte Ann Kathrin.

Sylvia schaute ihre neue Freundin intensiv an, als wolle sie in ihrem Gesicht lesen. Dann antwortete sie mit einer Gegenfrage: »Und du?«

»Den einen oder anderen hatte ich schon. Und ich

war … ich meine, ich bin verheiratet. Seit fast fünfzehn Jahren.«

Stolz wölbte Sylvia ihre Brust und lachte: »Der Tim sagt, ich sei mannstoll!«

Aus der Art, wie sie es sagte, spürte Ann Kathrin, dass sie den Sinn des Wortes gar nicht verstand.

»Das hat der nicht nett gemeint, Sylvia.«

Sylvia schüttelte den Kopf. »Doch, doch. Weil ich immer so … so toll zu Männern bin, darum hat er das gesagt.«

»Du bist toll zu Männern, ja, das glaub ich gerne. Was machst du denn?«

»Ich verwöhne sie.«

Ann Kathrin versuchte, ganz auf Sylvia einzugehen. »Na, das wird den Männern aber gefallen. Wie verwöhnst du sie denn?«

Sylvia strich sich über die Oberschenkel. »Ich gucke immer ganz genau, was die Männer am liebsten wollen. Und das tu ich dann.« Stolz fuhr sie fort: »Ich mache alles! Wirklich alles!«

Es schnürte Ann Kathrin fast den Hals zu. »Hast du auch was für Herrn Speicher gemacht?«

Sylvia schüttelte den Kopf und lachte: »Für den doch nicht! Der ist doch alt!«

»Für wen denn?«

»Für den Kurt, da würd ich alles tun. Und für deinen Freund auch.«

»Du meinst meinen Kollegen, den Weller?«

»Ja. Klar. Der ist doch toll. Oder nicht?«

Ann Kathrin wich einem entgegenkommenden Fahrzeug aus.

»Die Männer nehmen dich aus, Sylvia.«

Sylvia löste die Gurthalterung und rollte sich auf dem Beifahrersitz zusammen wie ein Kind. Ihren Kopf legte sie auf Ann Kathrins Beine. »Glaubst du denn, das weiß ich nicht? Die Männer können so gemein sein.«

Ann Kathrin nahm die rechte Hand vom Steuer und legte sie auf Sylvias Kopf.

»Du solltest dem Tim kein Auto schenken. Danach verlässt er dich sowieso.«

Sylvia Kleine schwieg eine Weile. Dann sagte sie: »Hm. Das hat die Jutta auch gesagt. Aber wie findest du denn den Ludwig?«

»Den Zivildienstleistenden?«

»Ja. Den Ludwig Bongart.«

Ann Kathrin wollte die Hand von Sylvias Kopf nehmen, doch Sylvia hielt sie fest. Sie brauchte die Berührung jetzt, so wie Eike früher die Berührungen gebraucht hatte. Während sie weitersprach, kämpfte Ann Kathrin mit den Tränen. Für einen kleinen Augenblick hatte sie ihre Gefühle nicht mehr im Griff. Einerseits rührte die Situation sie so sehr, andererseits wünschte sie sich ihren Sohn zurück.

»Hat Ludwig Bongart nicht eine schwangere Freundin?«, fragte sie.

Sofort änderte sich Sylvias Gemütsverfassung. Sie schob Ann Kathrins Hand weg, als sei ihr das Streicheln unangenehm gewesen. Sie setzte sich aufrecht hin, zog die Füße an und trat wütend gegen das Armaturenbrett.

»Ich weiß! Ich weiß! Immer ist alles so kompliziert!«

Nachdem Ann Kathrin Klaasen Sylvia Kleine nach Hause gebracht hatte und wieder alleine im Auto saß, brüllte sie während der Fahrt laut los und schlug so fest gegen das Lenkrad, dass sie einen Moment befürchtete, den Airbag aktiviert zu haben. Zum Glück blieb ihr das erspart.

Nein, es war gar nicht Hero. Der sollte doch bleiben, wo der Pfeffer wächst. Eikes Entscheidung, bei seinem Vater zu bleiben, so logisch und richtig sie vielleicht auch war, machte Ann Kathrin fertig. Szenen stiegen in ihr hoch, sie sah Eikes Augen, die sich mit Tränen füllten, während seine Geburtstagskrone vom Kopf rutschte. Trotzig verschränkte er die Arme vor der Brust und zog einen Schmollmund. Nein, er wollte an seinem Geburtstag kein Verständnis haben. Er wurde acht und hatte seine besten Freunde eingeladen. Was interessierte ihn eine Brandstiftung in einer Diskothek auf Norderney? Hero hatte es übernommen, die Ritterspiele mit den Kindern und die Schnitzeljagd quer durch die Siedlung zu organisieren. Als Ann Kathrin zurückkam, war es bereits dunkel gewesen, die Gäste waren lange gegangen, und Eike hatte tief und fest geschlafen.

Es hatte viele solcher Situationen gegeben. Zu viele. Der Job war einfach beziehungsfeindlich. Kein Wunder, dass es so wenig Frauen bei der Polizei gab.

Die Scheidungsrate bei ihnen war hoch. Die der Beziehungskrisen noch höher. Die Männer litten genauso darunter wie die Frauen. Und trotzdem war es bei ihnen noch mal was anderes. Gesellschaftlich akzeptierter. Ach, was interessierte sie die Gesellschaft? Sie konnte sich des Gefühls nicht erwehren, dass der Scheißjob sie die Liebe ihres Sohnes gekostet hatte.

281 Überstunden standen auf ihrem Zeitkonto. Das waren sieben Wochen Urlaub. Sieben Wochen, die sie ihrer Familie schuldete.

Der metallicblaue Ford Focus bremste mit quietschenden Reifen. Der Fahrer hupte. Es war nichts passiert, die Kotflügel waren noch gut einen halben Meter voneinander entfernt. Aber es hätte schiefgehen können, und dass es so glimpflich abgelaufen war, lag bestimmt nicht an ihrer Reaktionsfähigkeit.

Ann Kathrin hörte den Fahrer etwas von »Frauen am Steuer« brüllen und sie solle doch ihren Führerschein abgeben.

Ein paar Meter weiter fuhr sie rechts ran. Neben ihr grasten schwarz-weiß gescheckte Kühe. Für einen

Moment beneidete sie die Viecher um ihr einfaches Leben. Klare Rollen. Klare Grenzen. Keine Entscheidungen zwischen: Eigentlich müsste ich dies tun – aber das ist jetzt wichtiger. Am liebsten täte ich was ganz anderes, aber dafür habe ich gar keine Zeit.

Sie stand neben ihrem Wagen am Straßenrand und biss sich auf die Unterlippe. Sylvia Kleine hatte recht. Warum musste das Leben immer so kompliziert sein? Seit Eike auf der Welt war, lief sie mit einem schlechten Gewissen herum. Entweder vernachlässigte sie ihn oder ihren Beruf. Sie versuchte, alles hinzukriegen. Dazwischen wurde sie aufgerieben, ging sich selber verloren. Jetzt gestand sie es sich zum ersten Mal ein: Sie konnte nicht mehr.

Ja, sie beneidete ihre Freundin Ulrike, die nach der Geburt ihrer Tochter sechs Jahre zu Hause geblieben war und dann halbtags wieder zu arbeiten begonnen hatte, um sich selbst zu verwirklichen oder auch nur, um unter Leute zu kommen, während Sandra zur Schule ging.

Ann Kathrin Klaasen fuhr nach Hause zurück. Sie riss dabei die Augen weit auf, als hätte sie Angst, sonst vor Müdigkeit einzuschlafen. Sie musste auf den Straßenverkehr achten. Sie wollte nicht noch so einen Beinahe-Unfall erleben wie vorhin. Trotzdem fuhr sie nach kurzer Zeit nur noch instinktiv, nahm den Verkehr eigentlich gar nicht mehr richtig wahr.

Es war ihr nie aufgefallen, doch jetzt sah sie es plötzlich ganz klar: Hero und ihr Vater hatten viele Gemeinsamkeiten.

Ihr Vater war ein begeisterter Amateurboxer gewesen. Er hatte sie oft zum Training und zu Kämpfen mitgenommen. Wahrscheinlich hatte er sich einen Jungen gewünscht, denn Frauenboxen war zu der Zeit noch völlig unbekannt. Manchmal hatte es mit ihrer Mutter Krach gegeben, die es nicht gut fand, wenn ihn das Kind zu so einer brutalen Sportart begleitete. Ihr Vater fand den Boxsport überhaupt nicht brutal. Für ihn war Boxen so etwas wie Schach spielen mit totalem Körpereinsatz. Aber davon wollte ihre Mutter nichts wissen.

Hero war auch ein Boxfan. Nicht aktiv, doch um einen WM-Kampf live verfolgen zu können, stand er schon mal nachts um drei Uhr auf und setzte sich vor den Fernseher.

Hab ich Hero geheiratet, weil er wie mein Vater war?, fragte sie sich. Ruhig, den Ausgleich suchend, loyal – doch sofort kochte die Wut wieder in ihr hoch. Von wegen loyal! Hero betrog sie nicht zum ersten Mal mit einer Klientin.

Sie fuhr zu schnell.

Noch bevor sie in den Flökershauser Weg einbog, wusste sie, dass sie auf ihren Mann und ihren Sohn treffen würde. Sie spürte deren Anwesenheit.

Der blaue Renault Megane stand mit offenem

Kofferraum in der Einfahrt. Hero trug eine Kiste mit Büchern aus dem Haus und wuchtete sie ins Auto. Darin standen schon mehrere Taschen und Kisten.

Ann Kathrin unterdrückte den Wunsch, einfach gegen Heros Wagen zu fahren, um ihn endlich in die Wirklichkeit zurückzuholen und ihm zu zeigen, was er hier eigentlich anrichtete. Aber dann bemühte sie sich, ihren Twingo so hinzustellen, dass es nicht wieder so aussah, als würde sie ihrem Mann den Fluchtweg abschneiden. Bevor sie ausstieg, warf sie einen kurzen Blick in den Rückspiegel. Sie wollte jetzt nicht wütend aussehen. Aber sie konnte nichts daran ändern.

Hero begegnete ihr mit gespielter Freundlichkeit. Er liebte das Fechten mit dem Florett. Tiefe Stiche, die weh taten. »Oh, du kommst schon nach Hause? Sind die Kriminellen uninteressant geworden?«

Eike schleppte eine viel zu schwere Kiste heraus. Ann Kathrin ergriff die Chance und fasste bei ihrem Sohn mit an, so als wolle sie ihm wirklich helfen.

»Vorsicht, Eike. Das ist doch viel zu schwer für dich.«

Eike wollte sich nicht helfen lassen. Er schüttelte sie ab und machte sich frei. »Nicht, Mama. Lass doch.«

Auch gegen seinen Willen half sie ihm, die Kiste im Auto zu verstauen. Obendrauf lag die Playstation, die sie ihm zu Weihnachten geschenkt hatte.

Sie nahm das Spielzeug heraus und streichelte es ersatzweise, als würde sie ihren Sohn streicheln. Dabei schaute sie ihn an. Er blieb stehen, erwiderte ihren Blick aber nicht.

»Ist sie wirklich so nett – Papis Neue?«

Eike nickte. Ann Kathrin spürte seine Zerrissenheit. Es fiel ihm schwer, aber er hielt zu seinem Vater.

»Wusstest du es schon lange?«, fragte Ann Kathrin.

Wieder nickte Eike.

Sie drehte sich herum und biss in ihren Handrücken. »Warum hast du mir nie etwas gesagt? Ich meine, ich bin doch deine Mutter.«

Statt zu antworten, ging er zurück ins Haus. Sie folgte ihm.

»Eike!«

Im Flur drehte er sich plötzlich um. »Was weißt du denn schon über mich? Du hast doch sowieso nie Zeit!«

Dann rannte er die Treppe hoch in sein Zimmer.

Ann Kathrin wollte hinterher, aber Hero kam gerade von oben und hielt sie auf der Treppe fest. »Lass ihn. Es ist schon schwer genug für ihn. Er versucht doch nur, cool zu bleiben. Mach es uns allen doch nicht noch schwerer, als es ohnehin schon ist. Man muss auch mal loslassen können.«

Plötzlich versteifte sich ihre Schultermuskulatur.

150

Ihr Nacken war wie ein Brett. Nur mühsam konnte sie den Kopf von links nach rechts bewegen. Es war so schwer, dass sie das Gefühl hatte, es müsse knirschen. Das geschah aber glücklicherweise nicht.

Sie sah Heros Gesicht, und in ihrer Phantasie hatte sie jetzt Boxhandschuhe an, stand mit ihm im Ring und schlug zu.

Sie hörte ihren Vater sprechen: *Nimm dich in Acht vor verletzten Gegnern. Niemand ist gefährlicher als ein blutender Boxer, der spürt, dass er angeschlagen ist!*

»Hör auf mit dem Psychomist!«, schrie sie. »Wenn du so ein sensibler, netter Kerl bist, wieso versuchst du dann, mir meinen Sohn wegzunehmen?«

Hero schüttelte den Kopf und legte seinen Zeigefinger auf den Mund. Als ob Eike nicht sowieso alles mitkriegen würde.

»Wir haben uns überlegt, dass es das Beste wäre, zunächst bei Susanne zu wohnen, bis Eike und ich etwas Eigenes gefunden haben. Er hat sich entschieden, erst mal bei mir zu bleiben, bis die Sommerferien anfangen. Lass uns doch alles in Ruhe besprechen. Es gibt nichts, was wir nicht miteinander regeln können.«

Sein Ton machte sie rasend. Sie schaute auf die Uhr, als würde sie von dort eine Hilfe erwarten.

»Jetzt kann ich gerade nicht«, sagte sie. Es war wie eine Rettungsboje, an der sie sich festklammerte. Sie musste ein bisschen Zeit gewinnen. Sie war jetzt

nicht in der Verfassung, sich mit ihm sachlich aus-
einanderzusetzen. Was wollte sie überhaupt hier? Sie
hörte sich sagen: »Ich bin nur gekommen, um mein
Filofax zu holen.«

Er lachte bitter auf und schob sich an ihr vorbei.
Das war die Bestätigung für ihn, dass seine Entscheidung richtig gewesen war. Er wollte nicht mehr mit
ihr leben. Er wollte zu Susanne.

»Vergiss es!«, zischte er im Vorbeigehen.

Paul Winter hatte nur noch 71 Minuten zu leben. Er
spürte das Unheil nicht kommen. Trotz der Morde
an Ulf Speicher und Kai Uphoff fühlte er sich noch
völlig sicher.

Er räumte mit ein paar Helfern das Freizeitheim
vom Regenbogen-Verein auf. Ulrike Krämer, Nadja
Gehlen, Tamara Pawlow und Rainer Kohlham-
mer, die leicht geistig behindert waren, galten in der
Werkstatt als Stars. Sie durften überall mithelfen und
dabei sein.

Pia Herrstein stand auf der Leiter und drehte
bunte Glühbirnen in die Fassungen.

Ann Kathrin Klaasen betrachtete das rege Treiben von Behinderten und Betreuern. Sie musste sich
selbst eingestehen, dass sie auf den ersten Blick nicht
alle Behinderte von den Betreuern unterscheiden
konnte.

Der Verein war ihr sympathisch. Mit den Zielen

konnte sie sich identifizieren. Integration von Behinderten in die normale Gesellschaft, Unterstützung der Angehörigen – welch ein schönes Ziel. Trotzdem vermutete sie hier den Nährboden für zwei Morde.

Rainer Kohlhammer gefiel Ann Kathrin besser als sein Bruder Georg. Er kam ihr so fröhlich vor. Er hatte ein gewinnendes Lachen. Für ihn schien die ganze Welt ein einziger Spaß zu sein. Auf seinem T-Shirt stand: »Wenn Sie mit mir schlafen wollen, sagen Sie nichts. Lächeln Sie nur.«

Rainer war stark. Kräftiger als alle seine Betreuer. Stolz wuchtete er die Verstärkeranlage von der Bühne.

Jutta Breuer forderte ihn auf: »Pack alles gut weg, Rainer. Wenn hier die Vorlesenacht mit den Kleinen ist, kann ich für nichts garantieren. Die fassen alles an und …«

Paul Winter fiel ihr ins Wort: »Jaja, ist schon gut. Lass ihn doch. Der macht das doch prima.«

Jutta Breuer fuhr ihn genervt an, er solle sich gefälligst da raushalten und seine Arbeit tun.

»Sag mal, was hast du eigentlich gemacht, bevor du zum Regenbogen gekommen bist? Hast du in einem Domina-Studio gearbeitet, oder was?«

Rainer und Ludwig lachten über den Witz. Im gleichen Moment tat es Paul Winter leid. Immerhin hatte Jutta gerade ihren Liebhaber durch eine

153

Kugel verloren. Trotzdem war er genervt von ihr. Er hatte ihre nörgelige Art noch nie ertragen können, und seit einiger Zeit wurde es immer schlimmer. Sie hatte etwas von einer Männerhasserin an sich, fand er. Jetzt, da Ulf Speicher tot war, trat es ungebremst zutage. Sein blöder Spruch brachte sie zum Ausflippen. Wortlos haute sie ihm eine runter. Rainer Kohlhammer stellte die Box ab und staunte. Auch alle anderen verharrten in ihrer Arbeit.

Paul hielt Jutta fest, weil er befürchtete, sie könnte noch einmal zuschlagen. Es lag so viel Hass in ihren Augen. Er hatte Lust, ihr auch eine runterzuhauen, aber er beherrschte sich.

»Meinst du, ich weiß nicht, dass ihr sie alle hattet, ihr Schweine!«, zischte Jutta.

Pia stieg von der Leiter. »Das stimmt nicht, Jutta. Du steigerst dich da in etwas hinein.«

»Ach, hör doch auf! Sie hat es mir selber erzählt!«, brüllte Jutta. Dabei wurden ihre Augen feucht.

Pia wölbte ihren Bauch vor. »Sylvia phantasiert. Sie lebt ganz in ihrer eigenen Welt. Kaum war ich schwanger, wollte sie ein Kind von Ludwig. Wenn wir anfangen, das ernst zu nehmen, dann …«

Jutta Breuer spürte, dass sie dabei war, sich zu blamieren. Heulend rannte sie nach draußen.

»Ihr müsst sie entschuldigen, Leute«, sagte Ludwig. »Seit dem Tod von Ulf liegen ihre Nerven blank.«

154

Pia küsste ihren Ludwig. Der streichelte den Bauch seiner Freundin.

Ann Kathrin hatte das Gefühl, dass Pia und Ludwig das auch demonstrativ für sie machten.

»Ich bewundere Ihre Haltung. Andere Frauen würden ausrasten vor Eifersucht«, sagte sie zu Pia.

Pia lächelte: »Ich kann mich auf meinen Ludwig verlassen.«

Ann Kathrin nickte ihr zu. Dann ging sie zu Paul Winter. »Kann ich Sie mal sprechen?«

»Jetzt?«

»Ich kann Sie auch vorladen, wenn Ihnen das lieber ist.«

»Nein, nein. Schon gut. Selbstverständlich.«

Ann Kathrin Klaasen und Paul Winter gingen nach draußen. Vor dem Freizeitheim spazierten sie ein wenig hin und her, so dass sie durch die Fenster in den erleuchteten Raum sehen konnten.

Rainer Kohlhammer rannte hinter Tamara Pawlow her. Sie hatte ein Stück Kuchen, das er haben wollte. Sie kreischte.

»Also, Frau Kommissarin – was wollen Sie von mir?«

»Haben Sie eine sexuelle Beziehung zu Sylvia Kleine?« – »Geht Sie das was an?«

»Nun, ich bin nicht von der Sitte, aber …«

Paul Winter hob den Zeigefinger und dozierte: »Sylvia ist volljährig.«

»Körperlich ist sie ganz sicher erwachsen«, gab Ann Kathrin zu.

»Mein Gott, wollen Sie mein Leben ruinieren? Ich bin verheiratet, ich habe zwei Kinder.« Er zeigte auf das Freizeitheim. »Ich mach das hier nur ehrenamtlich. Ich bin Kirchenmusiker, verstehen Sie?«

»Wusste Ulf Speicher etwas von Ihrer Beziehung zu Sylvia Kleine?«

»Um Himmels willen, nein. Und das ist auch ganz anders, als Sie denken.«

Paul Winter zog Ann Kathrin von der Tür weg. «So, wie ist es denn?«

»Ich bin nicht so einer, wie Sie denken. Es ist nur ein-, zweimal passiert. Die ist völlig distanzlos, die drückt sich einfach so an einen. Fasst einen überall an und …«

Ann Kathrin nickte: »Und da waren Sie natürlich wehrlos.«

Paul Winter ballte die rechte Faust und zuckte mit ihr, als würde er einen Gegner suchen, den er niederschlagen konnte. Aber es war keiner in Sichtweite.

»Verdammt, das hört sich jetzt alles so schmutzig an … Aber … ich habe so etwas noch nie getan … Bitte, Sie treten das doch jetzt nicht breit, oder?«

»Wo waren Sie Donnerstagnacht zwischen 21 und 24 Uhr?«

»Da habe ich in der Kirche Orgel gespielt.«

»Um die Zeit?«

»Eine Abendandacht. Von 21 bis 22 Uhr.«

»Und dafür gibt es Zeugen?«

»Ja klar. Pastor Rehm und ein paar Mitglieder der Gemeinde. Direkt danach bin ich nach Hause gefahren. Meine Frau und meine Kinder können das bezeugen.«

Als Ann Kathrin Klaasen ihn verließ, hatte Paul Winter plötzlich Angst. Es war nicht die Angst, ermordet zu werden. Er fürchtete, seine Familie zu verlieren. Seine Ehre. Vielleicht sogar seinen Job als Kirchenmusiker.

Pastor Rehm war sehr hilfsbereit. Er führte Ann Kathrin Klaasen in seine Kirche. Es waren keine Gläubigen da. Gemeinsam standen sie vor dem Altar und sahen zur Orgel hoch.

»Und Sie haben Herrn Winter von hier aus spielen sehen?«, fragte Ann Kathrin kritisch.

Der Pastor nickte, dann erst verstand er den Inhalt ihrer Frage. Von hier aus konnte er ihn gar nicht sehen.

»Na ja, ich habe ihn gehört. Er hat einmal seinen Einsatz verpasst.«

»Stehen die Lieder, die gesungen werden, vorher fest?«

»Aber selbstverständlich.«

»Er könnte also auch – theoretisch – ein Tonband abgespielt haben?«

»Jetzt geht aber die Phantasie mit Ihnen durch. Das hört man doch, ob dort oben unsere herrlichen Orgelpfeifen erklingen oder ein Tonband.«

Ann Kathrin schüttelte bedächtig den Kopf. »Es könnte aber jemand anders für ihn gespielt haben.«

»Nun ja, theoretisch schon.«

»Sie haben Paul Winter also nicht kommen oder gehen sehen?«

Jetzt erst begriff Pastor Rehm, dass sein Kirchenmusiker echte Probleme hatte. »Ja, steht Herr Winter denn ernsthaft unter Verdacht?«

»Wir können keine Möglichkeit ausschließen.«

Pastor Rehm bekreuzigte sich.

Ann Kathrin Klaasen wusste, dass es falsch war, aber sie musste es tun. Es war wie ein Zwang. Sie wollte das Haus sehen, in dem ihr Mann und ihr Sohn jetzt wohnten. Von der Kirche aus fuhr sie direkt dorthin.

Sie parkte ihr Auto an der Ecke, damit sie vom Haus aus nicht gesehen werden konnte. Am liebsten wäre sie so nah wie möglich herangefahren, um die Situation aus dem schützenden Auto heraus zu beobachten. Sie kam sich vor wie bei einer Überwachung. Sie versuchte, es professionell zu sehen. Wie viele Nächte hatte sie zu Beginn ihrer Karriere mit einer Thermoskanne im Auto vor der Tür eines Verdächtigen verbracht?

Aber wessen war Frau Möninghoff verdächtig? Ihren Mann zu lieben?

Ann Kathrin schwankte zwischen zwei Identitäten, als seien es getrennte, voneinander unabhängige Personen: Die Kommissarin, die einen Fall zu lösen hatte, und die Mutter, die nur sehen wollte, wie es ihrem Kind ging. Aber welche Mutter schlich sich schon heimlich heran?

Was sollte sie sagen, wenn sie zufällig gesehen wurde? Oder konnte sie sogar allen Mut zusammennehmen und klingeln? *Guten Tag, Frau Möninghoff, ich wollte nur mal nach meinem Sohn sehen.*

Es sollte ja Frauen geben, die sich mit der neuen Geliebten ihres Ehemannes anfreundeten, sogar zusammen in Urlaub fuhren. Sie hatte diese zur Schau gestellte Lockerheit nie geglaubt. Vielleicht musste man ein alter 68er sein, um so leben zu können. Sie war voller Eifersucht, Missgunst und Hass. Ja, Hass.

Sie verließ den Wagen und ging zielstrebig an den roten Backsteinfassaden der Einfamilienhäuser vorbei. Die Sonne war erst vor wenigen Minuten hinterm Deich untergegangen.

Vor der Garage standen die Fahrräder von Eike und Hero. Ann Kathrin wurde von einem Bewegungsmelder registriert. Im Vorgarten ging die Beleuchtung an. Sie fühlte sich wie ertappt.

Im Haus von Susanne Möninghoff brannte schon Licht. Das große Wohnzimmerfenster war noch gekippt. Ann Kathrin konnte mühelos ins Haus hineinschauen. Lachen drang nach draußen, das helle klare Lachen ihres Sohnes Eike.

Es sah warm aus im Wohnzimmer, obwohl der offene Kamin nicht an war. Vielleicht lag es an den gelb getupften Wänden oder an den vielen kleinen naiven Malereien, die das Wohnzimmer in eine Art Ausstellungsraum verwandelten, in dem es viel zu sehen gab. Wahrscheinlich malte Susanne Möninghoff diese Bilder selber, dachte Ann Kathrin. Die Bilder gefielen ihr, und das machte sie noch wütender.

Susanne Möninghoff stand in der Mitte des Wohnzimmers und führte etwas vor, während Hero und Eike ihr begeistert zusahen. Hero saß so breit im Sessel und hatte die Beine so großspurig übereinandergelegt, dass Ann Kathrin Lust bekam, ihn zu ohrfeigen. Wie er sich da hinflätzte ... Als sei das sein Haus, seine Familie, als gehöre er dort wirklich hin. Und er strahlte übers ganze Gesicht. Spürte er nicht, wie viel Leid er verursachte?

Susanne Möninghoff trug ein dunkelblaues kurzes Kleid und eine dicke weiße Wollstrumpfhose. Sie reckte die Arme zur Decke, als würde sie von oben etwas werfen oder auf die beiden Männer herabregnen lassen, und hüpfte dabei mit ihrem dicken Busen vor ihnen auf und ab.

Ann Kathrins Magen krampfte sich zusammen.

Die Möninghoff wirkte in diesem Aufzug auf sie wie eine Mischung aus Schulmädchen und Prostituierter.

Was machte die da? Es lagen mehrere Geldscheine auf dem Boden. Zehn- und Zwanzig-Euro-Scheine. Die Möninghoff bückte sich und hob die Scheine auf. Es schien Ann Kathrin, als würde ihre Konkurrentin dabei absichtlich den Hintern mit dem kurzen Rock vor den Augen ihres Mannes in die Luft recken. Aber was sie noch schlimmer fand: Auch ihr Sohn hatte diesen funkelnden Glanz in den Augen. Wollte dieses Luder etwa nicht nur ihren Mann verführen, sondern auch noch ihren Sohn? Merkte Hero nicht, was da gespielt wurde?

Ann Kathrin erschrak über sich selbst. Was, dachte sie, interpretierte sie hinein in das Verhalten der Menschen?

Susanne Möninghoff hüpfte jetzt wieder herum und ließ die Scheine herunterregnen. Ein paar auf Hero und ein paar auf Eike.

»Makler! Börsenmakler! Du bist Börsenmakler!«, rief Hero.

»Nein!«, lachte Susanne Möninghoff. »Falsch! Ganz falsch!«

Jetzt durchschaute Ann Kathrin, was dort ablief. Es war ein Spiel. Früher hatte sie es des Öfteren mit Hero, Eike und seinen Freunden gespielt. An jedem Kindergeburtstag. Jemand musste etwas darstellen, durfte dabei aber nicht sprechen. Die anderen mussten raten, welcher Gegenstand oder welche Person dargestellt wurde. Wer es geraten hatte, war als Nächster dran.

Aber was sie jetzt sah, kam ihr noch schlimmer vor. Wenn sie wenigstens nur mit ihrem Hintern vor den beiden herumgewackelt hätte, na bitte. Aber hatte diese blöde Kuh ein Recht darauf, mit ihrer Familie die Spiele zu spielen, die ihr gehörten?

Ihr Finger war schon fast auf der Klingel. Sie wollte rein und deutlich machen, was für eine Sauerei hier eigentlich ablief. Gleichzeitig schämte sie sich, und ihr wurde klar, dass nichts ihr gehörte. Das war nicht ihr Spiel und auch nicht mehr ihr Mann. Aber der Junge dort, das war immer noch ihr Sohn. Den konnte man ihr nie wegnehmen. Sie würde immer seine Mutter bleiben, egal, was geschah.

Susanne Möninghoff stand jetzt ganz steif und warf dann den letzten Schein auf Hero. Die zwanzig Euro landeten auf seinem Kopf.

»Ein Scheinwerfer! Du bist ein Scheinwerfer!«, rief Eike und lachte.

Susanne Möninghoff klatschte ihm Beifall.

»Bravo! Bravo! Darauf wär ich nie gekommen!«, gab Hero zu.

Ann Kathrin spürte die Tränen erst, als sie ihre Unterlippe berührten. Sie wischte sich schnell übers Gesicht und verzog sich zurück zu ihrem Auto.

Ihr wurde schwindlig.

Ich muss etwas essen, dachte sie, etwas essen. Jetzt sofort. Zum Glück hatte sie noch das Brötchen vom Morgen in ihrer Handtasche. Jetzt kramte sie es hervor. Das Einwickelpapier war weich geworden und klebte am Brötchen fest. Das Salatblatt war schon welk, aber Wurst, Käse und Tomaten sahen noch einigermaßen akzeptabel aus. Ann Kathrin grub die Zähne hinein, riss ein großes Stück aus dem Brötchen und schlang es hinunter, obwohl noch Papier daran pappte. Sie fühlte sich tierisch dabei. Sie konnte jetzt nichts genießen. Sie wollte etwas mit ihren Zähnen zerfetzen. Sie spürte ihren Kiefer. Eine unglaubliche Kauwut. Am liebsten hätte sie Hero gebissen.

Vor dem Freizeitheim stieg Paul Winter wütend auf sein Rad.

Jutta Breuer schloss noch ab. Dann setzte sie sich einen Fahrradhelm auf. Sie hatte ihr Rad mit einem Zahlenschloss gesichert. Sie war so durcheinander, dass sie für einen Moment die Zahlenkombination vergessen hatte. Es war die gleiche wie für ihre Scheckkarte und für ihr Handy. »Du machst alles kaputt, Jutta. Alles. Du ruinierst hier den ganzen Laden. Das hätte Ulf nicht gewollt. Ich beschwöre dich, Jutta. Hör auf damit!«

Sie fuhr herum und brüllte ihn an: »Jaja, ich weiß!

Das, was mir fehlt, ist ein Kerl, der mich mal richtig durchknallt! Das denkt ihr doch alle, stimmt's?«

Vor der geballten Emotion wich Paul zurück.

Jutta stieg in die Pedale und strampelte heftig los. Sie wollte ihm keine Möglichkeit mehr geben, noch etwas zu sagen.

Ja, komm nur. Komm.

Paul Winter radelte in die entgegengesetzte Richtung. Als er an den Mülltonnen vorbeifuhr, erwischte ihn ein Pfeil. Er durchschlug seinen Hals.

Paul Winter stürzte mit dem Rad. Er konnte den Pfeil anfassen. Hinten aus seinem Nacken ragte das spitze Ende heraus, vorne konnte er die Federn sehen.

Er wusste, dass hier um diese Zeit nur selten jemand vorbeikam. Er hätte höchstens die Chance, morgen früh von Kindern auf dem Schulweg gefunden zu werden. Er und Jutta Breuer hatten das Regenbogen-Freizeitheim als Letzte verlassen. Von dort war keine Hilfe zu erwarten.

Zum ersten Mal im Leben bereute er, kein Handy zu besitzen. Aus antizivilisatorischem Hochmut heraus hatte er sich geweigert, durch so ein Gerät ständig erreichbar zu sein und immer zur Verfügung zu stehen.

Paul stützte sich auf und erhob sich. Er musste sich selbst helfen. Er versuchte, querfeldein das nächste

Haus zu erreichen. Er taumelte ein paar Schritte vorwärts, dann brach er zusammen.

Dort auf der Straße stand jemand. Paul winkte. Er erkannte in der Dunkelheit nicht, wer da stand. Dann sah er den Bogen, mit dem der Pfeil auf ihn abgeschossen worden war.

Der Bogen wurde erneut gespannt. Der Täter wollte sein Werk vollenden.

Paul Winter stellte sich tot und wartete voller Angst auf die nächste Pfeilspitze, die sein Fleisch durchbohren würde. Er glaubte schon, den Schmerz zwischen den Schultern zu spüren.

Doch der zweite Pfeil wurde nicht mehr abgeschossen. Pauls Täuschungsmanöver gelang.

Er wagte nicht, sich zu bewegen. Er lag in der Wiese und wusste, dass er hier langsam verbluten würde. Keine fünfzig Meter vom nächsten Haus entfernt.

Paul Winter begann zu zittern und zu frieren. Als er glaubte, endlich allein zu sein, versuchte er zu schreien, doch er bekam keinen Ton heraus.

Nummer Drei.

Lioba Winter war es gewöhnt zu warten. Wenn ihr Mann im Regenborgen-Verein war, kam er oft erst nach Mitternacht nach Hause zurück. Sie hatte diese ehrenamtliche Tätigkeit immer akzeptiert. Am Anfang ihrer Ehe glaubte sie, Paul büße dort sein schlechtes Gewissen ab, weil er sich schuldig dafür fühlte, einen geistig behinderten Bruder zu haben, während er selbst, mit einem perfekten Gehör ausgestattet, ein begnadeter Musiker war. Einige seiner Kompositionen hatte das Amt für Kirchenmusik sogar angekauft. In zahlreichen Gemeinden wurden seine Songs im Jugendgottesdienst gesungen. Der Behinderte und der Hochbegabte – welch eine explosive Mischung in einer Familie.

Aber dann hatte sie begriffen, dass da noch etwas anderes war. Die Arbeit dort machte ihm einfach Spaß. Sie selbst hatte ihn auf mehreren Freizeiten begleitet, und manchmal hatte sie das Gefühl, die geistig behinderten Menschen hätten ihr sogar etwas voraus, ja, man könne noch etwas von ihnen lernen. Wenn sie nicht in völligem geistigem Dunkel versanken oder sich autistisch von der Außenwelt abschotteten, waren es oft ansteckend fröhliche und freundliche Menschen. Selten hatte sie so viel gelacht wie bei Behindertenfreizeiten.

Jenny hatte sich am Anfang ein wenig gefürchtet, wenn sie mit dabei war. Tobias dagegen fand es prima. Er spielte gern mit den Regenbogenkindern Fußball. Hier fühlte er sich immer als Held, war von vornherein etwas Besonderes. Der bewunderte Gewinner. Ganz einfach deshalb, weil er keine Behinderung hatte.

Aber heute Nacht hätte Lioba ihren Paul gern bei sich gehabt. Nach dem gewaltsamen Tod von Ulf Speicher und Kai Uphoff fühlte sie sich nicht mehr sicher. Es lag ein Schatten über dem Ganzen. Sie wollte auf keinen Fall ins Bett gehen, bevor Paul wieder zu Hause war. Sie setzte sich ins Wohnzimmer, in ihren Lieblingssessel, blätterte zunächst nervös in einer Illustrierten, dann suchte sie Ruhe bei einem ihrer Lieblingsautoren. Sie hatte die Bücher von Izzo im Urlaub in Frankreich gelesen. Jetzt legte sie sich die erste CD *Aldebaran*, gesprochen von Dietmar Mues, auf. Sie hoffte, von der Stimme und dem Text langsam entführt zu werden nach Marseille in Izzos Welt, die sie so sehr liebte. Sie hatte dieses Hörbuch schon zweimal mit Paul zusammen angehört. Es war ein Weihnachtsgeschenk gewesen. Eins, über das sie sich wirklich gefreut hatte.

Aber diesmal trug Dietmar Mues' Stimme sie nicht heraus aus diesem Haus in den Hafen, zu den Verlierern, in das vibrierende Leben der Bars am Hafen. Stattdessen wälzte sie im Kopf Theorien hin und her. War Ulf Speicher umgebracht worden, weil er der Vorsitzende vom Regenbogen-Verein war? Und würde ihr Mann nun für den Vorstand kandidieren? Es gab viele im Verein, die ihren Paul sehr mochten. Durch seine ehrenamtliche Mitarbeit hatte er sich eine Menge Freunde gemacht. Man wusste um seine Beharrlichkeit und seine Ernsthaftigkeit. Sicherlich hatten alle Angst, dass Jutta Breuer den Verein jetzt völlig in die Hand bekommen würde. Keine Frage, bis zur Beerdigung musste gewartet werden. Aber dann würde es eine Vollversammlung geben. Die betroffenen Angehörigen, die Mitarbeiter – sie mussten einen neuen Vorsitzenden wählen. Aber auch, wenn Paul viel von seiner Freizeit investierte, das konnte man nicht mehr nebenher bewältigen. Er müsste seine große Liebe, die Musik, zur Nebensache erklären und sich vollständig dem Verein widmen. Sie wusste, dass er sich mit diesem Gedanken herumschlug. Und sie fürchtete, dass er dann selbst zur Zielscheibe werden könnte.

Während Lioba Winter mit diesen Gedanken dasaß und sich nicht auf *Aldebaran* konzentrieren konnte, verlor ihr Mann das Bewusstsein.

Ann Kathrin Klaasen schlich, ohne das Licht anzumachen, durch ihr Haus, als ob sie fremd dort wäre. Wie eine Einbrecherin, die Angst hatte, erwischt zu werden. Sie warf sich aufs Sofa, stand sofort wieder auf, ging in die Küche, von dort ins Bad, mied das Schlafzimmer. Sie suchte einen Platz, wo sie sich niederlassen konnte. Irgendeinen Punkt, von dem aus sie dieses Haus langsam wieder in Besitz nehmen konnte.

Was machen andere Leute, wenn sie nach Hause kommen, fragte sie sich. Kochen die sich einen Kaffee? Was zu essen? Der Gedanke erschien ihr absurd. Sie konnte doch jetzt nicht in der Küche stehen, Gemüse putzen und Fleisch klein schneiden, nur für sich allein. Nein. Das war nun wirklich nicht ihr Ding. Sie ging zum CD-Spieler und berührte die einzelnen CDs mit den Fingerkuppen, als könne sie so die Aufschrift lesen. Sie legte aber keine CD ein. Sie konnte sich für keine Musik entscheiden. Sie hatte Angst, jeder Song würde sie an Hero und Eike erinnern.

Sie fürchtete, von ihren Emotionen weggerissen zu werden, wollte ihnen nicht einfach ausgeliefert sein. Trotzdem zog sie ein altes Fotoalbum hervor, setzte sich in den Ohrensessel und blätterte darin. Ihre Schultern waren hart wie Stein, und wenn sie den Blick nur ein bisschen nach unten senkte, schmerzte ihr Nacken bis in die Haarwurzeln.

Mit dem Fuß berührte sie den Kippschalter der Leselampe. Das Licht zirkelte ein Stückchen des Raumes ab. In dieser sicheren Ecke wollte sie bleiben.

Es waren Fotos aus glücklichen Tagen mit dem kleinen Eike.

Hero und Eike, wie sie einen Schneemann bauten.

Dann eine Sandburg.

Hero und Eike am Meer.

Erst jetzt fiel ihr auf, dass sie auf diesen Fotos gar nicht zu sehen war. Hatte sie all diese Bilder gemacht, oder war sie gar nicht dabei gewesen?

Sie legte das Fotoalbum auf den Tisch und massierte sich den Nacken. Dadurch wurde der Schmerz aber nur noch brennender. Es tat ihr nicht gut, in diesem Album zu blättern. Sie beschloss, sich wieder ihrer Arbeit zu widmen.

Sie hatte sich Akten mit nach Hause genommen. Eine davon legte sie auf das Fotoalbum und öffnete sie.

Die meisten Klienten vom Regenbogen-Verein waren arm und für den Rest ihres Lebens auf Sozialhilfe angewiesen. Nur sechs Betreute waren sogenannte Selbstzahler. Für die anderen schrieb der Regenbogen-Verein Rechnungen an Sozialämter und Krankenkassen.

Von den sechsen kamen drei aus Familien, die gerade so die finanzielle Obergrenze erreicht hatten und nun für ihre Angehörigen aufkommen mussten. Sie versuchten, mit ständigen Eingaben und Neuberechnungen aus der Zahlungspflicht herauszukommen.

Drei galten als wirklich reich. Sylvia Kleine, Rainer Kohlhammer und Inga Traumin. Bei Rainer Kohlhammer und Inga Traumin stritten sich die Verwandten mit dem Verein um die Vermögensfürsorge. Sylvia Kleine hatte keine lebenden Verwandten mehr.

Könnte das der Grund für zwei Morde sein? Ging es darum, ein großes Vermögen in den Griff zu bekommen?

Im Fall von Rainer Kohlhammer und Inga Traumin wäre es für die habgierigen Verwandten sicherlich viel sinnvoller gewesen, ihre Angehörigen direkt umzubringen statt Ulf Speicher, denn durch die normale gesetzliche Erbfolge wären sie sowieso wieder in den Vollbesitz des Vermögens gekommen.

Ann Kathrin fand Briefe von Ulf Speicher an die Eltern seiner Schützlinge. Man konnte diese Briefe auf zwei Arten lesen. Entweder er versuchte, die Verwandten einzulullen, um ihnen das Geld aus der Tasche zu ziehen, oder aber er handelte wirklich im Interesse der Behinderten. Den Brief an die Großeltern von Sylvia Kleine fand sie sehr klar und schlüssig. Er hatte ihnen ihre rechtliche Situation klargemacht. Sylvia würde für den Rest ihres Lebens Betreuung brauchen. So eine Betreuung müsste natürlich bezahlt werden. Das Sozialamt würde sich das Vermögen holen und es würde für die Betreuung draufgehen, die das Sozialamt sonst ohnehin zahlen müsste. Stattdessen schlug er den Großeltern vor, ihr Vermögen in eine Stiftung einzuzahlen, die betreute Arbeitsplätze für Behinderte schaffte. Er hatte diese Stiftung bereits gegründet. Die Stiftung würde ihrerseits die Verpflichtung übernehmen, für Sylvia Kleine und Menschen mit ähnlicher Behinderung Arbeitsplätze, Wohn- und Betreuungsmöglichkeiten zur Verfügung zu stellen.

Er wollte zwei Hotels bauen, die von gut ausgebildetem Personal und Behinderten gleichermaßen geführt werden sollten. Er wies auf ähnliche Projekte hin, die woanders bereits sehr erfolgreich liefen, zum Beispiel das Domhotel in St. Gallen. Es gab sogar schon Baupläne für die Hotels. Das auf Norderney sollte sechzig Betten haben und das in Norddeich zweiundvierzig Betten. Eine eigene Bäckerei, zwei Restaurants – der Mann plante ein Imperium.

Ann Kathrin blätterte weiter und fand einen Brief der Familie Rosenbohm. Sie vermachten der Organisation ihr Einfamilienhaus und verschafften damit ihrem Downkind einen Arbeitsplatz in der Bäckerei. Das Haus würde nach ihrem Tod sowieso unter den Hammer kommen, schrieben sie. Sie vertrauten nach ihrem Tod ihren Sohn und ihr ganzes Vermögen dem Regenbogen-Verein an. Am liebsten hätten sie es Ulf Speicher persönlich übertragen, weil sie ihn integer fanden, aber das hatte er abgelehnt.

War er der Held an der ostfriesischen Sozialfront oder der cleverste Abzocker aller Zeiten?

Ann Kathrin fühlte sich völlig erschöpft und zerschlagen. Sie wollte Kraft sammeln für den nächsten Tag und klappte die Akten zu.

Sie träumte schlecht in dieser Nacht. Zunächst konnte sie nicht einschlafen, wälzte sich im Wohnzimmer auf der Couch herum, spürte, dass das weiche Sofa ihrem Rücken gar nicht guttat, schob sich noch mehr Kissen in den Nacken und entschied sich trotzdem, nicht ins Schlafzimmer zu gehen. Nein, das konnte sie heute überhaupt nicht ertragen.

Der Mond stand groß am Himmel und blickte durchs Fenster herein. Vollmondnächte hatten sie immer ein bisschen unruhig und nervös gemacht, aber heute war es besonders schlimm.

Sie sah ihren Vater in der Bank, als Geisel der Bankräuber. Mit Isolierband klebte der Geiselgangster den Lauf seiner Waffe an den Hals ihres Vaters. Dann hielt er den Finger am Abzug.

»Nicht schießen! Nicht schießen!« Die Schreie waren so laut, dass sie sich im Schlaf die Hand gegen die Ohren presste. »Nicht schießen!«

Ein Hubschrauber vom Roten Kreuz landete oben auf der Sparkasse.

Ein Pizzaexpress fuhr vor.

Der Schuss in den Hals ihres Vaters.

Der Wagen vom Pizzaexpress explodierte vor der Tür.

Sie sah den Hubschrauber starten.

Als das Sondereinsatzkommando und die Notärzte endlich in der Schalterhalle ankamen, war es für ihren Vater zu spät. Er war verblutet. Der Rot-Kreuz-Hubschrauber hatte ihn nicht mitgenommen.

Ann Kathrin wurde schweißgebadet wach. Sie wollte duschen, aber vorher brauchte sie einen Doornkaat. Wie um ihren Vater zu ehren, lief sie zum Kühlschrank, ohne Licht zu machen. Die Kühlschranklampe reichte völlig aus. Sie zog die grüne

173

Flasche aus dem Eisfach. Ihre Finger blieben fast daran kleben. Neben den Eiswürfeln und einer angebrochenen Packung Blattspinat lagen die weiß gefrorenen Gläser.

Sie füllte ein Glas bis zum Rand. Da ihre Hand ein wenig zitterte, vergoss sie ein paar Tropfen. Einer davon traf ihren nackten rechten Fuß.

Der Schnaps schmeckte ihr heute gar nicht. Irgendwie nach Metall, ein bisschen nach Kupfer. Aber sie wollte dieses Brennen spüren, wenn er im Hals hinunterlief und sich im Magen ausbreitete.

Sie wünschte sich so sehr, die Gespenster der Vergangenheit wegzuspülen, aber das gelang nicht.

»Prost Papa!«, sagte sie, stellte dann das Glas auf dem Kühlschrank ab, knallte die Kühlschranktür heftiger zu als notwendig und ging ins Bad. Sie brauchte jetzt heißes Wasser für den steifen Nacken und um all diese Erinnerungen loszuwerden, die an ihr klebten und versuchten, in sie einzudringen wie Krankheitserreger. Sie stellte sich vor, dass das alles auf ihrer Haut herumwimmelte. Winzige Viren und Bakterien, fürs menschliche Auge nicht wahrnehmbar, aber doch vorhanden, mit einer großen, vergiftenden, krankmachenden Kraft.

Sie duschte, bis die Haut krebsrot war und die Dampfschwaden sich als feuchter Schleier auf den Kacheln und Spiegeln niederließen. Sie nahm zwei große Handtücher, um sich einzuwickeln. Das weißbraune Saunatuch, das Eike ihr zu Weihnachten geschenkt hatte, und das blaue Badetuch, das so alt war wie Eike und zur Familie gehörte wie das »gute« Suppenservice, das sie zur Hochzeit geschenkt bekommen hatten, das sie aber nur zu Weihnachten und an besonderen Feiertagen benutzten. Es war nicht mal richtig spülmaschinenfest. Der Goldrand verblasste allmählich, und sie hatten sich längst neues, bunteres, viel schöneres, alltagstaugliches Geschirr gekauft, aber niemand konnte sich aufraffen, das Hochzeitsgeschenk wegzuwerfen.

Einem plötzlichen Impuls folgend, öffnete sie die Wohnzimmertür zur Terrasse. Es tat ihr gut, die kalten Fliesen unter den Füßen zu spüren. Dann ging sie über die Grasnarbe bis zur Hecke. Es war ein ganz bewusstes Auftreten. Sie wollte die Grashalme unter den Fußsohlen fühlen. Der Boden war hier immer ein bisschen feucht und leicht salzig.

Ann Kathrin atmete tief durch, roch an den Blüten vom Birnbaum und durchquerte Schritt für Schritt ihren Garten im Schutz der Dunkelheit, immer ganz nah an der Hecke entlang. Irgendwo weit weg spielte jemand Trompete. In diesem flachen Land hinderte nichts die Töne am freien Flug.

Sie meinte, in der Ferne den Zug zu hören. Wahrscheinlich noch zwei, drei Kilometer weit weg, doch die Gleise vibrierten bereits metallen in der Nacht.

Der Wind kam vom Meer her und kühlte ihre

heiße Haut. Sie fühlte sich unbeobachtet und ließ
das Saunatuch einfach fallen. Sie breitete die Arme
aus und richtete den Blick zum Himmel. Der große
und der kleine Wagen waren in funkelnder Pracht
zu erkennen. Die beiden Sternbilder hatte ihr Vater ihr gezeigt. Mehr nicht. Wahrscheinlich kannte
er die anderen nicht. Wie lange schon hatte sie sich
vorgenommen, mehr über den Sternenhimmel zu
erfahren. Jetzt, da sie hier wohnte und in den klaren Nächten so viel vom Himmelszelt sehen konnte,
ganz anders als in der Großstadt, jetzt wollte sie auch
etwas darüber wissen.

Wir können nicht mit dem Wissen sterben, das
wir von unseren Eltern haben, dachte sie. Wir wollen mehr erfahren. Viel mehr. Oder zumindest einen
Schritt weitergehen. Die Dinge etwas tiefer durch-
dringen als sie.

Hinter der Hecke hörte sie im Nachbarhaus einen
Rollladen. Entweder wurde er sanft heruntergelassen oder heraufgezogen. So genau konnte sie diese
beiden Geräusche nicht voneinander unterscheiden. Aber die Vorstellung, dass dort jemand hinterm Fenster stehen und vielleicht in den gleichen
Sternenhimmel sehen könnte, wie sie es tat, reichte
schon aus, dass sie ihr Handtuch aufhob und sich
rasch damit verhüllte.

Mein Gott, dachte sie, was mache ich hier? Ich
stehe mitten in der Nacht nackt im Garten …

Ann Kathrin Klaasen wurde von den gleichen Augen beobachtet, die Ulf Speicher nackt durch die Küche hatten laufen sehen.

Den Augen, die in das erschrockene Gesicht von Kai Uphoff geblickt hatten.

Den Augen, die mit Genugtuung festgestellt hatten, dass der Pfeil den Hals von Paul Winter präzise durchbohrt hatte.

Ann Kathrin legte sich wieder im Wohnzimmer schlafen. Nach dem Duschen und der Erfahrung draußen, wollte sie die nackte Haut atmen lassen.

Die flauschig-weiche Wolldecke war angenehm. Sie roch das Waschmittel. Es erinnerte sie an ihre Kindheit. Sie hatte immer wieder die Wäsche mit dem gleichen Mittel gewaschen wie ihre Mutter. Es gab andere, bessere, billigere, umweltfreundlichere Mittel. Aber sie liebte diesen Geruch.

Sie musste eingeschlafen sein. Ein Geräusch weckte sie. Sie schreckte auf.

Es war ein schepperndes Geräusch, leise, wie von jemandem, der keinen Lärm machen will und nun doch versehentlich Krach gemacht hat. Jemand befand sich auf der Treppe oben im Flur. Sie erkannte das Geräusch der obersten Stufe, die knarrte anders als alle anderen.

Sie hatte sich draußen schon so beobachtet gefühlt. Wer durch ein Wohnzimmerfenster schießt, um einen Mann zu töten, steigt vielleicht auch ins Haus der Kommissarin ein, um zu schauen, ob sie ihm schon auf der Spur ist.

War sie dem Täter zu nahe gekommen? Wollte er sie etwa ausknipsen wie Kai Uphoff? Wofür würde er sich entscheiden? Für das Schwert oder das Gewehr?

Sie ließ sich auf den Boden gleiten und robbte zum Badezimmer. Sie versuchte sich einzureden, dass es noch mehr Verbrecher in Ostfriesland gab. Vielleicht war das hier ein einfacher Einbrecher und nicht gleich der Doppelmörder.

Wichtiger als an eine Schusswaffe zu kommen, war es ihr, dem Einbrecher bekleidet zu begegnen. Der Schlafanzug musste neben der Dusche liegen. Die anderen Sachen waren im Wäschekorb.

An der Badezimmertür hing ihr gelber Bademantel. Der musste reichen.

Ihr Herz raste, aber ihr Verstand arbeitete vollkommen klar. Barfuß, im Bademantel und ohne ein Geräusch zu machen, bewegte sie sich zur Garderobe im Flur, bei der Haustür. Dort lag in der obersten Schublade ihre Dienstwaffe. Eine Heckler & Koch P 2000. Oben auf der Garderobe lag ihr Handy.

Früher hatte Hero einmal im Jahr alle Schubladen mit Seife wieder gleitfähig gemacht. Vielleicht erkennt man an solchen kleinen Nachlässigkeiten zuerst, dass sich jemand nicht mehr für Ehe und Haus interessiert. Seine Begeisterung hatte einfach nachgelassen. Die Schubladen funktionierten auch, wenn sie knarrten. Jetzt verfluchte Ann Kathrin Klaasen ihn dafür. Das Geräusch konnte sie verraten.

Es tat gut, den Griff der Waffe in der Hand zu halten. Sie lud die Pistole aber noch nicht durch. Dieses verräterische Geräusch hätte sicherlich jeden Einbrecher aufgestört und in Panik versetzt.

Sie hatte nie eine Kugel im Lauf. So konnte auch kein Unfall passieren. Sie fand es nicht richtig, dass eine Waffe ständig durchgeladen war. Das sollte erst geschehen, bevor sie bewusst abgefeuert wurde. Jetzt fühlte sie sich dadurch unglaublich gehandicapt.

Sie klappte ihr Handy auf und verdeckte das leuchtende Display mit dem Stoff ihres Bademantels. Sie hatte Angst, das Licht könnte eine Etage höher gesehen werden. Dieses Haus hatte viele Fenster. Überall spiegelte sich etwas. Sie wollte jetzt kein Risiko eingehen. Sie wählte die Nummer vom Notruf. 110.

Ann Kathrin stand direkt an der Haustür. Sie hätte hinauslaufen können, um von draußen die Kollegen anzurufen. Doch irgendetwas hielt sie im Haus.

Sie flüsterte: »Hier spricht Hauptkommissarin Ann Kathrin Klaasen. In meinem Haus ist ein Einbrecher. Distelkamp dreizehn in Norden. Bitte kommt sofort, Kollegen.«

Sie klappte das Handy wieder zu, ließ es in die

179

Bademanteltasche gleiten und nahm die Heckler & Koch in beide Hände.

Ann Kathrin nahm jeweils zwei Holzstufen mit einem Schritt. Sie wusste genau, auf welche Stellen sie treten musste, damit es weniger knarrte. Aber ganz ohne Knarren ging es nicht.

Oben hörte sie Geräusche, als würde jemand ein Regal durchwühlen. Etwas fiel auf den Boden. Ein Buch vielleicht.

Sie stieß die erste Tür auf, das Arbeitszimmer ihres Mannes, und richtete die Heckler & Koch einmal in jede Ecke. Das Mondlicht ließ das Zimmer merkwürdig kalt und leer erscheinen. Der Punchingball, an dem seine Patienten so oft ihre Wut ausagiert hatten, wackelte. Die Schaumstoffschläger, mit denen die Klienten Aggressionen ablassen konnten, standen wie höhnisch an der Wand. Unbrauchbare Waffen in dem Kampf, der ihr jetzt bevorstand.

Etwas in ihr sagte: *Warte hier. Warte einfach, bis deine Kollegen da sind.* Doch die Hauptkommissarin in ihr fühlte sich beleidigt dadurch, dass Kollegen einen Einbrecher in ihrem Haus verhaften mussten. Sie wollte ihnen den Typ übergeben. Sie könnte sich hier nie wieder sicher fühlen, wenn sie jetzt nicht selber, aus eigener Kraft, mit der Sache fertig würde.

Sie öffnete die nächste Zimmertür. Diesmal knipste sie das Licht an. Der Raum lag auf der vom Mond abgewandten Seite. Auch hier nichts.

180

Da hörte sie erneut ein Geräusch. Jetzt wusste sie Bescheid.

Schon war sie im Flur zurück. Unter der Tür zu Eikes Zimmer sah sie einen Lichtschimmer.

Eikes Zimmer – es ist also jemand, der sich hier nicht auskennt, dachte sie. Wer sucht schon in einem Jugendzimmer wertvolle Sachen? O.k., ein Computer, eine Stereoanlage, ein paar Videospiele. Vielleicht ist es ja eine jugendliche Gang …

Sie trat die Tür auf, sprang in den Raum und brüllte: »Hände hoch! Gesicht zur Wand!«

Noch drehte die Person ihr den Rücken zu, hob aber die Hände nicht hoch, sondern drehte sich ganz normal um. Ann Kathrin erkannte ihren Fehler sofort. Ihr Verstand weigerte sich noch, die Größe der Niederlage zur Kenntnis zu nehmen, da sagte Eike:

»'n Abend, Mama. Schöne Begrüßung.«

Ann Kathrin wusste nicht so schnell, wohin mit der Pistole. Sie wollte sie einfach nur loswerden. Sie warf die Dienstwaffe auf Eikes Bett.

Er hatte ein paar Dinge unterm Arm. Gesellschaftsspiele, obendrauf ein Malefizspiel. Er hielt die Kiste schräg, so dass ein paar Holzfiguren herausfielen.

Sie wollte ihren Jungen jetzt nur noch umarmen. Sie schluckte. »O mein Gott, Eike. Ich dachte, du seist …«

Eike nickte. »Ein Verbrecher. Schon klar, Mama.

Nicht so schlimm. Ich bin nur gekommen, um ein paar Spiele zu holen.«

Vorwurfsvoll schüttelte sie den Kopf: »Um diese Zeit?«

Sie blickte auf ihr linkes Handgelenk, hatte aber keine Uhr um.

»Wir dachten, du hättest Nachtdienst wegen diesem doofen Mord«, sagte Eike. »Papa wartet draußen. Ich bin auch gleich wieder weg.«

Sie bückte sich, um ein paar Figuren für ihn aufzuheben. »Aber Eike, du hast doch morgen Schule. Wie kann dein Vater dich denn um diese Zeit nachts herumkutschieren?«

Eike schüttelte grinsend den Kopf. »Ich hab morgen frei, Mama. Elternsprechtag.«

Natürlich erhöhte das nur die Peinlichkeit. Der Junge tröstete sie: »Keine Sorge, Mama, Papa geht hin.«

Sie empfand es nicht als Trost, sondern als Seitenhieb. »Ich weiß«, sagte sie, »er ist ja immer hingegangen.«

Eike versuchte, an seiner Mutter vorbei nach draußen zu kommen. »Mach dir keine Gedanken, Mama. Ich gehör doch ohnehin zum oberen Drittel in der Klasse.«

Ann Kathrin hätte ihn am liebsten bei sich behalten. Es gab so viel zu reden, so viel zu erklären. Diese ganze schreckliche Situation.

»Eike, bitte …«

Er schüttelte den Kopf. »Es tut mir leid, Mama. Ich wollte dich nicht erschrecken. Im Gegenteil. Ich wollte alles ganz leise und ruhig erledigen und dich ja nicht stören.«

Sie war gerührt. »Du dachtest, dass es mir weh tut, wenn ich mitkriege, dass du deine Lieblingsspiele hier abholst. Du wolltest mir den Schmerz ersparen, hm? Natürlich hast du gemerkt, dass ich zu Hause bin, du hast doch mein Auto gesehen.«

Draußen hupte Hero. Damit machte er nicht nur Eike klar, dass er sich beeilen sollte, sondern Ann Kathrin wusste genau, was der Herr Psychologe damit sagen wollte. Wer kurz vor zwölf nachts vor seinem eigenen Haus hupt, erzählt damit den Nachbarn auch, dass er auf ein gutes Verhältnis zu ihnen keinen weiteren Wert mehr legt.

»Ich muss los, Mama. Der hat keinen Bock mehr, länger zu warten. Und reinkommen will er auch nicht. Das kannst du hoffentlich verstehen.«

Schon lief Eike vor ihr die Treppe hinunter. Sie stand oben und sah ihm nach. Erst jetzt fiel ihr auf, dass der Bademantel halb geöffnet war. Sie hatte so, halb nackt, vor ihrem Sohn gestanden, mit einer Pistole in der Hand.

Draußen versuchte Hero, die Einfahrt zu verlassen. Das funktionierte aber nicht. Zwei Autos der Norder Polizei stellten sich quer. Die Beamten spran-

183

gen heraus, und nun blickte auch Hero in den Lauf einer Waffe.

Ann Kathrin wickelte ihren Bademantel fest um sich und ging nach draußen, um die peinliche Situation aufzuklären.

Samstag, 30. April, 6.30 Uhr

Ann Kathrin Klaasen hatte lange keinen Schlaf gefunden. Am Morgen war sie müde und zerschlagen wach geworden. Jetzt brauchte sie erst einmal einen Kaffee. Mit dem großen Becher in der Hand sah sie hinaus in den Garten und nippte an dem heißen Getränk. Sie mochte diese frühen Stunden, bevor die Hektik des Tages begann. Durch die Glastür in der Küche sah sie drei Maulwurfshügel auf dem Rasen. Offenbar hatte sie einen neuen Mitbewohner.

Sie erinnerte sich an das Bilderbuch vom Maulwurf Grabowski. Sie hatte es immer geliebt. Im Garten allerdings mochte sie Maulwürfe nicht so sehr.

Sie öffnete die Küchentür und trat, noch barfuß, mit der Kaffeetasse in der Hand, auf den feuchten Rasen. Auf dem größten Maulwurfshügel leuchtete eine blaue Feder. Ganz so, als habe Grabowski auf seiner Burg eine Fahne gehisst, um zu zeigen, dass er jetzt hier wohnte.

Manchmal wehte der Wind Möwenfedern in ihren Garten, die sich in der Hecke verfingen oder in den Bäumen. So eine Feder hatte sie hier noch nie gesehen. Sie sah nicht echt aus. Gefärbt, wie der Federschmuck ihres Sohnes, wenn er sich als Indianer verkleidete.

Staatsanwalt Scherer musste nichts sagen. Ann Kathrin wusste auch so, dass er ihre Anträge ablehnen würde. Sie trauerte dem alten Staatsanwalt hinterher. Von ihm hatte sie sich unterstützt gefühlt. Der Neue hier war ein Heißsporn. Er wollte Karriere machen und hasste Fehler, die ihm dabei schaden konnten.

»Nein, nein und nochmals nein!«, brüllte er. »Was denken Sie sich bei dem Blödsinn? Einer der angesehensten Männer Ostfrieslands wird erschossen, und Sie wollen bei seinem Verein eine Hausdurchsuchung machen, um Akten und Konten zu beschlagnahmen? Was das für Folgen haben wird!«

Ann Kathrin Klaasen sah ihren Chef an. Ubbo Heide fiel ihr nicht in den Rücken, aber er sagte auch nichts, schüttelte nur fast unmerklich den Kopf. Sie sollte begreifen, dass aus der Aktion nichts werden würde.

Die Ostfriesen galten als sehr behindertenfreundlich. Der Staatsanwalt betonte, dass die Hilfe für Behinderte in Ostfriesland ein Jobmotor sei. Es gäbe allein in Norden und Umgebung weit mehr als hundert qualifizierte Arbeitsplätze in diesem Bereich. Er selbst kaufe zum Beispiel seine Blumen grundsätzlich in der Gärtnerei Birkenhof, weil es dort geschützte Arbeitsplätze für psychisch Kranke gäbe. Durch ihre Aktion könne Ann Kathrin Klaasen dem guten Ruf Ostfrieslands schaden.

So leicht wollte sie ihn nicht herauslassen. Sie sah ihn unbeirrt weiterhin an: »Aber das kann doch nicht heißen, dass ich nicht weiter ermitteln darf?«

Stöhnend sagte Heide: »Ich kann das auch nicht unterstützen. Ja, Ann, willst du denn dem Mann jetzt auch noch die Ehre nehmen? Zur Beerdigung haben sich Vertreter aller Parteien angesagt. Das wird ein Riesen-Trauerakt. Der Bischof, die Landeskirchen, ach …«, er winkte ab.

Rupert ordnete die Papiere vor sich, als würde das etwas ändern.

Noch einmal versuchte sie, sich zu erklären: »Wir wissen nicht, um welche Größenordnung es genau geht. Ich glaube, dass die Mutter von Herrn Kohlhammer genau wusste, was sie tat, als sie Ulf Speicher das finanzielle Sorgerecht für ihren geistig behinderten Sohn übertragen hat. Georg Kohlhammer hätte den Jungen garantiert betrogen, zumindest hat ihm die eigene Mutter nicht einmal vertraut. Angeblich hat Georg Kohlhammer vor kurzem achtzigtausend Euro an den Regenbogen-Verein zahlen müssen. Das Geld wird ja wohl kaum Rainer Kohlhammer als Taschengeld erhalten haben. Wir müssen die Bücher des Vereins überprüfen, um herauszufinden, was aus dem Geld geworden ist.«

Erneut schüttelte der Staatsanwalt den Kopf. »Das bringt uns alles überhaupt nicht weiter. Ich unterschreibe das nicht. Ich laufe doch nicht sehenden Auges in einen Skandal hinein.«

Ann Kathrin spürte, dass Scherer ihr keine Chance geben wollte. Sie versuchte es trotzdem mit Nachdruck: »Ich muss wissen, um wie viel Geld es bei Sylvia Kleine überhaupt geht. Sehen Sie, irgendwo in diesen Akten wird das Mordmotiv versteckt sein. Bei Kai Uphoff handelt es sich vermutlich um eine reine Verdeckungstat, weil der Täter sich ertappt gefühlt hat.«

Weller versuchte, seiner Kollegin irgendwie zur Seite zu stehen. »Ich möchte Ihnen mal etwas vorlesen. Hören Sie sich das an. Ein Brief an den Direktor der Berufsschule. Ulf Speicher hat ihn wenige Tage vor seinem Tod verfasst.«

Ohne eine Erlaubnis abzuwarten, las Weller vor: »Seit Monaten werden geistig und körperlich behinderte Menschen im Bus durch Schüler Ihrer Schule auf der Hin- und Rückfahrt terrorisiert, wenn sie zu ihren Werkstätten fahren wollen. Wenn Sie nicht in der Lage sind, pädagogisch auf Ihre Schüler einzuwirken, werde ich alle mir zur Verfügung stehenden Mittel einsetzen, um unsere Mitglieder vor

Übergriffen durch Ihre Schüler zu beschützen. Gegen folgende Schüler habe ich Strafanzeige erstattet: Derk Abels, Stefan Garrels, Uwe Niessen, Wilko Reeners. Ich schlage vor, dass wir an Ihrer Schule eine breite Aufklärungskampagne zum Thema Integration beginnen. Mitarbeiter vom Verein Regenbogen sind bereit, in Ihren Klassen Gespräche zu führen.«

Der Staatsanwalt schnäuzte sich. Offensichtlich litt er an Heuschnupfen, und die ersten Blütenpollen waren unterwegs. Seine Stimme klang kratzig. »Ich muss noch einmal fragen: Was soll das alles?«

»Er hat einen Kampf an allen Fronten geführt«, erklärte Weller. »Er ist in gewisser Weise gnadenlos für die Rechte der Behinderten eingetreten.«

»So, und Sie meinen, deshalb habe ihn jemand umgebracht?«

»Ich würde am liebsten selbst mit diesem Bus fahren und noch einen Kollegen mitnehmen, um mir die Sache genauer anzugucken«, sagte Weller.

Staatsanwalt Scherer räusperte sich. »Ich glaube, Herr Weller, Sie sollten Ihre Arbeitskraft im Moment ganz diesem Fall widmen statt Nebenkriegsschauplätze zu eröffnen.«

Getroffen sah Weller vor sich.

Jetzt griff der Staatsanwalt Ann Kathrin scharf an: »Sie ermitteln in eine völlig falsche Richtung. Das alles ist eine Sackgasse. Ich unterschreibe den Hausdurchsuchungsbefehl auf keinen Fall. Und von den

Büchern des Vereins lassen Sie bitte schön die Finger!«

Ann Kathrin wollte das nicht hinnehmen und hob die Hand. »Ist das klar?«, fauchte der Staatsanwalt und beugte sich über den Tisch.

Ubbo Heide versuchte zu vermitteln. »Wir müssen in dieser Sache mit äußerster Sensibilität vorgehen.« Er versuchte, das Gespräch in eine weniger gefährliche Richtung zu lenken. »Gibt es einen Hauptverdächtigen? Was wissen wir über ihn?«

Ann Kathrin referierte, was sie wusste: »Tim Gerlach hat kein Alibi, aber ein Motiv. Ihm ist der Regenbogen-Verein wirklich im Weg. Ohne eine starke Persönlichkeit wie Ulf Speicher könnte er Sylvia Kleine in den Griff kriegen und sich ein großes Vermögen unter den Nagel reißen. Immerhin hat sie versucht, ihm ein Auto zu kaufen, und das wurde durch den Regenbogen-Verein verhindert. Wir waren Zeugen bei seinem Auftritt im Verein. Zugegebenermaßen ist es kaum zu glauben, dass ein Mörder sich so verdächtig benimmt. Andererseits hat er vielleicht gedacht, gerade mit diesem Auftritt würde er unverdächtig erscheinen. Wer Ulf Speicher derart zur Rede stellen und anklagen will, wird kaum wissen, dass er tot ist. Es könnte aber auf der anderen Seite auch ein bewusstes, sehr geschicktes Manöver gewesen sein.«

Ubbo Heide nickte: »Da könnte was dran sein.«

»Er ist ohne Zweifel ein schlimmer Finger, wirkt aber auf mich gar nicht wie jemand, der kaltblütig …«

Staatsanwalt Scherer unterbrach: »Die Fakten! Fakten!«

»O.k. Georg Kohlhammers Alibi haben wir noch nicht überprüft. Er behauptet, Ulf Speicher habe in die eigene Tasche gewirtschaftet und dabei vierzig Arbeitsplätze gefährdet.«

Der Staatsanwalt stöhnte. »Ja, davon haben Sie uns ja jetzt ausreichend unterrichtet. Ich fasse also zusammen: Wir haben nicht mal einen richtigen Verdächtigen. Der Fall bringt Sie und Ihre Kollegen offensichtlich an die Grenzen. Ich denke, wir sollten damit Spezialisten beauftragen.«

Dahin lief der Hase also. Man wollte ihr den Fall abnehmen.

»Unsere Ermittlungen haben doch gerade erst begonnen … Bitte, geben Sie mir mindestens noch 24 Stunden.«

»Wofür? Damit wir uns mit einer Hausdurchsuchung im Verein blamieren können? Wollen Sie sich vorwerfen lassen, wir hätten aus Opfern Täter gemacht?«

Die Tür ging auf, und obwohl es eine eiserne Regel war, Besprechungen dieser Art nicht zu stören, legte Rieke Gersema los, ohne erst auf eine Erlaubnis zu warten: »Ein paar Meter vom Freizeitheim Regenbogen ist Paul Winter gefunden worden. Ermordet. Mit einem Pfeil, wenn ich es richtig verstanden habe.«

Damit war die Sitzung beendet. Alle fuhren gemeinsam los. In embryonaler Haltung, verkrampft und mit morgentaunasser Kleidung lag Paul Winter im Gras. Er musste sich gut zehn Meter weit geschleppt haben, bis er hier gestorben war. Die Blutspur auf der Wiese zeugte davon.

Schüler hatten sein Fahrrad gefunden, das am Straßenrand lag, und kurz darauf die Leiche.

Nicht ohne Genugtuung registrierte Ann Kathrin, dass Staatsanwalt Scherer bei dem Anblick schlecht wurde.

Sie stand neben ihm und versuchte es noch einmal: »Ein historisches Gewehr. Ein Schwert. Ein Pfeil. Was kommt als Nächstes? Alle drei gehörten zum Regenbogen-Verein. Dort liegt der Schlüssel für all unsere Fragen.«

Der Staatsanwalt wandte sich ab und wollte zum Dienstfahrzeug zurückgehen, aber Ann Kathrin ließ nicht locker: »Kann ich mit Ihrer Unterstützung rechnen?«

Er nickte. »Meinetwegen. Tun Sie alles Erforderliche.«

Ann Kathrin sah sich das Fahrrad genau an. Paul Winter konnte noch nicht schnell gewesen sein, als der Pfeil ihn erwischte. Bestimmt war er am Freizeitheim gestartet, hatte aber schon in den vierten Gang geschaltet. Der Täter musste also in der Lage gewesen sein, nachts mit einem Pfeil auf ein bewegliches Ziel zu schießen.

Sie wies die Spurensicherung an, weiträumig weitere Pfeile zu suchen, obwohl sie sich sicher war, dass keine mehr gefunden werden würden. Es war genau wie bei Ulf Speicher. Ein Schuss, ein Treffer. Der Mörder wusste genau, was er tat, und beherrschte sein Handwerk.

Sie ging langsam den Weg ab, den Paul Winter gekrochen sein musste. Ob der Mörder so neben seinem Opfer hergegangen war und ihn bei seinem Todeskampf betrachtet hatte?

Die Wiese wies keine Fußspuren auf. Der Täter musste sich auf dem Asphalt bewegt haben. Wie lange mochte es gedauert haben, bis Paul Winter verblutet war? Ein paar Minuten? Eine Stunde? Wer hasste Paul Winter so sehr? Legte der Täter Wert darauf, dass Winter wusste, wer sein Mörder war? Hatte er ihm ins Gesicht gesehen?

Sie bückte sich zu Paul Winter hinunter, als ob sie es in seinem Gesicht lesen könnte. Sie sah sich den Pfeil genau an. Da gefror etwas in ihr zu Eis, als würde eine stählerne Hand nach ihrem Herz fassen: Sie kannte die Federn. Genau so eine hatte sie heute Morgen gesehen. In ihrem Maulwurfshügel.

Augenblicklich war sie am Rand einer Panik. Der Mörder war ihr nah. Ganz nah.

Sie stellte sich vor, wie er mit seinem Köcher voller Pfeile hinter der Hecke gestanden und in ihren Garten geschaut hatte. Die Erinnerungen schossen Bild für Bild durch ihr Gehirn: Sie nackt im Garten. Irgendwo wurde ein Rollladen heruntergelassen. Oder wurde er heraufgezogen? War das ein identisches Geräusch? Wohnte der Täter etwa gegenüber und konnte auf ihr Grundstück schauen?

O nein, wahrscheinlich hatte dieser Rollladen ihr nur das Leben gerettet. Dieser Mörder machte keine Geräusche.

Sie erinnerte sich an dieses Gefühl, beobachtet zu werden, oder zumindest die Angst davor. Das hatte sie zusammen mit dem Rollladengeräusch ins Haus zurückgetrieben. Hatte er hinter der Hecke gelauert? Ihren nackten Körper betrachtet? Hatte er bereits mit seinem Pfeil auf sie gezielt? Sollte sie das vierte Opfer werden? Gehörte es zu seinem Muster, zwei Morde kurz hintereinander in einer Nacht zu begehen?

Noch immer kniete Ann Kathrin Klaasen vor der Leiche. Sie versuchte jetzt aufzustehen. Das Schwindelgefühl ließ sie taumeln. Einerseits wollte sie nichts lieber, als mit jemandem über das zu reden, was sie gerade dachte, andererseits fürchtete sie sich davor, es ihren Kollegen mitzuteilen. Wie sollte sie anfangen? *Ich war nackt im Garten, mein Mann und mein Sohn haben mich nämlich verlassen, und der Täter hat mich belauert?* Was, wenn sich das alles als Hirngespinst herausstellte und die blaue Feder oben auf dem Maulwurfshügel aus dem Indianerschmuck ihres Sohnes stammte? Sie würde wie eine hysterische Kuh dastehen, die völlig unprofessionell die Nerven verloren hatte.

Zum Glück musste sie nicht mit ihrem Wagen in die Polizeiinspektion zurückfahren. Weller nahm sie mit.

Während der Fahrt versuchte sie einen Ansatz, stoppte aber gleich wieder.

Der dritte Mord reichte aus, um aus der Polizeiinspektion ein Tollhaus zu machen. Unaufhörlich schrillte das Telefon. Noch nie in ihrem Leben hatte Rieke Gersema so viele Journalisten auf einem Haufen in Aurich gesehen. Fernsehteams aus Hannover, Hamburg und München rückten an. Auch die Kollegen schienen aufgebracht. Es ging um nichts anderes mehr. Jeder hatte plötzlich eine eigene Theorie und wollte seine Mitarbeit in den Dienst der Sache stellen. Eine SOKO sollte zusammengestellt werden, und plötzlich arbeitete das Labor mit ungeahnter Geschwindigkeit. Knapp 40 Minuten später lagen Ergebnisse auf dem Tisch, auf die Ann Kathrin unter normalen Umständen mindestens eine Woche oder zwei hätte warten müssen.

Ann Kathrin erlebte die Besprechung wie unter einer Glasglocke. Sie trank bereits das dritte Glas

Wasser, aber es wurde ihr nicht besser. Sie bemühte sich, das alles irgendwie durchzustehen und dabei eine gute Figur abzugeben.

Sie dachte aber nur an eins: die Feder. Ich muss die Feder sicherstellen. Was, wenn der Wind sie bereits weggeweht hat?

Der Pfeil, der Paul Winter getötet hatte, stammte aus einer englischen Produktion. Seit zwei Jahren wurden Pfeile dieser Art nicht mehr hergestellt. Ein neues Modell hatte den Markt erobert. Von diesem hier waren 12 000–15 000 in Europa verkauft worden, in Fachhandlungen, Waffengeschäften, übers Internet und, was Ann Kathrin besonders originell fand, über Spielwarengeschäfte.

»Die blauen Federn am Ende sind nicht echt, sondern aus Kunststoff. Sie sollen den Pfeil in der Spur halten. Der Pfeil erzählt uns eine Menge über den Besitzer«, referierte Rupert. »Er war schon lange vorher in Benutzung. Er ist garantiert einige hundert Male abgeschossen worden, bevor er sein endgültiges Ziel traf.«

»Unser Schütze hat also lange trainiert«, stellte Ann Kathrin fest.

»Ja. Man sieht es an den ausgefransten Federn. Und die Pfeilspitze muss sich zigmal in Holz gebohrt haben, bevor sie zum ersten Mal in menschliches Fleisch traf.«

Auch über das Schwert, mit dem Kai Uphoff erschlagen worden war, wusste Rupert inzwischen mehr. Die Spurensicherung hatte winzige Metallteile aus den Wunden des Toten analysieren lassen. Es gab drei mögliche Schwerttypen, die mit einer solchen Metalllegierung hergestellt wurden. Die Art der Schnittwunden grenzte die Beschaffenheit der Klinge weiter ein, so dass es nur noch zwei handelsübliche Schwertmarken gab, mit denen die tödlichen Schläge mit größter Wahrscheinlichkeit ausgeführt worden waren. Eines hieß Merlin, das andere Conan.

Rupert hatte sogar schon Katalogfotos dieser Schwerter vorliegen. Beides allgemein übliche Zierwaffen, in Massenauflagen hergestellt, eigentlich für den Wandschmuck zu Hause vorgesehen.

Aber nun trumpfte Weller mit einer Information auf, die ihm sichtlich Freude bereitete: »Ratet mal, wer ein Mittelalter-Freak ist? Georg Kohlhammer! Seine Imbisswagen stehen auf jedem mittelalterlichen Markt. Er ist Mitglied in irgend so einem Traditionalistenverein als Kassenwart und hilft bei der Organisation von Ritterturnieren. Das heißt, er hat Zugang zu all diesen Waffen, hegt eine gewisse Faszination dafür und ist vermutlich durchgeknallt genug, um sie auch zu benutzen.«

Am liebsten wäre Weller aufgestanden, um ihn gleich hoppzunehmen, doch Ann Kathrin schüttelte den Kopf. »Das reicht nicht. Sein Anwalt holt ihn sofort wieder raus. Wahrscheinlich gibt es in Ostfriesland ein paar hundert Leute, die Pfeil und Bogen und solche Schwerter besitzen …«

»Wir wissen nicht mal, *ob* er so ein Schwert hat. Aber er hätte Möglichkeiten, sich eines zu beschaffen …«

Ann Kathrin Klaasen wollte jetzt keine voreilige Verhaftung vornehmen. Weller sah das ganz anders: »Aber bitte! Der hat schon dreimal zugeschlagen! Wer sagt uns, dass es in den nächsten 24 Stunden nicht noch mal passiert? Wir wollen uns doch nicht vorwerfen lassen, wir hätten den Typ frei rumlaufen lassen, obwohl all diese Verdachtsmomente gegen ihn sprechen?«

»Zunächst müssen wir überprüfen, ob sein Alibi wirklich hieb- und stichfest ist. Danach eine Hausdurchsuchung und ein Verhör. Das volle Programm«, sagte Ann Kathrin, und Weller zeigte sich zufrieden.

Sie wandte sich an Rupert: »Sind wir mit dem historischen Gewehr schon weiter? Wenn wir das dem Kohlhammer zuordnen können, haben wir ihn auf Nummer Sicher.«

Rupert schüttelte den Kopf: »Er hat zwar einen Waffenschein und drei registrierte Schusswaffen, aber kein Gewehr.«

»Es gibt doch nicht viele dieser Waffen. Da wird sich doch wohl feststellen lassen, wer eine hat, oder nicht?«, maulte Weller.

Rupert schüttelte den Kopf. »In diesem Fall leider nicht. Diese Waffen sind älter als unsere Waffengesetze. So ein altes Erbstück kann jemand seit Jahrzehnten zu Hause im Schrank haben, ohne dass wir etwas davon wissen.«

»Trotzdem. Klappere alle Fachhändler ab. Vielleicht ist so eine Waffe in letzter Zeit verkauft worden, und ich wette, es gibt Nachbauten davon.« Plötzlich fiel es ihr glühend heiß ein. »Wer sagt uns eigentlich, dass die Munition wirklich aus den zwanziger Jahren stammt? Vielleicht macht das Zeug ja jemand nach.«

Sie breitete die Arme aus und versuchte zu überzeugen: »Seht mal, die Menschen sehnen sich scheinbar zurück. Die einen organisieren mittelalterliche Märkte und Ritterturniere, die anderen sammeln historische Waffen oder Oldtimer.«

Rupert übernahm gerne die Aufgabe, dies zu überprüfen. Das war genau seine Kragenweite. Klare, überprüfbare Fakten. Motive von Tätern nachzuvollziehen oder sich in deren Psyche hineinzudenken, war so gar nicht seine Sache. Für ihn war so ein Kriminalfall wie eine Matheaufgabe. Zeugenaussagen interessierten ihn nur am Rande. Menschen konnten lügen, guckten nicht genau hin, erinnerten sich nicht richtig, redeten anderen nach dem Mund. Er war immer auf der Suche nach handfesten Indizien.

Ann Kathrin spürte ein Jucken auf der Haut. Sie

fühlte sich klebrig. Verschwitzt. Am liebsten hätte sie sich gekratzt. Es war nicht einfach so eine juckende Stelle, nein, es waren große Flächen. Zwischen den Schulterblättern, am Bauch, am Hals.

Sie fühlte sich unwohl in ihrer Kleidung. Sie beschloss, noch einmal in den Distelkamp zurückzufahren. Sie musste die Feder sicherstellen.

»In zwei Stunden treffen wir uns vor dem Büro des Regenbogen-Vereins. Weller und ich gehen ins Büro, Rupert und ein paar Kollegen von der Schutzpolizei gleichzeitig ins Freizeitheim.«

»Wieso nicht sofort? Wir sollten ihnen keine Zeit geben, etwas beiseitezu…«, warf Weller ein. Sein Einwand war natürlich richtig, doch Ann Kathrin musste erst nach Hause. Sie konnte ihnen jetzt nicht erklären, warum. Sie fuhr ihn unbeherrscht an: »Wenn sie irgendetwas beiseiteschaffen wollen, dann haben sie das sowieso längst getan. Spätestens nach unserem ersten Auftritt dort. Ich brauch die zwei Stunden … für mich.«

Rupert und Weller nickten. Sie hatte es so vehement vorgetragen, dass keiner von ihnen nachhaken wollte. Trotzdem fragte Rupert noch: »Sollen wir ihren Steuerberater nicht auch gleich hoppnehmen?«

Zu gern hätte Ann Kathrin ihm sofort recht gegeben, aber sie schränkte ein: »Fragen wir erst, was Scherer dazu sagt.«

Auch das übernahm Rupert. Er wollte vorwärts

mit seiner Karriere. Ganz klar. Und dieser Fall hier bot ihm die Chance.

Ann Kathrin Klaasen fuhr nach Hause. Sie brauchte die Feder.

Den Weg von Aurich nach Norden legte sie in einer Affengeschwindigkeit zurück. Dabei sah sie immer wieder in den Rückspiegel. Sie wollte kontrollieren, ob sie verfolgt wurde. Wer sagte ihr, dass der Täter nicht längst an ihr dranklebte? Vielleicht wartete er schon zu Hause. Offensichtlich wusste der Täter ja auch bei allen anderen, wo sie waren oder wie er sie an einen günstigen Ort locken konnte.

Ann Kathrin fuhr nicht bis zu ihrem Haus. Sie parkte den Wagen im Haferkamp und schlug sich dann von der Straße aus unsichtbar durch die Gärten entlang der Bahngleise zu ihrem Haus durch. Vielleicht war er auch hier hergegangen. Man konnte über die Bahngleise vom Bahnhof aus bequem bis zu ihrem Haus gehen. Vielleicht war das sogar der kürzeste Weg. Im Schutz der Bäume und Sträucher, die den Zuglärm dämpfen sollten.

Ann Kathrin zog ihre Dienstwaffe und näherte sich ihrem Grundstück wie ein Fremder, der eindringen will. Sie hoffte, jetzt nicht von Nachbarn gesehen zu werden. Schon befand sie sich an dem kleinen Radweg, der hinter ihrer Hecke vorbeiführte. Es gab keine Beweise dafür, aber sie wusste es mit je-

201

der Faser ihres Körpers: Hier hatte er gestanden und sie beobachtet. Von hier aus konnte man den Garten gut einsehen, und die gardinenlosen Scheiben boten einen weiten Blick ins Innere des Hauses. Sie konnte auch den Maulwurfshügel sehen. In der sonst dichten Hecke war ein kleines Loch. Künstlich, so als hätte jemand hindurchgegriffen und ein paar kleine Äste zur Seite gebogen. Gut, das konnte auch von Vögeln stammen, die in der Hecke wohnten. Aber es konnte auch sein, dass er hierdurch mit dem Pfeil auf sie gezielt hatte.

Sie sah sich selbst nackt im Mondlicht im Garten stehen. Sie bekam nur schwer Luft. Der Wind drückte in ihren Rücken. Ja, so konnte es gewesen sein.

Vielleicht hatte der Wind eine Feder aus seinem Köcher gelöst und auf ihr Grundstück geweht. Oder war der Mörder ihr noch näher gekommen? War er durch ihren Garten geschlichen? Hatte er durch ihre Scheiben gesehen? Seine Nase daran plattgedrückt und sich an ihrer Angst und Trauer geweidet?

Jetzt stand sie vor dem Maulwurfshügel. Die Feder war nicht mehr da.

Auf allen vieren durchsuchte sie den Garten. Harkte mit den Fingern durch das Gras, kroch in die Tulpenbeete und unter den Tannenbaum. Dabei legte sie die Dienstwaffe nicht aus der Hand. Sie wollte bereit sein, sich zu verteidigen. Doch sie fand die Feder nicht.

Das durfte doch nicht wahr sein! Hatte der Maulwurf die Feder mit in seinen Gang genommen? Taten Maulwürfe so etwas? Verschönerte er damit seine Wohnung? Musste sie jetzt den ganzen Garten umgraben? Wie tief buddelten Maulwürfe?

Die Zeit drängte. Ann Kathrin wollte zur Hausdurchsuchung auf keinen Fall zu spät kommen, aber das hier war irgendwie wichtiger. Persönlich.

Der Wind konnte die Feder auch in den Vorgarten geweht haben. Manchmal drehte der Wind hier rasch.

Ann Kathrin kroch neben den Blumenbeeten her, zu dem Strandkorb, den Hero und Eike gerade erst aus der Garage geholt hatten, wo der Korb üblicherweise überwinterte. Sie tastete jede kleine Ritze ab. Hier konnte überall eine Feder eingeklemmt sein.

Die Nachbarin von gegenüber fuhr mit dem Rad vorbei. »Moin, moin!«

Glühend heiß wurde Ann Kathrin bewusst, dass sie mit ihrer Dienstwaffe in der rechten Hand den Strandkorb nach einer Feder absuchte. Sie musste aussehen wie eine völlig verrückte, vielleicht sogar gefährliche Person.

Ann Kathrin war kurz davor, die Spurensicherung anzurufen und ihren eigenen Garten sowie die Vorgärten der Umgebung durchsuchen zu lassen. Gleichzeitig wuchs ihre Angst, als hysterisch einge-

203

stuft zu werden. Wie sehr hätte sie jetzt einen Menschen zum Reden gebraucht!

Ihre Wut auf Hero wuchs. Sie konnte ihn jetzt schlecht anrufen und sagen, entschuldige, dass ich dich bei deiner neuen Freundin störe, aber vor unserem Haus lauert ein dreifacher Mörder auf mich. Ich fühle mich alleine gerade gar nicht wohl.

Die Zeit drängte. Sie musste nach Aurich zurück. Und irgendwo hier musste diese Scheißfeder sein.

Wenn ich die auf den Tisch legen kann, dachte sie, wenn eine Untersuchung ergibt, dass diese Feder identisch ist mit denen im Todespfeil, dann habe ich alle Unterstützung. Dann zweifelt kein Kollege mehr. Aber würde man ihr den Fall dann noch lassen?

Sie konnte sich gut die Reaktion von Ubbo Heide und Staatsanwalt Scherer vorstellen. Sie würden ihr den Fall wegnehmen und sie unter Polizeischutz stellen. Ihr wurde ganz heiß bei dem Gedanken. Oder würden sie versuchen, sie als Lockvogel einzusetzen? War das nicht überhaupt der einzig schlüssige Weg? Wenn der Täter schon einmal hier gewesen war, würde er auch wiederkommen. Und dann hätte man die Gelegenheit, ihn zu fassen.

Weller nutzte die Zeit, um Kohlhammers Alibi zu überprüfen. Es war schlimmer, als er gedacht hatte. Obwohl Hochbetrieb war, stand im Schnellimbiss nur eine Frau hinter der Theke. Silke Gabriel. Weller kannte sie vom ersten Besuch her.

Zunächst zeigte sie sich wenig gesprächig. Aber dann, als die Kunden bedient waren und Weller sie bat, die Imbissstube für einen Moment abzuschließen, weil er in Ruhe mit ihr reden wollte, sprudelte sie nur so heraus und kämpfte dabei mit den Tränen.

Ja, sie müsse heute ganz alleine bedienen, stieß sie voller Wut hervor. Der Chef sei mit ihrer Kollegin Nicole Bassermann in Urlaub gefahren. An die Atlantikküste. Leuchttürme fotografieren.

Sie tippte sich an die Stirn. »Der hat so nen Spleen. Steht auf solche Phallussymbole.«

»Ritterspiele mag er auch, hab ich gehört«, sagte Weller.

»Na klar. Schwerter, Lanzen. Türme. Der ist völlig besessen von so was.«

»Nicole Bassermann – ist das die junge Frau, die ich bei meinem letzten Besuch hier gesehen habe?«

Silke Gabriel nickte und strich sich die Haare aus der Stirn.

»Warum sind Sie so wütend darüber? Weil er Sie hier mit der Arbeit alleine sitzen lässt?«

Weller ahnte die Wahrheit, aber er wollte es nicht glauben. Etwas in ihm sperrte sich dagegen. War sie eifersüchtig?

»Haben die beiden was miteinander? Ich meine, wenn sie zusammen in Urlaub fahren, dann …«

»Der hat doch mit jeder was!«, fauchte Silke Gabriel. »Glauben Sie etwa, wer die Beine nicht breit macht, kriegt hier einen Job?« Sie tippte sich an die Stirn. »Das ist heutzutage nicht mehr so! Der betont doch dreimal am Tag, dass auf diese Stelle hier fünfzig andere warten.«

»Was soll das heißen? Gibt es jetzt für Jobs in Imbissbuden eine Besetzungscouch wie in Hollywood, wenn's um Hauptrollen geht?«

Weller wusste, dass er gerade ein plattes Klischee bediente, aber ihm fiel so schnell nichts anderes ein, und er wollte seiner Empörung Luft machen. Silke Gabriel war zehn, vielleicht fünfzehn Jahre jünger als er, hatte schmale Hüften, einen Schmollmund und große, ausdrucksstarke Augen. Sie war ein bisschen zu dramatisch geschminkt, aber eine schöne junge Frau, fand Weller.

»Das ist nicht mehr so wie zu Ihren Zeiten«, sagte sie, und es tat ihm deutlich weh, wie alt sie ihn demnach einschätzte.

»Glauben Sie, ich hätte nichts gelernt? Ich hab mein Abitur gemacht, mit 1,8. Und jetzt steh ich hier und muss froh sein, wenn ich Überstunden machen darf. Für sechs Euro!«

Weller schluckte. »Und dafür hat Ihr Chef ... sexuelle Dienstleistungen von Ihnen verlangt? Habe ich das richtig verstanden? Sie könnten ihn deswegen anzeigen, das ist ...«

Sie lachte spöttisch. »Wo leben Sie eigentlich?

Anzeigen? Ich bin die Letzte in unserer Familie, die überhaupt noch einen Job hat. Meine Eltern sind gezwungen, unser Haus zu verkaufen. An so einen Boutiquebesitzer aus Düsseldorf, der möchte hier gerne ein Ferienhäuschen an der Küste haben. Mein Vater ist froh, wenn er für den als Hausmeister arbeiten kann.«

»Moment, Moment. Stimmt es, oder stimmt es nicht, dass Herr Kohlhammer Donnerstagnacht bis elf Uhr hier im Imbiss war?«

»Wollen Sie das genau wissen? Er ist um kurz nach sieben Uhr gegangen. Ich weiß es ganz genau. Er hat mir noch auf den Arsch geklatscht, das macht er immer, wenn er geht.«

»Wo ist er dann hin?«

»Ja, glauben Sie, der meldet sich bei mir an und ab?«

»Er behauptet aber, Sie seien Zeugin, dass er zur Tatzeit hier …«

»Klar behauptet er das. Und er geht natürlich davon aus, dass wir vor Gericht nicht gegen ihn aussagen. Dann sind wir die Jobs hier nämlich garantiert los. Oder meinen Sie, der leitet den Laden vom Knast aus?«

Weller fühlte sich eingeengt. Er bekam hier Beklemmungen. In dieser kleinen Welt, in diesem Schnellrestaurant, konnte er kaum atmen. Er glaubte dieser jungen Frau jedes Wort. Aber in so einer Welt

207

wollte er nicht leben. Dafür war er nicht Polizist geworden.

»Wird Ihre Freundin uns das Gleiche erzählen? Oder gibt die Herrn Kohlhammer ein Alibi?«

»Die ist nicht meine Freundin.«

»Und ist die jetzt mit ihm in Urlaub gefahren, um den Job hier zu behalten? Wollen Sie mir wirklich weismachen, dass junge Frauen heute so weit gehen, um …«

Sie nahm ein großes Küchenmesser und hackte eine Zwiebel klein. »O nein, ganz so einfach, wie Sie sich das vorstellen, ist das nicht. Der sagt nicht, du musst mit mir bumsen, wenn du den Job hier willst. Der kann charmant sein, das glauben Sie gar nicht. Da fühlt man sich richtig gemeint. Die sieht sich schon als neue Frau Kohlhammer. Und ich bin für sie doch nur eine blöde Ziege, die sie loswerden will. Wenn Sie die fragen, wird sie Ihnen erzählen, dass ich ihren Typen verführt habe, nur um den Job hier zu kriegen … Ach, Mensch, Sie haben doch gar keine Ahnung!«

Sie warf das Messer auf die Arbeitsplatte.

»Und Sie haben das auch mal geglaubt?«, fragte Weller.

Silke Gabriel biss sich auf die Unterlippe.

Herr Sendebach fühlte sich geehrt, dass die Kripo ihn in seinem Waffengeschäft aufsuchte. Rupert spürte genau, dass dieser Mann kein schlechtes Gewissen hatte. Er war ein wirklicher Fachmann. Krumme Geschäfte brauchte er nicht. Garantiert hatte er noch nie eine Pistole unterm Ladentisch verkauft. Das hatte er gar nicht nötig. Bewusst grenzte er sich von der kriminellen Szene ab.

»Mit dem Achtundachtziger«, sagte er, »gab es nur Probleme. Ursprünglich war das gar keine Mauserwaffe, aber wegen der vielen Unfälle wurde Paul Mauser damit beauftragt, die Waffe zu überarbeiten. Heraus kam das Gewehr 88/97. Wenn Sie so eines besitzen, haben Sie ein wirklich begehrtes Sammlerstück. Wollen Sie eines kaufen oder verkaufen?«

»Haben Sie schon einmal eine solche Waffe verkauft?«

»O ja. Vor einigen Jahren. Manchmal kommt man durch Haushaltsauflösungen daran.«

»Können Sie mir Namen und Adresse des Käufers nennen?«

»Gerne. Aber das muss ich in meinen Steuerunterlagen nachschauen. Hier geht nämlich alles ganz korrekt zu.«

Rupert nickte. »Selbstverständlich.«

»Ich höre mich auch gerne für Sie in Sammlerkreisen mal um«, bot Klaus Sendebach an.

»Danke. Das könnte für uns sehr hilfreich sein. Bitte rufen Sie mich an.« Rupert gab ihm seine Visitenkarte. Dann fragte er: »Können Sie sich vorstellen, warum jemand so eine Waffe benutzt, um einen Mord zu begehen? Die Gefahr danebenzuschießen ist doch sehr groß bei so einem alten Ding, oder nicht?«

Klaus Sendebach rückte seine Brille gerade und sah Rupert an. »Nun, ein Zielfernrohr lässt sich nachträglich auf jedes Gewehr schrauben. Aber wenn Sie mich fragen, ist doch wohl eher die Munition das Problem.«

»Kann Munition aus dem Ersten Weltkrieg noch funktionieren?«

Klaus Sendebach nickte. »Schon möglich. Wenn sie trocken gelagert wurde.«

»Gibt es solche Munition heute noch zu kaufen?«

»Bei Sammlern – warum nicht?«

»Könnten Sie sich für mich umhören, ob es jemanden gibt, der diese Munition noch herstellt? Vielleicht sogar solche Gewehre nachbaut? Auch wenn es nicht ganz legal ist …«

Mit diesen Sätzen wollte Rupert den Laden verlassen. »So mok wie dat«, versicherte Klaus Sendebach in breitem Ostfriesisch.

Rupert drehte sich zu ihm um. Als müsse er die Worte übersetzen, sagte Sendebach: »Sie können sich auf mich verlassen. Ich unterstütze die Kriminalpolizei gerne.«

Ruperts und Wellers Erkenntnisse reichten aus für eine Fahndung nach Georg Kohlhammer. Staatsanwalt Scherer war inzwischen bereit, alles zu unterschreiben, was die Kollegen vom Fachkommissariat Eins ihm vorlegten.

Angeblich war Kohlhammer mit seinem Wohnwagen und seiner Angestellten schon über die holländische Grenze. Zumindest behauptete einer seiner Würstchenverkäufer, er hätte bei ihm haltgemacht, gemeinsam mit Nicole noch eine Bratwurst verspeist und Pommes mit Senf, seine Spezialität, und sei dann in Richtung Holland weitergefahren. Von dort wollte er über Belgien in die Bretagne.

Die Eltern von Nicole Bassermann bestätigten das, nicht ohne Empörung. Ihre Tochter habe nur schnell ein paar Sachen zusammengepackt und gesagt, den Rest kaufe ihr Kohlhammer, wenn sie in Frankreich seien. Den Eltern gefiel die Liaison überhaupt nicht. Das hatte aber wohl eher religiöse Gründe. Sie hätten ihre Tochter gerne vorher mit Kohlhammer verheiratet.

Rupert überlegte. Das Ganze konnte auch eine Finte sein. Wenn Kohlhammer der Mörder war, hatte er vielleicht seine Urlaubsfahrt Hals über Kopf organisiert, so dass es jeder mitbekam, und jetzt gondelte Nicole Bassermann alleine mit dem Wohnwagen in die Bretagne, während er hier seinen nächsten Mord vorbereitete.

Rupert wusste nicht, wer als Nächster dran war. Aber er war sich völlig sicher, dass es weitergehen würde. Das hier war ein Rachefeldzug. Und es gab keinen Anhaltspunkt dafür, dass der zu Ende war.

Bis jetzt hatte der Mörder nur Männer umgebracht. Rupert hatte eine Liste aller ehrenamtlichen Mitarbeiter vom Regenbogen-Verein vor sich liegen. Zusammen mit den ehemaligen Zivildienstleistenden und Hauptamtlichen und Aushilfskräften ergab das eine Liste von 54 Personen. 31 von ihnen waren Männer. Hatte der Mörder oben an der Spitze angefangen und arbeitete sich jetzt langsam runter? Den Chef, einen Zivi, einen ehrenamtlichen Mitarbeiter?

Rupert versuchte, das Prinzip hinter den Taten zu entdecken. Es gab immer ein Muster. Man musste es nur erkennen.

Er spielte mit den Buchstaben der Namen, mit den Wohnorten und zeichnete sie auf seiner Landkarte ein.

Selbst wenn wir die ganze Polizei Ostfrieslands aufbieten würden, dachte er, wären wir nicht in der Lage, alle 54 Mitarbeiter zu schützen. Und wer sagt uns, dass er nicht als Nächstes einen der Geschäftsleute tötet, die den Verein jährlich mit großzügigen Spenden bedachten? Der Verein wollte in Norderney ein Hotel bauen und eines in Norddeich. Konnte so etwas dahinterstecken? Ging es vielleicht auch um Grundstücksspekulationen?

Samstag, 30. April, 15.26 Uhr

Die Hausdurchsuchung im Regenbogen-Verein hatte Ann Kathrin Klaasen sich anders vorgestellt. Sie traf auf eine völlig veränderte Situation. Paul Winters Tod hatte allen klargemacht, dass sie selbst in Gefahr waren.

Wie Jeanne d'Arc vor der Schlacht stand Jutta Breuer breitbeinig im Büro und dirigierte ihre Getreuen. Es waren viel mehr Leute dort als bei Ann Kathrins letztem Besuch. Nicht nur Mitarbeiter waren hier, sondern auch Angehörige, Sympathisanten, Freunde. Hier entstand gerade ein Wir-Gefühl. Die Zentrale des Widerstands organisierte sich. Widerstand gegen …, ja, gegen was? Gegen den Mörder?

Zivildienstleistende nagelten Transparente an Besenstiele. Die Drucker der Computer spuckten Flugblätter aus. Ludwig Bongart verschickte E-Mails an vergleichbare Organisationen in ganz Niedersachsen und forderte sie zur Teilnahme an der großen Demonstration auf.

Rainer Kohlhammer hängte sich grinsend in ein Papiersandwich, auf dem stand: *Wir wollen leben!*

»Was läuft hier eigentlich?«, fragte Ann Kathrin in den Raum hinein.

Jutta Breuer drehte sich zu ihr um. »Was hier läuft? Wir bereiten die Demonstration vor.«

»Was für eine Demonstration?«

»Na, hören Sie mal, glauben Sie, wir lassen uns hier weiterhin abschlachten? Der Terror gegen Behinderte hat eine lange Tradition in diesem Land. Erst trocknet man die Hilfsorganisationen finanziell aus, dann räumt man die Freunde und Helfer ganz aus dem Weg, und am Ende sind die Behinderten selbst dran.«

»Aber ich bitte Sie«, sagte Ann Kathrin, »Sie können doch den staatlich organisierten Terror der NS-Zeit nicht mit dem vergleichen, was hier gerade läuft. Wir haben es mit einem durchgeknallten Mörder zu tun. Die Polizei ist auf Ihrer Seite. Wir …«

Ludwig Bongart drehte sich zu Ann Kathrin um und stand vom Computer auf. »Wir werden die Krise als Chance nutzen. Wer immer uns in die Knie zwingen will, wird das Gegenteil erreichen. Wir werden nicht am Grab stehen und Ulfs, Kais und Pauls Leichen beweinen. Nein. Wir werden ihr Feuer weitertragen. Genau das hätte Ulf auch gewollt.«

Weller hatte genau so ein ungutes Gefühl wie Ann Kathrin. Er formulierte es nur noch nicht.

»Wo soll die Demonstration stattfinden?«, fragte Ann Kathrin.

»In Aurich auf dem Marktplatz. Und natürlich in der Fußgängerzone«, antwortete Jutta Breuer, aber Ludwig Bongart winkte ab. »Falls wir nicht einen Sternmarsch hinkriegen.«

Weller räusperte sich. »Ich hoffe doch, Sie haben das alles genehmigen lassen? Sie wissen, dass Demonstrationen genehmigungspflichtig sind, oder?«

Ludwig lachte. »Genehmigen ist gut. Wir werden das der Polizei mitteilen, und die gesamte Marschroute. Aber Sie glauben doch nicht im Ernst, dass wir um eine Genehmigung bitten werden? Das würde ja auch beinhalten, dass man uns das Ganze verbieten könnte. Und das werden wir nicht zulassen, Herr Kommissar. Dies ist ein freies Land. Man kann nicht die Speerspitze der Behindertenarbeit abknallen und glauben, dass nichts passiert. Vielleicht schließen Sie sich mit Ihren Kollegen unserem Demonstrationszug an?«

Josef de Vries, der 120 Kilo schwere Logopäde, der mit seinem dümmlichen Ausdruck und seiner wuscheligen Frisur viel behinderter aussah als die meisten seiner Klienten, drehte quietschend seinen Bürostuhl und wandte sich vom Computer ab. Im Papierkorb neben seinem Schreibtisch lag eine

215

leere Schachtel Mon Chérie. Er riss das Papier von einem Schokoriegel ab und biss hinein. Wenn er nervös wurde, brauchte er etwas Süßes. Der Heißhunger darauf wurde dann unerträglich. Mit Schokolade hatte er die schlimmsten Situationen seines Lebens bewältigt. Genau so sah er auch aus.

Jetzt freute er sich. »Aus Hannover kommen sie mit drei Bussen! Die Lebenshilfe, das Rote Kreuz und ...«

»Wann soll das alles stattfinden?«, fragte Ann Kathrin mit einem Kloß im Hals.

»Morgen um 16 Uhr. Früher geht es nicht«, sagte Ludwig Bongart. »Einige kommen von weit her. Diesen 1. Mai wird Ostfriesland nicht vergessen!«

Ann Kathrin und Weller wechselten einen kurzen Blick. Sie wussten beide, dass sich dieser Demonstrationszug direkt auf eine Katastrophe zu bewegte.

»Vielleicht ist es genau das, was der Mörder erreichen will«, sagte Ann Kathrin.

Josef de Vries wuchtete sich vom Schreibtisch hoch und baute sich schnaufend auf. »Was reden Sie da? Glauben Sie, jemand legt unsere Leute um, damit wir eine besonders große Aufmerksamkeit kriegen? Damit das Spendenaufkommen steigt?«

Ann Kathrin schüttelte den Kopf. Weller wusste, was sie sagen wollte. Es passte ihm nicht. Sie hatte natürlich recht, aber er hätte die Angelegenheit trotzdem gerne erst bei einer Dienstbesprechung in Ruhe von allen Seiten abgewogen.

Doch dafür war Ann Kathrin Klaasen nicht die richtige Person. »Wer sagt Ihnen«, fragte sie, »dass der Mörder nicht hinter irgendeinem Fenster sitzt und ein Zielschießen veranstaltet auf alles, was sich bewegt?«

Es trat Ruhe ein. Die hektische Betriebsamkeit legte sich. Jeder hatte diese Worte gehört, und jeder wusste, dass etwas dran sein konnte.

Der fette Josef de Vries setzte sich wieder. Der Bürostuhl quietschte erneut unter seinem Gewicht.

»Das Ganze ist so, als würden Sie Schafe zu den Wölfen treiben. Verstehen Sie?«, fragte Ann Kathrin eindringlich.

Mit trockenem Hals sagte Ludwig Bongart: »Ja, sollen wir uns ab jetzt verstecken, oder was? Und warten, bis er uns heimlich in der Dunkelheit erledigt? Wir können doch sowieso nirgends mehr sicher sein. Ulf haben sie in seiner Wohnung abgeknallt! Wir repräsentieren offensichtlich alles, was dieser Typ hasst. Wir werden ihm jetzt einfach zeigen, wie viele wir sind. Wir verkriechen uns nicht. Wir tun genau das Gegenteil und zeigen ihm, dass er ein einsames Arschloch ist.«

Er sah sich um. Er kam sich heldenhaft vor in seinem Pathos.

Rainer Kohlhammer hatte sicherlich nicht bis in alle Einzelheiten verstanden, was Ludwig Bongart gesagt hatte. Doch er klatschte Beifall. Etwas von

217

Ludwigs Charisma zeigte Wirkung. Rainer lachte, als würde er sich auf eine Party freuen.

Ann Kathrin versuchte es noch einmal, indem sie Jutta Breuer ansprach: »Bitte. Sie können das wirklich nicht tun. Wir können diese Demonstration auf keinen Fall genehmigen. Sie riskieren das Leben vieler Menschen.«

Jutta Breuer bewegte sich zunächst sehr langsam, fast katzenhaft. So behände hatte Ann Kathrin sie nicht eingeschätzt. Sie sprach mit unglaublicher Wut, sprang dabei von einem Transparent zum anderen und hielt es hoch. »Sie verwechseln da etwas, Frau Klaasen. Wir gefährden niemanden. Wir sind gefährdet. Wir haben nie jemanden angegriffen. Wir kämpfen ums Überleben. Das, was jetzt geschieht, ist nichts weiter als die sichtbare Spitze des Eisbergs der täglichen Diskriminierungen.«

Ludwig Bongart sah jetzt aus, als würde seine eigene forsche Art ihm inzwischen Angst machen. Aber er konnte hinter das einmal Gesagte nicht mehr zurückgehen.

Josef de Vries rollte mit seinem Stuhl ein Stückchen vor. Er sah Ann Kathrin von unten hoch an. Seine Augen hatten etwas Sanftmütiges.

»Vielleicht«, sagte er und deutete mit dem Kinn auf Ann Kathrin, »hat sie recht.«

Jutta Breuers katzenhafte Haltung veränderte sich. Jetzt sprang sie nicht mehr herum, sondern stand plötzlich ganz steif, als sei sie an einen Stock genagelt. Ihre Stimme hatte etwas Schneidendes: »Wir haben viel zu tun, Frau Kommissarin. Würden Sie uns jetzt bitte sagen, warum Sie gekommen sind?«

Weller kam sich irgendwie überflüssig vor. So, als würden sie alles mit Ann Kathrin Klaasen allein ausmachen. Gleichzeitig hatte er nichts dagegen einzuwenden, denn er spürte, was immer sie jetzt taten, sagten, veranlassten oder auch sein ließen, konnte falsch sein. Schrecklich falsch.

Angesichts der Situation fiel es Ann Kathrin schwer, doch sie blieb bei dem, was für sie naheliegend war. »Wir möchten Einblick in die Buchführung des Vereins. Zu diesem Zweck würden wir gerne die Akten sicherstellen.«

Jutta Breuer wich einen Schritt zurück. Jetzt plante sie ihren ganz großen Auftritt. Zunächst lachte sie demonstrativ höhnisch, dann zeigte sie mit beiden Fingern auf sich selbst und sprach zu allen: »Habt ihr das gehört? Sie schützen uns nicht. Wir sind nämlich die Verdächtigen! Wir! Genau das hat Ulf uns immer gelehrt. Der Behinderte steht unter Generalverdacht. Bei den Nazis war er ein Schädling, der ausgerottet werden musste, und heute …«

Ann Kathrin hob die Hände, als wolle sie sich ergeben. »Bitte, bitte, bitte! Können Sie die Bälle nicht ein bisschen flach halten, Frau Breuer? Wir haben alle die Nerven blank liegen, aber das ist jetzt doch wirklich nicht nötig. Wir müssen herausfinden, wer ein Interesse daran hatte, Ulf Speicher, Paul Winter und Kai Uphoff zu töten. Es kann sein, dass das Geheimnis in den Büchern des Vereins verborgen ist. In irgendeiner dieser Akten. Vielleicht ist der Täter unter den Drohbriefschreibern. Oder …«

»Die Drohbriefe haben Sie doch längst mitgenommen. Haben Sie die schon alle überprüft?« Speichelpartikel lösten sich beim Sprechen von Jutta Breuers Lippen und flogen durch das Zimmer.

Rainer Kohlhammer verkroch sich in eine Ecke des Raumes, hinter das Kopiergerät, und hielt sich die Hände vors Gesicht. Er zitterte. Streit konnte er nicht vertragen.

Jutta Breuer fauchte: »In unserer Buchführung ist nichts, gar nichts verborgen! Wir werden von Paritätischen überprüft, von der Mitgliederversammlung aller Angehörigen und …«

»Frau Breuer, das glaub ich Ihnen ja gerne. Aber ich brauche die Bücher trotzdem. Ich habe hier einen staatsanwaltlichen Durchsuchungsbefehl.«

»Das wird ja immer schöner!«

Ludwig Bongart schlug vor, einen Anwalt zu rufen. Weller versuchte, die Wogen zu glätten: »Wir suchen zum Beispiel 80 000 Euro, die Georg Kohlhammer angeblich an den Verein überwiesen hat.«

Jutta Breuer nickte. »Ja. Das ist der Gewinn der

Imbisskette vom letzten Vierteljahr. Eine Abschlagszahlung sozusagen. Alles wird für Rainer auf ein Sperrkonto eingezahlt. Davon wird sein Lebensunterhalt bestritten, seine Altersvorsorge und ...«

Sie hörte auf zu sprechen und machte eine Geste, als sei das doch alles sinnlos. Gleichzeitig ging sie zum Schrank, zog die DATEV-Konten der letzten Jahre heraus und warf sie Ann Kathrin Klaasen vor die Füße. Sie steigerte sich immer mehr: »Da, nehmen Sie sie doch! Nehmen Sie sie doch!«, brüllte sie und schleuderte Aktenordner um Aktenordner in den Raum.

Ann Kathrin blieb ganz ruhig stehen. Weller sah Josef de Vries an. Der war offensichtlich hin- und hergerissen zwischen dem Versuch, Jutta Breuer zu beruhigen, und der Idee, einen Anwalt zu rufen. Er umklammerte mit seiner großen Hand ein Handy, das komplett darin verschwand.

»Hat Herr Speicher irgendjemandem von Ihnen gegenüber mal geäußert, dass er Angst hatte? Oder Kai Uphoff oder Paul Winter?«

Ludwig Bongart antwortete für Josef de Vries. Das passierte nicht zum ersten Mal. Ludwig war in vielen Dingen einfach schneller.

»O ja. Ulf hatte Angst. Zum Beispiel Angst, kein Weihnachtsgeld zahlen zu können. Ein beliebtes Spiel von Politikern ist es nämlich, uns die Mittel zusammenzustreichen. Die Schwächsten in der Gesellschaft zu stützen und zu fördern müsste eigentlich die vornehmste Aufgabe des Staates sein.«

Ludwig sah sich um. Alle nickten. Hier stieß er auf breite Zustimmung.

Weller hatte das Gefühl, einen zukünftigen Volksredner vor sich zu haben. Er konnte sich gut vorstellen, wer bei der Demonstration für den Verein sprechen sollte.

»Stattdessen«, fuhr Ludwig fort, »hat man uns zu Bittstellern gemacht. Auf Almosen angewiesen.« Er trat gegen eine Kiste, in der Teddybären und selbstgestrickte Pullover lagen. »Zu Flohmarkthändlern, damit wir Jugendfreizeiten organisieren können. Vielleicht«, prophezeite er, »werden wir diesem irren Killer noch dankbar sein, weil er uns die Gelegenheit gibt, das Rad der Geschichte herumzudrehen. Jetzt wird offensichtlich, was hier in der Gesellschaft passiert. Es wird einen Aufstand der Anständigen gegen die verrottete Moral der Scheinheiligen geben!«

So ähnlich, dachte Ann Kathrin, müssen Revolutionen anfangen. Leute setzen sich an die Spitze einer Bewegung, durch nichts weiter legitimiert als ihren gerechten Zorn.

»Vielleicht«, sagte Ann Kathrin betont ruhig, »hilft uns jemand, die Akten nach unten zu bringen.«

Josef de Vries stand auf, leerte die Kiste, die Ludwig gerade umgetreten hatte, aus, und packte Aktenordner hinein.

Ann Kathrin ließ die Angriffe einfach an sich abtropfen. Das hatte sie von ihrem Vater gelernt.

Geh nicht mit jedem in den Clinch. Wenn die Leute ausrasten, haben sie oft ihre Gründe dafür. Nichts wird so heiß gegessen, wie es gekocht wird. Nimm die Dinge nicht persönlich. Das macht einen fertig. Manchmal müssen sich die Menschen einfach nur Luft machen, dann reden auch die Vernünftigsten Müll. Später finden sie wieder zu sich selbst zurück, und alles wird gut. Setz sie nicht ins Unrecht, wenn es nicht nötig ist. Sonst wirst du zum Feindbild für Leute, die deine Verbündeten sein könnten.

Nie hatte sie so sehr wie jetzt gespürt, wie sehr ihr Vater damit recht hatte. Die hier waren die Guten und nicht die Bösen. Wie in die Enge getriebene Ratten bissen sie jetzt um sich.

Ann Kathrin ging zu dem großen Aktenschrank und sagte: »Die hier würde ich auch noch gerne mitnehmen.«

Auf den Ordnern stand: *Aktuelle Abrechnungen Krankenkasse, Sozi/Privat.*

Es waren zwölf Akten, geordnet nach Klientennamen. Auf einer stand: *K - Kleine, Sylvia. Kohlhammer, Rainer*

Josef de Vries begann, auch diese Aktenordner in die Kiste zu packen.

Er hatte keine fünf Stunden mehr zu leben.

In der Bank herrschte weniger Aufregung. Es war eine geradezu wohltuend sachliche Stimmung. Zunächst erschrak der Filialleiter, als die Kripo ihn am Samstag von der Gartenarbeit holte, aber als ihm klar wurde, dass es nicht um Steuerhinterziehung, sondern um Mord ging, war er zunächst erleichtert und dann sofort hilfsbereit.

Gern eröffnete er ihnen Einblicke in die Vermögensverhältnisse von Sylvia Kleine, Inga Traumin und Rainer Kohlhammer. Ulf Speicher hatte die Aktiendepots online verwaltet. Dabei war er nicht ganz ungeschickt gewesen, wie der Filialleiter gern zugab. In den Hochzeiten der Börse habe zum Beispiel das Aktiendepot von Sylvia Kleine fast 8 Millionen Euro ausgemacht. Aber auch beim Niedergang der Börsen habe sie nicht, wie die meisten anderen Depots die Hälfte ihres Geldes verloren, sondern nur knapp eine Million, denn Herr Speicher hatte alles mit Puts abgesichert. Stolz fügte er hinzu: »Das ist sicherlich auch ein Erfolg unserer intensiven Beratungstätigkeit.«

»Wer entschied denn, ob Aktien ge- oder verkauft wurden?«

»Nun, wir bieten für so etwas natürlich einen Service an, aber hier wäre eigentlich eine professionelle Vermögensverwaltung vonnöten gewesen. Doch Herrn Speicher hat das Spaß gemacht. Er war keineswegs ein Spieler, aber er vermehrte das Vermögen der ihm anvertrauten Depots sehr geschickt.« Grinsend gab der Filialleiter zu: »Ich hätte ihm am liebsten bei uns einen Job angeboten. Mut zum Risiko, die richtige Nase, und das gepaart mit Sicherheitsdenken und einer gehörigen Portion Sachverstand.«

Ann Kathrin Klaasen fühlte den Sitz ihrer Waffe. Als sie die Bank verließ, sah sie sich nach rechts und links um. Wer sagt mir, dachte sie, dass er immer nur im Dunkeln zuschlägt? Welche Waffe wird er als Nächstes benutzen?

Sie überlegte, ob sie sich Weller anvertrauen sollte. Auf keinen Fall würde sie Rupert und Scherer mit ihrer Situation vertraut machen. Dazu brauchte sie die blaue Feder als Beweis.

Ein grüner Golf rollte im Schritttempo auf sie zu. Die Sonne spiegelte sich in der Windschutzscheibe und blendete Ann Kathrin. Saß darin ihr Mörder?

Fast hätte sie die Waffe gezogen, doch dann fuhr der Golf einfach weiter.

Sie schluckte. Ihre Knie zitterten leicht. Nach außen hin wirkte sie aber selbstsicher und gelassen.

Wenn der Mörder hinter mir her ist, dann muss ich ihn kennen. Wahrscheinlich bin ich ihm im Rahmen der Ermittlungen begegnet, und er will mich zur Strecke bringen, bevor ich ihn erwische, dachte sie.

Zunächst ging sie bewusst die Bilder der Verdächtigen durch.

Tim Gerlach, der kurz davor war, sich Sylvia Kleines Millionenvermögen anzueignen.

Georg Kohlhammer, dem der Regenbogen-Verein im Weg war wie sonst nichts auf der Welt und der mit Sicherheit genügend Hass entwickelt hatte, um zum Mörder zu werden.

Ludwig Bongart, der für einen Zivildienstleistenden im Verein ein erstaunlich großes Wort führte und sich wie der Nachfolger von Ulf Speicher gab. Konnte es sein, dass er die Morde beging, um sich den Verein unter den Nagel zu reißen und gleichzeitig als Held an der Behindertenfront dazustehen?

Er erinnerte sie an einen Feuerwehrmann, den sie zu Beginn ihrer Dienstzeit verhaftet hatte. Ein Held, der dreizehn Menschen das Leben gerettet hatte. Leider gingen die Brände auf sein Konto.

Auch das Gesicht von Jutta Breuer tauchte vor Ann Kathrins innerem Auge auf, wie sie hasserfüllt mit schmalen Lippen sprach. Sie hatte Tim Gerlach scharf angegriffen. Sie wirkte auf Ann Kathrin wie eine Frau, die zornig auf alle war, die ihr Leben genießen konnten. Hatte sie von den Affären ihres Lebensgefährten gewusst? Hatte sie es irgendwann nicht mehr ertragen? Hatte sie begonnen, alle die Menschen in ihrer Umgebung umzubringen, die ihre Sexualität schamlos auslebten?

Ann Kathrin lächelte. In diese Reihe passte sie selbst nicht hinein. Der Mörder konnte nur einen Grund haben, ihr nachzustellen: Sie war näher an ihm dran, als sie es selbst ahnte.

Mit wem, fragte sie sich, habe ich seit Donnerstagabend noch geredet?

Bis in spätestens einer Woche musste alles erledigt sein. Keiner von ihnen durfte den 7. Mai erleben. Zehn Jahre Regenbogen. Die große Jubelfeier. Spätestens in der Nacht vom 6. auf den 7. musste der Letzte von ihnen ausgelöscht werden.

Die Zeit wurde knapp. Es standen noch drei Namen auf der Liste.

Die Flammen sollten das Böse auffressen. Oder war es doch besser, mit Gift zu arbeiten?

Manchmal kamen dankbare Eltern im Regenbogen-Verein vorbei und brachten Pralinen oder Schokolade für die freundlichen Helfer.

Josef de Vries behauptete, sich damit den dicken Hintern angefressen zu haben. Er hatte neben seinem Computer ständig eine geöffnete Pralinenschachtel oder einen angebissenen Schokoriegel liegen.

Vielleicht war Gift wirklich besser als eine Explosion. Sie sollten sich vor Schmerzen am Boden winden und genau wissen, dass es mit ihnen zu Ende ging.

Wie viel Gift brauchte man, damit es nicht zu schnell ging, sie aber auch nicht mehr zu retten waren? Das Internet bot genügend Anregung. Gab es bessere Berater als die Internetforen für Selbstmörder? Dort suchten die Menschen nach schmerzlosen Methoden, um schnell aus dem Leben zu scheiden.

Nein, schmerzlos sollte es für diese Schweinebande nicht werden. Schmerzlos ganz sicherlich nicht.

Hier riet einer von einem Gift ab, weil es ein jämmerlicher Tod sei. Ein langsames Ersticken.

Na bitte. Wenn das kein guter Tipp war …

Ann Kathrin Klaasen ging in ihrem Garten auf und ab. Sie sah aus wie eine Frau, die konzentriert nachdachte. Sie trug ein viel zu weites blaues Kapuzenshirt von Hero. Ihre Hände hatte sie in den tiefen Taschen vergraben. In der Rechten hielt sie dabei ihre Heckler & Koch P 2000. Ohne diese Waffe würde sie keinen Schritt mehr gehen. Sie war bereit, herumzuwirbeln und zu feuern.

Während sie ihren Garten wieder und wieder durchschritt, suchten ihre Augen jeden Zentimeter ab. Vielleicht war sie ja hier noch irgendwo, die blaue Feder … vielleicht hatte sie sich in der Hecke verfangen, im Kirschbaum oder dort, beim Kompost. Leuchtete da nicht etwas Blaues? Hoffnung keimte in ihr auf, aber es war nur ein Stück Zeitung.

Während ihre Blicke jetzt die Häuserfassade abtasteten, überlegte Ann Kathrin, ob es noch eine andere Verbindung zwischen den drei Toten geben könnte.

Na klar, dachte sie. Wir haben uns viel zu schnell

damit zufriedengegeben, dass sie alle drei im Regenbogen-Verein sind. Aber da gibt es außer ihnen noch viele andere. Warum hat es ausgerechnet Ulf Speicher, Kai Uphoff und Paul Winter getroffen? Warum keinen der anderen? War das Zufall?

Sie hatte es sich abgewöhnt, an Zufälle zu glauben. Darin stimmte sie mit Hero überein. Als Therapeut sagte er immer wieder: »Es gibt keine Zufälle. Zufall ist das, was dir auf Grund deines So-Seins zufällt.«

Ann Kathrin fand diese Sichtweise eigentlich unangemessen. Damit machte er jeden Klienten für alles selbst verantwortlich, was ihm passiert war. Hero nannte das: Dem Klienten die Eigenverantwortung zurückgeben.

Aus kriminalistischer Sicht war es klug, nicht an Zufälle zu glauben, sondern an eine zwingende Dynamik. Wenn es noch irgendeine andere Verbindung zwischen den drei Männern gab, außer dem Regenbogen-Verein, dann …

Ann Kathrin rief Jutta Breuer an. Zunächst war sie für Ann Kathrin nicht zu sprechen. Ludwig Bongart versuchte, die Kommissarin abzuwimmeln, aber sie ließ sich vom Charme des Zivildienstleistenden nicht beeinflussen.

»Gibt es«, fragte Ann Kathrin, »irgendeine Gemeinsamkeit zwischen Ulf Speicher, Kai Uphoff und Paul Winter, von der wir bis jetzt nichts wissen?«

»Sie haben sich alle für Behinderte eingesetzt. Das

haben sie als eine Lebensaufgabe angesehen. Und sie sind alle drei tot.«

»Vielleicht gibt es ja noch etwas. Haben sie gemeinsam Fußball gespielt oder waren sie alle drei in einem Gesangverein?«

Am anderen Ende der Leitung trumpfte Jutta Breuer geradezu hysterisch auf: »Ulf hasste Fußball! Und gesungen hat er höchstens unter der Dusche. Ich weiß wirklich nicht, was Sie von mir wollen, Frau Kommissarin. Und Sie halten mich von der Arbeit ab. Ich habe eine Demonstration zu organisieren.«

»Bitte, Frau Breuer, es muss noch eine andere Verbindung zwischen den Männern gegeben haben.«

»Sie sind völlig auf dem Holzweg, Frau Klaasen.«

Jutta Breuer legte einfach auf.

Ann Kathrin spürte, dass die ganze Situation ihr zu entgleiten drohte. Sie hatte in diesem Fall die Handlungsführung verloren und wusste auch nicht, wie sie sie zurückgewinnen sollte. Vielleicht wäre es wirklich besser für sie, den Fall abzugeben …

Es klingelte an der Eingangstür. Der sonst so vertraute Ton ließ Ann Kathrin zusammenzucken. Ihre Hand krampfte sich um die P 2000. Sie lief nicht direkt zur Eingangstür, sondern versuchte, durch ein Fenster einen Blick auf die Tür zu bekommen:

Vorn an der Hecke stand ein Fahrrad.

Es klingelte ein zweites Mal.

Zunächst konnte Ann Kathrin nur die Füße sehen. Damenstiefel mit imitiertem Seehundfell.

Ann Kathrin lehnte sich weiter aus dem Fenster. Sie sah Sylvia Kleine.

Sylvia trug einen Minirock und hatte die Haare unter einer Seehundfellmütze hochgesteckt.

Was will die denn hier, dachte Ann Kathrin, war aber gleichzeitig erleichtert. Sie hatte schon damit gerechnet, dass der Killer bei ihr klingelte.

Ann Kathrin öffnete die Tür.

Sylvia blieb unbewegt stehen. Sie zog die Schultern hoch, legte den Kopf schräg und verzog die grell gefärbten Lippen.

»Darf ich reinkommen?«

Ann Kathrin nickte. »Ich hab zwar nicht viel Zeit, aber komm nur.« Mit einem sanften Hinweis fragte sie dann: »Ist der Rock nicht ein bisschen zu kurz? Es ist doch eigentlich noch zu kalt dafür.«

»Du fängst schon an wie meine Betreuerin«, antwortete Sylvia. »Ich hab doch eine dicke Strumpfhose drunter an. Die Männer finden es gut.«

»Ja«, nickte Ann Kathrin, »wenn es nach den Männern ginge, würden wir wahrscheinlich nur Miniröcke tragen.«

»Ja«, lachte Sylvia.

Ann Kathrin führte Sylvia ins Wohnzimmer. Sie setzte sich mit X-Beinen hin und sah sich neugierig um.

231

»Soll ich dir einen Kakao machen?«

»Au ja, gerne!«

»Warum bist du denn gekommen?«, fragte Ann Kathrin.

»Ach, ich wollte dich nur mal besuchen kommen. Du hast doch gesagt, wir können jetzt öfter was zusammen machen.«

Ann Kathrin machte Milch für den Kakao warm. Ein kurzer Anflug von Melancholie wehte sie an, als sie die Kakaodose öffnete. Sonst machte sie ihrem Sohn immer Kakao. Sie verdrängte den Gedanken daran gleich wieder.

»Ich hab dir Pralinen mitgebracht«, lachte Sylvia. »Du magst doch Trüffel, oder? Ich hab Champagnertrüffel, weiße Schokolade, Nougat und ...«

»Hast du die Pralinen selbst gemacht?«

»Ja, die sind selbst gemacht. Aber nicht von mir. Die kann ich nicht so gut. Meine Oma, die konnte Pralinen machen!«

Sylvia knisterte mit dem Papier und sah sich die Pracht genau an. Sie hatte von jeder Pralinensorte zwei gekauft.

Während sie miteinander im Wohnzimmer Kakao tranken, fühlte sich Ann Kathrin plötzlich unbeschwert. Dieses junge Mädchen mochte sie wirklich. Sie hatte ihr Pralinen mitgebracht. Wie nett.

Ann Kathrin probierte gleich mit spitzen Fingern einen Sahnetrüffel.

»In Schokolade«, sagte sie, »sollen Glückshormone sein. Meinst du wirklich, dass die Dinger glücklich machen?«

»Weiß nicht«, lachte Sylvia. »Ich glaub schon. Ich ess gerne Schokolade. Und ich mag auch Kakao. Aber nicht, wenn eine Haut obendrauf ist. Das find ich eklig.«

Warum soll ich ihr nicht sagen, worüber ich nachdenke, fragte sich Ann Kathrin. Sylvia kommt ohne besonderen Grund. Sie will einfach nur ein bisschen in meiner Nähe sein. Weil sie mich mag. Das geht ja im Moment nicht gerade vielen Menschen so.

Ann Kathrin fragte Sylvia: »Weißt du, ob es irgend eine besondere Verbindung zwischen Ulf Speicher, Kai Uphoff und Paul Winter gab? Haben die noch irgendetwas gemeinsam gemacht, außer der Arbeit im Regenbogen-Verein?«

Sylvia wusste die Antwort. Aber sie sagte sie nicht. Sie kaute auf der Unterlippe herum. »Nein, ich glaub nicht. Außer …«

Sylvia nahm sich einen Champagnertrüffel. »Hm, sind die gut. Die zergehen so richtig auf der Zunge … Meinst du, die sind wirklich aus Champagner gemacht? Oder nehmen die einfach nur Sekt? Mein Opa hat immer gesagt, das ist Betrug.«

Während Sylvia weiterplapperte, saß Ann Kathrin angespannt vor ihr. »Außer? Nun sag schon, was haben die drei noch gemeinsam gemacht?«

»Die haben zusammen Doppelkopf gespielt.«

»Doppelkopf? Das Kartenspiel?«

Sylvia nickte. »Ja. Ich glaub, jeden ersten Mittwoch im Monat.« Sie zählte auf: »Der Ludwig, der Ulf, der Kai, der Paul, der Josef und der Bernd.«

Ann Kathrin wiederholte die Namen und vervollständigte sie. »Du meinst, Ludwig Bongart, Ulf Speicher, Kai Uphoff, Paul Winter, Josef de Vries und Bernd Simon. Die haben jeden ersten Mittwoch zusammen Doppelkopf gespielt?«

»Nein, nicht jeden Mittwoch. Nur jeden ersten Mittwoch im Monat – glaub ich. Sie haben sich immer bei Ulf im Haus getroffen.«

Ann Kathrin aß inzwischen den vierten Trüffel. Sie tat es aus Trotz Hero gegenüber. Einerseits hatte er ihr immer vorgeworfen, dass sie schlecht gelaunt war, wenn sie eine neue Diät ausprobierte, andererseits gab er ihr deutlich zu verstehen, wie sexy er schlanke Frauen fand. Sollte sich doch Susanne Möninghoff für ihn kasteien und hungern. Sie würde es nicht mehr tun. Nicht einen Tag.

»Hast du Lust, mit mir zum Reiten zu fahren oder ins Kino zu gehen?«, fragte Sylvia. »Ich habe Pferde. Ich reite gerne. Ich kann sie dir vorstellen. Fabella, Udessa und Kadir. Die sind lieb. Die können zuhören. Ich sprech oft mit ihnen, wenn ich alleine bin. Die sind nicht so … wie die Menschen … Willst du mit mir zur Koppel fahren?«

Ann Kathrin schüttelte den Kopf. »Das tut mir wirklich leid, aber du kannst dir bestimmt vorstellen, wie viel Arbeit ich hier habe. Immerhin hat es drei Morde gegeben.«

»Und die musst du ganz alleine aufklären?«

»Nein, natürlich nicht. Ich habe ja noch Mitarbeiter.«

»Na, dann kannst du doch jetzt freinehmen.«

Ann Kathrin hob die Hände und ließ sie wieder in ihren Schoß fallen. »Das wäre wirklich schön, Sylvia. Aber es geht nicht. Ich muss Geld verdienen.«

Sylvias Gesicht hellte sich auf. Sie hatte eine Idee. Sie setzte sich anders hin und sagte: »Ich habe Geld. Ich kann dir Geld geben. Dann musst du nicht mehr arbeiten.«

Ann Kathrin sah sich Sylvia genau an, wie sie da saß, in ihrem Minirock mit ihrer geringelten Strumpfhose und dem viel zu dick aufgetragenen Lippenstift. Sie konnte sich lebhaft vorstellen, dass Sylvia so ein Angebot nicht zum ersten Mal machte. Wie reagierten Männer darauf? Männer wie Tim Gerlach?

Sylvia deutete Ann Kathrins Schweigen falsch. So, als hätte sie nicht verstanden, worum es ging, beklagte sich Sylvia: »Immer müssen alle arbeiten. Nie hat einer Zeit. Wie viel verdienst du denn im Monat? Ich geb dir gerne …«

Ann Kathrin wehrte ab. »Bitte, Sylvia, erniedrige

235

dich nicht so. Du kannst doch meine Zeit nicht kaufen.«

»Warum nicht? Die anderen tun das doch auch. Mein Opa hat immer gesagt, Zeit ist Geld. Komm – lass uns ins Kino gehen. Es läuft ein neuer Zeichentrickfilm, der soll total lustig sein …«

»Hast du Tim auch so ein Angebot gemacht?«

Sylvia starrte auf ihre Knie. Sie genierte sich. In dem Moment klingelte das Telefon. Ann Kathrin behielt Sylvia im Auge. Sie las aus ihrer Körperhaltung und ihren Gesten: Diese junge Frau war schutzlos jeder Plünderung ausgeliefert. Sie war wie ein Supermarkt mit prallgefüllten Regalen, in dem es keine Kassen gab. Jeder konnte reingehen und sich nach Herzenslust bedienen.

Wie gut, dachte Ann Kathrin, dass Jutta Breuer einen Riegel davorgeschoben hat.

Sie meldete sich mit: »Ja, hier Ann Kathrin Klaasen«, und wusste gleich, dass Rupert am Apparat war. Es war seine Art, die Sprechmuschel zu nah an die Lippen zu halten. Sie konnte seinen Atem hören.

Er war aufgeregt: »Der Fall nimmt eine gute Wendung, Ann.«

»Wieso? Haben wir den Mörder?«

Rupert stöhnte: »Nein, das nicht. Aber wir sind einen Schritt weiter. Unser Verdacht war richtig. Die französischen Kollegen haben sich gerade bei uns gemeldet. Nicole Bassermann hat den Wohnwagen von Georg Kohlhammer gegen eine Laterne gesetzt.«

»Und?«

»Er ist nicht bei ihr. Angeblich haben die beiden sich verkracht. Er hat sie mit dem Wohnwagen sitzenlassen und …«

Ann Kathrin ließ Rupert gar nicht weiterreden. »Das heißt, er ist wieder hier?«

»Zunächst mal heißt es, dass er für alle drei Morde kein Alibi hat. Und seine kleine Freundin Nicole schildert ihn als jähzornig und völlig unberechenbar. Ich wette, er hat ihr ein paar reingehauen, bevor er sich verdrückt hat. Wir checken bereits die Flughäfen, aber ich glaube eher, dass er sich ein Auto geliehen hat, um zurückzukommen. Oder vielleicht kommt er auch mit der Bahn …«

Ann Kathrins Hals wurde trocken. »Du meinst, er will sich den 1. Mai nicht entgehen lassen?«

»Ja, genau das meine ich. Die Demonstration ist übrigens genehmigt worden.«

»Wieso das?«

»Ubbo Heide sagt, es sei nicht ganz einfach, eine Demo am 1. Mai zu verbieten. Und dann noch von Behinderten in dieser Situation. Die Kirchen sind mit von der Partie, alle Wohlfahrtsverbände und …«

Während Ann Kathrin mit Rupert sprach, beobachtete sie weiterhin Sylvia. Plötzlich spürte sie ein Kribbeln auf der Haut. Ein Gedanke schoss ihr durch den Kopf: Wenn es wirklich um dieses Mädchen ging, um ihr Millionenvermögen, wer sagte eigentlich, dass Ulf Speicher das erste Opfer war? Warum war sie so verdammt einsam auf der Welt? Waren denn all ihre Verwandten tot?

Ann Kathrin hörte Rupert nicht mehr wirklich zu. Sie wimmelte ihn nur noch am Telefon ab. Sie traf sogar eine Verabredung mit ihm, um ihn loszuwerden, vergaß aber gleich, um wie viel Uhr sie sich wo mit ihm treffen wollte.

»Was guckst du mich so komisch an?«, fragte Sylvia. »Hab ich irgend etwas falsch gemacht?«

»Nein, natürlich nicht. Es ist alles o.k. Ich frag mich nur gerade ... ich finde es so schade, dass so ein tolles Mädchen wie du keine Eltern mehr hat und auch keine Großeltern. Bist du denn ganz alleine?«

»Meine Eltern sind vor Rhodos ertrunken.«

»Ertrunken?«

»Na ja, wir wissen es nicht so ganz genau. Ihr Boot ist explodiert.«

»Ein Schiffsunglück?«

Sylvia hielt sich eine Hand so vors Gesicht, dass sie ihre Tränen verbergen konnte. Es fiel ihr immer noch schwer, darüber zu reden. Sie zog die Füße unter ihren Körper und saß jetzt im Sessel wie ein kleines Kind, das zugedeckt werden möchte.

Ann Kathrin gab dem Impuls nach, nahm eine Wolldecke und legte sie um Sylvias Schultern.

»Und wo warst du, als es passiert ist?«

»Bei meinen Großeltern.«

»Und wie sind deine Großeltern gestorben?«

»Warum willst du das wissen?«

»Ich interessiere mich eben für dich.«

Sylvia sprang im Sessel hoch. Sie stand jetzt mit beiden Beinen auf der Sitzfläche, ließ die Decke quer durchs Zimmer fliegen und sprang von dort in Ann Kathrins Arme. Sie drückte Ann Kathrin fest an sich und jubelte: »Ja, das stimmt, nicht wahr? Das stimmt wirklich! Du interessierst dich für mich. Du bist meine Freundin, stimmt's?«

Ann Kathrin versuchte nicht, sich aus der Umklammerung zu befreien, obwohl es fast weh tat. Sie legte eine Hand zwischen Sylvias Schulterblätter und versuchte, sie zu beruhigen.

»Ja, ich glaube, wir könnten Freundinnen werden.«

»Woran meine Oma gestorben ist, weiß ich nicht. Sie war alt und einfach krank. Mein Opa ist überfahren worden.«

Ann Kathrin wusste, was sie zu tun hatte.

Sylvia erkannte die Aufbruchsstimmung und wusste, dass die Zeit mit Ann Kathrin beendet war. Sie fragte: »Kommst du heute Abend zu mir, wenn du deine doofe Arbeit erledigt hast?«

239

»Ich weiß nicht. Ja, vielleicht.«

»Wir könnten dann noch ins Kino gehen. Hast du Lust?«

In der Polizeiinspektion hätte Ann Kathrin Rieke Gersema fast nicht erkannt. Sie hatte Frau Gersema immer als attraktive Frau erlebt. Aber jetzt war sie geradezu aufgedonnert. Noch nie hatte es in ihrem Einzugsgebiet so viele Presseleute gegeben. Die Fernsehstationen von NDR, RTL, SAT.1, PRO 7 und mehrere freie Teams nisteten sich in Aurich ein. Die Augen des ganzen Landes waren auf Ostfriesland gerichtet. Schon viermal war Rieke Gersema vor die Kameras getreten, um Erklärungen abzugeben. Sie nannte das: den Kollegen den Rücken freihalten für die eigentliche Arbeit, bei der sie nicht belästigt werden sollten.

1471 Hinweise aus der Bevölkerung waren inzwischen eingegangen. Wer sich jemals über Behinderte in der Innenstadt aufgeregt hatte, fand sich plötzlich auf der Anklagebank als potentieller Killer wieder. Schüler vom Hans-Bödecker-Gymnasium verdächtigten offensichtlich einen Lehrer, weil er vor Jahren einen Rollstuhlfahrer geohrfeigt hatte.

Ann Kathrin bahnte sich den Weg in ihr Büro durch eine Traube freier Journalisten, die im Flur herumstanden und Eindrücke von der Arbeit der Polizei sammeln wollten. Sie fragte sich, wie diese

Leute überhaupt unten hereingekommen waren. Mit diesem Fall geriet einiges aus den Fugen.

Ann Kathrin versuchte, sich ganz ihrer Arbeit zu widmen. Das permanent schrillende Telefon ignorierte sie. Sie checkte auch nicht ihre Mails. Sie konzentrierte sich ganz auf den Tod von Sylvia Kleines Eltern und Großeltern.

In der Hamburg-Mannheimer-Versicherung konnte man ihr weiterhelfen. Sylvia Kleines Vater hatte eine Lebensversicherung auf 3 Millionen – damals noch D-Mark – abgeschlossen. Bei Unfall verdoppelte sich die Auszahlungssumme. Eine Weile hatte die Versicherung einen Selbstmord vermutet, was sie von der Auszahlung befreit hätte, aber nachweisen ließ sich das nicht, und schließlich hatte die Versicherung gezahlt. Es gab kriminaltechnische Gutachten aus Griechenland in deutscher Übersetzung. Warum das Boot in die Luft geflogen war, wusste niemand. Aber es hatte sich nicht weit vom Strand entfernt befunden. Es gab Zeugen, die den Knall gehört und die Stichflamme gesehen hatten. Verbrannte Leichenteile waren später in Fischernetzen aufgetaucht. Unter anderem die rechte Hand des Vaters, an der die Rolex-Uhr noch tickte.

Der Tod des Großvaters war genauso mysteriös. Er war nachts auf dem Störtebekerweg überfahren worden. Der Fahrer hatte Fahrerflucht begangen.

Was Hinrich Kleine um diese Zeit dort auf der

Straße zu suchen gehabt hatte, wusste niemand. Seine Verletzungen deuteten aber darauf hin, dass er zweimal überfahren worden war. Die Kollegen, die den Unfall aufgenommen hatten, erklärten sich das so: »Es ist möglich, dass der Fahrer zunächst Fahrerflucht beging, dann zurücksetzte, um nach dem Opfer zu schauen, in der Stresssituation zu weit zurücksetzte und den Mann noch einmal überrollte. Danach drehte er vollends durch und floh.«

Konnte es, fragte sich Ann Kathrin, nicht genauso gut ein Mord gewesen sein?

Hatte jemand Hinrich Kleine dorthin gelockt und ihn dann überfahren, um aus Sylvia eine Vollwaise zu machen? Um ihr jeden familiären Schutz zu nehmen?

Wenige Monate später starb die Großmutter im Krankenhaus. Der Totenschein wies Herzversagen aus.

Ann Kathrin ärgerte sich immer wieder über diese originelle Begründung von Ärzten. Natürlich setzte am Ende bei jedem das Herz aus. Ein Herzinfarkt, okay. Ein Gehirnschlag, warum nicht? Aber doch bitte nicht Herzversagen.

Sie entschied, die Exhumierung der Leiche zu beantragen. Was, wenn sie vergiftet worden war?

Ann Kathrin stellte sich vor, wie jemand versuchte, Sylvia zu isolieren, um sie und ihr Vermögen in den Griff zu bekommen. Hatte Tim Gerlach das Format dazu? Konnte es sein, dass so ein junger Mensch derart berechnend vorging?

Oder konnte es nicht genauso gut sein, dass Tim das nächste Opfer war? Der Täter hatte konsequent jeden aus dem Weg geräumt, der zwischen ihm und dem Vermögen stand. Dann machte er sich an Sylvia heran, die wurde aber inzwischen nicht nur vom Regenbogen-Verein betreut, sondern ein Mitgiftjäger, Tim Gerlach, kam ins Spiel.

Ja, Ann Kathrin war sich sicher: Tim Gerlach war nicht der Täter, sondern das nächste Opfer. Dann hätte der Täter absolut freie Bahn.

Vielleicht befand er sich ja in den Reihen des Regenbogen-Vereins, um besonders unverdächtig zu erscheinen. Gab es eine bessere Tarnung, als dort ehrenamtlich mitzuhelfen?

Ann Kathrin dachte an den charismatischen Ludwig Bongart. Er hätte bei Sylvia leichtes Spiel. Sie schrieb ihm schon Liebesbriefe. Sie war eifersüchtig, weil seine Freundin ein Baby bekam. Hatte sie ihm auch angeboten, für seinen Lebensunterhalt aufzukommen, wenn er mehr Zeit mit ihr verbringen würde?

Jedenfalls gab es im Regenbogen-Verein Ärger, weil Ludwig Bongart sich zu sehr an sie herangemacht hatte.

Dann drängte sich Jutta Breuer in Ann Kathrins Gedanken. Wie durch einen fernen Lautsprecher hörte Ann Kathrin ihre schrille Stimme. Konnte es sein, dass diese Frau so verbittert war und all diese Morde begangen hatte?

Versetz dich in die Personen hinein, hatte ihr Vater ihr oft gesagt. *Versuch, zu denken wie sie. Versuch, die Welt mit ihren Augen zu sehen. Wenn du nicht in ihrer Haut steckst, kannst du ihre Handlungen nicht verstehen.*

Ann Kathrin war allein im Raum, doch sie nickte, als hätte ihr Vater gerade wirklich zu ihr gesprochen.

Sie versuchte, die Welt mit den Augen von Jutta Breuer zu sehen. Vielleicht hatte sie die Morde begangen, um genügend Geld für den Regenbogen-Verein zu gewinnen. Vielleicht war das ihre Art, um die Liebe von Ulf Speicher zu kämpfen. Sie wusste, dass er sie mit anderen Frauen betrog. Wer weiß, wie oft sie diese Demütigung erfahren hatte.

Hatte sie dann – nachdem sie einmal gemerkt hatte, wie leicht es war, ein Menschenleben auszulöschen, angefangen, sich für all diese Verletzungen zu rächen?

Es gibt nur drei mögliche Motive, hatte ihr Vater gesagt. *Liebe, Hass oder Habgier. Oft gebiert das eine das andere. Aus Liebe wird Hass. Aus Hass Habgier. Wie kann man jemanden mehr vernichten als dadurch, dass man sich alles aneignet, was er besitzt?*

Wurde Jutta Breuer jetzt zur Chefin des Regenbogen-Vereins? Und hatte sie gleichzeitig als Betreuerin von Sylvia Kleine deren Vermögen im Griff? War Jutta Breuer die eigentliche Gewinnerin in diesem Spiel? Dann würde das nächste Opfer mit hoher Sicherheit nicht Tim Gerlach heißen, sondern Ludwig Bongart. Denn der war in der Lage, ihr beides streitig zu machen. Auch wenn es ihm als Zivildienstleistenden eigentlich nicht zustand, hatte er doch informell die Führung des Regenbogen-Vereins übernommen.

Weller kam herein. Er sah fertig aus. Er stellte sich neben Ann Kathrin Klaasen und schaute auf die Akten, die sie auf ihrem Schreibtisch liegen hatte. Er blätterte gedankenverloren darin. Dabei atmete er tief aus.

Er verzog den Mund: »Suchst du in diesem alten Kram eine Antwort auf unsere aktuellen Fragen?«

»Ich bin mir nicht mehr sicher«, sagte sie, »ob Ulf Speicher das erste Opfer war.«

Ein Energiestoß durchfuhr Weller. Er stand jetzt nicht mehr so schlapp da, ja, er nahm regelrecht Haltung an. »Was?«

Ann Kathrin erklärte ruhig ihre Theorie. Weller hörte wie elektrisiert zu. Dann sagte er: »Eine Explosion auf dem Meer. Ein Autounfall. Eine Gewehrkugel aus einem antiken Gewehr. Ein Schwerthieb. Ein Pfeil. Und wer sagt uns, dass die Oma nicht an einer Medikamentenverwechslung gestorben ist? Sagen wir mal, das fällt unter Giftmord. Würde doch passen, oder nicht? Von jedem ein bisschen. Der Täter wiederholt sich jedenfalls nicht.«

Ann Kathrin sah Weller an, dass er ihre Hypothese sehr ernst nahm, auch wenn er jetzt so locker daherredete.

»Es wäre ein in der Kriminalgeschichte einmaliges Vorgehen. Normalerweise wiederholen sich Täter. Unserer scheint die Abwechslung zu lieben.«

»Glaubt er vielleicht, dass wir ihm dann nicht auf die Spur kommen?«, fragte Weller.

»Jedenfalls darf die Demonstration nicht stattfinden«, sagte Ann und klappte den Aktenordner zusammen. »Wir müssen es verhindern und wenn wir den Justizminister persönlich …«

Weller trat einen Schritt zurück und lächelte seine Kollegin grimmig an: »No chance. Du hast keine Ahnung, welche Ausmaße das inzwischen angenommen hat. Ich komme gerade von der Dienstbesprechung. Wir haben zwei zusätzliche Hundertschaften Schutzkräfte aus Hannover angefordert. Ministerpräsidenten, Parteivorsitzende und Kirchenfürsten streiten sich darum, wer aufs Podium darf, um zu den Menschen zu sprechen. *Ostfriesland steht auf* heißt das Ganze jetzt. Das wird die größte Demo, die Aurich je erlebt hat. Der 1. Mai tritt dagegen völlig in den Hintergrund. Das ist das eigentliche Ereignis, auf das das Land schaut. Und rate mal, wer für den Regenbogen-Verein sprechen wird.«

Jutta Breuer, wollte Ann Kathrin sagen, aber noch während sie den Namen aussprechen wollte, wusste sie, dass es falsch war. Nein, es gab nur einen, der vom Podium für alle sprechen konnte: »Ludwig Bongart?«

Weller nickte. »Genau. Und es soll auch ein Betroffener sprechen, also spricht einer von den Behinderten persönlich.«

»Vermutlich Rainer Kohlhammer.«

Er pfiff durch die Lippen. »Das würde bedeuten, wenn die miese Ratte aus der Imbissbude das Podium in die Luft jagt, ist er seinen Bruder los und kann in Zukunft sein Geld wieder alleine verbraten.«

Ann Kathrin schluckte.

»Wir werden alles aufbieten, was wir haben«, fuhr Weller fort. »Scharfschützen auf den umliegenden Häusern. Es ist sogar denkbar, dass der Bundeskanzler anreist.«

»Der Bundeskanzler? Hierher, nach Aurich?«

Mit großer Geste erklärte Weller: »Hier werden die Kameras sein, Ann. In der Tagesschau wird man nicht über Berlin berichten oder Dresden oder München. Hier spielt die Musik. In Ostfriesland.«

Ann Kathrin spürte eine leichte Übelkeit. Vielleicht hab ich zu viele Pralinen gegessen, dachte sie. Ich bin das nicht mehr gewöhnt. Außerdem sollte ich mal wieder mit richtigen Mahlzeiten beginnen.

Der Logopäde Josef de Vries hatte sein Hemd

247

bei der Arbeit durchgeschwitzt. Er schwitzte leicht. Selbst im Winter. Aber er spürte, dass die Arbeit ihm wieder Spaß machte. Er liebte es, einen Gegner zu haben. Jemanden, an dem er sich reiben konnte. Dann erst spürte er sich selbst wirklich.

Wer immer die Regenbogenfreunde umgebracht hatte: Der Täter schweißte damit alle anderen nur noch fester zusammen. Nie war Josef de Vries so stolz darauf gewesen, im Regenbogen-Verein mitzuarbeiten wie jetzt.

Das zehnjährige Bestehen stand kurz bevor. Nur noch eine Woche, dann wäre es so weit gewesen. Ulf Speicher hatte vor, die öffentliche Aufmerksamkeit, die durch ein solches Jubiläum auf einen Verein gelenkt wird, auszunutzen. Er wollte weitgehende Forderungen stellen. Wollte damit drohen, die Arbeit des Vereins in Ostfriesland ganz und gar einzustellen, wenn Gemeinden und Städte ihm nicht entgegenkamen. Er wusste, dass sie wertvolle Arbeit leisteten, und die gab es nun mal nicht zum Nulltarif.

Jetzt endlich schenkte man der Sache der Behinderten Beachtung. Ulf Speicher hätte diese Situation großartig gefunden und gnadenlos ausgenutzt. Ja, so kannte Josef de Vries den alten Fuchs. Immer kurz vor Landtags- oder Bundestagswahlen trotzte er den Politikern Versprechen ab. Jeder ließ sich gerne mit dem *guten Menschen von Ostfriesland*, wie Ulf Speicher oft genannt wurde, fotografieren. Aber kaum einer hielt sich später an die Absprachen und Versprechungen. Die wenigen, die anders waren, hatten Ulf Speicher auf ihrer Seite. Egal, zu welcher Partei sie gehörten.

Josef de Vries wollte eigentlich nur schnell zu Hause duschen, sich frische Sachen anziehen und dann zur Vollversammlung fahren. Sie hatten sie einberufen, ohne auf irgendwelche Formalitäten zu achten. Einfach ein Rundruf per Schneeballsystem. Alles, was in normalen Zeiten nicht funktionierte, schien in Krisensituationen zu klappen. Er hatte schon Vollversammlungen mit weniger als zehn Teilnehmern erlebt. Für heute Abend hatten sich telefonisch fast hundert Personen angesagt. Pressevertreter nicht mitgerechnet.

Die Büros im Regenbogen-Verein reichten dafür natürlich nicht aus. Alles sollte im Freizeitheim stattfinden, obwohl es dort nicht genügend Stühle gab. Die Zivis hatten eine Zusage vom Hans-Bödecker-Gymnasium, dort konnten sie die Aula benutzen.

Zu Hause vor seiner Tür fand Josef de Vries ein Päckchen. Gelbes Papier mit einer rosa Schleife. Er öffnete es noch im Flur. Seine Lieblingspralinen. Cognac-Sahne-Trüffel. Er stopfte sich drei auf einmal in den Mund und suchte nach einer Grußkarte. Es war keine dabei.

Die Witwe von der gegenüberliegenden Seite hatte

ihm in letzter Zeit immer zugewinkt, wenn er zur Arbeit gefahren war. Sollte das eine heimliche Liebeserklärung sein? Oder solidarisierte sich die Bevölkerung inzwischen so sehr mit dem Regenbogen-Verein, dass sie ihm Pralinen vor die Tür legten?

Wie dem auch sei, er genoss es.

Die Pralinen schmeckten ein bisschen bitter, mehr nach Marzipan als nach Cognac und Mandeln, obwohl eigentlich keine drin sein sollten. Auch einen Hauch von Pistazien schmeckte er heraus.

Josef de Vries schaltete den Fernseher ein. Am liebsten hätte er den ganzen Tag durch die Programme geswitcht. Auf irgendeinem Kanal wurde immer über den Regenbogen-Verein und die Morde berichtet. Er bekam gar nicht genug davon. Endlich Aufmerksamkeit!

Tatsächlich trat alles andere in den Hintergrund, und in den Diskussionsrunden saßen plötzlich keine Steuerexperten mehr, sondern es ging um Integration und Behindertenarbeit. Da schwangen sich jetzt Leute zu Experten auf, die noch nie die Arbeit eines solchen Vereins von innen gesehen hatten, und Politiker, die gerade noch Mittelkürzungen gefordert hatten, zeigten sich plötzlich als wahre Freunde der Behinderten. Trotz der ganzen Verlogenheit wäre Ulf Speicher begeistert gewesen. Endlich wurde ihre Sache öffentlich diskutiert.

Josef de Vries drehte den Fernseher laut und ließ

die Badezimmertür offen stehen, als er unter die Dusche ging. Er wollte so wenig wie möglich davon verpassen.

Als das heiße Wasser ihn traf, spürte er ein leichtes Schwindelgefühl. Er hielt das Gesicht hoch zum Duschkopf, um sich die Haut von den Tropfen massieren zu lassen. Dann fiel es ihm plötzlich schwer auszuatmen. Es war, als seien seine Lungen wie versteinert. Er hustete und krümmte sich.

Josef de Vries riss die Augen auf. Er sah rote Punkte auf sich zufliegen. Noch bevor er in die Duschwanne fiel, wusste er, dass er die große Vollversammlung nicht mehr erleben würde.

Der Film hatte schon begonnen, als Ann Kathrin Klaasen das Kino erreichte. Sie kaufte sich eine Eintrittskarte und ein Mineralwasser.

Neben ihr stand ein junger Mann im Cordhemd mit Flaumbärtchen und bestellte sich einen Liter Cola. Er grinste dabei so merkwürdig triumphierend, als sei diese Cola der größte Spaß, den man sich nur vorstellen konnte. Er rannte damit zurück ins Kino.

»Na, der ist aber gut drauf«, sagte Ann Kathrin zur Verkäuferin.

Die nickte. »Das war schon die zweite Portion in dieser Größenordnung.«

Ann Kathrin zögerte, aber dem Duft von frischem

Popcorn hatte sie noch nie widerstehen können. Sie nahm eine kleine Tüte. Eigentlich war sie dienstlich hier. Aber so bekam das Ganze einen privateren Anstrich.

Sylvia Kleine schien der Schlüssel zu sein. Am liebsten hätte Ann Kathrin sie unter Polizeischutz gestellt, aber wenn ihre Theorie stimmte, war Sylvia nicht in akuter Lebensgefahr. Warum sollte der Täter sie umbringen? Er wollte doch über sie nur an ihr Vermögen kommen.

Als Ann Kathrin den Kinosaal betrat, hatte sie zunächst Mühe, sich zu orientieren. Die Comicfiguren auf der Leinwand beachtete sie gar nicht. Ihr Blick streifte über die vorderen Reihen. Es waren keine zwanzig Personen im Kino. In der dritten Reihe saßen ein paar Jugendliche und tranken Colabier. Sie spotteten über den Film, und Ann Kathrin fragte sich, warum sie überhaupt hierher gekommen waren.

Ann Kathrin suchte Sylvia. Aber die saß nicht vorne. Natürlich konnte sie sich Logenplätze leisten.

Ann Kathrin schob sich Popcorn in den Mund und zerkrachte es mit den Zähnen. Jetzt entdeckte sie Sylvia. Sie war nicht allein. Bei ihr saß eine junge Frau, die Ann Kathrin bereits vom Regenbogen-Verein kannte: Tamara Pawlow. Sie sah den jungen Mann mit dem großen Colabecher neben Sylvia und Tamara sitzen. Sie hatte das komische Gefühl, die beiden Mädchen fühlten sich von ihm bedrängt.

Ann Kathrin wollte sich das aus der Nähe ansehen. Sie näherte sich vorsichtig von hinten und nahm hinter den dreien Platz. Sie waren so sehr mit sich selbst beschäftigt, dass sie sie nicht bemerkten.

Tamara Pawlow wehrte sich: »Nicht! Nicht, Stefan, lass mich! Ich hab keinen Durst mehr.«

»Ach komm, Tamara. Ich geb einen aus. Trink doch.«

»Wir können unsere Cola selbst bezahlen!«, fauchte Sylvia. »Lass uns in Ruhe. Wir wollen den Film gucken!«

Stefan lehnte sich über Tamara. »Du hast ja nur Angst, dass du dir wieder in die Hose machst.«

»Hab ich nicht.«

»Dann trink!«

Es ruckelte vor Ann Kathrin in den Kinosesseln. Stefan hatte seinen Platz schon verlassen und kniete halb über Tamara Pawlow. Er befummelte sie.

»Komm, dann zeig mir wenigstens deine Möpse.«

Um nicht gesehen zu werden, rutschte Ann Kathrin aus ihrem Sessel und hockte jetzt hinter den Rückenlehnen der Mädchen.

Was tu ich hier nur?, dachte sie und stellte Popcorn und Mineralwasser auf dem Boden ab. Im Grunde erforderte die Situation schon längst ein Eingreifen ihrerseits. Aber etwas faszinierte sie. Sie wollte zuhören, wie das hier weiterlief.

»Komm, Stefan, lass sie doch in Ruhe«, bat Sylvia erneut. »Ich kann dir ja einen runterholen, wenn du willst.«

Ann Kathrin konnte nicht glauben, was sie da hörte. Sylvia bot sexuelle Dienstleistungen an, damit ihre Freundin nicht länger belästigt wurde.

Ann Kathrin federte hoch. Die Mineralwasserflasche fiel um. Die Kommissarin sprang über den Sitz. Dabei zertrat sie im Dunkeln ihre Popcorntüte.

Sie riss der männlichen Gestalt den rechten Arm nach hinten, bog ihn auf den Rücken, griff in seine Haare, zog seinen Kopf in den Nacken und zischte: »Ann Kathrin Klaasen. Kriminalpolizei. Sie haben die jungen Frauen hier belästigt. Ich werde jetzt Ihre Personalien feststellen und Sie dann mit zur Wache nehmen.«

»Nicht!«, rief Sylvia. »Lass ihn los. Das ist der Stefan. Setz dich einfach zu uns. Schön, dass du gekommen bist.«

Ann Kathrin schob den Arm des jungen Mannes höher zwischen seine Schulterblätter. Er stöhnte auf.

»Und wie heißt Stefan mit Nachnamen?«, schnaubte Ann Kathrin immer noch wütend.

»Garrelts. Stefan Garrelts. Ich hab doch nichts gemacht. Ich wollte den beiden doch nur eine Cola spendieren. Ich …«

»Er hat nichts gemacht. Echt«, sagte Sylvia, und Tamara nickte. »Wirklich. Gar nichts.«

Die Jugendlichen in der dritten Reihe drehten sich um. »Hey, was ist denn da los? Stefan? Brauchst du Hilfe? Macht die Alte Ärger?«

Ann Kathrin schob Stefan Garrelts zwischen den Sitzreihen zum Ausgang. Draußen im Flur, vor der Toilette, nahm sie seine Personalien auf. Er war blass wie ein Junkie auf Turkey und zappelte auch genauso nervös herum.

Er machte eine KFZ-Lehre und ging zur Berufsschule.

»Ich weiß gar nicht, was Sie von mir wollen. Ich sag jetzt gar nichts mehr. Ich will einen Anwalt sprechen. Zeigen Sie mir überhaupt erst mal Ihren Ausweis. Wer sagt mir denn, dass Sie wirklich von der Polizei sind?«

Ann Kathrin hielt ihm ihren Dienstausweis unter die Nase. Stefan Garrelts sah gar nicht hin, sondern rechtfertigte sich stattdessen: »Ich kenn die Tamara aus dem Bus. Wir fahren oft morgens zusammen, wenn ich zur Berufsschule muss.«

»Deswegen haben Sie noch lange nicht das Recht, die junge Frau zu belästigen!«

Ann Kathrin ärgerte sich über ihre Stimme. Sie war zu aufgeregt. Zu wenig sachlich. Viel zu schrill.

Jetzt wurde Stefan Garrelts weinerlich: »Sie verstehen das alles falsch. Die Tamara treibt es doch mit jedem.«

»Das hat eben aber ganz anders auf mich gewirkt!«

Jetzt erschienen auch Sylvia und Tamara im Flur. Tamara brachte den großen Colabecher und reichte ihn Stefan.

»Bitte, lass ihn einfach laufen«, sagte Sylvia und sah Ann Kathrin auffordernd an.

»Ihr könnt ihn anzeigen, wenn ihr wollt. Das war mindestens sexuelle Belästigung. Er hat euch unsittlich berührt und …«

»Ach …«, Sylvia winkte ab.

»Da sehen Sie«, freute sich Stefan Garrelts.

Ann Kathrin gab sich zunächst geschlagen. Sie sah ein, dass es um wichtigere, größere Sachen ging. Sie hatte einen Mörder zu fangen. Und dazu brauchte sie Sylvias Vertrauen, ja, ihre Mithilfe.

Sie nickte. »Also gut. Verzieh dich. Ich hab ja deine Adresse. Du wirst von mir hören. Ich lad dich vor, und wenn ich dich noch einmal in der Nähe der Mädchen sehe, dann …«

Er ließ die Cola zurück und rannte zum Ausgang.

Später, bei einem Milchkaffee im Mittelhaus in Norden in der Fußgängerzone, erzählten Sylvia und Tamara, wie sie die Dinge sahen: »Wenn man es ihm ordentlich besorgt, ist er eigentlich ganz nett«, sagte Sylvia, riss den zweiten Zuckerbeutel auf und schüttete ihn in den Kaffee. »Jungs sind eben so.«

Tamara nickte. Sie kaute auf der Unterlippe herum. Sie wollte ihrer Freundin Sylvia, die sie offensichtlich als Vorbild anerkannte, nicht widersprechen. Sie druckste herum. »Aber der Stefan kann auch ganz schön gemein sein.« Dann sah sie Sylvia an. Die nickte, als müsse sie ihrer Freundin die Zustimmung für die Aussage nachträglich geben.

Tamara schluckte und sah sich um. Es war ihr peinlich. Ihre Wangen waren feuerrot. Es war noch nicht viel Betrieb im Mittelhaus. Von den Nachbartischen her wurden sie nicht belauscht. Trotzdem schob Tamara ihren Kopf ganz nah an den von Ann Kathrin. Dann erzählte sie stockend: »Der will immer, dass ich ganz viel Cola trinke, und wenn ich dann muss, lässt er mich nicht.«

»Wie? Er lässt dich nicht?«, fragte Ann Kathrin empört nach.

»Dann hält er mich auf dem Sitz fest, weil er will, dass …«

Sie sprach es nicht aus. Sylvia tat es für sie: »Er hält sie dann so lange fest, bis sie sich in die Hose gemacht hat.«

Tamara kniff die Schenkel zusammen, als würde es genau jetzt in diesem Moment geschehen, und hielt sich die rechte Hand vor Augen, weil sie sich vor Ann Kathrin schämte.

»Warum tut er das?«, fragte Ann Kathrin.

Sylvia wirkte völlig klar, als würde sie alles mit der naiven Hellsichtigkeit, zu der geistig Behinderte

257

manchmal fähig sind, in der Tiefe begreifen: »Es gefällt ihm, wenn sie ihn anbittelt und bettelt, er solle sie zur Toilette gehen lassen.«

Tamara flüsterte: »Dann zwingt er einen, Sachen zu machen, damit er einen gehen lässt.«

»Was für Sachen?«, fragte Ann Kathrin. Obwohl sie die Antwort natürlich wusste, war sie trotzdem verblüfft, als Sylvia wieder für ihre Freundin antwortete: »Er hat es gerne, wenn man es ihm mit der Hand macht. Und wenn sie dann wimmert, weil sie nicht mehr kann, und sagt, sie würde sich gleich in die Hose machen, dann wird er besonders scharf. Dann sagt er: ›Halt's fest, ich tu's ja auch.‹«

Tamara nickte und wischte sich eine Träne ab.

Sylvia fuhr fort: »Und wenn er es dann plätschern hört, dann kommt es ihm.«

Ann Kathrin war jetzt kurz davor, sich zum Milchkaffee einen Schnaps zu bestellen. Sie sah auf die Uhr. Es war schon kurz nach 22 Uhr. Sie beschloss, die Mädchen nach Hause zu fahren, aber Sylvia winkte ab: »Wir nehmen uns immer ein Taxi. Van Hülsen fährt uns gern. Das ist ein netter Mann. Der kennt mich. Der hat auch immer meinen Opa gefahren.«

»Woher wusste Stefan eigentlich, dass ihr im Kino seid? Der geht doch normalerweise in keinen Zeichentrickfilm, oder? Überhaupt, die ganze Bande, die da vorne saß …«

258

»Wenn die sehen, wo wir sind, kommen die auch dahin«, hauchte Tamara.

»Die warten vor dem Kino auf euch?«

»Nein. Die hängen in der Stadt rum und warten auf einen. Manchmal laufen sie uns den ganzen Tag nach«, sagte Sylvia nicht ohne Koketterie und warf die Haare nach hinten. »Sie warten dann nur, bis es irgendwo …«

»Eine günstige Gelegenheit gibt?«, ergänzte Ann Kathrin. Tamara nickte.

»Er ist also nicht alleine?«

»Nein, da sind auch noch der Derk Abels, der Uwe Niessen und der Wilko Reeners.«

Ann Kathrin schüttelte den Kopf: »Und das lasst ihr euch gefallen?«

Sylvia holte tief Luft, als müsse sie Ann Kathrin die Welt erklären: »Jungs sind so. Man muss es ihnen nur gut machen, dann sind sie eigentlich ganz in Ordnung.«

Ann Kathrin war übel. Sie ging zur Toilette. Im Spiegel sah sie ihr Gesicht an. Sie hatte schwarze Ränder unter den Augen.

In ihr brodelte eine irre Wut. Wie musste Jutta Breuer sich erst fühlen? Die wusste doch von all diesen Dingen. Die war viel näher dran. Die machte seit Jahren diese Behindertenarbeit. Die musste doch jeden Tag mit ansehen, wie sehr ihre Mädchen Freiwild waren.

259

Ann Kathrin nahm sich vor, die Mädchen danach zu fragen, wie sie verhüteten.

Als sie zum Tisch zurückkam, hatte Sylvia bereits für alle drei bezahlt.

Vielleicht spürte Sylvia, dass Ann Kathrin nicht gerne in ihr Haus im Distelkamp zurückwollte. Sie fürchtete sich vor der Nacht, der Einsamkeit. Vielleicht schlich der Mörder ja um ihr Haus herum. Sylvia bot an: »Du kannst auch gerne bei mir schlafen, wenn du keine Lust hast, nach Hause zu fahren. Ich hab Platz genug. Du kannst auch einen Schlafanzug von mir bekommen.«

Dankbar schüttelte Ann Kathrin zunächst den Kopf. »Das ist wirklich nett von dir, aber ich glaube, ich muss nach Hause zurück.«

»Du warst heute ganz toll, fand ich. Wie eine richtige Freundin«, sagte Sylvia sichtlich bewegt, und Tamara nickte. »Ja, wie eine richtige Freundin.«

Dann entschied Ann Kathrin, dass die Idee vielleicht gar nicht so blöd war, und nahm Sylvias Angebot an.

Der Leichnam von Josef de Vries wurde in dieser Nacht nicht gefunden. Die Dampfschwaden zogen von der Dusche ins Wohnzimmer, in dem das Fernsehgerät weiterhin laufend Nachrichten über die Mordserie in Ostfriesland sendete.

Seine Beine lagen noch in der Duschmuschel und

versperrten den Abfluss. Sein Oberkörper war merkwürdig verrenkt auf die Bademate drapiert.

Das Wasser weichte die Teppiche auf und trat bereits durch die Haustür nach draußen in den Garten, wo es in den Blumenbeeten versickerte. Ein kleines Rinnsal bildete sich auf dem Steinweg, der zum Gartentor führte, von dort floss das Wasser über den Bürgersteig in den Rinnstein.

Bei der Regenbogen-Vollversammlung wurde der stille Logopäde nicht wirklich vermisst. Es war so voll, dass seine Abwesenheit nicht weiter auffiel. Einige Wortführer zogen die Aufmerksamkeit vollständig auf sich. Unter ihnen tat sich besonders Ludwig Bongart hervor. Er konnte scharf und genau formulieren. Er präsentierte sich als der Radikalste der Radikalen. Als Freund von Ulf Speicher. Und viele sahen an diesem Abend in ihm so etwas wie seinen Thronfolger. Zivildienstleistender hin, Zivildienstleistender her, er hatte das Zeug dazu, den Verein zu führen, die Forderungen zu benennen. Man konnte ihn sich gut in einer Talkshow vorstellen, bei der er mit seiner geschliffenen Art zu reden in der Lage war, auch den abgebrühtesten Politiker in Verlegenheit zu bringen.

Ludwig stellte erschütternde Zusammenhänge her. »Die Behinderten werden an den Rand gedrängt. Es geht um Effektivität, um schneller, höher, weiter.

Gewinne müssen gemacht werden. Da sind wir nur als Bremsklötze im Weg. Der Mörder ist nichts weiter als der schlagende Arm der Politiker, die uns finanziell am Gängelband führen. Ohne Zivildienstleistende wäre die gesamte Behindertenarbeit in diesem Land schon längst zusammengebrochen.«

Ludwig führte Zahlen ins Feld, warf mit Prozenten um sich, mit Pflegesätzen und Stundenlöhnen, die er Hungerlöhne nannte. Doch er stellte die Situation nicht nur als unhaltbar dar, nein, er gab den Menschen auch eine Vision.

Seine Rede endete mit Bravorufen und tosendem Beifall. Einige standen sogar auf, um ihm stehende Ovationen zu bringen.

Jutta Breuer blieb auf ihrem Stuhl sitzen und sah ihn fasziniert an. Das hier war nur ein kleiner Vorgeschmack auf das, was sie morgen erwartete. Der lief nur warm für die große Rede von der Tribüne herab. Morgen würde Ludwig Bongart sich an die Spitze einer Bewegung stellen und, bedroht von einem wahnsinnigen Killer, geschützt von den Scharfschützen der Polizei, den Unmut der Menge zum Ausdruck bringen.

Er wird aus Ulf einen Märtyrer machen, dachte sie. Und sich selbst in den Rang eines Popstars erheben. Das Ganze ist unaufhaltsam. Es hat eine Eigendynamik entwickelt, die niemand mehr stoppen kann.

Mit ihm würden sie Zuschüsse bekommen, institutionelle Förderungen, höhere Pflegesätze, mehr Personal. Das Freizeitheim würde renoviert werden. Mit Sicherheit würde es neue, behindertengerechte Busse geben. Dem würde kein Kommunalpolitiker standhalten.

Seine schwangere Freundin Pia saß neben ihm und himmelte ihn an. Da stand er, der junge Held, der bald auch noch Vater werden würde.

Natürlich würde sie auf der Tribüne neben ihm stehen, wie die Politikerfrauen, die ihre Männer zu den Wahlkampfkundgebungen begleiteten, um zu zeigen, wie liebenswert diese waren.

Ludwig erteilte Jutta das Wort. Ein Schauer lief ihr über den Rücken.

Zuerst brachte Ann Kathrin Tamara nach Hause, dann fuhr sie mit Sylvia zur Villa Kunterbunt. Im Autoradio lief Musik von Simon & Garfunkel. Wie schon auf der Fahrt vom Fitness-Studio legte Sylvia ihren Kopf wieder auf Ann Kathrins Knie. Sie ließ nur ihre Füße auf dem Sitz. Sie wirkte ganz in sich versunken. Ihre Antworten kamen wie aus einer andern Welt.

Ann Kathrin streichelte über Sylvias Kopf. Sie spürte, wie Sylvia wieder zu einem Mädchen werden wollte.

»Ich finde es gut, dass du den Tim rausgeworfen hast«, sagte Ann Kathrin.

Es dauerte eine Weile, dann antwortete Sylvia: »Der Ludwig hat gesagt, ich soll auch neue Schlösser einbauen lassen, damit der Tim nicht einfach kommen und sich irgendwas bei mir rausholen kann.«

»Ja, das ist auch besser. Wer weiß, wer noch alles eine Kopie von deinen Schlüsseln hat. Hast du vielen Männern deine Schlüssel gegeben?«

»Nur, wenn sie einen wollten«, antwortete Sylvia, als sei das völlig normal.

»Hat Stefan Garrelts auch einen Schlüssel?«

»Der nicht. Aber sein Freund, der Uwe Niessen.«

»War der auch im Kino?«

»Ja, vorne in der ersten Reihe.«

»Und? Ist der auch so einer wie der Stefan?«

»Nein, der ruft nur manchmal an, wenn er was braucht.«

»Was braucht der denn so?«

»Wenn er mit seiner Freundin Krach hat, dann kommt er und übernachtet bei mir.«

»Bei dir? Heißt das, in deinem Bett?«

»Manchmal ja.«

Ann Kathrin kämpfte mit den Tränen, während sie mit links den Wagen steuerte und mit rechts Sylvias Kopf streichelte.

Im Radio liefen jetzt die Nachrichten. Es war ein Samstag der üblichen Attentate. In einem Café im Westjordanland war eine Bombe explodiert, die mindestens zehn Tote und vierzig Verletzte gefordert

hatte. In Bagdad und Mossul hatte es Selbstmordattentate gegeben.

Ann Kathrin spürte, wie Sylvia sich veränderte.
Ein Zittern lief durch ihren Körper, als würde sie sich
verkrampfen. Sie hatte sich aufrecht im Auto hinge-
setzt und trat jetzt gegen das Radio.

»Sie sind überall«, schrie sie, »überall!«

»He, was machst du? Hör auf!«

Ann Kathrin hatte Mühe, den Wagen unter Kontrolle zu halten.

»Die bringen uns alle um, die Schweine! Wir müssen sie stoppen!«

Sylvia begann im Wagen regelrecht zu toben. Ann
Kathrin fuhr an den Seitenstreifen und versuchte,
Sylvia festzuhalten, um sie zu beruhigen.

»Vielleicht ist hier im Auto auch schon eine
Bombe!«, schrie Sylvia.

»Beruhige dich, beruhige dich! Das mit dem At-
tentat, das war nicht hier, das war in Israel und im
Irak! Das ist sehr weit weg.«

Sylvia stieß ihre neue Freundin zurück. »Du hast
ja keine Ahnung! Wir werden alle sterben!«

Sylvia öffnete die Beifahrertür, sprang aus dem
Wagen und rannte los. Ann Kathrin lief hinter der
panischen Sylvia her.

»Sylvia, bleib doch stehen! Was hast du denn?«

Sylvia lief auf eine ältere Dame zu, die krampfhaft
ihre Handtasche festhielt. Wahrscheinlich vermutete

sie, sie solle beraubt werden. Die beiden knallten zusammen. Die Dame fiel mit ihrer Handtasche in einen Vorgarten.

Sylvia schlug um sich, als würde sie angegriffen. Schon war Ann Kathrin bei ihr und versuchte, die keuchende Sylvia festzuhalten. Sie drohte zu hyperventilieren.

»Es ist ja gut, Sylvia, es ist gut. Schön ausatmen, ganz ruhig atmen. Alles ist gut. Niemand tut dir etwas. Ich bin bei dir.«

Die ältere Dame raffte ihre Sachen zusammen. Ihre Handtasche war aufgegangen, und der Inhalt lag im Vorgarten verstreut. Natürlich erkannte sie, dass etwas mit Sylvia nicht stimmte. Sie deutete es aber falsch.

»Überall diese Junkies! Man kann sich nirgendwo mehr hintrauen!«

Ann Kathrin sah die Frau ruhig an und blieb sachlich: »Sie ist keine Drogensüchtige.«

»Ist das Ihre Tochter? Dann passen Sie mal besser auf sie auf. Ich könnte Sie anzeigen! Seien Sie froh, dass ich mir nichts gebrochen hab!«

Die Dame raffte sich auf und stolperte mit ihrer Handtasche davon.

Ann Kathrin kniete bei Sylvia und hielt sie fest. Sie kam sich vor wie eine Mutter, die ihr Kind tröstet, das von Trauer geschüttelt wird und die Welt nicht mehr versteht.

Sylvia schluchzte laut und trommelte mit ihrer Faust gegen Ann Kathrins Brust. »Ich weiß alles! Alles! Das mit meinen Eltern war kein Unfall! Das haben die bloß gesagt, der Speicher und alle! Das Boot ist nicht einfach so explodiert! Das war ein gutes Fischerboot. Terroristen haben meine Eltern ermordet, Terroristen! Die verstellen sich, glaub mir. Die sind wie Giftschlangen, die tun ganz harmlos. Du denkst, das ist ein Ast, du trittst drauf, und dann beißen sie zu!«

Ann Kathrin wunderte sich über das Bild mit der Giftschlange. Sie fragte sich, ob das auf Sylvias eigenem Mist gewachsen war, oder ob ihr jemand den Tod der Eltern so erklärt hatte.

Sylvia zitterte immer noch am ganzen Körper. Was hatte sie so sehr zum Ausflippen gebracht?

»Sag mal«, fragte Ann Kathrin, »brauchst du irgendwelche Medikamente?«

Sylvia stand auf, stemmte die Fäuste in die Hüfte und sah Ann Kathrin patzig an. »Ich nehme meine Pillen. Keine Sorge. Fang bloß nicht an wie die Jutta.«

Stumm gingen sie nebeneinander zum Auto zurück. Jede bemüht, auf dem schmalen Bürgersteig so zu gehen, dass sie die andere auf keinen Fall berührte.

Beide Türen vom Twingo standen offen. Der Schlüssel steckte.

Sylvia zögerte an der Tür. Sie wusste nicht, ob sie einsteigen sollte oder nicht. Inzwischen konnte Ann Kathrin in Sylvias Gesicht lesen. Im Grunde zeigte sie jede Gefühlsregung, lange bevor sie die Dinge formulierte.

Sie rechnet jetzt mit Ablehnung, dachte Ann Kathrin. Sie kennt das. Sie flippt bestimmt öfter so aus, und dann versucht sie, es mit Geld und Freundlichkeiten wiedergutzumachen.

»Bist du jetzt nicht mehr meine Freundin?«

Ann Kathrin bemühte sich um ein offenes Lachen. »Aber natürlich bin ich noch deine Freundin. Herrje, ich weiß, wie das ist, wenn man ein Elternteil verliert. Mein Vater ist auch keines natürlichen Todes gestorben.«

Sylvia öffnete den Mund, als wolle sie die Worte von Ann Kathrin nachformen. Ein Gedanke schoss Ann Kathrin durch den Kopf: Sie hat mich gar nicht richtig verstanden. Keines natürlichen Todes. So ein Quatsch! Ich muss eine klarere Sprache sprechen.

»Mein Vater ist erschossen worden. Er war bei der Kriminalpolizei, genau wie ich.«

Dieser Satz von Ann Kathrin veränderte alles für Sylvia. Jetzt waren sie so etwas wie Komplizen. Geschwister. Leidensgefährtinnen.

Das Zimmer in der Villa Kunterbunt, das vorher vermutlich einmal das Büro von Hinrich Kleine gewesen war, diente jetzt als Vorratsraum. Es gab zwei große Tiefkühltruhen darin, die randvoll waren. Dazu mindestens zehn bis zwölf Kisten Sekt. Weine, die nicht ganz billig waren. *Mont Ventoux. Domaine le Murmurium. Talisman 2003* stand auf einer Kiste. Fünfundzwanzig Euro pro Flasche.

Übereinandergestapelt mehrere Kästen Flens, Desperados und bunte Alcopops.

»Hast du das alles eingekauft?«

»Nein, das ist für …«, Sylvia schluckte, »na ja, die Jungs trinken das ganz gerne.«

»Hat Tim es bestellt?«

»Ja, das Bier. Den Wein hab ich für Ludwig gekauft, der hat gesagt, das ist der beste. Aber der kommt ja nicht mehr.«

Ann Kathrin nahm eine Rotweinflasche in die Hand und sah sich das Etikett an. »Die hast du dir vom Kontor liefern lassen?«

Sylvia nickte.

»Weiß Jutta Breuer, dass du hier Getränke für all deine Freunde hortest?«

Sylvia zuckte mit den Schultern.

»Sie muss doch die Rechnungen kennen, die du bezahlt hast, oder nicht?«

Sylvia lachte. »Ich darf nicht mehr mit Opas Goldener Karte bezahlen. Die haben sie mir abgenommen. Das war toll. Damit kriegt man alles. Man braucht nie Geld mit sich rumschleppen.«

»Und wie hast du das bezahlt?«, insistierte Ann Kathrin. Sie bekam mit, dass Sylvia in die Enge geriet. Erinnerte sie sich nicht daran, wie sie diese Getränke bezahlt hatte, oder war es ihr peinlich?

Dann platzte Sylvia mit der Antwort heraus: »Die doofe Kuh hat meine Schecks platzen lassen. Ich bin jetzt nicht mehr …«, sie überlegte, »ich weiß nicht mehr, wie das Wort heißt. Jedenfalls darf ich keine Schecks mehr unterschreiben. Sie lässt die einfach zurückgehen. Ist das nicht gemein? Es ist doch mein Geld!«

»Und jetzt?«

»Die haben gesagt, dass sie alles wieder abholen wollen, wenn ich es nicht bezahlen kann. Aber Tim war da und hat alle beruhigt. Er hat ihnen gesagt, dass ich bald wieder über mein eigenes Geld bestimmen kann. Sollen wir uns jetzt so einen Wein aufmachen?«

Ann Kathrin atmete tief aus.

Sie öffneten eine Domaine de Saint Cosme St. Joseph 2003. Ann Kathrin trank den Wein mit Sylvia zusammen im Wohnzimmer. Er schmeckte wundervoll. Ein bisschen hatte Ann Kathrin dabei ein schlechtes Gewissen. Gleichzeitig spürte sie, dass sie der Lösung des Falles immer näher kam, während sie beide hier wie Freundinnen saßen und aus edlen Gläsern Rotwein tranken.

Sie hatten die Vorhänge zugezogen und die Rollläden heruntergelassen. Niemand sollte ein freies Schussfeld in das Zimmer haben.

Ann Kathrin wusste nicht wohin mit ihrer Waffe. Sie wollte sie bei sich haben, gleichzeitig saß sie unbequem damit im Sessel. Sie schob die P 2000 neben sich unters Sofakissen.

Sylvia Kleine wollte von ihrer neuen Freundin Genaues wissen: Wie war ihr Vater wirklich gestorben?

Ann Kathrin erzählte freimütig die Wahrheit über den Banküberfall, bei dem ihr Vater sich als Geisel hatte austauschen lassen. Wie er dann niedergeschossen in seinem Blut lag, bis endlich der Hubschrauber kam. Niemand wäre auf die Idee gekommen, den Rettungshubschrauber zu behindern. Doch das alles war nur eine Finte gewesen.

»Mein Vater wurde nicht mit dem Hubschrauber ins nächste Krankenhaus geflogen, sondern die Täter flohen darin mit der Beute. Mein Vater starb.«

»Waren das auch Terroristen?«, fragte Sylvia.

Ann Kathrin schüttelte den Kopf: »Nein, ich glaube, das waren ganz einfache Verbrecher. Die hatten keine politischen oder religiösen Ziele. Die wollten einfach nur das Geld und dabei sind sie eben über Leichen gegangen.«

Sylvia schien den Unterschied zwischen einfachen Kriminellen und Terroristen nicht wirklich

271

zu begreifen. Aber auch für Ann Kathrin geriet das manchmal durcheinander.

»Und du hast den Mörder deines Vaters nie geschnappt?«

»Nein. Aber ich gebe die Hoffnung nicht auf. Eines Tages krieg ich ihn.«

Sylvia nickte begeistert. »Ja. Eines Tages. Ganz bestimmt. Und was machst du dann? Knallst du ihn ab?«

Diese Frage hatte Ann Kathrin sich oft gestellt. In ihren Träumen war die Antwort ganz klar. Sie sah den Täter, wie er vor ihr kniete und um Gnade flehte. Im Traum schoss sie ihn fast jedes Mal nieder, wenn sie nicht vorher wach wurde. Mit ihrem Tagesbewusstsein sah die Sache natürlich ganz anders aus. Sie war eine Kriminalbeamtin. Und sie wollte den Mörder ihres Vaters seiner gerechten Strafe zuführen. Natürlich würde sie ihn abliefern, mit Indizienbeweisen, damit kein cleverer Anwalt ihn herauspauken konnte. Er sollte sitzen bis zum Ende seiner Tage.

»Die meisten sitzen nicht mehr lebenslänglich«, sagte Sylvia. »Meistens kriegen sie nur fünfzehn oder zwanzig Jahre. Und selbst wenn sie lebenslänglich kriegen, werden sie nach ein paar Jahren entlassen – hat mein Opa gesagt.«

Guten Gewissens konnte Ann Kathrin nicht wirklich widersprechen. Aber sie befürchtete, dass daraus gleich ein Plädoyer für die Todesstrafe werden würde.

»Ich möchte, dass die Mörder meiner Eltern auch sterben.«

»Ja«, sagte Ann Kathrin, »das kann ich verstehen. Aber weißt du, Sylvia, wenn wir so etwas tun, dann machen wir uns genauso schuldig. Wir dürfen uns mit den Mördern nicht auf eine Stufe stellen.«

Sylvia goss den Wein herunter wie einen kühlen Schluck Bier. Der edle Geschmack offenbarte sich ihr scheinbar nicht. Sie holte Fotoalben von ihren Eltern und setzte sich auf die Sessellehne von Ann Kathrin, so dass sie gemeinsam in den Alben blättern konnten. Es war keine bequeme Sitzhaltung für Ann Kathrin, und sie musste ständig daran denken, dass Sylvia mit dem halben Hintern auf ihrer P 2000 saß. Aber es ging hier nicht um Bequemlichkeit, sondern um Nähe.

Es war schon nach Mitternacht, als Ann Kathrin sich in einem der vielen Gästezimmer schlafen legte. Bis jetzt hatte sie fünf Fernsehgeräte mit DVD-Playern im Haus gezählt, auch in diesem Gästezimmer stand einer. Als sie sich ins Bett legen wollte, musste sie zuerst mehrere DVDs zur Seite räumen, die am Fußende unter der Decke lagen. Zwei Zeichentrickfilme, drei Pornos und einen Horrorfilm. Nichts illustrierte die Situation, in der Sylvia lebte, mehr.

Ann Kathrin hatte ihre Heckler & Koch mit ins

Bett genommen. Zum ersten Mal im Leben schlief sie mit der Waffe unterm Kopfkissen. Sie hätte ihr wenig genutzt, wenn in diesem Moment der Mörder hereingekommen wäre, denn sie war von diesem Tag restlos geschafft. Sie fiel in einen tiefen, traumlosen Schlaf und bemerkte nicht einmal, dass Sylvia sich zu ihr unter die Bettdecke schob und sich an sie kuschelte.

Gegen vier Uhr morgens wurde Ann Kathrin wach, weil Sylvia im Bett fast quer lag und herumwühlte, während sie durch das Traumland joggte.

Ann Kathrin legte ihre Hand auf Sylvias Kopf. Jetzt kuschelte Sylvia sich an sie, so wie sich Eike früher im Bett an sie gedrückt hatte.

Ann Kathrin spürte es wie einen stechenden Schmerz. Sie fühlte sich mit Sylvia zutiefst verbunden. Sie war nicht geistig behindert, und sie war nicht reich. Aber sie war genauso einsam und verlassen und fühlte sich von den Männern hereingelegt und ausgebeutet.

Sonntag, 01. Mai, 09.15 Uhr

Als Ann Kathrin Klaasen wach wurde, hatten die regulären Demonstrationen zum 1. Mai bereits begonnen. Sie stand leise auf. Sylvia lag nicht mehr neben ihr. Ann Kathrin suchte das Bad. Sie konnte unmöglich so zu ihrem Einsatz fahren. Sie wollte auch nicht sonntagmorgens verschlafen im Distelkamp auftauchen, nachdem ihr Mann gerade ausgezogen war. Das sah ja so aus, als ob sie sich schon mit einem anderen treffen würde.

Sie musste über sich selbst lachen. Als ob das etwas ausmachen würde …

Als Ann Kathrin aus dem Bad kam, duftete es bereits nach Kaffee und Eiern. Sylvia stand in einem pinkfarbenen T-Shirt am Herd und brutzelte Spiegeleier. Der Toaster spuckte geröstete Weißbrotscheiben aus.

Ann Kathrin sah die Aufschrift auf Sylvias T-Shirt mit Missfallen:

Ich bin eine Wohlfühlmatratze

»Hat dir das Tim geschenkt?«, fragte Ann Kathrin.

Sylvia lachte. »Nein, der Rainer. Der mag so Zeug. Auf dem Markt ist manchmal ein Stand, da haben sie so T-Shirts. Der Rainer lässt sich immer vorlesen, was draufsteht, und dann kauft er die Dinger für sich und seine Freunde.«

Auf eine gewisse Art tat Sylvias Anhänglichkeit Ann Kathrin gut. Aber trotzdem wollte sie sie nicht mit zur Demonstration nehmen.

»Es ist zu gefährlich«, sagte sie und bestrich sich einen Toast mit Butter. Aber Sylvia schüttelte den Kopf: »Wenn es gefährlich wird, bin ich erst recht mit dabei. Oder glaubst du etwa, ich lasse eine Freundin im Stich? So eine bin ich nicht. Auf mich kannst du dich verlassen.«

»Bist du schon mal auf einer Demonstration gewesen?«

Sylvia schüttelte den Kopf. »Nein, noch nie. Aber wir haben ein paar Mal einen Ausflug mit dem Regenbogen-Verein gemacht. Und einen Flohmarkt.«

Ann Kathrin lächelte. »Ich war früher auf jeder Demonstration zum 1. Mai.«

»Terroristen jagen?«

»Nein. Mit meinem Vater. Meistens saß ich auf seiner Schulter.«

Sylvia ließ die Spiegeleier aus der Pfanne auf das frische Toastbrot gleiten und nahm die große Pfeffermühle zur Hand. »Magst du es gerne scharf?«

Ann Kathrin nickte. »Ja, gerne.« Sie liebte den Geruch von frisch gemahlenem schwarzem Pfeffer. Selbst bei Erdbeeren benutzte sie manchmal die Pfeffermühle. Auch das hatte sie von ihrem Vater.

Während sie die Eier aßen und Ann Kathrin mehrfach das gelungene Frühstück lobte und den guten Kaffee, erinnerte sie sich daran, wie das gewesen war, auf dem Rücken ihres Vaters den Demonstrationszug zu überblicken. Er war ein alter Gewerkschaftler. Sie hörte wieder seine Stimme, wie er ihr die Aufschriften der einzelnen Transparente vorlas. Sie hielt sich in seinen Haaren fest und bekam mindestens zwei Eis pro Demonstration. Ein bisschen davon tropfte immer auf seinen Kopf, und sie verrieb es in seinen Haaren. Er lachte darüber und nannte es *mein Shampoo*. Später kamen manchmal Wespen und umkreisten seinen Kopf. Dann nahm er sie von der Schulter, weil er Angst hatte, dass sie gestochen werden könnte.

Wenn er jetzt noch leben würde, dachte sie, stünde er kurz vor seiner Pensionierung.

Sie stellte sich vor, mit ihm am Frühstückstisch zu sitzen und diesen Fall zu diskutieren. Was würde er tun? Sie wusste die Antwort augenblicklich: Er würde bei Sylvia bleiben.

»Wann hast du Tim kennengelernt? Lebten deine Eltern da noch?«

Sylvia sprach mit vollem Mund. Eigelb tropfte auf ihr pinkfarbenes T-Shirt.

»Ja, klar. Wir haben uns beim Bogenschießen kennengelernt.«

Ann Kathrin hatte Mühe, ihre Verstörung zu verbergen. »Beim Bogenschießen?«

»Ja, ich war im Verein. Da übt man sich zu konzentrieren und so. Mein Papa meinte, das sei unheimlich wichtig für mich. Hat dann aber keinen Spaß mehr gemacht.«

Sylvia entdeckte den Eigelbfleck auf ihrem T-Shirt und zog es einfach aus. Ann Kathrin war fast ein wenig erleichtert darüber. Mit diesem T-Shirt wäre sie nicht gerne mit ihr durch die Stadt gelaufen.

»War Tim denn gut?«

»Und wie! Der Tim hat sogar an Meisterschaften teilgenommen. Aber ich glaube, er hat nicht gewonnen. Der ist ein Angeber. Man weiß nie, ob man ihm glauben kann.«

Sylvia hatte ihr Ei aufgegessen. Mit nacktem Oberkörper lehnte sie sich auf dem Stuhl so weit zurück, dass er nur noch auf zwei Beinen stand. Dann stützte sie ihre Füße an der Tischplatte ab und wippte hin und her.

»Ich weiß genau, was du jetzt denkst, Ann.«

»Was denke ich denn?«

»Du denkst, der Tim hat den Paul umgebracht.«

Ann Kathrin befürchtete, Sylvia könne jeden Moment mit dem Stuhl umfallen.

»Nun, es muss ein sehr guter Bogenschütze gewesen sein. Glaubst du denn, dass er es war? Hatte er einen Grund?«

Sylvia schob den Teller mit den Füßen zur Seite, und Ann Kathrin fragte sich, ob sie morgens auch so am Frühstückstisch saß, wenn sie mit den Männern frühstückte, die sich ja offenbar darum drängten, hier übernachten zu dürfen.

»Die konnten sich nicht leiden.«

»Ach, sie kannten sich also?«

Sylvia hob die Beine hoch und federte nach vorne. Jetzt stand der Stuhl wieder auf allen vier Beinen. Sie kniete sich auf den Stuhl und legte ihren Oberkörper auf dem Tisch ab. Dann stützte sie den Kopf in beide Hände und grinste: »Na klar. Die waren eifersüchtig aufeinander.«

Jetzt sprang Sylvia auf, kasperte durch den Raum, sprang von einem Bein aufs andere, zog Grimassen und plapperte drauflos: »Ja, ja, ja, ich weiß, was du jetzt sagen willst. Ja, ja, ja, es stimmt – ich hatte was mit beiden. Na und? Wenn seine Lioba es ihm nicht richtig macht, dann ist sie es selber schuld, wenn er zu mir kommt.«

Sie begann hysterisch zu lachen: »Männer müssen gemolken werden wie Kühe!«

Sylvia machte einen Radschlag in der Küche. Schon stand sie wieder auf beiden Beinen und kicherte: »Ja, wie Kühe, genau so.« Sie sah das entgeisterte Gesicht von Ann Kathrin. »Das tut denen sonst weh. Wenn die Kühe nicht gemolken werden, dann werden die Euter ganz dick. Die platzen denen fast. Dann brüllen die vor Schmerzen.«

»Und du meinst, bei Männern ist das genauso?«

»Klar«, nickte Sylvia.

»Wer hat dir das erzählt? Darauf bist du doch nicht selbst gekommen, oder?«

Sylvia blieb starr stehen. Sie dachte nach. Abrupt drehte sie Ann Kathrin den Rücken zu. Sie suchte nach einer klugen Antwort. Sie wollte ihre neue Freundin mit ihren Lebensweisheiten verblüffen. Dann wirbelte sie herum, zeigte auf Ann Kathrin und keifte: »Ich bin nicht blöd, nur weil ich behindert bin! Wenn die anderen so toll sind und ich so blöd, warum kommen ihre Männer dann immer zu mir?« Sie setzte sich wieder auf den Stuhl und trank ihren kalt gewordenen Kaffee mit einem Zug leer. »Meinst du, die Pia macht es dem Ludwig noch richtig?«

Natürlich wusste Ann Kathrin darauf keine Antwort.

»Ich meine, die ist doch jetzt schwanger. Da hat sie doch bestimmt gar keine Lust mehr auf so was, oder? Der Paul hat gesagt, als seine Frau schwanger war, sei fast ein halbes Jahr lang nichts mehr gelaufen. Der Arme. Dem sind bestimmt fast die Eier geplatzt.«

»Hat er dir das gesagt, Sylvia?«

Sylvia zögerte einen Moment, dann nickte sie.

Ann Kathrin fühlte sich von der Zeit gedrängt. Natürlich gab es vor der großen Regenbogen-Demonstration noch eine Einsatzbesprechung. Sie musste dabei sein, aber sie konnte Sylvia schlecht mit dorthin nehmen. Sie hatte keine rationale Erklärung dafür, aber sie hatte so ein Gefühl, als könnte eine Katastrophe passieren, wenn sie Sylvia jetzt allein ließ.

Sie sagte die Einsatzbesprechung telefonisch bei Ubbo Heide ab. Die Planung der Einsatzkräfte, die Sicherheit der Redner und der Schutz der Demonstration waren ohnehin nicht ihre Sache.

»Wir brauchen Videokameras und Fotografen an allen Plätzen. Ich bin sicher, dass unser Mann dort auftauchen wird. Vielleicht steht er in der Menge und hört den Rednern zu. Ich glaube kaum, dass er sich dieses Schauspiel entgehen lassen wird.«

Ubbo Heide war genau ihrer Meinung. »Wir haben zwölf Videokameras gut postiert und jede Menge Zivilbeamte in der Demonstration. Uns wird nichts entgehen. Kein einziges Gesicht.«

Als die Nachricht in der Polizeiinspektion eintraf, riss sie Rupert vom Stuhl. Er rief nach Weller.

Rupert pfiff leise durch die Lippen. »Na, das ist

281

doch endlich mal eine gute Nachricht. Stell dir vor«, grinste er, »da hat gerade eine junge Frau für dich angerufen. Silke Gabriel. Sie habe dir versprochen, sich zu melden, falls Kohlhammer auftaucht. Er ist aufgetaucht.«

Rupert und Weller zogen sich kugelsichere Westen an, überprüften ihre Waffen und nickten sich zu. Den würden sie hoppnehmen. Jetzt sofort.

»Die Kleine hat ihn im Wagen an der Imbissbude vorbeifahren sehen. Sie schwört, dass er es war.«

Weller nickte. »Und wir sollen glauben, dass er mit seinem Wohnwagen in Frankreich rumkurvt. Dumm gelaufen für den Herrn.«

Sie hätten eigentlich ein Sonderkommando zur Verfügung gehabt, um so einen gefährlichen Mann dingfest zu machen. Aber sie nahmen nur sechs Jungs von der »örtlichen Trachtengruppe« mit, wie Rupert die uniformierten Beamten gerne scherzhaft nannte, und zwei Hunde.

Während sie das Haus am Stadtrand von Hage stürmten, dachte Weller darüber nach, ob diese Aktion ihnen später Lorbeeren einbringen würde oder ein Disziplinarverfahren. Wenn hier irgendetwas schiefging, dann sahen sie ganz schön alt aus.

Rupert wollte Kohlhammer selbst verhaften. Das war klar.

Sie wollten kein Risiko eingehen und klingeln. Er sollte keine Zeit haben, sich auf den Zugriff vorzubereiten. So einer sprengte sich vielleicht in die Luft oder feuerte durch die geschlossene Wohnungstür.

Weller ging durch die offene Terrassentür ins Haus, Rupert ließ vorne die Tür mit einem Rammbock aufstoßen.

Georg Kohlhammer kam aufgeregt in Boxershorts die Treppe heruntergerannt.

Auf den ersten Blick sah Weller zwei vollständige Ritterrüstungen. Jeder Ritter hielt ein großes Schwert.

Na also. Sie waren an der richtigen Adresse, dachte er.

Kohlhammer riss die Hände hoch und schrie: »Nicht schießen! Nicht schießen!« Er sah, wie nervös die Männer waren. Er hatte Angst um sein Leben.

Sekunden später schlossen sich Handschellen um seine Gelenke.

Sie nahmen sämtliche Schwerter mit, die sie im Haus fanden. Nicht nur die beiden von den Ritterrüstungen, sondern noch sechs weitere, die im Wohnzimmer an der Wand hingen. Dazu Lanzen und Morgensterne.

Georg Kohlhammer wurde in die Polizeiinspektion am Fischteichweg gebracht. Dort konfrontierten Rupert und Weller ihn mit den Fakten, die gegen ihn sprachen. Sie wussten, dass die meisten Täter in den ersten Stunden nach der Verhaftung gestanden. Wenn nicht, konnte es verdammt langwierig werden.

Staatsanwalt Scherer erschien ziemlich aufgekratzt. Sie hatten den Fall kurz vor der großen Katastrophe gelöst. Sie alle waren sich einig, dass Kohlhammer zurückgekommen war, um bei der großen Demo sein nächstes Opfer in den Tod zu schicken. Er hatte zahlreiche Häuser in der Stadt. Eines davon stand am Markt. Von dort hätte er eine ideale Schussbahn auf die Rednertribüne gehabt.

Georg Kohlhammer schrie herum, er wisse nicht, was sie von ihm wollten.

»Warum fährt Ihre kleine Freundin mit dem Wohnwagen in Frankreich herum, während Sie heimlich nach Deutschland zurückgekommen sind?«

Kohlhammer tippte sich an die Stirn. »Was ist denn daran verboten? Wir haben uns gezankt. Tierisch gezankt. Das ist ein ganz raffiniertes Luder. Sie war nur auf mein Geld aus. Am liebsten hätte sie mich noch auf der Durchreise ins Standesamt gezerrt. Je größer das Vermögen ist, das jemand sich erarbeitet hat, umso mehr Goldgräberinnen lauern auf ihn.«

Dieses Wort hatte Weller noch nie gehört. Er wusste zwar, was Kohlhammer damit meinte, aber es war neu für ihn: »Goldgräberinnen.«

»Ja«, nickte Georg Kohlhammer, »die sülzen dich zu, reiten dich, wie du noch nie im Leben geritten worden bist, und dann, wenn du erst mal ja gesagt hast, kopieren sie deine Einkommenssteuererklärung und suchen sich einen guten Scheidungsanwalt. Mit Heiraten kann man viel mehr und viel schneller Geld verdienen als mit ehrlicher Arbeit.«

»Und wieso sind Sie dann nicht mit dem Wohnwagen zurückgefahren und haben sie an die Luft gesetzt? Es ist doch Ihr Fahrzeug.«

»Herrje, ich war sie einfach leid. Ich hab sie im Wohnwagen sitzenlassen. Erst dachte ich, dass ich vielleicht wieder zurückgehe, wenn sie sich beruhigt hat. Aber dann hörte ich in den Nachrichten von der Demo in Aurich, und dann hab ich einfach den nächsten Zug genommen und bin zurück.«

»Zurück mit dem Zug, ja? Nach Aurich? Nach Aurich gibt's schon seit den siebziger Jahren keine Bahnverbindung mehr.«

Kohlhammer stöhnte: »Ich bin nach Emden gefahren. Da haben wir eine Vertretung. Mein Betrieb verfügt über vierzehn Pkws. Ich selber besitze zwei. Einen schwarzen Mercedes T-Klasse für Geschäftstermine und einen Chrysler Grand Voyager.«

»Ihre Schwerter werden im Labor untersucht. Wieso habe ich das Gefühl, dass wir daran Blutspuren entdecken werden?«, fragte Rupert.

Kohlhammer lachte: »Das sind Dekorationsstücke, Herr Kommissar. Sammlerstücke. Damit schlagen wir uns nicht die Köpfe ein!«

Staatsanwalt Scherer sah Rupert an und nickte ihm zu. »Kochen Sie ihn gar.«

Zu gern hätte der Staatsanwalt noch vor Beginn der Demonstration die Pressemeldung herausgegeben: *Der Mörder ist gefasst und geständig.*

Rupert war froh, dass sie Ann Kathrin Klaasen nicht dazugerufen hatten. Sie würde seine Verhörmethoden bestimmt nicht gutheißen. Aber er schaltete jetzt eine härtere Gangart ein. Sie spielten jetzt nicht mehr *Guter Bulle, böser Bulle*, o nein. Sie spielten *Böser Bulle, böser Bulle.*

Sie schlugen Kohlhammer nicht, und sie drohten ihm auch nicht. Aber sie schüchterten ihn so sehr ein, dass er schon zwanzig Minuten später wie ein Häufchen Elend zusammengesunken auf seinem Stuhl saß und um einen Anwalt bat und ein Glas Wasser.

Sonntag, 01. Mai, 14.00 Uhr

Es waren noch zwei Stunden bis zur Demonstration. Caro Schmidt saß entnervt an ihrem Computer. Ihr freiwilliges soziales Jahr im Regenbogen-Verein war fast beendet. Sie sollte einen Bericht über ihre Erfahrungen abliefern. Eigentlich hätte der schon am 20. April vorliegen müssen. Ulf Speicher wollte zum zehnjährigen Bestehen eine Jubiläumsschrift herausbringen, in der nicht das übliche Gejubele nachzulesen war, sondern Berichte aus der Praxis. Er nannte das Ganze »Berichte von der Front«. Jeder Ratsherr, jeder Landtagsabgeordnete, der zum Gratulieren kam, sollte so eine Schrift überreicht bekommen.

Sie hatte die Ehre, darin über die vergangenen Monate im Verein zu berichten. Sie sollte drei Seiten abliefern. Inzwischen waren es schon zwölf. Nach dem Tod von Ulf Speicher glaubte sowieso kaum noch einer daran, dass die Festschrift rechtzeitig zum Jubiläum fertig werden würde.

Am Montag, so hatte Jutta Breuer gesagt, solle alles in den Druck gehen. Also musste Caro morgen früh, bei der Mitarbeiterkonferenz, wenn die Demonstration ausgewertet werden würde, ihren Bericht abgeben. Spätestens dann. Gestern Nacht, als sie nur noch den Schlusssatz formulieren wollte, um dann alles auf die richtige Schriftform umzuformatieren, war der PC abgestürzt. Zunächst hatte sie versucht, das Problem selbst zu beheben. Sie kam sich als junge Frau dämlich dabei vor, wenn sie in Computerangelegenheiten Männer um Rat fragen musste. Aber jetzt sagte das Ding keinen Pieps mehr. Egal, welche Taste sie drückte, sie schaffte es nicht mal, dass der Bildschirmschoner erschien, auf dem ein Regenbogen zu sehen war. In der Mitte des Regenbogens stand Ulf Speicher, links daneben Rainer Kohlhammer und rechts von ihm Sylvia Kleine. Ulf Speicher sah nicht aus wie der Chef eines Vereins für Behindertenbetreuung mit seinen Klienten. Er sah mehr aus wie ein stolzer Vater mit seinen beiden Kindern.

Caro Schmidt wickelte ihren Laptop in eine Wolldecke, packte ihn auf ihr Fahrrad und strampelte los zu Josef de Vries. Der gemütliche Logopäde wusste alles über Computer. Ulf Speicher hatte oft über ihn gesagt: »Aus zwei alten Kassettenrekordern macht der Josef uns einen neuen Laptop.«

Er musste ihr helfen. Caro beschloss, ihn anzuzuckern. Er konnte hilflosen Frauen nicht widerstehen. Frauen wollten meistens nur dann was von ihm, wenn sie ein Computerproblem hatten oder ihre Kinder ein Sprachproblem.

Caro schob ihr Fahrrad an dem kleinen Rinnsal vorbei durch das Gartentor. Zunächst glaubte sie, dass Josef de Vries einen Rohrbruch in der Wohnung haben müsste. Das Holz der Tür war unten schon ganz aufgequollen.

Sie klingelte, sie klopfte gegen die Fenster. Aber sie schöpfte noch keinen Verdacht. Warum auch? Wahrscheinlich befand er sich im Vereinsbüro und bereitete die Demonstration vor. Vielleicht gab es Probleme mit der Lautsprecheranlage. Es gab ja tausend Dinge zu tun. Und jetzt kam sie noch mit einem zusätzlichen Problem angelaufen. Caro fühlte sich ein bisschen schuldig.

Dann klingelte sie bei den Nachbarn. Die entschieden sich rasch, die Polizei zu rufen. Aber alle Einsatzkräfte hatten Hochbetrieb. Um so etwas konnte man sich im Moment nicht kümmern. Alles, was nichts mit der Demonstration oder den Morden zu tun hatte, wurde zur Lappalie deklariert.

Sie erhielten den freundlichen Hinweis, sich doch besser an die Feuerwehr zu wenden. Die kam dann auch sofort.

Um 14.32 Uhr wurde die nackte Leiche von Josef de Vries im Badezimmer gefunden. Sieben Minuten später war Weller da. Noch vor dem Arzt. Ausnahmsweise sagte mal nicht der Pathologe dem Kriminalbeamten, was passiert war, sondern der Kriminalbeamte dem Pathologen: »Er ist ermordet worden. Stellen Sie nur fest, wie.«

Weller tippte auf Gift. Er wusste nur nicht, wie man es de Vries verabreicht hatte. Aber dass in diesen Stunden ein Mitarbeiter des Regenbogen-Vereins eines natürlichen Todes starb, daran hätte nicht mal Staatsanwalt Scherer geglaubt.

Der Pathologe suchte den Körper nach feinen Einstichen ab. Er vermutete genau wie Weller zunächst, dass das Gift möglicherweise mit einer Spritze injiziert worden sei.

Weller stellte sich ein Blasrohr vor. Es erschien ihm überhaupt nicht lächerlich, sondern in der Logik der Ereignisse. Eine Kugel aus dem Ersten Weltkrieg, ein Schwerthieb, ein Pfeil – warum jetzt nicht die lautlose Waffe von Buschmännern? Ein kleiner Pikser beim Duschen und aus.

Dann fand Heiko Reuters von der Spurensicherung die Pralinen im Wohnzimmer.

Sonntag, 01. Mai, 16.00 Uhr

Seit mehr als einer Stunde war der Marktplatz über-
füllt. Sämtliche Zufahrtsstraßen nach Aurich waren
mit Bussen oder Pkws blockiert. Noch immer be-
wegten sich Fahrzeuglawinen auf Aurich zu.

Die Polizei schätzte ungefähr siebentausend Demonstranten, die Veranstalter sprachen von weit
mehr als zehntausend. Der Kanzler und der Ministerpräsident erschienen tatsächlich, jeder war bereit,
sich an die Spitze einer Bewegung für ein anständiges, behindertengerechtes Deutschland zu stellen. Der Kanzler sollte zuletzt sprechen. Direkt nach
Ludwig Bongart.

Während die anderen ihre Konzepte noch einmal nervös überflogen, wusste Ludwig Bongart genau, was er sagen wollte. Er brauchte kein Papier. Er
sprach aus dem Herzen.

Pia Herrstein war bei ihm. Ganz wie erwartet. Sie
trug den dicken Bauch stolz vor sich her.

Ann Kathrin Klaasen stand in der Menge. Neben ihr Sylvia Kleine und Tamara Pawlow. Tamara konnte die Augen nicht von Rainer Kohlhammer lassen, der auf der Bühne neben dem Kanzler stand. Konnte es ein Behinderter weiter bringen? War er nicht ein Mann zum Verlieben? Sie konnte nicht hören, was er sagte, aber der Kanzler sprach tatsächlich mit ihm, und er brachte den Kanzler zum Lachen. Sie sah, dass der Kanzler Rainer auf die Schultern klopfte. Die beiden schienen Freunde zu werden.

Sylvia hatte dagegen nur Augen für Ludwig. Es schmerzte sie, dass nicht sie da oben neben ihm auf der Bühne stand, sondern diese blöde schwangere Kuh Pia.

»Die passt doch gar nicht zu ihm«, flüsterte sie in Ann Kathrins Ohr.

Ann Kathrin schaute zu den umliegenden Fenstern. Stand der Mörder hinter einer Gardine? Oder war er hier unten, inmitten der Menge, dachte sie. Was musste das für ein Gefühl sein? War es der totale Triumph? Fühlte er sich etwa wirklich wichtig, mächtig? Und spürte er, wie sehr er allen Angst eingejagt hatte? Er dominierte die Schlagzeilen sämtlicher Tageszeitungen. Er war Top 1 jeder Nachrichtensendung. Und jetzt das hier.

Sie sah in einzelne Gesichter. Sie suchte jemanden mit einem satten inneren Grinsen. Vielleicht, dachte sie, ist er mir ganz nah. Ich muss nur in der Lage sein, ihn zu erkennen. Er hat mich nackt im Garten gesehen. Er hat mich beobachtet. Wenn ich ihm jetzt zu nahe komme, wird er auf mich reagieren. Da war sich Ann Kathrin völlig sicher.

Lioba Winter stand mit ihren Kindern vorn in der ersten Reihe, um ja nichts zu verpassen. Ihre Mutter war bei ihr und auch Pastor Rehm. Gleich daneben standen die Eltern von Kai Uphoff und Kira Sassmannshausen. Sie stützten sich gegenseitig in ihrem Schmerz.

Jeder von ihnen hoffte, dass der Kanzler die Namen der Toten verlesen würde, um sie zu ehren. Die Leichen waren noch nicht freigegeben. Trotzdem war dies hier so etwas wie eine gigantische Vor-Beerdigungsfeier.

Ann Kathrin Klaasen wusste noch nichts von dem ermordeten Josef de Vries. Die Nachricht landete früher auf der Rednertribüne als bei ihr. Caro Schmidt hatte eine SMS an ihre Freundin Annelen Seck geschickt, die Praktikantin im Regenbogen-Verein war, und Annelen leitete die SMS an jede Telefonnummer weiter, die in ihrem Handy gespeichert war.

Sie hatte ein gutes Verhältnis zu Pia Herrstein. Sie waren zusammen aufs Gymnasium gegangen. Als Pias Handy piepste, ahnte sie Schreckliches. Sie schlief ohnehin seit der Ermordung Ulf Speichers nicht mehr gut. In welche Welt hinein gebar sie ihr Baby? Die

Morde hatten sie existentiell erschüttert. Es schien ihr, dass seit dem Tod von Ulf Speicher ihr Kind nicht mehr so wichtig für Ludwig war. Es ging schon früher hauptsächlich um den Regenbogen-Verein, aber seit den Morden gab es gar kein anderes Thema mehr. Einen Augenblick glaubte sie, ohnmächtig zu werden. Sie schloss die Augen, und dann sah sie ihren Freund Ludwig vor sich, von Flammen eingeschlossen. Sterbend reckte er die Hand nach ihr und schrie ihren Namen. Sie riss die Augen auf und brauchte einen Moment, um zu registrieren, dass es nur ein inneres Bild gewesen war, nicht die Wirklichkeit.

Sie zupfte Ludwig am Ärmel und zog ihn weg vom Ministerpräsidenten und vom Kanzler.

Ludwig war einen Augenblick sauer auf Pia. Wie konnte sie ihn jetzt hier wegziehen? Dies war einer der Höhepunkte seines Lebens. Er auf der Bühne mit dem Ministerpräsidenten und dem Kanzler. Da unten standen vielleicht zehntausend Menschen, die ihm zuhören wollten. Sämtliche Fernsehsender hatten ihre Kameras aufgebaut. Gönnte sie ihm diesen Sieg nicht? Musste sie sich jetzt mit irgendeinem Wehwehchen in den Vordergrund spielen? Sie sah aus, als müsse sie sich jeden Moment übergeben.

»Lass uns hier abhauen, Ludwig. Sofort.«

»Pia, ich bitte dich. Ich kann doch jetzt nicht hier weg! …«

»Ludwig. Bitte. Hör nur dieses eine Mal auf mich.

Es reicht. Ich will nicht mehr. Lass uns von hier verschwinden.«

Sie versuchte, ihn von der Tribüne zu zerren.

»Beruhig dich doch, Pia!«

»Ich soll mich beruhigen? Sie haben gerade Josef gefunden. In seiner Wohnung. Tot. Und du wirst der Nächste sein! Ich bin schwanger! Schon vergessen? Glaubst du, ich will meinem Kind später mal erzählen, wie heldenhaft sein Vater gestorben ist? Lass uns abhauen, Ludwig. Lass uns abhauen, solange es noch nicht zu spät ist!«

Ludwig versuchte, Pia festzuhalten. »Ja, Pia, was verlangst du da? Soll ich untertauchen, oder was?«

Pia nickte heftig. »Ja. Genau das. Untertauchen. Oder willst du der Nächste sein? Das Schwein macht doch weiter, das ist dir doch wohl klar!«

»Pia, bitte! Wenn wir jetzt aufgeben, tun wir genau das, was die wollen. Dann haben die gewonnen.«

Pia legte beide Hände auf ihren Bauch. »Bedeutet dir das gar nichts?«

Ludwig schluckte. Der sonst so redegewandte junge Mann wusste nichts zu sagen. Er überlegte. Er schaute zurück, sah den Kanzler an. Noch war der Kanzler gesprächsbereit. Er hatte jetzt wirklich keine Lust, sich um Pia zu kümmern. Ja, er liebte sie, und er wollte gerne Vater sein. Aber man musste Prioritäten setzen. Jetzt und hier war etwas anderes wichtig.

»Pia, bitte. Hab doch Verständnis. Ich …«

»Dann geh doch!«, schrie sie. »Geh doch! Dann zieh ich mein Kind eben alleine groß! Der Verein ist dir ja sowieso schon immer wichtiger gewesen als ich! Ich will nicht mehr! Mir reicht es!«

Sie versuchte, sich durch die Menschenmenge hindurchzudrängeln. Ludwig versuchte, Pia zurückzuhalten. Doch diese zuckte zurück, als hätte sie durch seine Berührung einen elektrischen Schlag bekommen.

Sie wehrte ihn ab: »Lass mich in Ruhe! Fass mich nicht an! Wenn dir das hier alles so viel wichtiger ist als ich, will ich dir nicht länger im Weg sein!«

Pia arbeitete sich weiter durch die Menge. Sie war noch keine zwei Meter von ihm weg, war aber schon nicht mehr zu sehen. Er sprang hoch und schrie über die Köpfe hinweg: »Pia! Pia!« Er wollte schon aufgeben, als sie plötzlich neben ihm stand und ihm um den Hals fiel. Sie drückten sich und hielten sich stumm fest.

Wie konnte Ludwig Bongart ahnen, dass schon am nächsten Abend eine Kugel auf ihn abgefeuert werden würde. Eine Kugel, die aus der gleichen Waffe stammte, die auch Ulf Speicher getötet hatte.

Oben auf der Rednertribüne war eine vier mal sechs Meter große Leinwand angebracht, auf der die Gesichter der Redner erschienen.

Als Ludwig seine Rede hielt, stand Pia hinter ihm.

Sie drückte ihren Bauch gegen seinen Rücken, und ihre Hände umschlangen seine Brust von hinten. Es war ein anrührendes, ein erschütterndes Bild für die Fernsehzuschauer. Jede Kamera versuchte, das Gesicht der schwangeren Frau einzufangen, die sich hinter dem jungen Helden halb versteckte, ihn aber gleichzeitig auch von hinten stützte und schützte.

Seine Rede fiel längst nicht so scharf und aggressiv aus wie geplant. Das kurze Gespräch mit dem Kanzler, die Anwesenheit der Mächtigen, das alles hatte ihn versöhnlicher gestimmt. Ja, man könnte sagen, milde. Und jetzt, da Pia hinter ihm stand und er sein Baby spürte, wollte er kein Ankläger mehr sein, sondern mehr ein Friedensstifter. Eine integrative Figur.

Sogar der Ministerpräsident und der Kanzler spendeten ihm Beifall. Wären sie nicht persönlich in Aurich erschienen, hätten sie sich nicht so freundlich und jovial gezeigt, wären sie hier und jetzt von ihm an den Pranger gestellt worden. Aber es war leichter, Menschen anzupöbeln, die man nur aus der Zeitung kannte, als diese real existierenden Personen, die ihm soeben die Hand geschüttelt hatten.

»Du machst das gut«, sagte Pia von hinten immer wieder, »du machst das gut.«

Tief in sich drin spürte Ludwig, dass heute, in dieser Stunde, sich sein Leben für immer verändert hatte. Er hatte jetzt, mit dieser Rede, den Grundstein für eine neue Karriere gelegt. Er war zu einer moralischen Instanz geworden.

Sylvia sah oben auf der Leinwand überlebensgroß das Gesicht von Pia, wie sie sich an Ludwig drückte und wie die zwei sich vor aller Welt als Liebespaar präsentierten. Noch nie hatte sie gespürt, dass Eifersucht so weh tun konnte.

Ludwig genoss den Blick in die Menge. Er sog die Momente förmlich in sich auf. Das war heute ein historischer Tag, und er war Teil des Ganzen. Nichts würde danach mehr sein wie vorher. Nicht in Ostfriesland. Nicht im Regenbogen-Verein. Nicht für die Behinderten und erst recht nicht für ihn.

Und dann sah er sie: Sylvia. Er wusste, dass er einen Fehler gemacht hatte. Sie konnte ihm jederzeit die Glaubwürdigkeit nehmen. Niemand wusste davon. Niemand im Verein und natürlich auch Pia nicht.

Er konnte von Sylvia bekommen, was er wollte. Aber er hatte nur die zwei Bilder genommen. Für sie waren es ohnehin alte Schinken gewesen. Langweiliges Zeug von Opa. Er hatte ihr dafür Poster geschenkt und den Nolde und den Miró für vierzigtausend Euro an einen Hamburger Kunsthändler verkauft.

Niemandem war etwas aufgefallen. Die Bilder gehörten nicht zum registrierten Vermögen. Genauso wenig wie die Briefmarkensammlung, die Münzsammlung, das Silberbesteck und die Diamantringe von Oma. Das alles zusammen könnte gut noch mal zwanzigtausend bringen. Falls Tim nicht schon darauf gekommen war, es zu verkaufen.

Ludwig würde jedenfalls nichts mehr davon anfassen. Er hätte auch das mit den Bildern am liebsten ungeschehen gemacht.

»Wir müssen sauber sein«, hatte Ulf Speicher immer gepredigt. »Ich verlange kein Armutsgelübde von euch, Leute, aber wer reich werden will, sucht sich besser einen anderen Job.«

Gegen diesen Grundsatz hatte Ludwig verstoßen. Aber er wollte das Kind, und er war mittellos. Er musste eine Wohnung einrichten. Eine Existenz gründen. Diese Bilder hingen völlig unbeachtet herum. Den Nolde hatte Sylvie sogar hinters Sofa gestellt, weil ihr das Bild zu düster war. Stattdessen hatte sie Pferdefotos aufgehängt.

Sylvie wusste nicht, wie viel die Bilder wert waren, aber sie hatte ihn damit in der Hand. So, wie sie ihn jetzt ansah, war sie bereit, ihn zu vernichten, wenn sie ihn nicht haben konnte.

Ludwig hatte bisher immer noch gute Geschichten erfunden, um sie hinzuhalten. Er hatte ihr erzählt, Pia sei gar nicht seine Freundin, sondern seine Mitarbeiterin. Aber das dürfe niemand wissen, denn er sei ein Geheimagent. Terroristenjäger. Zur Tarnung würden sie so tun, als ob sie ein Pärchen wären.

Sylvia hatte die Geschichte geglaubt. Sie glaubte immer alles, was Männer ihr vorlogen, besonders wenn sie verliebt war. Eine Weile hatte er ihre Eifersucht mit der Geschichte in Grenzen halten können. Aber Pias Schwangerschaft veränderte alles.

Ludwig sah es Sylvia an: Sie glaubte ihm nicht mehr. Sie würde für ihn zu einem Problem werden. Zu einem viel größeren Problem, als er es je für möglich gehalten hätte. Bis vor kurzem war sie ihm hörig gewesen. Leicht zu steuern mit Lügen und Geschichten. Blind vor Liebe und der Sehnsucht, zurückgeliebt zu werden.

Er musste sich etwas Neues ausdenken, um sie im Zaum zu halten. Sie durfte ihm das hier jetzt nicht kaputt machen. Jetzt, da er endlich jemand war, dem die Menschen zuhörten.

Es kam zu keinen Ausschreitungen. Der Mörder schlug nicht zu. Dies war ein weiteres Indiz für Weller, Rupert und Staatsanwalt Scherer, dass sie mit Georg Kohlhammer den Mörder dingfest gemacht hatten. Er musste nur noch gestehen.

Nicht alle Demonstranten reisten sofort ab. Die Stadt war voller Journalisten. Es gab in den Restaurants keine Plätze mehr.

Ann Kathrin lud Weller ein, mit ihr nach Norden zu fahren, um dort bei Käpt'n Remmer zu essen. Sie wollte ihm von ihrer Not erzählen. Davon, dass der Mörder auch hinter ihr her war. Und sie glaubte, ihn zu kennen. Nein, sie hielt Georg Kohlhammer nicht für den Täter, auch wenn alles gegen ihn sprach. Kohlhammer hätte seinen Bruder einfach umbringen können und durch die normale Erbfolge wären alle Anteile an ihn gefallen.

Bei Käpt'n Remmer bekamen sie einen Platz. Ann Kathrin liebte diese Atmosphäre. Die ausgestopften Fische an der Wand, die Fischernetze, die Galionsfigur – in Wellers Blick sah sie, dass er es vielleicht ein bisschen kitschig fand. Sie dagegen konnte diese kalten Gaststätten der modernen Sachlichkeit nicht leiden. Sie brauchte Ecken und Nischen, indirektes Licht. Dieses Lokal war wie eine Höhle, in der man sich verstecken konnte. Und eine bessere Scholle mit Krabben hatte sie selten gegessen. Kartoffeln mit ausgelassener Butter. Ein einfaches, gutes Essen.

Weller achtete auf die Linie. Er nutzte die Spargelzeit.

Im Radio liefen nun die Nachrichten, und während sich Weller über seinen Spargel hermachte, drehte die Wirtin das Radio lauter, denn natürlich interessierte sich jeder hier für die große Demonstration in Aurich. Ein Landstrich im Mittelpunkt des Interesses einer ganzen Nation.

Ludwig Bongart wurde namentlich erwähnt, und ein Gast, der an der Theke vor seinem Bierglas saß,

301

drehte sich um und rief ins Lokal: »Solange es solche jungen Kerle gibt, ist unser Land noch nicht verloren!«

In der Ecke klatschte jemand Beifall.

Dann wurde von einem weiteren Mord im Umfeld des Regenbogen-Vereins berichtet. Der Logopäde Josef de Vries sei vergiftet worden. Nach kurzen Hinweisen darauf, dass ein dringend Tatverdächtiger festgenommen worden war, kamen die Auslandsmeldungen. Wieder Selbstmordattentate im Irak.

»Sylvia Kleine ist gestern bei so einer Meldung völlig ausgeflippt«, sagte Ann Kathrin. »Auf Menschen wie Sylvia wirken solche Nachrichten viel beunruhigender als auf unsereinen.«

Weller spießte eine Spargelstange auf die Gabel, ließ die Butter abtropfen und sagte: »Klar. Sie generalisiert jeden Einzelfall. Vermutlich weiß sie nicht, was näher an uns dran liegt: Holland oder der Irak.«

Ann Kathrin sah auf ihre Scholle. »Kann sein. Westjordanland oder Sauerland, für sie ist das alles dasselbe. Sie fühlt sich wirklich von Terroristen bedroht.«

»Das hat sie mit den meisten Menschen hier gemeinsam«, antwortete Weller und bemühte sich, das Ganze herunterzuspielen. »So verrückt ist es doch auch gar nicht. Jedes Mal, wenn ich in Urlaub fahre, frage ich mich, ob der Flughafen ein anschlagrelevantes Ziel ist oder nicht. Sie fühlt da wie alle Men-

302

schen. Was meinst du, warum wir in Ostfriesland immer mehr Touristen haben? Die Leute bleiben lieber in Deutschland, weil es hier friedlicher ist. Oder glaubst du, dass jemand einen Anschlag auf die Fähre nach Juist plant?«

Er grinste über seinen eigenen Witz.

»Sylvia glaubt, dass ihre Eltern von Terroristen in die Luft gesprengt wurden.«

Weller machte große Augen. »Hat ihr Vater denn in der Rüstungsindustrie gearbeitet oder irgend so was?«

Während sie weiterredete, filetierte Ann Kathrin geschickt ihre Scholle. Sie hob das weiße Fleisch von den Gräten und roch daran. Wenn sie die Augen schloss, sah sie das Wattenmeer vor sich. Sie tat es nur für einen winzigen Augenblick, wie um sich einmal kurz zu erholen. Dann sagte sie: »Ich habe eine Vermutung. Tim Gerlach hat sehr früh gemerkt, dass Männer leichtes Spiel bei Sylvia haben. Er hat sich das ganz einfach vorgestellt. Wenn die Eltern erst einmal aus dem Weg geräumt seien, glaubte er Sylvia schnell unter seine Kontrolle zu bekommen.«

»Er war damals höchstens zwanzig«, warf Weller ein.

»Ja«, gab Ann Kathrin zu, »aber ich habe schon Mörder verhaftet, die waren fünfzehn. Und weißt du, wo Tim Gerlach Urlaub gemacht hat, als das Boot von Sylvias Eltern explodierte?«

303

Natürlich ahnte Weller die Antwort: »In Griechenland?«

Ihr Blick gab ihm recht.

Stumm aßen die beiden weiter. Doch keiner von ihnen war auf sein Essen konzentriert. Jeder hing dem Fall nach, und Ann Kathrin fragte sich, ob jetzt nicht endlich die Zeit gekommen war, Weller von der blauen Feder in ihrem Garten zu erzählen. Sie hatte es eigentlich vorgehabt. Deswegen hatte sie ihn hierher eingeladen. Aber nun schaffte sie es nicht.

»Und dann hat er ihren Opa und ihre Oma umgebracht?«

»Ich habe die Exhumierung der Großmutter beantragt. Sie hatte Diabetes. Eine Überdosis Insulin reicht aus, um einen Menschen zu töten. Ein kleiner Pflegenotfall ... Gerlach ging dort im Haus ein und aus. Es wäre ein Leichtes für ihn gewesen ...«

»Und dann hat er den Opa überfahren?«

Ann Kathrin zerquetschte eine Kartoffel und träufelte zerlassene Butter darüber. »Nehmen wir einmal an, es ist so gewesen. Vielleicht begann auch alles viel harmloser. Vielleicht war das mit den Eltern wirklich ein Unfall. Dann hat der Junge sich um Sylvia gekümmert. Er sah diese gigantische Möglichkeit. Aber Oma und Opa waren im Weg. Vielleicht ist die Oma sogar eines natürlichen Todes gestorben. Schließlich hat er den Opa aus dem Weg geräumt. Es muss nicht alles von Anfang an geplant gewesen sein. Manchmal kriegen solche Dinge eine Dynamik, die nicht mehr zu stoppen ist. Dann bekommt Ulf Speicher die Fürsorge für Sylvia übertragen. Und weil das Töten für Tim inzwischen nichts Besonderes mehr ist, räumt er ihn aus dem Weg.«

»Ja«, sagte Weller ein bisschen spöttisch, »man gewöhnt sich an alles. Und warum dann Paul Winter?«

»Weil er was mit Sylvia hatte.«

»Und Kai Uphoff?«

»Der vermutlich auch. Oder er war ein Zeuge.«

»Es kann alles so gewesen sein, wie du sagst. Aber wir haben dafür keine Beweise. Ebenso wenig, wie wir etwas Handfestes gegen Georg Kohlhammer in der Hand haben. Es sei denn, wir finden wirklich Blutspuren an seinen Schwertern. Aber für so dämlich halte ich den nicht.«

»Tim Gerlach ist seit vielen Jahren im Bogenschützen-Verein.«

Weller ließ sein Besteck sinken. »Jetzt reicht's. Ich glaube, wir nehmen uns das Bürschchen einfach mal vor. Hausdurchsuchung, Vernehmung – das volle Programm.«

Ann Kathrin bestellte sich noch ein Bier und trank in langen Zügen. Sie ärgerte sich über sich selbst. Für dieses Gespräch hätte sie Weller nicht hierher einladen müssen. Das hätte sie genauso gut morgen bei der Dienstbesprechung ansprechen können. Sie war die Chefin. Wieso musste sie sich von ihm ein O.k.

305

einholen? Warum hatte sie nicht Rupert mit zu dem Essen eingeladen?

Weller war ihr irgendwie näher. Er war weicher, verständnisvoller. Ihm konnte sie die Geschichte mit der blauen Feder erzählen. Wenn nicht ihm, wem dann?

»Wenn aus unserem schönen Essen schon eine Dienstbesprechung wird«, sagte Weller mit einer gewissen Kritik in der Stimme, so als hätte er sich etwas anderes erhofft, so etwas wie ein Date, »dann lass uns doch mal über Ludwig Bongart nachdenken. Der junge Mann, dessen Stimme wir gerade in den Nachrichten gehört haben. Diese ganze Geschichte katapultiert ihn unglaublich nach oben.«

»Du meinst, dein Zivi ist gar nicht so ein Unschuldslamm?«

»Wieso mein Zivi?«

»Na, der ist doch für dich einkaufen gegangen, oder?«

Weller schüttelte leicht den Kopf. Das Ganze war ihm immer noch peinlich.

»Was, wenn Jutta Breuer recht hat, und sie hatten alle was mit Sylvia Kleine? Vielleicht hat Ludwig Bongart auch gerne Geschenke von ihr angenommen, um sein junges Glück zu finanzieren …«

»Ein Zivi, der es sich leisten kann zu heiraten und ein Kind zu kriegen, der eine schöne, komplett eingerichtete Wohnung hat?«

»Aber warum sollte er …«

»Vielleicht hat seine Heiligkeit Ulf Speicher gedroht, dem Spuk ein Ende zu machen. Das war bestimmt nicht schwer. Er musste doch nur damit drohen, der schwangeren Freundin die ganze Wahrheit zu erzählen.«

»Ich bezweifle, dass der überhaupt mit einer Waffe umgehen kann.«

Weller lachte. »Du meinst, als Wehrdienstverweigerer aus Gewissensgründen hätte er damit Schwierigkeiten? Aber Ann, ich bitte dich … Allerdings hast du recht. Seine schärfste Waffe ist sein Mundwerk. Der landet in der Politik, wollen wir wetten?«

»Ja, als ich ihn eben neben dem Ministerpräsidenten und dem Kanzler stehen sah, dachte ich, gib dem fünfzehn, zwanzig Jahre, dann ist der selbst Ministerpräsident.«

Weller lachte und bestellte sich auch noch ein Bier.

Ich schaffs nicht, dachte Ann Kathrin. Ich schaffs nicht, es ihm zu erzählen. Warum nicht? Ich muss ihm doch nicht sagen, dass der Mörder mich nackt gesehen hat. Ich kann ihm doch erzählen, ich bin im Garten gewesen. Ich habe diese Feder gesehen, und als ich die Bedeutung dieser Feder erkannte, da hatte der ostfriesische Wind sie bereits davongeweht.

Sie bestellte sich einen Doornkaat und behauptete, sie brauche den zur Verdauung. In Wirklichkeit

307

hoffte sie, er würde ihr Mut machen. Aber so war es nicht.

So waren beide am Ende dieses Abends vom Ergebnis enttäuscht. Ann Kathrin, weil sie nicht mit dem herausgekommen war, worum es ihr ging. Und Weller, weil er gehofft hatte, seiner Kollegin heute Abend privat etwas näherzukommen.

Ann Kathrin Klaasen betrat ihr Haus im Distelkamp mit einem mulmigen Gefühl. Der letzte Zug nach Norddeich ratterte gerade vorbei. Es war später geworden, als sie erwartet hatte. Es musste bereits 23.15 Uhr sein.

Durch die erleuchteten Fenster sah sie nur wenige Menschen in den Zugabteilen. Die Menschen, die in Norddeich übernachteten, waren längst in ihren Zimmern, und für die Fähre nach Norderney war dieser Zug zu spät.

Sie fragte sich, warum der Zug überhaupt fuhr. Die Touristensaison hatte doch noch gar nicht begonnen.

Zum ersten Mal in ihrem Leben bewegte sie sich bewusst mit ihrer Dienstwaffe durchs Haus und kontrollierte jedes Zimmer. Sie sah unterm Bett nach und in den Schränken. Sie ließ jede Rolllade herunter. Doch je mehr sie sich einigelte, umso deutlicher wurde ihr, dass sie hier nicht würde schlafen können. Nicht, solange Tim Gerlach noch frei herumlief.

Er erinnerte sie an den jugendlichen Mörder, den ihr Vater festgenommen hatte. Er hatte ihr viel von ihm erzählt, denn der Mörder war genauso alt wie sie damals. Sechzehn. Er lebte mit seinen Eltern im Streit, und um an ihr Vermögen und die Lebensversicherung zu kommen, tötete er sie beide in der Nacht. Er täuschte einen Einbruch vor, und die Kripo fiel zunächst darauf herein. Die herzkranke Tante nahm sich des Jungen an. Er tauschte ihre Tabletten aus. Sie wäre fast gestorben, konnte im Krankenhaus aber reanimiert werden. Später sagte die alte Dame, sie habe einen Verdacht gehabt, den aber nicht geäußert, weil er so ungeheuerlich gewesen sei.

Jetzt erinnerte Ann Kathrin sich auch wieder an den Namen: Danny hieß das Früchtchen. Ein erneuter Anschlag auf seine Tante wäre wahrscheinlich erfolgreich gewesen, wenn ihn nicht vorher eine Freundin verraten hätte. Er hatte vor ihr damit geprahlt, bald reich und unabhängig zu sein.

Was ihren Vater am meisten erschüttert hatte, war, wie unbeteiligt der Junge über die Ermordung seiner Eltern berichtete. Zu seiner Entschuldigung brachte er vor, sie hätten immer an ihm herumgemeckert und seiner Freiheit im Weg gestanden.

Sie war definitiv allein im Haus. Fast sehnte sie sich zurück in die Villa Kunterbunt. Dort existierte zwar die Bedrohung genauso, aber es war irgendwie anders, wenn man nicht allein war. Natürlich

309

wäre Sylvia nicht die beste Fighterin, um mit einem Mörder fertig zu werden. Aber darum ging es nicht. Das traute sie sich selbst zu. Sie brauchte einen Gesprächspartner. Menschliche Nähe. Am liebsten wäre ihr jetzt ihr Sohn Eike gewesen.

Ann Kathrin hörte einen Wagen, der aufs Haus zurollte. Sie zog die Rollläden im Flur einen Zentimeter weit hoch, so dass sie durch die Lamellen einen Blick auf die Straße werfen konnte. Dort stand ein Taxi. Sie konnte die Aufschrift auf der Tür lesen: 2–1–4–4.

Wer kam um diese Zeit mit einem Taxi zu ihr? Sie konnte nicht erkennen, wer ausstieg.

Es klingelte. Vielleicht war es Eike, der sich mit Susanne Möninghoff gestritten hatte und lieber bei seiner Mutter bleiben wollte, als seinem Vater beim Turteln mit seiner Geliebten zuzusehen. Aber wenn es Eike war, warum klingelte er dann? Er hatte doch einen Schlüssel.

Ann Kathrin ahnte es. Nach seinem letzten nächtlichen Besuch hier im Distelkamp klingelte er wohl lieber, statt sich ins Haus zu schleichen.

Auf keinen Fall wollte sie ihm wieder mit der Pistole in der Hand gegenübertreten. Sie schob sich die Waffe hinten in den Hosenbund und zog ihr T-Shirt darüber.

Das Taxi blieb noch stehen. Wollte Eike wieder etwas abholen?

Ann Kathrin öffnete die Tür. Vor ihr stand nicht etwa Eike, sondern Sylvia. Sie strahlte Ann Kathrin an und öffnete die Arme, wie um eine alte Freundin zu begrüßen.

»Du warst auf einmal weg nach der Demo. Ich dachte, vielleicht willst du ja wieder bei mir schlafen. Oder kann ich vielleicht bei dir …«

Der Taxifahrer sah aus dem Fenster. Es war nicht van Hülsen persönlich, sondern einer seiner Fahrer.

»Also, Sylvia, kann ich wieder, oder nehm ich dich mit zurück?«

»Nee, nee, schon gut. Ich bleib hier!«, rief Sylvia. Dann erst sah sie Ann Kathrin fragend an. »Oder?«

»Keine Angst, ich schick dich nicht weg« sagte Ann Kathrin erleichtert und zog Sylvia zu sich ins Haus. »Ich hab schon gegessen, aber wenn du willst, mach ich dir etwas«, schlug sie vor.

Sylvia schüttelte den Kopf. »Nein, ich hab keinen Hunger. Oder hast du vielleicht Chips?«

Diesmal tranken sie keinen Wein miteinander. Aber sie saßen trotzdem noch eine Weile im Wohnzimmer. Sie sprachen über Väter, über Männer und über Kinder.

Sylvia zeigte Ann Kathrin eine Stelle an ihrem Oberarm. Da saß angeblich ein kleines Stäbchen.

»Wenn man sich das reinmachen lässt, kriegt man keine Kinder. Jutta sagt, das muss bald erneuert werden.«

»Sie hat deine Gesundheitsfürsorge?«, fragte Ann Kathrin.

Sylvia nickte. »Ich glaub, ich will mir aber kein neues Stäbchen einsetzen lassen. Es wäre doch schön, ein Kind zu haben, oder nicht? Was meinst du?«

Ann Kathrin wurde bewusst, wie groß die Verantwortung der Leute im Regenbogen-Verein war. Bei welch existentiellen Entscheidungen mussten sie ihre Klienten begleiten. Natürlich würde ein Kind bei Sylvia in größtem Wohlstand aufwachsen. Aber wäre sie in der Lage, eine gute Mutter zu sein?

»Die Jutta meint, ich wäre damit überfordert«, beschwerte sich Sylvia. »Die haben so ein Gutachten über mich gemacht. Darin steht, dass ich das nicht schaffe mit einem Kind. Meinst du, das ist so schwer? Du hast doch selber ein Kind.«

Ja, dachte Ann Kathrin, und ich konnte es kriegen, ohne dass vorher ein Gutachten erstellt wurde.

»Einfach ist es nicht, weißt du. Man muss sich den ganzen Tag um so einen kleinen Menschen kümmern. Man hat nur noch wenig Zeit für sich selbst. Es ist nicht wie eine Puppe. Man kann so ein Baby nicht einfach mal weglegen und sich vierzehn Tage später wieder drum kümmern.«

»Das weiß ich. Ich bin doch nicht blöd!«, rief Sylvia fast empört. »Man kann Kurse machen und das alles lernen.«

»Ja, vielleicht kann man das«, sagte Ann Kathrin

traurig. »Aber da lernt man ein Baby zu wickeln und wie man es richtig ernährt. Aber ein Kind braucht viel mehr. Man wird ständig vor neue Entscheidungen gestellt und hat immer das Gefühl, alles falsch zu machen. So war es zumindest bei mir.«

»Aber du musst doch eine ganz tolle Mutter sein!«, lachte Sylvia.

»Nein«, sagte Ann Kathrin, »das bin ich ganz bestimmt nicht.« Dann stand sie auf und sagte: »Komm, ich mach dir ein Bett. Du kannst im Zimmer von meinem Sohn schlafen, wenn du willst.«

»Ihr habt doch Ehebetten. Kann ich da nicht mit rein? Dein Mann ist doch nicht hier, oder?«

Ann Kathrin sah Sylvia kurz an. Dann zuckte sie mit den Schultern. »Ja. Warum eigentlich nicht? Aber wehe, du wühlst wieder so rum wie letzte Nacht.«

Auf der rosa Liste standen nur noch zwei Todeskandidaten. Das wäre bis Dienstag leicht zu machen. Aber vielleicht gehörten ja noch mehr Leute auf die Liste. Vielleicht war sie nicht komplett. Das Ganze machte nur Sinn, wenn sie alle starben. Keiner durfte entwischen. Keiner!

Die Waffe war bereits ausgewählt, und der Termin stand fest.

Montag, 02. Mai, 7.00 Uhr

Weller und Rupert standen bereits morgens um sieben Uhr vor Tim Gerlachs Tür. Er wohnte in Norden in einer Wohnsiedlung hinter dem Supermarkt im vierten Stock.

Der Vogel war ausgeflogen. Normalerweise hätten sie einen Schlüsseldienst rufen müssen, um die Tür zu öffnen, aber Ruperts Nerven lagen blank. Er trat gegen die Tür. Sie flog auf.

Als Weller ihn empört ansah, zuckte Rupert mit den Schultern. »Muss wohl schon kaputt gewesen sein. Nicht die beste Wohngegend.«

Mit Sicherheit hauste Tim Gerlach hier allein. Er hatte diese Räume schon lange nicht mehr betreten. Weller fragte sich, ob eine Putzfrau überhaupt in der Lage wäre, die Zimmer wieder auf Vordermann zu bringen, oder ob dafür nicht eine Renovierung nötig wäre.

Offene Pizzaschachteln lagen herum, in denen

die Reste schimmelten, und Tim Gerlach warf seine schmutzige Wäsche lieber auf den Boden, als sie zu reinigen.

Weller ging durch einen schmalen Gang zum Fenster und öffnete es.

»Vielleicht«, sagte Weller, »hat Ann recht. Wenn ich hier hausen müsste, würde ich auch alles versuchen, um in eine Millionärsvilla einziehen zu können.«

Es gab kein Bett, nur eine Matratze mit einem blutigen Laken darauf. Rupert fragte sich, ob das etwas für die Spurensicherung sein könnte

Rupert schüttelte den Kopf. »Hat der wirklich Mädchen hierhin gebracht und sie flachgelegt? Ich habe früher meine Bude aufgeräumt und sogar die Toilette geschrubbt, bevor ich …« Er stoppte, weil Weller grinste.

Mindestens ein Dutzend dicker Kerzen, die Weller an Grablichter erinnerten, standen im Raum. Die meisten in der Nähe vom Bett und auf dem Küchentisch.

Dann fand Weller eine Kiste Rotwein. Domaine de Saint Cosme St. Joseph 2003. Eine halb volle Flasche stand neben der Matratze. In der Kiste waren noch fünf volle.

»Das Bürschchen kauft im Kontor ein. Wer hätte das gedacht«, sagte Weller. »Und er ist offensichtlich ein Genießer.«

315

Waffen fanden sie nicht, dafür eine Menge schmutziges Geschirr.

Weller versuchte, das Licht einzuschalten, aber die Leuchtstrahler blieben dunkel.

»Sie haben unserem jungen Freund den Strom abgedreht, wetten?«

Rupert und Weller hatten genug gesehen. So musste es bei einem durchgeknallten Killer aussehen. Ganz auf sein irres Tun fixiert, ließ er alles um sich herum verrotten. Er kümmerte sich nicht mehr um laufende Rechnungen, wusch keine Wäsche, räumte nicht auf.

Es gab auch ganz andere. Die Zwanghaften. Die alles um sich herum peinlich sauber und in Ordnung hielten, um zu verdecken, dass der Rest ihres Lebens ein einziges Chaos war.

Aber Weller und Rupert kannten das hier nur zu gut. Die Wohnung eines allein lebenden Gewalttäters sah oft so aus wie eine Müllhalde.

An diesem Morgen bereitete Ann Kathrin das Frühstück für Sylvia vor. Sie machte Brötchen warm und stellte selbstgemachte Marmelade auf den Tisch. Eine Klientin von ihrem Mann hatte dieses Geschenk dagelassen.

Die Marmelade roch fruchtig-frisch nach Sanddorn. Eigentlich mochte Ann Kathrin selbstgemachte Marmeladen sehr gern, doch in einem Anflug von Zorn nahm sie einen Esslöffel und baggerte die Marmelade aus dem Glas ins Spülbecken. Sollte der ganze Mist durch den Abfluss fließen!

Sie wollte nichts von Heros Klientinnen mehr im Haus haben. Wahrscheinlich war die auch bloß in ihn verknallt gewesen und hatte versucht, ihn mit der Marmelade zu verführen. Vielleicht war die Marmelade sogar von der Möninghoff. Klientinnen hatten ihm Pullover gestrickt, Kuchen gebacken und Bilder gemalt.

Ann Kathrin ging ins Schlafzimmer, um Sylvia zu wecken. Sie hatte sich ganz zusammengerollt und sah aus, als wollte sie jeden Moment an ihrem Daumen lutschen. Etwas an diesem Bild rührte Ann Kathrin so sehr, dass sie sich fragte, ob sie Sylvia überhaupt wecken sollte. Sie selbst musste ins Büro, aber warum sollte sie die Kleine nicht einfach schlafen lassen? Sie konnte ihr einen Zettel hinlegen: *Frühstück steht in der Küche.*

Was sprach dagegen? Sie wusste es selbst nicht genau. Trotzdem weckte sie Sylvia und hatte dabei das Gefühl, etwas falsch zu machen.

Sylvia war natürlich noch verpennt. Sie machte es sich in der Küche gemütlich und begann, in aller Ruhe ihr Brötchen mit Butter zu bestreichen. Sie tat das mit solcher Hingabe und Konzentration, dass Ann Kathrin sich blöd dabei vorkam, auf die Uhr achten zu müssen.

»Mein Dienst fängt gleich an. Ich hab zwar eigentlich Urlaub, aber … bevor der Fall nicht abgeschlossen ist, kann ich nicht guten Gewissens …«

»Kann ich mitfahren? Ich war noch nie bei der Kriminalpolizei. Das ist doch bestimmt ganz spannend.«

»Nein, ich glaube, das kannst du nicht. Das würden meine Kollegen nicht verstehen. Außerdem ist es nicht spannend, sondern eher langweilig. Soll ich dir ein Taxi rufen?«

Sylvia walkte sich das Gesicht durch. »Kann ich nicht einfach hierbleiben und warten, bis du wiederkommst?«

»Nein, das ist keine gute Idee.«

Sylvia verstand. Sie war ein bisschen beleidigt, aber es versöhnte sie, dass Ann Kathrin vorschlug: »Ich kann dich ja mitnehmen und bei dir zu Hause absetzen.«

Als Ann Kathrin Sylvia vor der Villa Kunterbunt absetzen wollte, stockte sie. Alle Rollläden waren noch heruntergezogen, bis auf einen im Badezimmer. Dort war auch das Fenster auf.

»Warst du das?«, fragte Ann Kathrin und deutete mit dem Kopf auf das Fenster.

Sylvia schüttelte den Kopf. »Nein. Du?«

Ann Kathrin zog ihr Handy, drückte die Kurzwahl von Weller und sprach, nachdem er sich gemeldet hatte, ohne jede Begrüßungsfloskel: »Ich bin mit Sylvia Kleine vor ihrem Haus im Kirschbaumweg. Im Gebäude befindet sich eine unbekannte Person. Ich gehe jetzt rein.«

»Ann, mach keinen Mist. Warte, bis wir da sind.«

Weller hatte recht, aber Ann Kathrin konnte jetzt unmöglich hier im Auto sitzen und auf Weller und Rupert warten. Sie zog ihre Waffe, entsicherte sie und schärfte Sylvia Kleine ein, im Auto zu bleiben. Dann bewegte sie sich zur Tür wie eine ganz normale Besucherin.

Wer immer zum Fenster eingestiegen ist, dachte sie, hat keine Veranlassung, auch zum Fenster wieder herauszugehen. Er wird einfach die Eingangstür benutzen.

Sie hörte Schritte im Haus. Jemand bewegte sich auf die Tür zu.

Tim Gerlach öffnete die Tür. Er hatte eine Sporttasche in der Hand und eine Kiste unterm Arm. Konsterniert blieb er stehen, als er Ann Kathrin Klaasen sah.

»Ich verhafte Sie wegen Einbruchs und Hausfriedensbruchs.«

Tim stieß Ann Kathrin zur Seite, ließ die Kiste und die Tasche fallen und rannte los. Sie folgte ihm sofort. Er hatte knapp zwei Meter Vorsprung.

Er sprang über Spielgeräte und warf eine Sitzbank um. Aber damit behinderte er seine Verfolgerin

319

nicht. Sie bekam sein Hemd zu fassen. Dann schlug sie ihm die Beine weg. Er lag vor ihr auf dem Boden. Sie richtete ihre Heckler & Koch P 2000 auf ihn und sagte: »Im Namen des Gesetzes: Sie sind verhaftet.«

Vierzig Minuten später saß Tim in der Polizeiinspektion Ann Kathrin und Weller beim Verhör gegenüber. Im Hintergrund lief Hit Radio Antenne. Alle Radios hier im Haus waren eingeschaltet und auch jedes Fernsehgerät. Die Medien berichteten ohne Unterbrechung über den Fall.

Inzwischen lagen die Laborergebnisse vor. Es konnte ausgeschlossen werden, dass eines der Schwerter, die in Georg Kohlhammers Haus sichergestellt worden waren, als Mordwaffe gedient hatte. Auf der Pralinenschachtel und dem bunten Verpackungspapier gab es nur Fingerabdrücke von Josef de Vries.

Alle Süßwarengeschäfte, Supermärkte und Bäcker, die solche Pralinen verkauften, wurden inzwischen überprüft. Man zeigte den Mitarbeitern Fotos von Kohlhammer und Tim Gerlach.

Das Geschenkpapier, in das die Pralinen eingepackt worden waren, wurde schon seit zwei Jahren nicht mehr hergestellt. Natürlich war nicht auszuschließen, dass Geschäfte noch Restposten davon hatten, die letzten großen Lagerbestände seien auf Weihnachtsmärkten verkauft worden, behauptete die Herstellerfirma.

Ann Kathrin und Weller einigten sich darauf, dass sie sich Tim alleine vornehmen würde, während Weller und Rupert sich erneut Kohlhammer vorknöpften.

Tim war erleichtert, als Weller verschwand. Er hatte das Gefühl, mit Frauen besser klarzukommen als mit Männern. Er wusste, dass er die hier nicht einwickeln konnte, aber er traute sich zu, sie zu verunsichern.

»Was wollen Sie von mir?«, fauchte er. »Sie können mich nicht ernsthaft wegen Einbruchs festnehmen. Die hat einfach die Schlösser auswechseln lassen, so dass ich mit meinem Schlüssel nicht mehr reingekommen bin. Da drin waren noch Sachen von mir, die wollte ich mir holen. Ich brauch die …«

»Sie haben Sylvia Kleines geistige Behinderung zu Ihrem Vorteil ausgenutzt. Sowohl sexuell als auch finanziell.«

Tim Gerlach grinste und trommelte mit den Fingern einen provozierenden Rhythmus auf die Tischplatte. »Was soll das heißen? Ich hab sie gefickt, na und? Das ist doch nicht verboten. Das würde Ihr Kollege mit Ihnen auch gerne machen. Der traut sich nur nicht, so offen darüber zu reden, stimmt's?«

»Ich stelle hier die Fragen.«

Im Radio liefen Oldies. Jetzt sang gerade Bruce Springsteen. Die Musik half Ann Kathrin, ruhig zu bleiben. Sie wollte sich auf keinen Fall von dem Bengel provozieren lassen.

Tim Gerlach legte seinen Kopf schräg und sah sie durchdringend an. »Oder hat er es schon bei Ihnen versucht? Hat er Sie flachgelegt? Nein, glaube ich nicht. Sie machen so einen unbefriedigten Eindruck …«

Ann Kathrin kannte so etwas. Junge Männer drehten manchmal so auf. Dann waren sie kurz vor dem Zusammenbruch. In einer knappen halben Stunde würde der hier weinend und jammernd vor ihr sitzen und um Mitleid heischen. Vorher spielten sie immer gerne noch einmal den Coolen. Aber dann brach die Fassade restlos zusammen. Seine Sätze tropften an ihr ab.

Dann wurde Bruce Springsteens Gesang von einer Sondermeldung unterbrochen. Ein Schauer lief Ann Kathrin den Rücken herunter. Alles andere wurde mit einem Schlag unwichtig.

Leer. Geiseldrama in der Innenstadt. In Leer haben vier Bankräuber eine Sparkasse überfallen und sich in den Innenräumen verschanzt. Sie haben mehrere Menschen in ihrer Gewalt und einen Fluchtwagen gefordert. Die Polizei hat die Bank umstellt und die Umgebung großräumig abgesichert.

Ann Kathrin griff zu ihrer Dienstwaffe und überprüfte das Magazin. Tim Gerlach rutschte nervös auf seinem Stuhl herum. Natürlich glaubte er, dass das etwas mit dem zu tun haben müsse, was er der Kommissarin gerade erzählt hatte.

Aber Ann Kathrin beachtete ihn gar nicht mehr. Sie ging an ihm vorbei zur Tür. Dort begegnete sie ihrem Chef. Ubbo Heide sah ihr an, dass etwas geschehen war, das ihre ganze Aufmerksamkeit in Anspruch nahm. Sie wirkte völlig verspannt und gleichzeitig auf einen einzigen Punkt konzentriert.

»Hat er gestanden?«

Ann Kathrin schüttelte den Kopf: »Nimm ihn in Gewahrsam. Ich setze das Verhör morgen fort.«

»Wo willst du hin, Ann?«, fragte Ubbo Heide.

»Sie sind in Leer.«

»Wer ist in Leer?«

»Die Männer, die meinen Vater erschossen haben.«

»Ein Banküberfall?«

Ann Kathrin wollte einfach weiter, doch Ubbo Heide hielt sie fest. Sie machte sich los. Er lief neben ihr den Flur entlang. »Bitte, Ann Kathrin! Du willst doch jetzt nicht dorthin fahren und …«

»Ich habe die Akten genau studiert. Ich weiß über jede Sekunde Bescheid, über alles, was damals passiert ist. Die gleichen Fehler dürfen nicht noch mal passieren.«

»Was hast du vor?«

»Ich tu meinen Job.«

»Ich bitte dich, Ann, da sind Kollegen vor Ort!

Wahrscheinlich ein Mobiles Einsatzkommando. Wir haben dort keinerlei Befugnisse. Wir haben hier einen Mordfall zu klären! Wir …«

Ann Kathrin ließ Ubbo Heide einfach stehen und lief die Treppe hinunter. Er konnte den Verdächtigen unmöglich länger alleine im Büro sitzen lassen, mit all den Unterlagen und Akten.

Als Ubbo Heide ins Büro kam, lief im Radio ein Kinderlied. *Lotte das Seeungeheuer* von Bettina Göschl. Tim Gerlach summte mit geschlossenen Augen mit. Der schönere Bereich seiner Kindheit stand ihm vor Augen.

Ann Kathrin Klaasen holte alles aus dem Twingo heraus. Während der Fahrt drehte sie von einem Nachrichtensender auf den nächsten, um keine Entwicklung in Leer zu verpassen. Es gab unterschiedliche Informationen. Bei Hit Radio Antenne waren es vier Geiseln, in NDR 2 schon sechs. Übers Handy versuchte sie, ihre Kollegen in Leer zu erreichen, aber dort hatte bereits ein Mobiles Einsatzkommando die Leitung übernommen.

Kurz hinter Aurich überholte sie auf der B 72 eine Kolonne von Lkws. Die Strecke war dafür eigentlich viel zu unübersichtlich. Sie überschätzte die Möglichkeiten ihres Twingo. Ein silbergrauer Mercedes, gefolgt von einem Opel Omega, kam ihr auf der linken Spur entgegen. Es hatte keinen Sinn mehr, abzubremsen. Wo sollte sie zwischen den Lkws einscheren? Sie hatte nur noch eine Chance: Sie musste den letzten Wagen neben sich schaffen. Er war von der Firma Bofrost und transportierte Tiefkühlkost nach Leer.

Der Mercedesfahrer hupte und geriet ins Schleudern. Der Opelfahrer hinter ihm sah schon sein Leben an sich vorüberziehen, da gelang es Ann Kathrin, vor dem Bofrostwagen einzuscheren. Obwohl ihre Stoßstange den Kotflügel des Mercedes nicht berührte, hörte sie es im Geiste schon knirschen. Sie brauchte einen Moment, um zu begreifen, dass es gar keinen Unfall gegeben hatte.

Der Fahrer des Mercedes hupte immer noch wie wild, aber der Banküberfall, bei dem ihr Vater sein Leben gelassen hatte, nahm sie viel mehr in Anspruch als der Straßenverkehr.

In Leer hatte die Polizei die Zufahrtsstraßen zur Innenstadt abgeriegelt. Ann Kathrin ließ den Twingo einfach stehen. Sie machte sich auch keine Mühe, ihn abzuschließen. Jetzt waren nur zwei Sachen wichtig: Ihr Dienstausweis und ihre Heckler & Koch.

Sie rannte in die Fußgängerzone. Über ihr kreisten drei Hubschrauber. Einer vom Roten Kreuz, zwei Polizeihubschrauber.

Gegenüber von der Sparkasse war ein großer freier Platz, auf der anderen Seite ein Café und ein Kino. Es mussten bereits Schüsse gefallen sein, denn

325

die Kinowerbung war nicht mehr zu entziffern. Mindestens drei Einschüsse hatten die Großbuchstaben von der Wand gesprengt.

Das sind sie!, hämmerte es in Ann Kathrins Kopf. *Das sind sie!*

Rund um die Sparkasse war alles abgesperrt. Auch im Café neben dem Kino gab es keinen Platz mehr fürs normale Publikum. Scharfschützen hatten Stellung bezogen. Vor der Sparkasse stand bereits ein silbermetallicfarbener BMW 525i. Der Wagen glänzte frisch gewaschen in der Aprilsonne.

Ann Kathrin war sich völlig sicher: Das war das Fluchtfahrzeug. Autofirmen rissen sich inzwischen angeblich darum, Fluchtwagen zur Verfügung zu stellen, denn wenn Gangster ein bestimmtes Auto forderten, so sprach das absolut für die Zuverlässigkeit des Modells. Und jede Autofirma konnte sicher sein, dass ihr Fahrzeug in den nächsten Tagen in allen Tageszeitungen auftauchen würde und in den Nachrichten zur besten Sendezeit. Jede Suchmeldung war eine Art Werbung. Das Ganze wurde in Polizeikreisen bitterbös »Entführersponsoring« genannt.

Ann Kathrin versuchte, sich an den uniformierten Beamten vorbei zum Einsatzleiter Johann Kruse vorzuarbeiten. Ein Polizeipsychologe verhandelte bereits mit den Entführern. Sie hatten zur Antwort allerdings nur ein paar Kugeln in seine Richtung geschossen.

Von außen betrachtet, sah es in der Sparkasse ruhig aus. Drinnen brannte kein Licht.

Ann Kathrin stellte sich als Kollegin vor. Glücklicherweise kannte Kruse sie von einem Lehrgang.

Ann Kathrin glaubte deshalb, sofort frei sprechen zu können: »Bitte, bringen Sie alle Schaulustigen von hier weg, Herr Kruse. Die Leute müssen auch hinter den Fenstern verschwinden.«

Kruse, der dachte, die Sache voll im Griff zu haben und das Geiseldrama in den nächsten Minuten beenden zu können, sah seine Kollegin mit einer abweisenden, aber gleichzeitig verbindlichen Freundlichkeit an, wie die Kommissarin sie nur von Menschen in absoluten Krisensituationen kannte. Er war völlig auf das Wesentliche fokussiert, wollte sich von nichts aus dem Konzept bringen lassen.

»Sie werden den Fluchtwagen nicht nehmen«, sagte Ann Kathrin.

»Sie irren sich, Frau Klaasen. Einer der Geiselnehmer war bereits im Auto und hat es wahrscheinlich nach Sendern durchsucht.«

»Nein. Er hat darin eine Bombe deponiert«, korrigierte sie hart.

»Warum sollte er das tun? Der Fluchtwagen ist ihre einzige Chance, hier wegzukommen. Sie haben ihn ausdrücklich bestellt und …«

»Die fliehen nicht mit dem Fluchtwagen. Es ist genau wie damals in Gelsenkirchen.«

In der Bank fielen Schüsse. Ann Kathrin zählte fünf. Bei jedem zuckte sie zusammen, was Kruse zeigte, dass die Frau mit den Nerven am Ende war. Er zählte kalt mit.

Schreie waren zu hören, drinnen und draußen. Auf dem Dach der Sparkasse hielt sich die mobile Einsatztruppe bereit. Die maskierten Männer baten um die Erlaubnis, jetzt reingehen zu dürfen.

Kruse war dagegen: »Kein Zugriff! Kein Zugriff! Wir wissen noch nicht, was los ist.« Dann brüllte er ins andere Handy: »Was ist bei Ihnen da drinnen passiert? Was ist bei Ihnen da drinnen passiert? Reden Sie mit mir!«

»Wir haben hier drin drei Verletzte.«

Kruse atmete zufrieden auf. Solange er mit einem der Geiselnehmer sprechen konnte, gab es eine Chance.

»Bitte lassen Sie uns die Verletzten herausholen.«

Ann Kathrin glaubte genau zu wissen, wie das hier weiterging.

Aus der Sparkasse trat jetzt eine Geisel ins Freie. Die junge Frau war bis auf die Unterwäsche nackt.

Warum schickten sie die Geisel so nach draußen? Warum barfuß? Warum in Unterwäsche? Es gab dafür nur eine Begründung: Sie sollte ablenken. Von irgendetwas anderem ablenken.

Ann Kathrin sah das angespannte Gesicht des Fahrers des ersten Rettungswagens. Weiße Krankenhausklamotten, als sei er direkt aus dem Operationssaal losgelaufen. Der Ambulanzfahrer hatte die Scheibe heruntergekurbelt, den Ellbogen aufgestützt. Er rauchte eine Selbstgedrehte, und jetzt grinste er. Mit der Rechten hielt er sich ein Handy ans Ohr.

Warum grinste der? Weil eine Frau barfuß und in Unterwäsche in die Fußgängerzone gelaufen kam, auf die vermutlich eine Waffe gerichtet war, damit sie brav wieder zurückkam, aus Angst, sich sonst einen Kopfschuss zu fangen?

O nein, der grinste, weil ihr Plan aufging.

Die Frau schrie. »Nicht schießen! Nicht schießen! Ich bin eine Geisel! Ich muss wieder rein! Die brauchen drinnen einen Arzt! Ihr dürft die Verletzten rausholen. Schnell, schnell! Sie sterben! Nina hat einen Kopfschuss, und Herr Krenzer wurde am Bauch getroffen!«

Clever, dachte Ann Kathrin. Verdammt clever. Ihr setzt sie unter Zeitdruck. Es ist genau wie damals bei meinem Pa. Wer wird jetzt das lebensrettende Team kontrollieren? Wer von dem Notarzt einen Ausweis verlangen? – Aber warum machen sie es diesmal nicht mit einem Hubschrauber? Warum mit Rot-Kreuz-Fahrzeugen? Haben sie ihren Hubschrauberpiloten nicht mehr? Sind sie nicht an den Hubschrauber gekommen? Ist irgendetwas schiefgelaufen? Oder ist das nur eine neue, besonders intelligente Finte?

»Lassen Sie sich nicht täuschen«, sagte Ann Kathrin. »Nehmen Sie das komplette Rettungsteam fest.«

»Frau Kollegin, bitte. Halten Sie sich da raus. Sind Sie völlig verrückt geworden?«

»Ich habe den Überfall in Gelsenkirchen bis in jede Einzelheit studiert. Gleich wird der BMW in die Luft fliegen. Und aus der Sparkasse werden keineswegs die Verletzten getragen, sondern so entkommen die Täter samt der Beute.«

Johann Kruse schob sie zur Seite. Es kam jetzt auf jede Sekunde an. Er winkte das Notarztteam herbei. Sie fuhren mit den beiden Wagen bis vor die Sparkasse, öffneten die Tür und rannten mit ihren Tragen hinein.

Dann geschah zunächst nichts. Völlige Stille.

Irgendwo bimmelte ein Handy. Schwanensee.

»Die lassen sich ganz schön Zeit, finden Sie nicht, Herr Kruse? Die brauchen sie nämlich auch, um die ganze Show für Sie abzuziehen. Sie werden die Verletzten in den Tresorraum bringen, damit Sie die nicht sofort sehen, wenn Sie reinstürmen. Dann hauen die Täter mit den Rettungswagen ab. Sie werden hier draußen noch eine Weile warten und sich wundern, warum Sie keinen Kontakt mehr zu denen da drinnen haben«, prophezeite Ann Kathrin.

»Seien Sie ruhig!«, zischte Kruse. »Schauen Sie sich an, Mensch! Sie sind ja völlig fertig! Natürlich dauert das lange da drin. Die Notärzte kämpfen um das Leben der Geiseln. Sie versuchen, die Blutung zu stillen. Ich möchte jetzt nicht an deren Stelle sein.«

Ann Kathrin sah ein, dass sie so nicht weiterkam. Aber sie wollte nicht aufgeben. Sie versuchte, näher an den ersten Rettungswagen heranzukommen. Sinnlos. Zwei uniformierte Beamte packten sie an den Schultern und zogen sie zur Seite.

»Lasst mich! Ich bin eine Kollegin. Mein Name ist Ann Kathrin Klaasen. Ihr habt ja keine Ahnung, was hier läuft!«

Noch einmal versuchte sie, zum ersten Rettungswagen durchzukommen. Der Fahrer hatte die Scheibe immer noch heruntergedreht. Sein Schnauzbart war garantiert nicht echt, viel zu dick, viel zu buschig, viel zu auffällig. Und solche Augenbrauen hatte doch auch kein Mensch. Den alten Finanzminister Theo Waigel vielleicht mal ausgenommen. Selbst der wäre bei solchen Augenbrauen neidisch geworden.

Wieder stellte sich ihr ein uniformierter Kollege in den Weg.

»Was wollen Sie? Sie haben hier keinerlei Dienstbefugnisse. Bitte gehen Sie hinter die Absperrung zurück.«

»Ich will nur die Papiere des Fahrers überprüfen.«

»O nein, das werden Sie nicht tun.«

331

»Rufen Sie im Krankenhaus an. Fragen Sie nach dem Rettungsteam. Lassen Sie sich den diensthabenden Arzt geben. Das hier ist nicht echt!«, schrie Ann Kathrin.

»Frau Kollegin, entweder Sie werden jetzt vernünftig, oder ich muss Sie bitten, diesen Platz augenblicklich zu verlassen.«

Dann ging auf einmal alles ganz schnell. Zunächst humpelte ein bärtiger Mann aus der Sparkasse. Er wurde von einem Sanitäter gestützt. Sein Oberhemd war offen, sein Oberkörper malerisch mit Blut beschmiert. Das Ganze hier hatte Hollywoodqualitäten, fand Ann Kathrin. Super inszeniert. Aber sie fiel darauf nicht herein.

Der Sanitäter half dem Verletzten in den zweiten Rettungswagen. Dann stieg er hinter ihm ein.

Eine Liege wurde im Laufschritt aus der Bank getragen. Darauf lag ein Mann, der mit Sauerstoff versorgt wurde.

Klasse Trick, um sein Gesicht unkenntlich zu machen, dachte Ann Kathrin.

Das Rettungsteam arbeitete schnell und präzise. Natürlich wollten sie ihre Kumpels und die Beute so schnell wie möglich in Sicherheit bringen. Aber da hatten sie Ann Kathrin Klaasen unterschätzt. Einer von diesen Typen da hatte ihren Vater auf dem Gewissen.

Eine Gasse wurde gebildet. Schon fuhren die Rettungswagen an. Und mit ihnen flohen die Gangster samt Beute unter Polizeischutz.

Ann Kathrin stieß den Kollegen, der sie behindern wollte, zur Seite, zog ihre Heckler & Koch und rannte auf die Rettungswagen zu. Sie feuerte zwei gezielte Schüsse auf die Vorderreifen des ersten Fahrzeugs ab. Mit einem Ruck blieb es stehen. Der Fahrer ging in Deckung. Der zweite Rettungswagen fuhr auf den ersten drauf.

Sehr gut, damit waren sie zunächst gestoppt.

Ann Kathrin hörte den Lärm und die Schreie um sich herum nicht mehr. Sie war schon bei der Tür und riss den schnauzbärtigen Fahrer aus dem Fahrzeug. Er knallte auf das Pflaster. Sie drückte ihm die Waffe ins Genick.

»Ich verhafte Sie hiermit. Alles, was Sie ab jetzt sagen, kann gegen Sie verwendet werden. Und ich garantiere Ihnen, das wird es auch. So wahr ich Ann Kathrin Klaasen heiße.«

Hoffentlich guckst du jetzt zu, Papa, dachte sie. Sie werden nicht ungestraft davonkommen. Dein Tod war nicht umsonst. Sie machen das Gleiche nicht noch mal mit uns. Wir haben aus unseren Fehlern gelernt.

Noch nie hatte sie in so einem Blitzlichtgewitter gestanden.

Ann Kathrin brauchte fast zwei Stunden, um zu verstehen, was geschehen war. Man hatte dankenswerterweise in Aurich angerufen. Weller kam sofort. Seine Worte erreichten sie nicht wirklich. Es war, als würde er zu einer Plastikpuppe sprechen.

»Die Geiselnahme«, sagte er, »ist noch lange nicht beendet. Aber deine Polizeikarriere möglicherweise schon. Mein Gott, was hast du getan? Sei froh, dass keine der Geiseln gestorben ist. Wir haben wertvolle Zeit verloren. Bei so etwas geht es um Sekunden. Glücklicherweise war das Rettungsteam hoch professionell. Herr Krenzer ist noch nicht überm Berg. Die beiden anderen können es schaffen. Das Rettungsteam war echt, Ann Kathrin. Kapierst du das? Schau mich an. Hey, wo bist du? Der Fahrer, den du fast ausgeknipst hättest, arbeitet seit fünfzehn Jahren beim Roten Kreuz. Erst ehrenamtlich, später dann hauptberuflich.«

Es waren nicht Wellers Worte. Es war die verzweifelte Anteilnahme in seinen Augen, die zu Ann Kathrin durchdrang.

Sie sah an sich herunter. Sie hielt ein volles Glas Wasser mit beiden Händen fest. Sie wusste nicht, wie lange schon oder wer es ihr gereicht hatte. Irgendjemand hatte ihr eine Wolldecke um die Schultern gelegt.

Weller kämpfte darum, Ann Kathrin mitnehmen zu dürfen. »Bitte, das ist eine verdiente Kollegin. Ihr

Vater wurde beim Banküberfall in Gelsenkirchen als Geisel genommen und erschossen. Die Täter sind damals mit dem Rot-Kreuz-Hubschrauber entkommen. Sie hat geglaubt, dass sich die Sache hier wiederholt. Herrje, was sie getan hat, war nicht richtig, aber man kann es doch verstehen! Bitte. Das Ganze wird natürlich noch ein dienstliches Nachspiel haben, aber ihr wollt sie doch jetzt um Himmels willen nicht in U-Haft nehmen?! Sie hat einen Sohn. Ihr Mann ist Psychologe. Der wird sich um sie kümmern.«

Es tat Ann Kathrin gut zu hören, wie sehr Weller um sie kämpfte. Worte, die nicht direkt an sie gerichtet waren, verstand sie besser als alles, was eindringlich auf sie eingeredet wurde.

Weller schaffte es, sie herauszuhauen, während Ann Kathrin immer noch apathisch dasaß und nicht in der Lage war, an ihrem Wasserglas zu nippen, obwohl ihr Mund ausgetrocknet war wie die Wüste Gobi nach einem Sandsturm. Ihre Zunge fühlte sich dick und pelzig an. Ihre Lippen waren plötzlich rissig geworden. Sie gab ihren Händen den Befehl, das Glas zu heben, doch die Hände gehorchten ihr nicht, so als würden sie gar nicht zu ihr gehören.

Erst als sie neben Weller im Auto saß, wurde ihr klar, dass er sie rausgehauen hatte. Vorerst.

Sie lächelte dankbar. Sie schaute wieder ihre Hände an, aber das Glas befand sich nicht mehr zwischen ihren Fingern. In ihrer Mundhöhle wütete noch immer eine erbarmungslose Trockenheit. Bilder vom Sommer stiegen in ihr auf. Sie in Norden mit einem Eis von La Perla, gemeinsam mit Eike. Sie versuchte, das Eis herunterzuschlucken, und stellte sich vor, wie ihre Zunge eine lange Bahn durch den weichen kalten Erdbeergeschmack zog.

Weller war nervöser, als er zugab. Er bremste. Sie wurde in den Gurt geworfen. Dadurch registrierte sie erst, dass sie angeschnallt war. Weller musste das getan haben.

Vielleicht, dachte sie, habe ich ihn unterschätzt. Er hält zu mir.

Sie sah ihn an. Sein Gesicht war wie versteinert. So ernst hatte sie ihn im Laufe der vielen Dienstjahre noch nicht gesehen. Der Zwischenfall hatte ihn tief erschüttert.

Er schaute sie kurz von der Seite an. »Du hättest beinahe einen Rettungsfahrer abgeknallt.«

»Nein, ich hab nicht auf ihn geschossen. Ich wollte ihn nur … ich wollte ihn nur stoppen. Ich hatte Angst, dass er sonst entkommt.«

»Und ob du geschossen hast. Zweimal.«

»In die Reifen.«

»Eine Auricher Hauptkommissarin, die in Leer in der Innenstadt herumballert, wird uns eine Menge Sympathien kosten. Glaubst du nicht? Was meinst du, womit die Zeitungen morgen aufmachen werden?«

Endlich hatte sie wieder ein bisschen Speichel im Mund. Sie schluckte.

Weller wusste erst gar nicht, wohin er sie bringen sollte. Die Psychiatrie erschien ihm ein angemessener Ort zu sein. Auf jeden Fall besser als eine Zelle in Aurich. War es sinnvoll, sie zu ihrem Mann zu bringen? Er als Psychologe fand bestimmt einen besseren Zugang zu ihr als ein Fremder. Sie brauchte dringend Hilfe. Das war Weller klar. Ann Kathrin war kurz davor, völlig durchzudrehen.

Sie fingerte an der Beifahrertür herum. Die wollte doch nicht etwa aussteigen? Weller traute ihr das zu. Ein Fluchtversuch während der Fahrt.

»Hör auf!«, brüllte er. »Lass die Tür los!«

Ann Kathrin zuckte zusammen, als sei sie geohrfeigt worden.

Sie packte ihn an der rechten Schulter. »Bitte! Ich muss dir jetzt etwas sagen.« Jetzt endlich schaffte sie es, damit herauszukommen: »Der Mörder kennt mich ganz genau. Er hat mich beobachtet. In meinem Garten. Er hat dabei eine blaue Feder verloren. Er muss mit dem Pfeil auf mich gezielt haben. Ich habe die Feder in meinem Garten gefunden. Sie hing in einem Maulwurfshügel fest. Ich soll das nächste Opfer werden! Bitte, gib mir meine Dienstwaffe zurück.«

Weller schob sie von sich. Statt auf ihre Sätze einzugehen, brüllte er: »Nimm die Hände von mir! Wehe, du greifst mir ins Steuer! Muss ich dir Hand-

337

schellen anlegen? Ich tu es, wenn es sein muss! Ich
bring uns beide wieder lebend nach Aurich zurück,
und wenn ich dich fesseln muss, du verrücktes Luder, du!«

Ann Kathrin saß in ihrem Haus im Distelkamp dreizehn in der Küche, wie sie früher als kleines Mädchen oft in der Küche bei ihrer Mutter gesessen hatte.
Beide Füße auf dem Stuhl, das Kinn auf den Knien,
die Beine mit den Armen umschlossen.

Es war, als würde die Wirkung einer Droge nach-
lassen, die man ihr verabreicht hatte. Jetzt ärgerte
sie sich nur noch über sich selbst. Man hatte ihr die
Dienstwaffe abgenommen und wenn sie nicht ihren
Urlaub genommen hätte, wäre sie suspendiert worden. Sie war diesen Fall los, und sie befürchtete, dass
das Ganze nicht mit ein paar Stunden beim Psychologen wieder in Ordnung zu bringen war.

Der Gedanke, aus dem Dienst entlassen zu werden, erschreckte sie. Wer bin ich, dachte sie, wer bin
ich dann noch? Wer ist Ann Kathrin Klaasen? Ohne
Mann, ohne Kind, ohne Job, ohne Vater. Hatte sie
ohne all das überhaupt eine Identität?

Eine psychische Überreaktion, weil sie glaubte,
vor den Mördern ihres Vaters zu stehen, das konnte
jeder verstehen. Das ließ jeder durchgehen. Aber
mit der Aussage über die blaue Feder hatte sie sich
an den Rand der Unzurechnungsfähigkeit argumen-

tiert, denn Ubbo Heide fragte sich, genauso wie die anderen Kollegen, warum sie erst jetzt damit herauskam. Wenn ihre Aussage der Wahrheit entsprach, so hätte sie die Sache am gleichen Tag melden müssen. Außerdem gab es die blaue Feder nicht. Das einzige Indiz, das sie hätte entlasten können.

Warum habe ich blöde Kuh das bloß gesagt, fragte sie sich. Sie war doch schließlich lange genug mit einem Psychologen verheiratet gewesen. Sie konnte sich gut vorstellen, wie Hero darauf reagiert hätte. Ein gefundenes Fressen für einen Seelenklempner.

Vielleicht wäre alles gut gegangen, wenn Dr. Heimann sie nicht gefragt hätte: »Sie haben also das Gefühl, dass der Mörder Sie verfolgt?«

Das war genau auch Heros Sprache. *Sie haben also das Gefühl ...* Darin lag bereits so viel Überheblichkeit. Damit stellte er sich über seine Klienten.

Am Anfang war sie jedes Mal ins Schwimmen geraten, wenn er diesen Satz gebraucht hatte. Es war ihr dann, als würde sie den Boden unter den Füßen verlieren. So als könne sie unmöglich von ihm ernst genommen werden, weil ihr Gefühl nicht mit der Wirklichkeit übereinstimmte. Sie hatte eine Weile gebraucht, bis sie verstanden hatte, dass dies angelernte Redefloskeln waren, die er ständig bei seinen Klienten benutzte.

»O nein, ich habe nicht nur das Gefühl«, sagte sie, »ich weiß es auch.«

Komisch. Sie hatte nie großen Wert auf ihre Dienstwaffe gelegt. Meist war sie ihr sogar ein wenig lästig. Sie hasste Schulterhalfter. Für eine Frau sah so etwas unmöglich aus, fand sie. Ihre Jackentaschen wollte sie sich damit auch nicht ausbeulen. Die Heckler & Koch konnte sie schlecht im Gürtel tragen wie ein Cowboy, und wenn sie die Waffe in der Handtasche bei sich trug, kam sie sich immer merkwürdig verkleidet vor.

Jetzt vermisste sie die P 2000. Die Waffe war eine gute Möglichkeit, gegen die Unsicherheit anzukämpfen, die sie befiel, wenn sie alleine in ihrem Haus saß. Die Holzbalken an den Decken arbeiteten und machten Geräusche. Auch das Dach knarrte manchmal, als ob jemand darauf spazieren gehen würde. Das war schon immer so, doch jetzt begann Ann Kathrin die Geräusche zu interpretieren.

Als Eike klein war, hatte er manchmal nachts davon Angst bekommen und war zu ihr ins Bett gekrochen: »Mami, da ist jemand auf dem Dach.«

Auch als er längst begriffen hatte, dass niemand auf dem Dach war, nutzte er manchmal die Geräusche, um ihre Nähe zu suchen.

Tränen schossen ihr bei dem Gedanken in die Augen. Ihr Kind hatte die mögliche Anwesenheit von Einbrechern vorgeschoben, um sich ihre mütterliche Zuneigung und Nähe zu erschwindeln. Hatte er das nötig?, fragte sie sich. War ich so eine kalte Frau?

Sie stand auf, ging ins Bad und schnitt sich sorgfältig die Fußnägel. Danach feilte sie die scharfen Kanten ab und begann, sich die Nägel zu lackieren.

Sie wusste nicht, warum sie das tat. Sie war wie in Trance dabei. Dies gehörte nicht zu ihren üblichen Handlungen. Sie hatte sich die Fußnägel vor vielen Jahren zum letzten Mal lackiert. Es war aus Jux und Langeweile gewesen, im Urlaub. Sie konnte das Herumliegen und In-der-Sonne-Braten nicht mehr ertragen. Um überhaupt irgendetwas zu tun, hatte sie sich die Fußnägel lackiert.

In der Nacht hatte sie heftigen Sex mit Hero gehabt. Er flüsterte ihr dabei ins Ohr, dass es ihn unheimlich scharfgemacht hätte, ihr beim Lackieren der Fußnägel am Swimming-Pool zuzusehen.

Sie hatte nie wieder Nagellack für ihre Zehennägel benutzt.

Jetzt stellte sie sich vor, wie Susanne Möninghoff im Wohnzimmer im Sessel saß, Wattebäuschchen zwischen den Zehen, und Hero ihr bei der Tätigkeit zusah, die seine sexuelle Phantasie derart beflügelte.

Ich werde hier zu Hause nicht untätig herumsitzen, dachte sie. Ich werde wahnsinnig dabei. Ich muss mein Leben wieder in den Griff kriegen. Ich werde den Fall lösen, ohne Dienstwaffe und offizielle Beurlaubung. Aber nur so kann ich meinen Kollegen beweisen, dass ich wieder ganz die Alte bin. Dann hole ich mir Eike zurück und meinen Mann.

Sie zögerte. Der Plan fühlte sich richtig und gut an. Die Reihenfolge stimmte. Aber wollte sie Hero wirklich zurück? Gab es nicht andere, bessere, attraktivere Männer für sie?

Ihr wurde bewusst, dass sie einen Mann wollte, der sie wollte. Ja, genau das war es. Er sollte sie wirklich von ganzem Herzen wollen. So wie Hero sie damals wollte, im Urlaub, als sie sich die Fußnägel lackiert hatte – oder war es nur aus Langeweile geschehen? Hatte er sich bei den anderen Bikinischönheiten am Pool Appetit geholt und dann mit ihr im Hotelzimmer gegessen, weil es die einfachste Sache der Welt war?

Nichts war mehr klar, nichts mehr selbstverständlich.

Ann Kathrin musste ans Meer. Sie brauchte Klarheit, die Weite, den unverstellten Blick. Sie wollte sich vom Wind durchpusten lassen.

Sie zog sich an, als ob sie zu einer Beerdigung gehen würde.

Obwohl es dem Wind nicht gelang, auch nur eine blaue Lücke in den verhangenen Himmel zu reißen, trat Ann Kathrin mit einer großen dunklen Sonnenbrille auf die Straße.

Von Westen fegten Sturmböen über das flache Land. Es war kein günstiger Tag für die Müllabfuhr. Die Beistellsäcke zu den Mülleimern wehten durch die Siedlung, und dort, wo sie in den Hecken der

Vorgärten hängen blieben, rissen sie auf und gaben ihren Inhalt dem Windspiel preis.

Ann Kathrin war für dieses Wetter nicht passend angezogen. Das Kopftuch nutzte wenig, das wallende schwarze Kleid blähte windschwanger auf, die Strumpfhose wärmte ihre Beine nicht wirklich. Sie griff zur Brille, um sich zu vergewissern, dass der Wind sie ihr nicht vom Gesicht wehen würde. Die tiefen schwarzen Ränder unter ihren Augen sollte niemand sehen. Sie wollte aussehen wie eine Frau, die ganz in ihrer Mitte ruhte, sich gesund ernährte, genügend Schlaf bekam und auf sich achtete. Auf keinen Fall durfte sie hektisch wirken, unausgeschlafen oder, schlimmer noch, unbefriedigt.

Vom Dienst beurlaubt. Gerade jetzt … Ann Kathrin hatte das Gefühl, mit ein paar entscheidenden Fragen könnte sie Tim Gerlach überführen. Er war kurz davor gewesen, einzuknicken, als diese verdammte Meldung im Radio …

Sie war so wütend auf sich selbst. Sie stand jetzt auf dem Deich. Es war ein irres Schauspiel: ein Gewitter über der Nordsee. Sie wurde klatschnass. Gleichzeitig aber riss da hinten der Himmel auf und die Sonne schien. Hier gab es solche Naturschauspiele oft. Der starke Wind trieb die Gewitterwolken wie eine Schafherde vor sich her und machte den Sonnenstrahlen Platz.

Über dem Meer erschien jetzt ein Regenbogen.

Ann Kathrin begann bitterlich zu weinen. Sie kam sich vor, als hätte sie wirklich alles in ihrem Leben falsch gemacht.

»So eine kalte Ziege!«, zischte Rupert, als er die Tür von Haftrichter Dr. Sigurd Jaspers hinter sich schloss. Er sah der Anwältin hinterher. Er hätte sich lieber die Zunge abgebissen, als es laut auszusprechen, aber in solchen Fällen dachte er manchmal, hoffentlich widerfährt dir mal etwas richtig Böses. Vielleicht lernten die nur so?

Mit ihren juristischen Tricks paukten sie die schlimmsten Typen heraus und ließen die Polizeibeamten dabei übler aussehen als die schweren Jungs. Er hatte das nicht zum ersten Mal im Leben erlebt, aber selten war er so sehr mit Pauken und Trompeten untergegangen wie gerade eben. Und dann dieses unverschämte Grinsen von Kohlhammer!

Weller wurmte ein ganz anderer Gedanke. Vielleicht war Ann ja einfach nur durchgedreht. Wenn der Mörder aber wirklich hinter ihr her war, musste er sie dann jetzt nicht darüber informieren, dass Georg Kohlhammer wieder ein freier Mann war?

»Wir sollten uns an ihn dranhängen«, sagte Weller. »Vielleicht erwischen wir ihn beim nächsten Mal in flagranti.«

»Hm«, sagte Rupert, ohne wirklich zuzuhören. Wie würde Haftrichter Jaspers wohl reagieren, dachte er, wenn sie ihm in ein paar Stunden Tim Gerlach präsentierten? Hatten sie damit überhaupt eine Chance? Sie durften ihn höchstens 48 Stunden ohne richterlichen Beschluss festhalten.

Vor der Polizeiinspektion wartete ein Reporter vom »Stern« auf Weller. Er bot ihm zwanzigtausend Euro, wenn er ihn bei der Jagd nach dem Ostfriesland-Killer begleiten dürfte. Eine Reportage über die Arbeit der Mordkommission sollte es werden. Ein einzelner Mann im Mittelpunkt: Er. Weller. Der Jäger.

Der »Stern«-Reporter wollte es Weller schmackhaft machen. Er würde als Held dastehen. Aber so fühlte Weller sich im Moment gar nicht.

Die Zwanzigtausend hätte er gut gebrauchen können. Er dachte an seinen elf Jahre alten Mondeo, der über den TÜV musste, und das würde nicht billig werden. Nach Abzug der Unterhaltskosten für seine Exfrau und die zwei Kinder blieben ihm von seinem Lohn knapp tausend Euro. Nicht genug, um sich wirklich frei bewegen zu können. Er hatte schon mal daran gedacht, nebenbei zu kellnern oder als Kaufhausdetektiv zu arbeiten, doch dazu war seine Arbeitszeit einfach zu unregelmäßig.

Er rief Ann Kathrin Klaasen an und sprach ihr auf die Mailbox: »Ich hoffe, es geht dir besser, Ann. Wenn du allein sein willst, versteh ich das natürlich. Sonst komme ich dich auch gerne besuchen. Mail mir, wenn du heute Abend Lust hast. Wir mussten Kohlhammer freilassen. Seine verdammte Anwältin hat uns vorgeführt wie Schuljungs. Tut mir leid. Pass gut auf dich auf.«

Ludwig Bongart begleitete seine Pia in die Geburtsvorbereitungsgruppe. Es waren fünf Paare da. Alle Frauen hochschwanger. Sie hatten bereits angefangen, als noch ein Pärchen hereinkam. Diesmal zwei Frauen. Rita Kassens, die sich entschlossen hatte, das Kind alleine zur Welt zu bringen und nun von ihrer besten Freundin begleitet wurde. Die Freundin, Dorothee Veenema, hatte eine Afrofrisur, große, geschwungene Lippen, schmale Hüften und eine so grazile Gestalt, dass ihr gleich von einigen Schwangeren eifersüchtige Blicke zugeworfen wurden.

Ludwig registrierte das genau. Fast alle Frauen hier schienen Angst zu haben, dass ihr Mann sich nach einer anderen umguckte.

Wie musste Pia sich zwischen all den Paaren gefühlt haben, weil er sie nur ganz selten begleitet hatte. Eine schreckliche Vorstellung. Aber ab jetzt würde er dabei sein. Sie hatte es ultimativ von ihm gefordert. Wie die anderen Männer auch saß er hinter seiner Partnerin und legte ihr die Hände in den Rücken, so wie die Trainerin es vormachte.

»Und jetzt stützen Sie Ihre Partnerin mit den Händen im Rücken ab. Ja, genau so.«

Ludwig machte es natürlich prompt falsch. Schon war die Trainerin bei ihm. »Nein, nicht in die Nieren drücken. Hierhin.« Sie nahm seine Hände und führte sie tiefer.

Pia ließ ihren Kopf in den Nacken fallen. Ihr Gesicht war jetzt nah neben dem von Ludwig. Sie legte ihren Kopf an seiner Schulter ab und flüsterte: »Ich liebe dich.«

Dorothee Veenema, die Frau mit der Afrofrisur, rief lachend durch den Raum: »Was guckt ihr so? Das Kind ist nicht von mir!«

Höflich lachten einige Väter.

Da öffnete sich noch einmal die Tür. Diesmal kamen keine Nachzügler, sondern Sylvia Kleine. Ein bisschen hilflos und verloren stand sie an der Tür. Sie schaute mit flehenden Blicken zu Ludwig.

»O nein! Nicht schon wieder!«, stöhnte Pia.

Mit wenigen Schritten war Sylvia bei Ludwig und Pia. Sie bückte sich zu Pia herunter: »Bitte, ich muss mal ganz dringend den Ludwig sprechen.«

Dabei wackelte Sylvia mit ihrem rechten Bein, als müsse sie dringend zur Toilette und habe Angst davor, sich in die Hose zu machen.

Ludwig zeigte deutlich, wie unangenehm ihm das jetzt war. Trotzdem verließ er seinen Platz, stand auf und sagte zur Trainerin: »Entschuldigung.«

Die Trainerin nickte ihm nur zu.

Pia sah sauer aus und unglücklich.

Noch einmal machte sich Dorothee unbeliebt, indem sie quer durch den Raum zu Pia Herrstein rief: »Auf den würde ich aber aufpassen! Das ist doch bestimmt nicht seine Schwester!«

Rita Kassens nickte bestätigend: »Meiner ist gerade mit so einer durchgebrannt. Sie ist erst siebzehn!«

Ludwig machte Sylvia vor dem Geburtsvorbereitungshaus Vorwürfe: »Du kannst hier doch nicht so einfach reinplatzen! Du willst mich doch nicht in die Pfanne hauen, oder? Du hast mir versprochen, dass niemand etwas erfährt! Was man verspricht, muss man halten, Sylvia. Das weißt du doch!«

Er war viel von Sylvia gewöhnt. Vielleicht würde sie gleich wieder auf die Tränendrüse drücken, ihm schöne Augen machen oder ihn mit Geschenken locken. Aber da lag er falsch. Diesmal schlug sie ihm ins Gesicht.

Völlig konsterniert stand er da.

»Du bist gar kein Geheimagent. Stimmt's? Du hast mich nur verarscht, so wie alle anderen!«, schrie sie.

Ludwig zog Sylvia zur Seite und sah sie an, wie er sie oft angesehen hatte, mit diesem unwiderstehlichen Blick, der jeder Frau sagte: Du bist etwas Besonderes. Du bist gemeint. Nur du.

»Natürlich bin ich Geheimagent. Und du weißt genau, in welch gefährlicher Mission ich unterwegs bin. Ich bin kurz davor, die Terrorzelle auffliegen zu lassen. Du wirst mir doch jetzt keine Schwierigkeiten machen?«

Ludwig schielte zur Eingangstür. Aus Sylvias Körper wich ein Teil der Spannung. Er spürte es genau, er hatte sie schon fast wieder weich gekocht.

Ludwig bemühte sich, sie körperlich auf Abstand zu halten. Er befürchtete, dass Pia gleich herauskommen könnte. Er wollte auf keinen Fall vor Pias Augen Körperkontakt mit Sylvia haben.

»Mach jetzt hier keine Show, ja? Ich muss wieder zurück zu Pia. Wir können morgen alles klären.«

Sylvia packte ihn und zerrte an seinem Hemd. »Ich hab alles gemacht, aber du … Du lässt dir von dieser blöden Tussi den Kopf verdrehen! Sie ist auch eine von denen! Die hat dir das Kind angedreht, weil sie dich auf ihre Seite ziehen wollte!«

Ludwig hatte Mühe, Sylvia abzuschütteln. »Häh? Was? Spinnst du?«

Wie hätte Ulf Speicher in so einer Situation reagiert, fragte er sich. Sie hatte ihn geschlagen. Das konnte er doch nicht einfach so durchgehen lassen.

Jetzt kratzte sie ihn auch noch: »Die macht dich mit ihrer Liebe ganz besoffen! Die ist ein ganz ausgekochtes Luder! Die will dich auf ihre Seite ziehen!«

Noch einmal versuchte Sylvia, ihn zu ohrfeigen, aber diesmal hielt er sie an den Handgelenken fest: »Hör auf, verdammt nochmal! Lass mich in Ruhe!«

349

»Ich lieb dich doch, du Idiot!«, kreischte sie. »Ich lieb dich doch! Und ich kann es dir auch viel besser machen als die! Der Tim sagt, ich blas unheimlich gut! Und dir hat es doch auch immer gefallen. Sag bloß nicht, dass sie besser ist als ich!«

Ludwig warf wieder einen Blick zur Tür. Er hoffte, dass Pia die Auseinandersetzung nicht mitkriegte. Ein Fenster war auf.

Jetzt erschlaffte Sylvias Körper. Die Energie schien sie völlig zu verlassen. Ihre Arme hingen herunter. Ihr Kopf baumelte vor ihrer Brust, als hätte ihr jemand das Genick gebrochen.

Ludwig ließ sie los und ging ein paar Schritte weiter vom Gebäude weg. So, wie Sylvia da stand, tat sie ihm leid. Aber gleichzeitig war er auch irre wütend auf sie. Sie hatte alles drangesetzt, um das mit Pia kaputtzumachen. Manchmal war sie nichts weiter als die verzogene Göre reicher Leute, die sich daran gewöhnt hatte zu kriegen, was sie wollte. Und obendrein verlangte sie sogar noch einen Behindertenbonus. Sie pendelte zwischen schön, reich, begehrenswert und ihr-müsst-alle-Rücksicht-auf-mich-nehmen-weil-ich-doch-geistig-behin-dert-bin hin und her.

Manchmal kam sie Ludwig wirklich vor wie ein achtjähriges Mädchen, das in einem Erwachsenenkörper steckte. Dann wieder wie ein verdammt gerissenes Luder. Aber mit der Geheimagentengeschichte hatte er sie im Griff.

Jetzt hob sie ihren Kopf. Ganz langsam. Er kannte das schon. Ihre Pupillen waren merkwürdig verdreht, als würde sie schielen. Sie sah ihn von unten herauf an, ohne wirklich hochzugucken.

»Unser Auftrag ist so gut wie erledigt. Lass uns einfach abhauen, Liebster. Wir sind ganz kurz davor.« Sie zeigte mit den Fingern ein kleines Stückchen Weg an. »Du brauchst sie nicht mehr zur Tarnung.«

In dem Moment trat Pia durch die Tür ins Freie und blickte auf den Vater ihres Kindes. Sie schob den Bauch vor wie ein wichtiges Argument. Ludwig wusste, dass sich jetzt, in dieser Sekunde, für ihn viel entscheiden würde.

»Ludwig?!«, rief Pia, als würde sie daran zweifeln, dass seine Seele noch in seinem Körper steckte.

Ludwig nickte und ging zu Pia. Dann drehte er sich noch einmal um, zeigte auf Sylvia und gab ihr mit einem deutlichen Handzeichen zu verstehen, dass sie sich verziehen sollte.

Die Auseinandersetzung hatte von Ludwig mehr Kraft gefordert, als sein Redebeitrag auf der Tribüne. Sein Hemd war durchgeschwitzt. Jetzt saß er wieder hinter Pia und stützte ihr den Rücken. Aber er war nur körperlich anwesend. Er dachte nicht mit und machte alles falsch. Schon zum dritten Mal korrigierte die Trainerin seine Handstellung.

Aus der Ecke lästerte Frieder Groth: »Du bist wohl Akademiker, was? Wir Handwerker wissen, wie man richtig zupackt.«

Zustimmendes Gelächter war die Antwort.

Ludwig bemühte sich mitzulachen, um seine Position hier irgendwie halten zu können. Ihm fehlte jede innere Beteiligung. Er war ganz mit Sylvias Worten beschäftigt.

Plötzlich kam ihm ein ungeheurer Verdacht. Seine Hände begannen zu zittern. Er konnte nichts dagegen tun. Er versuchte, sie fest gegen Pias Rücken zu drücken. Nun zitterten auch noch seine Knie. Er wagte gar nicht, den Gedanken zu Ende zu denken.

Pia drehte sich zu ihm um: »Was ist los mit dir?«

»Das ist die Angst des Tormanns vorm Elfmeter!«, rief der Handwerker Groth aus seiner Ecke. Er hatte es offensichtlich auf Ludwig abgesehen. Er kannte ihn aus dem Fernsehen und hielt ihn für einen aufgeblasenen, scheinheiligen Fatzke. Seiner Frau gefiel Ludwig. Sie war stolz, dass sie so einen Mann in ihrer Geburtsvorbereitungsgruppe hatten. Das stimmte Groth noch missgünstiger.

Ludwig hatte das Gefühl, seine Jeans würde brennen und sein Hemd ebenfalls. Er konnte nicht länger hierbleiben. Er musste zu Sylvia. Er wusste nicht, wie er es Pia erklären sollte. Er bat sie einfach um Verständnis, und noch bevor sie ihm eine Antwort geben konnte, sprang er auf und rannte los. Er ließ sogar seine Lederjacke an der Garderobe hängen.

Pia lief ihm nicht hinterher. Sie sah ein, dass es keinen Sinn mehr hatte. Sie weinte vor Wut und Enttäuschung und schämte sich ihrer Tränen nicht. Während die anderen Frauen streng auf ihre Männer achteten, dass ja keiner auf die Idee kam, die Konkurrentin zu trösten, kam die Trainerin zu ihr und sagte so laut, dass es alle hören konnten: »Ich würde das nicht überbewerten. Männer lassen manchmal in solchen Dingen die Sensibilität vermissen. Bestimmt ist es ein wichtiger beruflicher Termin.«

»Jaja«, schluchzte Pia, »es ist immer alles wichtiger als wir zwei!« Dabei legte sie die Hände auf ihren Bauch.

Jetzt kniete sich die Trainerin zu Pia und sagte: »Manchmal drehen Männer einfach durch, kurz bevor sie Vater werden. Das ist eine große Umstellung für sie. Bis vor kurzem war es für die meisten das Schlimmste, was ihnen passieren konnte. Und dann ist es auf einmal so weit, und sie sollen sich freuen, Verantwortung zeigen und liebevolle Väter werden. Außerdem haben nicht nur Frauen hormonelle Probleme.«

Frieder Groth nutzte die Gelegenheit für einen neuen Scherz: »Ja, vielleicht kriegt der nur seine Tage!«

Aber damit kam er nicht gut an. Seine Frau

schämte sich für ihn. Sie liebte ihn, aber wenn er in einer solchen Situation auch einmal den Mund halten könnte, würde sie ihn noch viel mehr lieben.

Die Trainerin flüsterte jetzt in Pias Ohr: »Ich hoffe, das war vorhin nicht wirklich seine Freundin.«

Pia schüttelte heftig den Kopf, dann nickte sie, biss sich auf die Unterlippe und sagte plötzlich mehr zu sich selbst als zur Trainerin: »Ich gehe jedenfalls erst mal zurück zu meinen Eltern. So geht es nicht weiter. So nicht.«

Ann Kathrin Klaasen ließ die Ereignisse der letzten Tage Revue passieren. Sie war so durchgeschüttelt worden wie noch nie in ihrem Leben. Nach ihrer desaströsen Aktion in Leer wusste sie nicht, wie sie den Kollegen wieder unter die Augen treten sollte. Weller würde sie vielleicht weiterhin als Chefin akzeptieren. Aber was war mit den anderen?

Vielleicht würde Ubbo Heide sich für sie einsetzen. Er war für sie ein guter Vorgesetzter. Sie merkte ihm an, dass er im Leben oft auf die Schnauze gefallen war. All die Krisen und Zusammenbrüche hatten aus ihm einen verständnisvollen Menschen gemacht. Darin war er ihrem Vater ähnlich.

Die einen verbittern, wenn sie die Härten des Lebens kennenlernen, die anderen werden weit und gelassen, hatte ihr Vater kurz vor seinem Tod zu ihr gesagt.

Was würde aus ihr werden? Eine verbitterte, verlassene Frau, einsam, in einem Haus, das für sie alleine viel zu groß war? Würde Ubbo Heide ihr bei einem Dienststellenwechsel helfen? Nicht gerade nach Leer, aber vielleicht nach Hannover oder Celle. Oder war der Polizeidienst für sie als Kripobeamtin endgültig vorbei?

Sie kannte einen ehemaligen Kollegen in Emden. Nachdem er vom Dienst suspendiert worden war, hatte er sich als Privatdetektiv selbständig gemacht. Inzwischen bildete er sogar junge Detektive aus. Sie hatte ihn im Zug getroffen, und er erzählte ihr in seiner großspurigen Art, dass er unheimlich dankbar dafür sei, dass er gefeuert worden war. Von alleine hätte er nie gekündigt, und jetzt verdiene er immerhin in der Woche mehr als damals im ganzen Monat. Möglicherweise könnte sie ihn um einen Job bitten …

Der Gedanke würgte sie. Überhaupt standen unangenehme Sachen an. Die Scheidung. Was würde aus dem Haus werden? Sie mussten es vermutlich verkaufen und sich dann das Geld teilen. Wenn sie jetzt arbeitslos wurde, musste Hero dann für sie Unterhalt zahlen? Sie wusste genau, dass er sein Einkommen dem Finanzamt gegenüber anders darstellte, als es in Wirklichkeit war. Viele seiner Klienten legten keinen Wert auf Quittungen und wollten auch nicht, dass die Krankenkasse für ihre Behandlung bezahlte.

355

Sie wollten nicht in irgendwelchen Akten als Menschen mit psychischen Problemen auftauchen. Sie zahlten gerne selbst und in bar. Nicht mal die Hälfte davon gab Hero beim Finanzamt an. Trotzdem blieb am Ende des Monats nichts übrig.

Musste sie jetzt Unterhalt für ihren Sohn bezahlen, weil er nicht bei ihr, sondern bei seinem Vater lebte?

Sie stand im Badezimmer und sah sich im Spiegel an. Sie kam sich dick und unansehnlich vor. Sie wusste, dass das nicht stimmte. Und trotzdem war da eine Stimme in ihr, die viel stärker war als der Verstand. Die Stimme sagte ihr, dass sie fett sei und unsportlich. Begann ihr Busen nicht bereits zu erschlaffen? Jetzt, da sie sich im Spiegel betrachtete, fand sie kaum etwas Liebenswertes oder Schönes an sich. War es da ein Wunder, dass Hero sie verlassen hatte? Und in Leer hatte sie sich endgültig zur Idiotin gemacht.

Sie musste hier weg. Raus aus Norden, raus aus Ostfriesland, irgendwohin, wo sie niemand kannte. Vielleicht gab es einen Neuanfang.

Nein, sie hatte nicht vor, einen anderen Mann kennenzulernen. Auf gar keinen Fall würde sie sich mit Weller verabreden. War das überhaupt ernst gemeint? Glaubte er, sie sei jetzt eine leichte Beute? War Weller der Typ, der versuchte, frisch verlassene Frauen mit ein bisschen Süßholzraspeln flachzulegen? Liefen vielleicht unter Kollegen bereits Wetten, wer sie als Erster haben würde?

Es kam ihr vor, als seien ihr in den letzten paar Tagen die Augen über die Männer geöffnet worden. Sie musste erst 37 werden und Sylvia Kleine begegnen, um zu erahnen, was wirklich in Männerseelen abging.

Sie schüttelte sich. Nein, so wollte sie nicht leben. Nein, so sollte es nicht sein.

Du hast jetzt Urlaub, dachte sie. Warum fährst du nicht einfach weg? Last Minute. Wahrscheinlich kannst du schon morgen früh von Bremen aus fliegen.

In der Küche klingelte ihr Handy. Von dem Gedanken getrieben, Eike könne vielleicht versuchen, sie zu erreichen, zog sie eilends ihren Bademantel über und lief aus dem Bad in die Küche. Aber es war nur ihre eigene Mailbox. Sie hörte sie ab.

Während Wellers Stimme sie von Georg Kohlhammers Freilassung informierte, huschte draußen im Garten jemand vorbei. Es war nur ein Schatten. Ann Kathrin sah ihn aus den Augenwinkeln. Sie duckte sich und griff sich die erstbeste Waffe, die in ihr Blickfeld geriet. Sie zog das große Fleischermesser aus der Schublade mit den Küchenmessern heraus. Komm nur, dachte sie. Komm. Glaub ja nicht, dass du mich so einfach erledigen kannst.

Vom Küchenfenster aus konnte sie einen gro-

357

ßen Teil des Gartens überblicken. Er war nach links gelaufen zu den blühenden Kirschbäumen. Dort konnte sie ihn aber nicht sehen.

Ann Kathrin lief gebückt, so dass ihr Gesicht nicht im Fenster erschien, ins Wohnzimmer, um von dort den Rest des Gartens in Augenschein nehmen zu können. Auch von hier aus war niemand zu sehen. Doch die Spuren im Gras waren frisch. Jemand schlich um ihr Haus herum.

Sie hätte sich ins oberste Stockwerk zurückziehen können, das war von außen nicht einsehbar. Doch sie wollte nicht fliehen, sondern sich dem Kampf stellen. Sie wollte endlich mal etwas für sich entscheiden. Jetzt und hier.

Sie hörte Schritte auf dem Kies. Er musste an der anderen Seite sein, vor der Garage.

Ann Kathrin huschte jetzt doch die Treppe hinauf. Die Westseite des Hauses. Nur da gab es Kies.

Da stand sie: Sylvia Kleine. Sie hatte ihr Fahrrad vor der Garage abgestellt.

Jetzt klingelte sie. Aber Ann Kathrin wollte nicht öffnen. Sie verhielt sich ruhig. Nein, sie hatte jetzt keine Lust, mit Sylvia zu reden. Sie wollte allein sein.

Sylvia Kleine guckte zum Fenster hoch. Ann Kathrin trat einen Schritt nach hinten. Sie hoffte, dass Sylvia sie nicht entdeckt hatte.

Sylvia sah verheult aus. Sie machte irgendwie einen völlig desperaten Eindruck.

Nein, Ann Kathrin hatte genug Probleme. Sie konnte sich jetzt nicht um Sylvia kümmern. Sie brauchte alle Energie für sich selbst.

Sie zog sich an und legte das Fleischermesser in die Schublade zurück.

Vielleicht hat sie mich doch gesehen, dachte Ann Kathrin. Jetzt sah sie, wie Sylvia mit hängendem Kopf auf ihrem Rad wegfuhr. Bestimmt ist sie beleidigt, weil ich nicht aufgemacht habe. Aber soll sie doch beleidigt sein. Sie muss sich daran gewöhnen, dass ich nicht immer und jederzeit für sie da bin.

Ann Kathrin brühte sich eine Instantsuppe auf. Sie fragte sich, warum Sylvia heimlich ums Haus schlich, durch die Fenster spähte und erst dann klingelte. Was sollte das?

Jutta Breuer wusste, dass sie das Haus nicht erbte. Dazu brauchte sie kein Testament von Ulf Speicher. Natürlich kam alles dem Regenbogen-Verein zugute. Das Haus und seine Lebensversicherung. Sie war nicht einmal sicher, ob er ihr seine geliebte Bibliothek überlassen würde.

Die Leiche war immer noch nicht freigegeben.

Die Beerdigung würde noch viel größer werden als die Demonstration am 1. Mai. Eine einzige gigantische Manifestation der Arbeit des Regenbogen-Vereins.

Jutta Breuer plante keine einzelne Beisetzung.

O nein. Sie sollten alle gemeinsam beerdigt werden. Das würde die Nation aufwühlen. Die Tränen der Freunde und Verwandten. Nichts war überzeugender. Die hier hatten ihr Leben gelassen für die Behindertenarbeit. Jutta hatte vor, sie in den Status von Märtyrern zu erheben.

Das polizeiliche Siegel an der Tür war aufgebrochen, als Jutta die Tür zu Ulf Speichers Haus öffnete. Jemand war bereits vor ihr hier gewesen.

Sie war gekommen, um nach dem Rechten zu sehen. Vielleicht musste der Kühlschrank geleert werden. Sie wollte nicht, dass in der Wohnung irgendetwas schimmelte. Außerdem wollte sie ein paar private Dinge an sich nehmen. Ein Andenken an Ulf, Fotos von schönen gemeinsamen Stunden.

Das Testament musste sie vermutlich nicht suchen. Ordentlich, wie er war, lag es garantiert in seiner Schreibtischschublade. Sie wusste, dass er ein Testament gemacht hatte. Er war zu Lebzeiten offen mit so etwas umgegangen.

Zunächst glaubte sie, die Unordnung im Haus hätte die Polizei verursacht. Wahrscheinlich hatten die noch etwas gesucht. Spuren sichergestellt. Aber als Jutta Breuer in den oberen Zimmern das gleiche Chaos vorfand, wurde ihr ganz anders.

Hier musste ein Einbrecher im Haus gewesen sein. Sie fand aber keinen Hinweis dafür, dass eine Tür oder ein Fenster gewaltsam geöffnet worden war.

Offensichtlich war das ganze Haus durchsucht worden. Jedes Zimmer. Jede Schublade.

Jutta Breuer wurde es heiß und kalt bei dem Gedanken, der Einbrecher könne vielleicht auch im Besitz ihrer Liebesbriefe sein – nun durchsuchte sie bereits Durchsuchtes. Sie wollte ihre Briefe um jeden Preis wieder an sich nehmen. Liebesbriefe konnte man sie in letzter Zeit eigentlich nicht mehr nennen. Es war eher eine nicht abreißende Beziehungsdiskussion. Ulf hatte zwischen körperlicher und spiritueller Liebe unterschieden. Beides könne man nur in Freiheit leben, meinte er. Seine spirituelle Liebe gehörte ganz ihr, Gott und der Natur. Aber er bestand darauf, die körperliche Liebe frei zu leben. Das Verbot, mit anderen Frauen Sex zu haben, war für ihn genauso absurd, als dürfe er nicht mit anderen Menschen diskutieren, sondern nur mit ihr. Er fand schöne Worte dafür, logische Erklärungen, er bemühte die Evolutionstheorie genauso wie die großen Philosophen, doch für Jutta blieb ein fader Nachgeschmack übrig. In Wirklichkeit ging es doch nur darum, dass seine Gelüste von einer Frau allein eben nicht zu befriedigen waren.

Ja, am Anfang hatte es vielleicht sogar Spaß gemacht, doch in der letzten Zeit hatte sie sich überwinden müssen. Es war für sie zur Pflichtübung geworden, und genau das hatte er gespürt.

Sie hatte ihm eine selbstgemachte Kiste zur Auf-

361

bewahrung ihrer Liebesbriefe geschenkt. Es war eine Schatzkiste für zärtliche Worte, liebevoll mit Silberpapier dekoriert. Sie wollte doch nicht, dass ihre Post in seinen Aktenordnern landete.

Die Kiste fand sie im Schlafzimmer auf dem Boden, zwischen der aus dem Schrank gerissenen Wäsche. Sie war leer. Ein paar Briefe lagen auf dem Boden verstreut, einer halb unterm Bett. Hier hatte jemand sehr gezielt gesucht und ein paar Sachen sofort aussortiert. Ihre Briefe waren alle nicht mehr da. Der unterm Bett war nicht von ihr.

Die Tränen tropften bereits auf ihre Lippen, als sie die edlen Bütten aus dem Umschlag zog. Die Adresse war mit geschwungener Schrift mit einer dünnen Tintenfeder geschrieben. Es sah aus wie aufgemalt. Der Brief kam von einer Hanna aus Cuxhaven.

Du bist der zärtlichste Liebhaber,
den ich jemals hatte.

Jutta knüllte den Brief zusammen und warf ihn gegen die Wand. Sogleich besann sie sich wieder und hob das Papierknäuel auf. Niemand sollte das finden. Sie fand es demütigend für sich selbst.

Ein kurzer Moment der Hoffnung flammte in ihr auf. Vielleicht war der Brief ja schon alt. Sie sah auf die Briefmarke und den Stempel der Post. Der Brief war am 12. Januar eingeworfen worden.

»Ich habe dir eine Schatztruhe gebastelt, und du hast darin nicht nur meine, sondern auch die Liebesbriefe von anderen Frauen aufbewahrt, du blöder Hund, du!«, schrie sie und trat gegen den leeren Pappkarton.

Wer immer ihre Liebesbriefe gestohlen hatte, der musste auch die Liebesbriefe anderer Frauen an sich genommen haben. Unwahrscheinlich, dass sich nur dieser eine in dem Kästchen befunden hatte.

Was will jemand damit?, fragte sich Jutta. Lief das Ganze auf eine Erpressung hinaus? Arbeitete hier jemand daran, das Heiligenbild von Ulf Speicher zu demontieren?

Sie konnte sich kaum vorstellen, dass das möglich war. Durch seinen gewaltsamen Tod war er längst zur Ikone geworden.

Jutta gab dem Impuls, das Haus sofort zu verlassen und wegzulaufen, nicht nach. Sie wusste, dass Ulf Tagebücher geschrieben hatte. Er hatte es nie in ihrem Beisein getan, doch er konnte an keinem Schreibwarengeschäft vorbeigehen, wenn schöne Füller ausgestellt waren oder edle Kladden, Tagebücher oder originelle Notizblöcke. Er ging hinein, musste alles anfassen und die Seiten durch die Finger gleiten lassen. Er hatte ein fast erotisches Verhältnis zu Papier gehabt.

Seine Worte klangen in ihren Ohren: »Bald brauche ich ein neues Tagebuch. Dies hier ist ganz schön, aber das Papier ist mir zu grobkörnig. Außerdem brauche ich eins mit Kästchen, keines mit Linien.«

Ja, er hatte seine Gedanken nicht gern auf liniertes Papier geschrieben. Die Kästchen gaben seinen Buchstaben eine Form, die er dann nach Belieben sprengen konnte.

So war er. Er musste eingesperrt sein, um Grenzen durchbrechen und sich die Freiheit nehmen zu können. So hatte er auch die Beziehung zu ihr gelebt.

Wo bewahrte er seine Tagebücher auf? Waren sie auch gestohlen worden? Hatte der Einbrecher vielleicht gezielt die Tagebücher und die private Post gesucht?

Sie kam zu der Überzeugung, dass, wer immer diese Wohnung durchsucht hatte, einen Schlüssel besitzen müsste. Ein Reserveschlüssel zum Haus hing immer im Regenbogen-Verein an der Wand, neben den Ersatzschlüsseln für die Fahrzeuge, das Freizeitheim und das Büro. Bei dem häufig wechselnden Personal und den vielen Mitarbeitern konnte nicht jeder für alles einen eigenen Schlüssel haben. Das Ganze wurde unübersichtlich. Außerdem verloren Mitarbeiter Schlüssel, tauschten sie aus, gaben sie an Vertretungen weiter. Es könnte jeder gewesen sein, der Zugang zu den Räumen des Regenbogen-Vereins hatte. Und sie war sich nicht sicher, ob man den Personenkreis auf fünfzig oder sechzig beschränken konnte.

Jutta Breuer fand die Tagebücher zwischen seinen

Kochbüchern in der Küche im Regal. Das waren sie für ihn gewesen: Gebrauchsgegenstände, die er täglich benutzte.

Hier hatte der Einbrecher wohl nicht gesucht. Wer vermutete schon zwischen Kochbüchern und Zettelkästen mit Rezepten die privaten Aufzeichnungen des legendären Ulf Speicher?

Jutta legte drei Tagebücher auf den Küchentisch und setzte sich auf seinen Lieblingsplatz. Sie sah sich um, bevor sie das erste Tagebuch aufschlug. Ja, hier musste er oft gehockt haben, während auf dem Herd seine geliebte Fischsuppe brodelte. Sie konnte es gut nachempfinden. Hier hatte er den Geruch, ein angenehmes Licht, wahrscheinlich lief auf der kleinen Stereoanlage, die auf dem Fensterbrett stand, eine Beatles-CD. Sie stand noch einmal auf und drückte beim CD-Player auf Open. Tatsächlich. Eine Beatles-CD war noch eingelegt: Sgt. Pepper's Lonely Hearts Club Band. Dann erst setzte sie sich wieder und begann zu lesen. Ihre Hände und Füße waren kalt. Sie spürte ein Kratzen im Hals und musste husten. Es ging ihr nicht besonders gut.

Ulf Speichers Schrift war klar und deutlich. Mühelos zu lesen. Aber der Text geradezu fieberhaft. Endlos lange Sätze, viele, viele Kommata und Gedankenstriche. Nur selten endete ein Satz mit einem Punkt, meist mit einem Ausrufezeichen.

In diesen Büchern hatte er nicht seine tagtäglichen Erlebnisse aufgezeichnet. Hier stand nichts über seine Arbeit im Regenbogen-Verein. Dies waren die Protokolle seiner Träume. Voller Sex, Blut und Gewalt. Gab es einen zweiten Ulf Speicher – einen, der sich der öffentlichen Wahrnehmung völlig entzogen hatte? Einen, der Gewaltphantasien nachhing? Quälten ihn diese Träume oder fand er Gefallen an ihnen?

Es war schrecklich. Sie konnte nicht weiterlesen. Sie hatte Schlimmes erwartet. Vielleicht Schwärmereien über seine verschiedenen Bettgeschichten. Das hätte sie verkraftet. Aber dies hier überstieg alles Denkbare.

Angewidert schlug sie die erste Kladde zu. Das hier durfte niemals jemand in die Finger kriegen. Wie gut, dass der Einbrecher es nicht gefunden hatte. Sollte er doch die Liebesbriefe behalten. Damit konnte er dem Ruf von Ulf Speicher nicht viel schaden. Das hier hätte ihn vernichtet.

Sie packte die Bücher in eine Plastiktüte.

Tim Gerlach stand vor Haftrichter Dr. Sigurd Jaspers, und Weller und Rupert erlebten ihr zweites Waterloo.

Der Haftrichter konnte nur den Kopf schütteln. Präsentierten die jetzt hier wirklich wenige Stunden später einen zweiten Verdächtigen?

Nein, es spielte keine Rolle, dass er mit Tim Gerlachs Vater zusammen im Gesangverein gewesen war. Das war fast zwanzig Jahre her. Dann hatten sie sich aus den Augen verloren. Nein, für befangen hielt er sich nicht. Viel wichtiger war es für ihn, wie er in den Augen seiner Tochter Mara dastand. Sie lehnte Staat und Gesellschaft ab und natürlich auch ihn, denn er repräsentierte beides. Er fühlte sich auf dem Prüfstand. Sie beobachtete ihn und seine Arbeit ganz genau.

Sie hatte ihm vorgeworfen: »Ihr braucht jetzt einen Schuldigen. Da ist euch doch jeder recht. Hauptsache, ihr blamiert euch nicht länger. Durch den heftigen Wunsch, einen Täter zu fassen, wird ein Verdächtiger viel schneller überführt.«

Mara war einmal in ihrem Leben unschuldig unter Verdacht geraten. Bei einem Besuch in Köln in einem Kaufhaus. Der Ladendetektiv hatte sie festgehalten und des Diebstahls beschuldigt. Sie hatte sich geweigert, die 50 Euro Fangprämie zu bezahlen und ihre Unschuld beteuert. Im Prozess war sie freigesprochen worden. Vielleicht mit Rücksicht darauf, dass ihr Vater in Ostfriesland ein angesehener Richter war. Doch trotzdem war sie von der Sache tief traumatisiert.

Weller und Rupert sahen für Richter Jaspers aus wie die zu Leben erweckten Bestätigungen der Theorie seiner Tochter. Sie schleppten hier einen Verdächtigen nach dem anderen an. Dass Jaspers kurz vorher

367

Georg Kohlhammer entlassen musste, weil nicht genügend Beweise gegen ihn vorlagen, war schon die halbe Fahrkarte für Tim Gerlach.

»Alles, was Sie hier vorbringen, sind nette Theorien«, sagte Richter Jaspers. »Aber wie wäre es mit Beweisen? Bringen Sie mir Indizien. Fingerabdrücke. Gewebespuren. Irgendetwas Überprüfbares. Herr Gerlach hat sich möglicherweise Frau Kleine nicht aus den edelsten Motiven genähert. Aber wir suchen hier keinen Heiratsschwindler, sondern einen Serienkiller.«

Genau wie seine Tochter vermutete Sigurd Jaspers den Mörder eher im rechten Milieu. Das sagte er aber nicht laut, weil er sich jeder Vermutung enthalten musste.

Trotzdem blieb ein ungutes Gefühl bei ihm zurück. Dieser Tim Gerlach war ihm in seinem Auftreten eine Spur zu unschuldig, zu empört über seine Festnahme. Seine Preise als Bogenschütze in einem Verein waren für den Richter ein geradezu lächerliches Argument. Sollte man jetzt alle organisierten Bogenschützen Ostfrieslands festnehmen? Wahrscheinlich war der Mörder doch eher ein Einzelgänger, der zu Hause heimlich im Keller übte. Wer an offiziellen Meisterschaften teilnahm, würde für einen Mord doch wohl eine andere Tatwaffe wählen, es sei denn, er wäre völlig verrückt und wollte gerne überführt werden.

Er wusste, dass jede seiner Entscheidungen in der Presse ausführlich kommentiert werden würde. Er würde nur einen Haftbefehl unterschreiben: und zwar den für den richtigen Mörder.

Natürlich bestand immer die Gefahr, dass ein Schuldiger wieder laufengelassen wurde. Aber viel größer war für ihn das Risiko, jemanden in U-Haft zu nehmen und ihn dann entlassen zu müssen, weil das Morden weiterging. Dann würde ihm der Polizeiapparat vorwerfen, er habe die Aufmerksamkeit abgelenkt, weil alle dachten, der Fall sei bereits erledigt. Das hatte er ganz zu Beginn seiner Karriere erlebt. So eine Erfahrung sollte sich auf keinen Fall wiederholen.

Rupert war kurz davor, seinen Dienst zu quittieren, als er das Gerichtsgebäude verließ. Weller fragte sich, ob er schon wieder Ann Kathrin Klaasen informieren müsste. Er kam sich vor wie der letzte Versager. Ausgebremst und fast zur Handlungsunfähigkeit verdammt.

Er konnte sich gut vorstellen, wie Ann auf die Nachricht reagieren würde. Natürlich hätte sie das alles viel besser gemacht, und wenn sie nicht beurlaubt worden wäre, säße Tim Gerlach längst hinter Schloss und Riegel.

Weller wollte die zweite Niederlage nicht gern vor ihr zugeben. Vielleicht tun wir Gerlach ja wirklich unrecht, dachte er. Haben wir etwas übersehen?

Rupert griff sich ins Kreuz und bog sich nach hinten durch. Er fühlte sich urlaubsreif und hätte jetzt gerne mit Ann Kathrin Klaasen getauscht. Wenn alles schiefging, bekam er im unteren Bereich der Lendenwirbelsäule Schwierigkeiten. Es begann mit einem dumpfen Gefühl, wuchs sich aber bald zu einem beißenden Schmerz aus, der ihn fast bewegungsunfähig machte. Er kannte das. Er wusste genau, wie es weitergehen würde. Es gab nur eine Möglichkeit, das zu stoppen: Erfolg. Ja, verdammt nochmal, er brauchte jetzt einen Erfolg, oder als Nächstes käme der Krankenschein.

Ludwig suchte Sylvia an allen bekannten Orten: In der Villa Kunterbunt traf er sie nicht an. Ihr Lieblingsplatz am Deich bei Diekster Köken, wo sie so gerne Pfannekuchen aß, war leer. Dann ging er zum Utkiek, wo sie bei schlechtem Wetter gerne Tee trank und aufs Meer sah. Hier konnte sie, wenn die Wolken tief hingen, Mama und Papa sprechen hören, behauptete sie. Manchmal erkannte sie ihre Gesichter in besonderen Wolkenkonstellationen wieder.

Sylvia war auch nicht im ältesten Gebäude der Stadt Norden, bei ihrem Lieblingsitaliener im Vesuvio.

Im Regenbogen-Freizeitheim spielten Rainer Kohlhammer und Tamara Pawlow Tischtennis, aber auch die beiden hatten keine Ahnung, wo Sylvia sich derzeit aufhielt.

Langsam wurde Ludwig panisch. Er musste sie finden und ihr diese eine Frage stellen. War es wirklich möglich, dass sie …?

Ludwig fuhr zu den Reitställen und zur Pferdewiese. Dann versuchte er es noch einmal in der Villa Kunterbunt.

Im Haus war es dunkel, aber hinten auf der Terrasse brannte jetzt Licht. Er konnte es an den erleuchteten Baumkronen erkennen. Er hörte ein quietschendes Geräusch. Etwas bewegte sich rhythmisch hin und her.

Ludwig zog es vor, nicht zu klingeln, stattdessen sprang er über den Zaun und lief ums Haus.

»Sylvie?!«

»Ja, ich bin hier, Liebster.«

Er hörte die Stimme, aber er sah Sylvia nicht.

Die große Hollywoodschaukel wippte. Sylvia saß darin wie ein kleines Kind, eingemummelt in mehrere Wolldecken, obwohl die Terrasse von zwei Außenstrahlern beheizt wurde. Sie hielt den Kater Willi auf dem Schoß und kraulte sein Fell.

Erleichtert, dass er sie gefunden hatte, ging Ludwig auf Sylvia zu. Sie sah seinen Blick und zog sich weiter unter die Decke zurück.

Ludwig schluckte: »Sylvia«, sagte er ernst, »hast du Ulf umgebracht? Kai und Paul … und Josef …?«

371

Sie sah ihn mit ihren großen unschuldigen Augen an und streichelte Willi. Dann nickte sie vorsichtig. »Ja, Liebster. Ich hab es für uns erledigt. Du musst dir keine Sorgen machen. Selbst, wenn es rauskommt …«, sie lachte, »ich hab doch einen Jagdschein, mir kann nichts passieren. Ich bin ja behindert.«

Ludwig taumelte. Er hatte es geahnt, doch jetzt, mit der Wahrheit konfrontiert, hielt er es kaum aus. Er setzte sich auf den Boden. Sylvia wippte weiter in ihrer Hollywoodschaukel. Sie schob die Füße unter der Wolldecke hervor und bremste mit den Zehen. Dann setzte sie sorgfältig die Katze auf dem Boden ab und breitete die Arme aus.

»Was ist mit dir, Liebster? Willst du unter die Decke?«

Das Gaslicht der Strahler ließ Ludwigs Gesicht aschfahl, fast bläulich, erscheinen: »Ich glaub, mir wird schlecht.«

Sylvia wickelte sich ganz aus den Wolldecken aus. »Soll ich dir ein Glas Wasser holen?«

Ludwig schüttelte den Kopf. »Nein, nein. Schon gut.«

Jetzt sprang sie von der Schaukel und ging ins Haus. »Ich hol dir was. Machs dir bequem.«

Sie war noch nicht ganz im Haus verschwunden, da raffte Ludwig sich wieder auf, denn ein Gedanke schoss ihm durch den Kopf. Was, wenn sie jetzt da drinnen ihr Gewehr holte oder ihren Bogen oder ein Schwert? Sollte er das nächste Opfer sein? Brachte sie jetzt alles zu einem krönenden Abschluss? Das durfte doch nicht wahr sein!

Er wäre vielleicht besser weggelaufen, doch es schien ihm sicherer, ihr ins Haus zu folgen. Solange er im Kontakt mit ihr blieb, konnte ihm nichts passieren, glaubte er. Er hatte es von Ulf Speicher gelernt: Selbst bei den schlimmsten, gewalttätigsten Menschen hatte Ulf die Ruhe bewahrt.

»Schau ihnen in die Augen. Sprich sie an. Nenn sie beim Namen. Sag ihnen, wie du heißt. Bau eine Beziehung auf. Irgendeinen Typen umzuklatschen, da ist nichts dabei. Aber den Ulf, der mich bei meinem Namen nennt, der ist eine Person. Dem was zu tun fällt viel schwerer. Die Beziehungen sind entmenschlicht, entpersonalisiert. Wir müssen sie wieder menschlich machen. Den Kontakt von Person zu Person herstellen. Nicht von Amt zu Klient, von den Verwaltern zu den Verwalteten.«

Ludwig hatte diese Worte so oft gehört. Es waren Standardsätze von Ulf. Jeder Mitarbeiter, jeder Zivildienstleistende, konnte sie auswendig. Am Ende hatte es ihm wenig genutzt.

Trotzdem glaubte Ludwig noch immer daran. Diese Worte waren stark genug, um ihn dazu zu bringen, Sylvia ins Haus zu folgen.

Er sah den gedeckten Tisch. Die Kerzen. Den Tee

auf dem Stövchen. Den Sekt im Kübel. Den Rotwein auf dem Beistelltischchen. Sektgläser, Weingläser, Wassergläser, Teetassen. Drei Teller auf jedem Platz. Sylvia hatte ein festliches Mahl für zwei Personen gedeckt. Ein Candle-Light-Dinner.

Jetzt kam sie mit einem Glas Wasser aus der Küche. Ludwig zeigte auf den festlichen Tisch: »Hast du das für mich gemacht? Wusstest du, dass ich komme?«

Sie reichte ihm das Glas Wasser und nickte. »Ja sicher. Wir haben doch etwas zu feiern, Liebster. Der Auftrag ist wirklich so gut wie erledigt. Sag mir – war ich nicht gut?«

Ludwig nahm das Wasserglas, trank aber nicht. Er hätte sich das jetzt nicht getraut. Vielleicht hatte diese verrückte Schlange das Wasser vergiftet.

»Es gab nie einen Auftrag, Sylvie«, sagte er mit trockenem Hals.

Sie lachte. »Warum sagst du so etwas, Liebster?«

Er sah sich um. Vielleicht würde er gleich eine Waffe brauchen. Es lag schweres Silberbesteck auf dem Tisch. Besser so ein Messer in der Hand, als wehrlos zu sein. Hatte sie da etwas hinter dem Rücken?

»Ich sag es, weil es die Wahrheit ist.«

Er ging rückwärts. Sie folgte ihm langsam. Er wusste, wie schnell sie war. Sie war gefördert worden wie kaum eine andere Jugendliche in Ostfriesland. Ballettunterricht, Reitunterricht, Schießunterricht, Yoga, Judo – sie war zwar durch alle Prüfungen gefallen, weil sie die Namen der Griffe nicht behalten konnte, aber im Kampf nahm sie es mit jedem Grün- oder Blaugurt auf. Er musste auf der Hut sein.

»Ich hab für uns gekocht«, sagte sie. »Dein Lieblingsgericht.«

»Spaghetti Bolognese?«, fragte er.

Sie verzog das Gesicht. »Nein. Fischlasagne. Dazu Tomaten mit Schalotten.«

Unterhalten wir uns jetzt wirklich übers Essen?, dachte er. Vielleicht war es ja gut, sie einfach bei diesem Thema zu halten. Er beschloss, sich darauf einzulassen.

»Gibt es auch ein Dessert?«, fragte er. »Wie wär's mit Mousse au chocolat? Du hast es schon mal gemacht. Es war köstlich damals.«

Sie lächelte über das Kompliment. Doch dann veränderte sich ihr Gesicht.

»Du hast gesagt, dass du Agent bist und die Terroristen überwachen musst.«

Er stöhnte: »Das war gelogen, Sylvie. Es war eine Geschichte. Weiter nichts.«

»Gelogen? Wieso gelogen?« Sie sah ihn fassungslos an. »Aber du hast doch gesagt …«

Er hielt sich mit beiden Händen an der Stuhllehne fest und schob den Stuhl zwischen sich und Sylvia. »Ich hab es erfunden, um … dich loszuwerden.«

375

Sein Satz traf sie wie ein Schlag. Sie zuckte zusammen und brüllte: »Das stimmt nicht! Du lügst!«

Jetzt hatte er sich endlich wieder im Griff. Seine Worte saßen präzise, und er spürte, dass er in der Lage war, sie verbal auszuknocken. Er brauchte keine Waffe. Er konnte die Situation auch so meistern. »Doch, es stimmt. Ich hab es nicht mehr ausgehalten. Du bist mir einfach zu viel geworden. Ich wollte dich an dem Abend nicht mitnehmen. Wir wollten Doppelkopf spielen bei Ulf. Ich hab einfach eine Geschichte erfunden. Ich wollte dich nicht verletzen, ich Idiot. Darum hab ich dir gesagt …«

Sylvia griff den erstbesten Teller vom Tisch und warf ihn in Ludwigs Richtung. »Du lügst! Die Schlampe hat dich rumgedreht, das ist alles!«

Ludwig ging in Deckung, aber der Teller verfehlte ihn ohnehin. Sylvia griff sich den nächsten. Diesmal zielte sie genauer.

»Mein Gott, Sylvie, hör auf! Weißt du eigentlich, was du gemacht hast? Du hast vier wunderbare Menschen getötet!«

Sylvia beugte sich weit über den Tisch und zog sich das zweite Gedeck heran. »Sie haben einen Anschlag vorbereitet, das weißt du genau! Du bist blind vor Liebe, Ludwig! Vor deinen Augen planen die alles, und du beschützt sie, statt sie auszuknipsen, wie es deine Mission ist. Was ist nur aus dir geworden?«

Sie warf den Suppenteller. »Die benutzen dich,

Ludwig! Komm zurück zu den Guten. Niemand wird merken, dass du schon auf dem besten Weg warst, überzulaufen. Die CIA wird stolz auf dich sein.«

Ludwig breitete die Arme aus und stand ein bisschen da wie der gekreuzigte Jesus. Vor ihm lagen die Scherben auf dem Boden. Er versuchte es mit Vernunft: »O mein Gott, Sylvie, ich war nie bei der CIA. Das habe ich nur so erzählt, um mich interessant zu machen. Damit unsere Beziehung geheim bleibt und …«

»Aber du hast gesagt, dass es stimmt!«, schrie sie.

Ihm wurde schlecht. Er wand sich. »Ich bin einfach nur ein Zivildienstleistender. Und die Pia ist auch keine Agentin, sondern ich bin mit ihr zusammen, weil ich sie liebe. So. Jetzt ist es raus!«

Sie wankte. Sie konnte ihm nicht glauben. Obwohl ein Teil von ihr ahnte, dass Ludwig die Wahrheit sagte und sie ganz furchtbar reingelegt worden war, gab es da auch einen anderen Teil in ihr, der auf keinen Fall die schreckliche Wirklichkeit anerkennen wollte.

Ludwig begann allmählich zu begreifen, was er mit seinen Lügen angerichtet hatte. Vier Menschen waren ermordet worden. Er erinnerte sich daran, wie er mit Sylvia vor dem Fernseher gesessen hatte. Dieser Bericht über Terroristenjäger, die die Aufgabe hatten, sich in Al-Qaida-Zellen einzuschleichen und die Bedrohung auszuschalten. Das waren für sie die neuen Helden dieser Zeit. Die Drachentöter, die Vampirjäger, die loszogen, um die Schwachen vor dem drohenden Unheil zu beschützen.

»Du bist auch so einer, Ludwig, stimmt's?«, hatte sie gesagt und ihm das Hemd aufgeknöpft. Der Gedanke, er sei einer dieser Helden, hatte sie total angetörnt. Sie hatte von ihm verlangt, er solle ihr von seinen Aufträgen erzählen, sie wollte seine Partnerin werden. Sie hatte sich völlig hineingesteigert. Er erfand immer neue Geschichten, während sie miteinander schliefen.

Es war ein geradezu erschütterndes Erlebnis für ihn gewesen. Nie hatte er bei einer Frau solch eine ungehemmte Ekstase erlebt. Jetzt biss Sylvia sich in den Handrücken. So etwas tat sie nur, wenn sie spürte, dass sie den Boden unter den Füßen verlor. Wenn sie in der Wirklichkeit bleiben wollte. Es tat ihr gut, das Blut zu spüren, wie es das Handgelenk hinunterlief. Ihr Gesichtsausdruck veränderte sich. Sie stand in gebückter Haltung vor ihm, wie ein Orang-Utan, der im Käfig vor den Gitterstäben hin- und herläuft.

»Ich hab sie belauscht. Speicher hat es zu Jutta gesagt. *Am Samstag*, hat er gesagt, *da platzt die Bombe*. Samstag, verstehst du? Während unserer Zehn-Jahres-Feier!«

Ludwig erkannte das ganze Ausmaß von Sylvias Verwirrung. »Aber Sylvie. Ulf wollte dann der Stadt drohen, die Arbeit einzustellen, falls unsere Zuschüsse nicht erhöht werden. Das war die Bombe. Er verlangte eine institutionelle Förderung, verstehst du? Er wollte ihnen die Pistole auf die Brust setzen und sagen, *diese Feierstunde hier wird gleichzeitig das Ende des Regenbogen-Vereins sein, wenn ihr uns nicht mehr entgegenkommt und wir nicht mehr Unterstützung bekommen.* So war er. Er hat einfach hoch gepokert. Das sollte die Bombe sein, die platzt. Keine richtige Bombe, die Menschen verletzt! Verstehst du?«

Ludwig hatte sich in Rage geredet. Er versuchte, sich wieder ein bisschen zu mäßigen. Er musste netter zu ihr sein. Er durfte sie nicht einfach in die Enge treiben. Er wusste, dass das nur ihren Trotz provozieren würde.

Seine Worte erreichten sie. Sie schien zu begreifen, was sie getan hatte. Sie zitterte und stammelte: »Er hat gesagt, er wolle die Bombe platzen lassen.«

»Ja, das sagt man so. Das ist nur ein Bild, verstehst du?«

Sylvia sackte zusammen. Sie kniete zwischen den Scherben auf dem Teppich. An ihrer Wade tropfte Blut herab. »Aber«, stammelte sie, »aber du hast gesagt, du bist Agent, und die sind Terroristen!«

Ludwig bückte sich zu ihr und nahm sie in den Arm. »Ich liebe die Pia, verstehst du. Du wolltest ständig was mit mir unternehmen. Du warst dauernd hinter mir her. Ich erinnere mich noch ganz ge-

379

nau an den Abend. Wir wollten bei Ulf Doppelkopf spielen. Du warst eifersüchtig und wolltest mich dahin begleiten. Ich musste dich irgendwie loswerden. Und da bin ich eben auf deine Geschichte eingestiegen. Ich hab dir erzählt, ich würde die Doppelkopfrunde nur beschatten. Ich hab das gemacht, um dich loszuwerden.«

Sylvia fingerte das rosa Löschpapier aus ihrer Hosentasche und warf es auf den Boden. Darauf standen sechs Namen. Vier davon waren durchgestrichen. Nur zwei Personen lebten noch. Bernd Simon und Pia Herrstein.

»Du hast gesagt, sie sind Al-Qaida-Terroristen!«

»Nein, ich hab gesagt, ich beschatte sie.«

Er bekam mörderische Kopfschmerzen. Hatte er sie in diesen Wahn hineingetrieben? Hätte er nicht merken müssen, worauf das alles hinauslief? Es schnürte ihm den Hals zu. Er fühlte sich schuldig am Tod seiner besten Freunde.

»Wer weiß etwas davon?«, fragte er. »Hast du jemandem etwas erzählt? Dem Tim?«

Sie schüttelte bei jeder Frage den Kopf, presste ihn dann aber gleich wieder an seine Schulter. Ihre Tränen durchnässten sein Hemd. »Nein, niemandem hab ich was gesagt. Ich bin doch nicht blöd. Ich wollte unseren Auftrag doch nicht gefährden.«

»Wo ist das Gewehr, Sylvie? Und die anderen Waffen? Gib sie mir.«

Sie erhob sich schwerfällig und ging aus dem Raum. Er folgte ihr in den Keller.

Sie standen vor dem Waffenschrank. Ludwig sah sich die vier Gewehre an. »Welches davon hast du benutzt?«

Sie deutete darauf. »Opas Lieblingsgewehr.«

»Funktionieren die anderen auch noch?«

Wieder nickte sie. »Ja. Alle.«

Ludwig nahm alle vier Gewehre an sich. »Sylvie, du darfst niemandem jemals etwas davon sagen. Sie sperren dich sonst für immer weg. In eine Anstalt. So wie den Andi damals, weißt du noch? Den hast du doch gemocht.«

»Ja, der war nett.«

»Hast du eine Mülltüte, eine Tasche oder so etwas? Wir müssen das ganze Zeug verschwinden lassen. Keine Angst, Sylvie. Ich helfe dir. Keiner wird auf dich kommen. Keiner.«

»Ich habe Handschuhe benutzt und danach meine Sachen verbrannt. Richtige Agenten hinterlassen keine Spuren«, sagte sie stolz.

»Ja, ja. Jetzt zeig mir das Schwert. Wo ist das Schwert?«

»Hier.«

»Ist das auch von deinem Opa?«

»Ja klar. Denkst du von meiner Oma?«

Ludwig sah sich nach einer Tasche um. Hier un-

381

ten stand nichts. Er lief hoch. Er wusste, wo sie ihre Sportsachen stehen hatte.

Sie folgte ihm. Als er in ihr Schlafzimmer trat, um die Sporttasche aus dem Schrank zu holen, sah er all die Briefe und Fotos auf dem Boden liegen. »Die sind doch … wo hast du die her, Sylvie? Was soll das?«

Sie stand hinter ihm im Türrahmen. »Wir werden nicht zulassen, dass noch mehr Unschuldige sterben müssen so wie meine Eltern. Nicht wahr, Ludwig? Du bist doch weiter auf unserer Seite?«

Ludwig Bongart legte seine zitternden Finger über ihre Lippen. »Psst, Sylvia. Du darfst nie wieder darüber reden. Nie wieder.«

»Ja, Liebster«, sagte sie. »Du hast ja recht.«

»Aber wo hast du diese Briefe her?« Er hob einen davon auf. »Die sind an Ulf gerichtet.«

Sylvia hoffte, Ludwig jetzt überzeugen zu können. »Es gibt noch viel mehr von den Schweinen. Du weißt es genau. Wir müssen sie alle erledigen.«

Er zeigte auf die Briefe. »Du meinst, das sind auch alles …«

»Terroristen. Ja. Die sehen aus wie Liebesbriefe. Aber es sind Nachrichten und so. Die verschlüsseln das. Wie eine Geheimsprache.«

»Das stimmt nicht, Sylvie. Ulf war kein Terrorist! Er war wahrscheinlich einer der besten Menschen, die ich je in meinem Leben kennengelernt habe.«

Sie sah ihn aus leeren Augen an. »Ich weiß, dass

du so reden musst, Liebster. Du darfst dich und deinen Auftrag nicht verraten. Du solltest sie töten. Aber du konntest es nicht. Du warst zu schwach.«

Ludwig suchte alle Briefe zusammen und steckte sie in die Tasche. »Gibt es noch mehr? Hast du Aufzeichnungen? Sylvie, wir müssen alles vernichten. Alles!«

Sie waren unterwegs zum Norddeicher Yachthafen. Ein leichter Nieselregen benetzte die Windschutzscheibe. Ludwig betätigte kurz die Scheibenwischer. Sie verschmierten aber alles nur. Der Regen war nicht stark genug.

Er drückte auf den Knopf der Scheibenwaschanlage, aber er hatte zu lange kein Wasser nachgefüllt.

»Mist!«, fluchte er.

Auf dem Rücksitz des Autos lag die Tasche. Darin die vier Gewehre, ein paar hundert Schuss Munition, ein Schwert, ein Bogen, sechs Pfeile und der Rest von dem Rattengift, mit dem Sylvia Josef de Vries umgebracht hatte.

Um diese Zeit war hier kaum jemand. Ein Pärchen ging Arm in Arm oben auf dem Deich spazieren, und ein Junge holte seinen Lenkdrachen auf der Wiese ein. Hinten auf der Mole hockte ein einsamer Angler und spießte einen Wattwurm auf seinen Haken.

»Willst du zu meinem Boot?«, fragte Sylvia.

Ludwig nickte. »Ja. Wir fahren so weit wie möglich raus. Und dann versenken wir die Tasche im Meer. Und wenn wir zurückkommen, wirst du für immer schweigen. Und ich auch. Es ist genug Unheil geschehen. Wem nutzt es, wenn du in die Anstalt kommst oder ins Gefängnis?«

Sie berührte seinen Oberarm. »Das tust du, weil du mich liebst, stimmt's?«

Er spürte die Verführung, ihr nachzugeben und Ja zu sagen. Aber die Zeit der Geschichten war vorbei. Zu oft hatte er Ja gesagt, damit ihr Gequengel aufhörte, nur weil er sie mit wenigen Worten kurzfristig glücklich machen konnte.

»Du hast fast alle aus unserer Doppelkopfrunde umgebracht«, wiederholte er kopfschüttelnd, als könne er es immer noch nicht glauben.

Ihre Stimme war sanft, ja verführerisch: »Nein, nicht alle. Pia nicht und Bernd nicht. Und dich natürlich auch nicht, Liebster. Ich weiß, dass du sie nur ausspionieren wolltest. Du wärst viel lieber bei mir gewesen. Du bist so gut.«

Sie stellten den Wagen am Deich ab und bestiegen gemeinsam das Boot.

Aus dem leichten Nieselregen waren inzwischen heftige Regenschauer geworden. Es stürmte. Ludwig spürte den Druck in den Ohren. Der Wind pfiff durch die Nasenlöcher und nahm ihm fast die Luft. Er hatte sich nie an den Wind hier oben an der Küste gewöhnen können. Ohne Ohrenschützer ertrug er das einfach nicht. Aber was spielte das jetzt für eine Rolle?

Ludwig ließ den Motor an und lenkte das Schiff zur Fahrrinne.

Auf dem Schiff gab es gelbe Ostfriesennerze. Sie zogen jeder einen über. Dabei berührte Sylvia Ludwigs Gesicht, als hätte sie ihn am liebsten jetzt, hier, auf dem Schiff, verführt. Aber jetzt schob er ihre Hand weg.

Noch bevor er die Fahrrinne erreicht hatte, hörte er hinter sich das typische metallische Klicken eines Gewehrs, das durchgeladen wird.

Er fuhr herum. Sylvia sah ihn an. Ihre Haare waren vom Wind zerzaust.

»Wir sind noch nicht fertig, Liebster«, sagte sie. »Pia ist keine Agentin. Sie gehört zu den anderen. Sie hat immer zu ihnen gehört. Du hast dich von ihr verrückt machen lassen. Sag, dass du nicht zu ihnen gehören willst!«

»Nein, das stimmt nicht. Hör auf mit dem Quatsch!«

Er hatte Mühe, das Boot gegen den Sturm in der Spur zu halten. Er befürchtete, damit am Rand der Fahrrinne gegen die Steine zu knallen.

»Das Morden hat ein Ende! Kapier es endlich: Ich liebe dich nicht. Ich liebe sie. Du wirst ihr nichts tun! Es ist vorbei.«

Sylvia schüttelte den Kopf. »O nein, Liebster. Ich

werde es zu Ende bringen. Wenn du es nicht schaffst, dann tu ich es.«

Mit merkwürdiger Klarheit wusste Ludwig, dass sie abdrücken würde. Für ihr krankes Hirn war die Sache völlig klar.

Er musste versuchen, sie zu entwaffnen. Er brachte das Boot auf Kollisionskurs mit der Mauer. Aber er unterschätzte sie. Das Schiff wackelte, und Sylvia stürzte, aber sie feuerte. Die Kugel traf ihn in den Bauch.

Ludwig fiel über Bord.

Sylvia suchte von der Reling aus seinen Körper im Wasser und rief seinen Namen: »Ludwig! Ludwig!« Sie wollte ihm noch eine Kugel verpassen. Sie war sich nicht sicher, ob sie ihn richtig erwischt hatte. Keiner durfte entkommen.

Als sie ihn nirgendwo in dem schwarzen, schlammigen Wasser sah, lenkte sie das Boot zurück in den Yachthafen.

Sie nahm das Gewehr, eine Schachtel Munition, holte die Gummihandschuhe aus der Tasche und zog sie an. Dann stieg sie in das Auto, mit dem sie gekommen waren. Sie war eine gute Agentin. Auf keinen Fall würde sie auf dem Lenkrad Fingerabdrücke hinterlassen. Auf dem Beifahrersitz und hinten im Auto spielte es keine Rolle. Da gab es genug Fingerabdrücke von ihr. Dieser Wagen gehörte dem Regenbogen-Verein. Sie wurde oft damit abgeholt und herumgefahren. So wie alle anderen auch. Hier drin gab es Hunderte Fingerabdrücke.

Sie hatte keinen Führerschein, aber sie steuerte das Auto sicher nach Norden zur Villa Kunterbunt zurück. Man kann, was man kann, dachte sie. Was bedeuten schon Scheine?

Sie hatte viel von ihrem Opa gelernt. Auf dem eigenen Grundstück hatte sie das Auto hin und her rangiert. Wenn sie es schaffte, den Wagen in die Garage zu fahren, hatte Opa immer stolz gelacht und zu Oma gesagt: »Siehst du, sie fährt besser in eine Parklücke als du. Sie ist ein cleveres Mädchen, unsere Sylvia.«

Sylvia machte die Fischlasagne für sich selbst warm und überlegte, ob sie Ann Kathrin einladen sollte. Sie aß nicht gern alleine. In dem Moment wurde ihr klar, dass der Wagen vor der Tür verräterisch war. Sie musste ihn loswerden.

Noch einmal streifte sie die Handschuhe über und fuhr zum Regenbogen-Verein. Dort stellte sie das Auto ab. Sie war ein bisschen nervös. Sie schrammte beim Einparken einen blauen Opel. Aber um solche Kleinigkeiten kümmerte sie sich nicht weiter. Sie zog die Gummihandschuhe aus und steckte sie ein.

Der Regen im Gesicht tat ihr jetzt gut. Sie genoss ihn richtig. Ja, sie war auf dem besten Weg. Als Nächstes war Pia dran. Sie würde diese ganze Terroristenbrut ausrotten. Sie wusste, worum es ging. Sie hatte ihre Eltern verloren. Für Terroristen gab es kein Pardon. Egal, in welchem Gewand sie auftauchten. Als Wohltäter der Menschheit oder als schöne schwangere Frau. In ihrem Inneren waren sie doch nur eins: böse Menschen.

Sie selbst gehörte zu den Guten, und sie hatte die Aufgabe, die Bösen zu töten. Die Mörder ihrer Eltern mussten sterben. Ann Kathrin hätte bestimmt Verständnis dafür. Auch sie jagte den Mörder ihres Vaters.

Bei seinem Auszug hatte Eike noch gefürchtet, seine Mutter würde jetzt ständig anrufen, vor der Tür stehen und versuchen, ihn auf ihre Seite zu ziehen. Zunächst war er dankbar, dass sie es nicht tat. Aber jetzt kam es ihm doch merkwürdig vor, dass sie sich überhaupt nicht mehr meldete. Interessierte sie sich nicht mehr für ihn? War sie beleidigt? Wollte sie ihm die kalte Schulter zeigen, weil er mit Papa gegangen war?

Natürlich wusste er durch Medienberichte, was in Leer geschehen war. Sein Vater hatte natürlich gleich wieder seine psychologischen Erklärungsversuche parat. Aber die interessierten Eike nicht. Er machte sich einfach Sorgen um seine Mutter und fühlte, dass sie ihn brauchte.

Als er zu ihr kam, war sie nicht allein. Sie saß zu-

sammen mit Weller in der Küche. Sie sah ein bisschen verheult aus, weil sie Zwiebeln für einen großen
Frühlingssalat würfelte, während Weller Thunfischsteaks anbriet. Dazu tranken sie Weißwein.

Obwohl Eike Weller kannte, stellte seine Mutter
die beiden vor: »Das ist mein Kollege Weller, das ist
mein Sohn Eike.«

Brav schüttelte Eike Weller die Hand, aber Eike
spürte genau, dass er eigentlich störte. Nein, das hier
war keine Dienstbesprechung. Dafür sah das alles
viel zu sehr nach intimer Zweisamkeit aus. Es lief
leise Musik im Hintergrund. Tracy Chapman.

Einerseits war Eike enttäuscht, denn er hätte gerne
mit seiner Mutter allein sein wollen. Andererseits
war er auch unheimlich erleichtert. Das hier machte
alles viel einfacher. Sein Papa war jetzt nicht mehr
der böse Ehebrecher, sondern auch Mama hatte einen Freund.

Wer weiß, wie lange das schon läuft, dachte Eike.

»Geht's dir gut, Mama?«, fragte er.

Sie wischte sich die Tränen vom Gesicht, lachte
und nickte. »Ja, wie man's nimmt, mein Junge. Im
Grunde geht's mir ganz gut. Setz dich. Willst du mit
uns essen?«

»In zwei Minuten sind die Thunfischsteaks so
weit. Du wirst staunen!«, rief Weller nicht ohne Stolz.
Noch bevor er die Steaks auf die Teller legen konnte,
vibrierte das Handy an seinem Gürtel.

Die Nachricht veränderte die Situation augenblicklich. Ein Angler hatte in Norddeich-Mole einen Schuss gehört und anschließend einen Verletzten aus dem Wasser gefischt. Er wurde gerade vom Notarzt versorgt. Sein Name sei Ludwig Bongart.

»Ich komm mit!«, rief Ann Kathrin.

»Du bist raus aus dem Fall«, sagte Weller, aber es klang nicht wie ein Einwand.

»Ich weiß«, nickte sie.

Sie gab ihrem Sohn einen Kuss auf die Wange und verschwand mit Weller.

Eike schaltete die Herdplatte aus, bevor er ging. Er probierte nichts. Er war nicht mal traurig. Es kam ihm so vor, als habe er gerade sein ganzes Leben in Sekunden noch einmal vor Augen geführt bekommen. So war es doch immer gewesen. Er machte sich Sorgen um seine Mutter, kämpfte um ihre Liebe und Aufmerksamkeit, dann geschah irgendein Scheiß, der wichtiger war als er, und sie verschwand.

Der Notarzt versorgte Ludwig Bongart noch, als Ann Kathrin und Weller in Norddeich-Mole eintrafen. Ludwig war bei Bewusstsein, und er wollte reden. So eine Situation erlebte Ann Kathrin nicht zum ersten Mal. Angeschossene oder verletzte Personen, die Angst hatten zu sterben, bekamen plötzlich eine große Sehnsucht nach der Wahrheit. Sie wollten die Dinge ins Reine bringen und sich von der Seele reden. Schon zweimal hatte sie am Krankenbett in der Intensivstation die entscheidenden Hinweise zur Lösung eines Falles erhalten. Einmal ein Mordgeständnis und einmal eine Zeugenaussage.

»Es war Sylvia«, stöhnte Ludwig, »Sylvia Kleine.«

Das nahm Ann Kathrin ebenso wenig ernst wie Weller.

»Haben Sie ihm ein Mittel gegeben, das das Bewusstsein benebelt?«, fragte Weller.

Der Notarzt schüttelte den Kopf. »Er hat eine Kugel im Bauchraum. Er verliert sehr viel Blut. Eine Unterversorgung des Gehirns mit Sauerstoff kann ich nicht ausschließen.«

Ludwig hustete und spuckte Blut aus.

»Bitte«, sagte der Arzt, »Sie können den Mann jetzt hier nicht vernehmen. Wir müssen ihn ins Krankenhaus transportieren.«

Auf einer Trage wurde Ludwig in den Krankenwagen gehoben. Ann Kathrin stieg ungebeten mit ein. Weller folgte ihr.

Ludwig hustete: »Sie glaubt, ich sei gar nicht wirklich mit Pia zusammen. Ich sei ein V-Mann.«

»Ein was?«

»Ein V-Mann. Ich würde im Auftrag der CIA Terroristen ausspionieren, bevor sie Anschläge machen.«

»Sie haben ihr weisgemacht, Sie würden Pia nur beschatten?«, fragte Ann Kathrin. Sie begann das Ausmaß der Verstrickungen zu erahnen.

»Sie hat mich mit ihrer Liebe terrorisiert! Ich wusste mir nicht mehr zu helfen. Sie hat sich vor die Tür geworfen, wenn ich zu Pia wollte. Sie können sich nicht vorstellen, was für ein Theater die gemacht hat.«

Er wurde von erneutem Husten unterbrochen.

Entsetzt gab Ann Kathrin Weller ein Zeichen. Während der Notarzt einen zweiten Zugang für einen Tropf in Ludwigs Arm anbrachte, gab Weller bereits durch sein Handy die Nachricht an die Polizeiinspektion durch: »Vermutlich ist Sylvia Kleine die von uns gesuchte Person.«

Es sah für Ann Kathrin so aus, als ob Ludwig das Bewusstsein verlieren würde, aber er schloss nur die Augen und versuchte, weiterzusprechen.

Ann Kathrin konzentrierte sich ganz auf sein Gesicht. Das war schon schlimm genug. Auf keinen Fall wollte sie wissen, was der Arzt da hinter ihrem Rücken an seinem Bauch machte. Sie hatte Angst, dass ihr schlecht werden würde und sie ohnmächtig werden könnte.

Ann Kathrin hielt ihr Ohr dicht an Ludwigs Mund. Er spuckte wieder Blut. Sie spürte, wie sein warmes Blut in ihre Ohrmuschel spritzte.

»So hatte ich wenigstens ein bisschen Ruhe. Zumindest hat sie nicht mehr dauernd Pia angerufen und gefordert, sie solle mich freigeben. Ich konnte doch nicht ahnen, dass Sylvie anfängt, Leute umzulegen. Ich dachte, sie verliebt sich neu, in einen anderen Typen, und dann ist alles wieder gut. Dann ist ja auch der Tim bei ihr eingezogen. Ich hab gehofft, damit sei alles erledigt.«

Der Notarzt schob Ann Kathrin zur Seite: »Bitte. So geht das nicht. Hören Sie auf.«

Ann Kathrin machte Platz. Vielleicht schrie sie so laut, weil sie Angst hatte, Ludwig könne sie sonst nicht hören, vielleicht auch nur, weil sie so empört war: »Sie glaubt also, dass sie Terroristen umbringt? Die Mörder ihrer Eltern?«

Aus Gründen, die sie hier im Innenraum des Rettungswagens nicht wahrnehmen konnten, bremste der Fahrer den Wagen scharf ab. Sie wurden heftig durcheinandergerüttelt. Weller knallte mit dem Kopf gegen eine Stange.

»Ja, hab ich es denn hier nur mit Bekloppten zu tun?«, fluchte Weller.

Ludwig hatte inzwischen eine Sauerstoffmaske auf der Nase, aber er konnte trotzdem sprechen. »Ich wollte das nicht! Was sollte ich denn machen?«, weinte er. »Sie hat mich doch nicht in Ruhe gelassen. Und jetzt bringt sie alle um, die an unserer Doppelkopfrunde teilgenommen haben.«

»Wer? Wer gehörte noch alles dazu?«

Er reckte seinen Kopf hoch. Ein Zittern durchlief seinen Körper. Er öffnete den Mund, brachte aber keinen Laut hervor. Wieder blubberte Blut zwischen seinen Lippen hervor ... »Bernd!«, stöhnte er. »Und Pia. Mein Gott – Pia!«

Dann fiel er kraftlos zurück und schloss die Augen.

So angeschossen und voller Blut, wie er da lag, sah er zum Gotterbarmen aus. Aber trotzdem konnte sich Ann Kathrin nicht gegen die Wut wehren. Sie brüllte ihn an: »Und Sie haben es natürlich überhaupt nicht genossen, angehimmelt zu werden! Der tolle Gitarrenspieler! Und dann auch noch ein Agent!«

»Wenn Sie jetzt nicht aufhören, schmeiß ich Sie raus!«, blaffte der Notarzt. Er hatte Angst, Ludwig Bongart zu verlieren.

»Gute Idee. Halten Sie sofort an!«, forderte Ann Kathrin.

»Das ist nicht Ihr Ernst.« Der Notarzt verlor nur selten die Fassung. Er war Krisensituationen gewöhnt. Doch jetzt überschlug sich seine Stimme: »Ich habe hier ein Leben zu retten!«, brüllte er.

»Ich auch«, konterte Ann Kathrin.

Der Notarzt gab dem Fahrer ein Zeichen. Der hielt auf der Norddeicher Straße an. Ann Kathrin und Weller sprangen aus dem Fahrzeug und rannten zurück zu ihrem Auto.

Wenn die Aussagen von Ludwig Bongart stimmten, schwebten Pia Herrstein und Bernd Simon in Lebensgefahr.

Ann Kathrin hatte ihr Handy am Ohr: »Sofort einen Streifenwagen zu Bernd Simon und einen zu Pia Herrstein!«

Pia öffnete die Tür in der Hoffnung, Ludwig sei gekommen, um sich zu entschuldigen. Er hielt einen Streit mit ihr nie lange durch. Er war es immer, der den Versuch machte, alles wieder einzurenken. Aber diesmal würde sie es ihm nicht leicht machen. Ein Hundeblick aus seinen rehbraunen Augen würde nicht ausreichen. Auch nicht eine seiner vielen Lügengeschichten. Keiner log besser als er. Er log ihr vor, sie sei die Schönste. Seine Königin. Am liebsten würde er jede Sekunde mit ihr verbringen. Aber der Regenbogen. Die Probleme mit dem Auto. Der Gitarrenunterricht. Er fand immer Erklärungen in der Außenwelt, warum er sich so oder so verhielt. Nie hätte er gesagt, ich habe heute keine Lust, dich zu sehen. O nein. Er schob Probleme vor, und wenn er sie erfinden musste. Aber sie war nicht mehr verliebt genug, um darauf reinzufallen.

Pia sah Sylvia. Pia war sofort wieder auf Hundert. »Ludwig ist nicht da!«, brüllte sie. »Verpiss dich!«

Sie knallte die Tür wieder zu. Das Gewehr in Sylvias Händen hatte sie nicht mal gesehen.

Sylvia klopfte erneut mit dem Lauf gegen die Tür. »Pia? Pia, mach auf! Ich muss mit dir reden!«

Pia lehnte sich mit dem Rücken von innen gegen

die Tür und zischte: »Ich hab mit dir nichts mehr zu reden! Lass meinen Freund in Ruhe! Such dir selber einen Kerl! Weißt du eigentlich, was du anrichtest? Ich bin schwanger, verstehst du, schwanger! Von ihm!«

»Pia, bitte, mach auf.«

»Du hast kein Recht, dich in unsere Beziehung zu drängen. Hau endlich ab!«

Sylvia überlegte, einfach durch die Tür zu schießen. Sie hatte das einmal im Fernsehen gesehen. Pia musste sich direkt hinter der Tür befinden. Ihre Stimme war ganz nah.

Sylvia drückte die Mündung gegen das Holz.

Am liebsten hätte Pia jetzt Ludwig hier gehabt, um ihm ihre Wut ins Gesicht zu schreien. Aber eine kleine Hoffnung verband sie damit, jetzt von Frau zu Frau mit Sylvia zu reden. Vielleicht hatte sie die Möglichkeit, einen Zugang zu ihr zu finden.

Sie ist nicht böse, sie weiß es nicht besser, dachte Pia. Sie nahm sich vor, Sylvia die Wahrheit zu sagen. Wie man über sie redete. Was man über sie dachte. Die Jedermannshure. Das Regenbogenflittchen. Die für jeden die Beine breit machte und dann auch noch dafür bezahlte.

Pia riss die Tür auf: »Was glaubst du eigentlich, wer du bist?«, schrie sie. Im gleichen Moment wusste sie, dass sie einen Fehler gemacht hatte. Sie sah die Waffe in Sylvias Händen.

Sylvia antwortete sachlich: »Ich bin Sylvia Kleine. Und du bist eine Al-Qaida-Terroristin.«

Pia ging rückwärts: »Wer soll ich sein? Eine was? Spinnst du jetzt völlig?«

Sie wollte in den Innenraum fliehen, sich auf der Toilette einschließen, aber sie stolperte über einen Stuhl und fiel lang hin.

Sylvia legte das Gewehr auf sie an. Sie zielte auf Pias Kopf.

»Nein, nicht, bitte nicht!«, flehte Pia. »Bitte nicht!« Pia kroch rückwärts. »Ich bin schwanger. Du wirst mich doch jetzt nicht …«

»Nehmt ihr denn Rücksicht auf Kinder?«, fragte Sylvia. »Ihr habt meine Eltern umgebracht, ihr Schweine!«

Pia hörte sich sagen: »Ich kann dir alles erklären. Es ist anders, als du denkst. Das Ganze ist nur ein Irrtum. Ich …«

Die Tür zum Flur hinter Sylvia war offen. Es konnte jederzeit jemand vorbeikommen und die Szene beobachten. Sie musste sich beeilen. Ihr Finger krümmte sich um den Abzug.

»Aber das ist doch alles gar nicht wahr!«, schrie Pia. »Das stimmt doch alles gar nicht! Ich bin keine Al-Qaida-Terroristin!«

Pia begann zu weinen. In was für einem Albtraum befand sie sich?

Sie stützte sich mit den Armen ab und versuchte aufzustehen. »Und du glaubst echt, dass ich zur Al Qaida gehöre?«

»Ja, da staunst du, was?«, lachte Sylvia. »Der Ludwig war nie verliebt in dich, nie! Er war nur auf euch angesetzt. Er hat mir alles erzählt!«

Sylvia stieß Pia wieder zu Boden.

»Bitte, Sylvia, ich hab nichts mit dem Tod deiner Eltern zu tun … Ich …«

Sylvia stieß mit dem Gewehrlauf nach Pia wie mit einer Lanze. Pia war schweißnass. Sie rechnete damit, gleich von Sylvia erschossen zu werden. Sie sah jetzt nur noch eine einzige Chance: Sie musste auf Sylvias Welt eingehen. »Ja. Du hast recht«, stammelte sie. »Es stimmt ja. Ich war eine Terroristin. Ich habe dazugehört …«

Sylvia triumphierte. »Na bitte.«

Sie hielt die Mündung des Gewehrs gegen Pia Herrsteins Kopf.

»Ich habe dazugehört. Aber das ist vorbei. Dann bin ich schwanger geworden, und die Welt hat sich für mich geändert. Ich bin ausgestiegen. Ich will ein normales, anständiges Leben führen. Ich will so sein wie du. Ich steh jetzt auf deiner Seite.«

Sylvia drehte die Waffe um und schlug auf Pia ein. »Du lügst! Du lügst! Mich lullst du nicht ein wie den Ludwig! Ich knall dich ab, bevor ihr wieder viele andere tötet!«

Ein Stockwerk höher schrie ein Kind. Vielleicht gab das Kindergebrüll den Auslöser, jedenfalls änderte Sylvia ihren Plan. Sie wollte Pia nicht jetzt, hier, sofort erschießen. »Steh auf. Wir gehen«, sagte sie.

Pia schöpfte Hoffnung. Hatte sie Sylvia mit ihren Worten verunsichert? War sie in der Lage, sich aus dieser Situation herauszuquatschen? Wenn Ludwig doch nur hier wäre, dachte sie, der könnte so etwas.

Zögernd erhob Pia sich. »Wo … wo bringst du mich hin?«

»Halt's Maul, Al-Qaida-Schlampe!«

Die Wohnungstür stand offen. Der umgestürzte Stuhl … Ann Kathrin und Weller wussten sofort, dass Sylvia schneller gewesen war.

»Scheiße«, sagte Weller, »wir sind zu spät. Sie hat sie erledigt.«

Aber Ann Kathrin schüttelte den Kopf. »Nein. Sie lebt noch. Wir haben noch eine Chance.«

Weller sah sie groß an. War das ihr Ernst? Diese Mörderin hatte ihn gar gekocht. Er konnte nicht mehr. Er wollte nur noch, dass es endlich vorbei war.

»Sie macht Fehler. Sie ist nervös. Sie ist von ihrem Konzept abgegangen.«

»Wie? Was?«, fragte Weller.

»Wir haben den ersten Überlebenden. Ludwig Bongart. Und bei Pia Herrstein hat sie nicht einfach kurzen Prozess gemacht, sondern sie mitgenommen. Das ist etwas ganz Neues. Wir haben noch eine Chance, Weller.«

Weller hatte sein Handy in der Hand und wählte die Nummer von Ubbo Heide. Während sich der Ruf aufbaute, trat er von einem Fuß auf den anderen und sagte: »Du musst das verstehen, Ann. Ich kann dich dabei nicht mitnehmen. Du bist suspendiert. Du dürftest gar nicht hier sein.«

»Bitte, Weller. Tu mir das nicht an. Diesmal werd ich es nicht verpatzen. Ganz bestimmt nicht.«

»Wenn's nach mir ginge, gerne. Aber …«

»Ich hab einen Zugang zu ihr. Mehr als ihr alle.«

Da musste Weller ihr recht geben.

Der Regen ließ nicht nach. Es war stockdunkel. Pia fiel zum vierten Mal in den Matsch. Sylvia trieb sie weiter.

»Bitte. Ich kann nicht mehr«, flehte Pia. »Es ist kalt und nass.«

»Ich weiß.«

Pia zeigte auf die Lichter in den fernen Häusern. »Können wir nicht irgendwo einen Tee trinken gehen, uns ein bisschen aufwärmen und dann machen wir weiter? Ich lauf dir auch nicht weg. Ganz bestimmt nicht.«

Sylvia lachte und tippte sich gegen die Stirn. »Ich bin nicht blöd, Pia. Ich weiß doch, was du vorhast.

Sobald wir in der Nähe von Menschen sind, wirst du um Hilfe rufen und mich ausliefern.«

»Nein, wirklich nicht! Ich will mich nur ein bisschen aufwärmen. Ich kann nicht mehr. Das musst du doch verstehen. Ich werde Mutter.«

Plötzlich bekam Sylvia schmale Lippen. Sie stieß den Gewehrlauf gegen Pias Bauch. »Wohnen da hinten deine Leute? Ist es das? Willst du mich in die Höhle des Löwen führen? Meinetwegen. Lass uns hingehen. Dann knall ich die auch ab. Je weniger es von euch gibt, umso sicherer ist die Welt!«

Sie waren alle da. Staatsanwalt Scherer, Kriminaloberrat Ubbo Heide, Rupert, Rieke Gersema und ein halbes Dutzend Kollegen aus Emden, die Ann Kathrin nur von Lehrgängen kannte.

»Diese Wahnsinnige kann nur zu Fuß geflohen sein, oder sie hat ein Auto geknackt und zwingt Frau Herrstein, durch die Gegend zu fahren«, stellte Ubbo Heide trocken fest.

»Sie ist nicht wahnsinnig«, sagte Ann Kathrin. »Sie ist geistig behindert. Das ist etwas völlig anderes. Sie ist gutgläubig. Distanzlos. Denkt in Kategorien von Gut und Böse. Sie kennt nur wenig Zwischentöne. Hell oder Dunkel. Schwarz oder Weiß. Aber sie ist nicht wahnsinnig. Man hat sie fürchterlich belogen und ausgenutzt. Sie glaubt, sie sei im Recht.«

Ubbo Heide verzog den Mund: »Glaubt das nicht jeder von sich?«

»Was machen Sie überhaupt noch hier?«, fragte Staatsanwalt Scherer. »Ich denke, Sie sind vom Dienst suspendiert.«

Weller holte zu einer Geste aus, um sich für Ann Kathrin einzusetzen. Aber das war nicht nötig, denn Ubbo Heide zeigte auf Ann Kathrin und bellte: »Betrachte dich im Augenblick als in unser Team aufgenommen. Aber keine Sonderaktionen! Du wirst nichts ohne Absprache machen und uns lediglich dein Wissen zur Verfügung stellen. Ist das klar?«

Ann Kathrin nickte dankbar.

Gleich kam die Anschlussfrage von Heide, die jeder erwartet hatte: »Hast du eine Ahnung, wo die beiden sind?«

»Ich habe eine Idee.« Ann Kathrin sah in die entschlossenen Gesichter ihrer Kollegen, und plötzlich hatte sie ein komisches Gefühl im Magen. So als würde Sylvia die nächsten Stunden nicht überleben. Ann Kathrin fühlte sich auf eine merkwürdige Art verantwortlich für Sylvia. Sie sah nicht so sehr die Mörderin in ihr, sondern einen Menschen, dem selbst sehr viel Leid widerfahren war.

»Was ist, Frau Kollegin?«, scherzte der Staatsanwalt. »Wir sind hier nicht bei Günter Jauch in der Millionärsshow. Ihre Bedenkzeit ist um. Geben Sie uns Ihre Informationen, und zwar augenblicklich!«

Ann Kathrin fand diesen Menschen unangenehm. Aber sie konnte es sich jetzt nicht aussuchen. »Sie hat mir von ihren Pferden erzählt. Fabella, Udessa und Kadir. Und dass sie manchmal dorthin geht, wenn sie einsam ist, weil die ihr so schön zuhören, wenn sie Probleme hat.«

Rupert grinste. »Na, wie rührend. Dürften wir auch noch erfahren, wo sich die Pferde befinden?«

Ann Kathrin zuckte mit den Schultern. »Ich habe keine Ahnung. Aber ihre Freundin Tamara Pawlow oder Rainer Kohlhammer wissen es bestimmt.«

Zusammengekauert saß Pia im Stroh. Ihre schwarze Jeans glänzte zwischen den Beinen. Sie hatte sich aus Angst in die Hose gemacht. Sie raffte Stroh zusammen und drückte es sich vor den Bauch, als könne sie sich und ihr Kind damit schützen.

Sylvia stand zwischen Fabella und Kadir und kuschelte ihren Kopf an den Hals von Fabella. Dabei ließ sie das Gewehr nicht los. Sie bewegte sich so natürlich damit, als sei es ein Teil ihrer selbst. Wie angewachsen.

»Fabella war Papas Lieblingsstute. Wir waren beide dabei, als sie geboren wurde. Ein ganz kleines Fohlen. Mein Papa war auch bei meiner Geburt dabei.«

Pia schluchzte.

»Mein Papa hat mich rausgezogen«, sagte Sylvia,

»genauso, wie er damals Fabella rausgezogen hat. Mein Papa konnte so was. Mein Papa war ein guter Mann.«

Pia versuchte wieder, eine Brücke zu Sylvia zu bauen. Mit zitternder Stimme sagt sie: »Mein Vater ist auch ein lieber Mann. Mein Vater lebt noch. Er findet es gut, dass ich ein Kind kriege. Obwohl ich noch so jung bin. Andere Väter hätten bestimmt Theater gemacht. Meine Ausbildung ist ja noch nicht abgeschlossen. Aber er unterstützt mich.«

Der Stall war nach vorne offen. Die Pferde blickten auf die Weide und den Deich.

Sylvia sah in die gleiche Richtung. Sie wusste nicht genau, warum sie Pia hierher gebracht hatte. Vielleicht würde sie gleich auf Fabella davonreiten, nachdem sie ihre Arbeit erledigt hatte. Cowboys ritten in Filmen manchmal der untergehenden Sonne entgegen, nachdem sie die Stadt von den Bösewichtern befreit hatten. Sie mochte diese Momente, wo der Held abzog. Sie heulte dann jedes Mal im Kino.

Aber die Sonne war schon untergegangen. Und der anhaltende Regen machte einen langen Ausritt ungemütlich. Sie wollte weg von hier. Aber wohin?

Sie setzte sich die alte Jockeykappe auf, die an einem rostigen Nagel an der Wand hing. Es war die Kappe ihres Vaters.

»Wenn man immer am Deich entlangreitet, was meinst du, wo man dann landet?«

In Holland, wollte Pia sagen, doch dann überlegte sie es sich und schlug vor: »Ich weiß auch nicht. Aber wir können es ja gemeinsam herausfinden.«

Pia hatte als Kind Reitstunden gehabt. Bis zum Alter von 13 Jahren hatte es für sie nichts Wichtigeres gegeben als Pferde, Sättel und Ausritte. Wenn sie nicht im Stall war, um zu helfen, dann lag sie zu Hause auf ihrem Bett und las Pferdebücher. Ihr Vater hatte sie oft als Pferdenärrin bezeichnet oder als pferdeverrückt. Für sie war das kein Schimpfwort, sondern eine Auszeichnung.

Drüben beim alten Friesenhaus bekamen sie scheinbar Besuch. Ein Pkw hielt an, aber so dicht beim Haus, dass Sylvia nicht erkennen konnte, wie viele Personen ausstiegen.

Die Pferde wurden unruhig. Sie witterten etwas. Sylvia wollte die schummrige Stallbeleuchtung ausmachen, doch Pia bettelte: »Nicht. Bitte nicht. Ich hab solche Angst im Dunkeln.«

Zwei Scharfschützen gingen auf dem Dach des Friesenhauses in Stellung. Im Fadenkreuz der Zielfernrohre erschien eine schwangere junge Frau, die von einem Gewehrlauf bedroht wurde. Der Schütze war halb vom Pferd verdeckt.

Unten standen Scherer, Ubbo Heide, Weller und Ann Kathrin Klaasen. Über sein Headset meldete sich der erste Scharfschütze: »Ich hab sie. Gutes

405

Sichtfeld. Eine schwangere Frau und ein Bewaffneter, der sie bedroht.«

»Geben Sie den Befehl zu schießen!«, forderte Scherer Ubbo Heide auf.

Heide nickte.

»Halt! Bitte nicht. Lass mich reingehen. Ich kann es versuchen. Ich habe wirklich guten Kontakt mit ihr«, sagte Ann Kathrin.

Heide wirkte unentschlossen. Jetzt legte Ann Kathrin los. Sie gab alles, und wie so oft sah Weller, noch bevor sie die Sätze aussprach, dass sie sich wieder mal vergaloppierte.

»Ich habe Einfluss auf sie. Wirklich. Ich habe mit ihr schon zusammen in einem Bett geschlafen.«

Ubbo Heide stöhnte: »Das ist nicht dein Ernst.«

Staatsanwalt Scherer wurde gegen die Absprachen laut: »Sie hat kaltblütig vier Menschen umgebracht und einen schwer verletzt. Sie ist da drin mit einer Schwangeren. Wir haben jetzt die Möglichkeit, den Tanz zu beenden. Es ist unverantwortlich, wenn wir nicht handeln!«

»Bitte. Geben Sie mir eine Chance. Ich …«

»Diese Frau ist offiziell gar nicht im Dienst, Herr Heide«, zischte Staatsanwalt Scherer. »Glauben Sie ja nicht, dass ich Sie decke. Wenn Sie das auf Ihre Kappe nehmen wollen, dann …«

Der Scharfschütze Nummer Eins meldete sich noch einmal: »Ich habe freies Schussfeld. Ich könnte ihn jetzt gefahrlos erwischen. Ich habe ihn voll im Fadenkreuz. Ich erwarte Ihren Befehl. Wenn er in die andere Hälfte vom Stall geht, ist er für mich nicht mehr erreichbar. Wir können von hier aus nur einen Bruchteil des Raumes einsehen …«

Heide sah zu Scherer, dann zu Ann Kathrin Klaasen, dann zu Weller. Er war in einer Zwickmühle. Er wusste genau, dass das, was er jetzt in Bruchteilen von Sekunden entschied, später unter Umständen in langen Gerichtsprozessen mit vielen Gutachtern analysiert werden würde. Dabei würde alles berücksichtigt werden. Auch die abwegigsten Dinge, an die sie jetzt gar nicht dachten. Nur eins konnte sicherlich niemand nachempfinden: den Druck dieser Situation. Das Alles oder Nichts.

»Herr Heide, ich fordere Sie hiermit in aller Form auf, jetzt Ihre Pflicht zu tun«, erklärte der Staatsanwalt. »Wir können das hinterher vor niemandem rechtfertigen. Wenn die schwangere Frau erschossen wird, dann …«

In diesem Moment rannte Ann Kathrin einfach los.

»Geben Sie Feuerbefehl, Mensch!«, schrie der Staatsanwalt.

Weller versuchte erst gar nicht, Ann Kathrin zu halten. Ubbo Heide rannte ein paar Meter hinterher, aber er war zu alt und zu untrainiert, um sie noch einzuholen, das wusste er genau.

»Ann!«, rief er, »Ann, mach keinen Mist!« Dann, leise, wie nur zu sich selbst: »Pass auf dich auf. Die bringt dich sonst auch noch um.«

»Was ist jetzt?«, wollte der Scharfschütze von oben wissen. Er hatte Sylvia Kleine immer noch voll im Fadenkreuz. Sylvia hob die Kappe hoch und wischte sich die Feuchtigkeit aus dem Gesicht. Erst jetzt sah der Scharfschütze ihr Gesicht. Eine schöne junge Frau. Er hatte einen Mörder erwartet. Ein Killergesicht. Einen Mann. Warum hatte ihn niemand informiert?

Er senkte die Waffe. O ja. Er hatte ein Präzisionsgewehr. Und er war bereit, um ein Menschenleben zu retten, einen Killer auszuschalten. Aber dort, das war ja eine Frau. Etwa so alt wie seine jüngere Schwester. Das musste ein Missverständnis sein.

Er gab nach unten durch: »Das ist ja … eine junge Frau.«

»Herrgott, hat Ihnen das denn niemand gesagt?«, fragte Heide entsetzt.

Sylvia sah, dass jemand quer übers Feld auf den Stall zugerannt kam. Sie legte das Gewehr auf die Person an.

»Sylvie! Sylvie! Nicht schießen! Ich bin's, Ann Kathrin!«

»Was willst du hier? Hau ab! Lass mich das zu Ende bringen. Damit hast du nichts zu tun!«

Ann Kathrin rannte jetzt nicht mehr. Sie bewegte

sich langsam, Meter für Meter auf den offenen Pferdestall zu.

»Ich muss dir etwas Wichtiges sagen, Sylvia.«

»Bitte helfen Sie mir!«, schrie Pia hysterisch. »Sie hat ein Gewehr! Sie will mich umbringen!«

Sylvia wollte nicht auf Ann Kathrin schießen. Sie machte einen Schritt auf Pia zu, schlug mit dem Gewehrlauf nach ihr und drückte ihn dann an Pias Kopf. »Komm nicht näher, Ann. Ich knall sie sonst ab!«

Dann schob Sylvia Pia in die geschlossene Hälfte des Stalles.

Der zweite Scharfschütze meldete vom Dach: »Weg. Sie ist weg. Raus aus dem Schussfeld. Wir haben unsere Chance verpasst.«

Der erste Scharfschütze stieg vom Dach herunter. »Ich hätte das nicht gekonnt. Dieses Mädchen … Sie hat so ein Kindergesicht. Sie erinnert mich an meine kleine Schwester. Ich bin doch kein …«

»Quittieren Sie Ihren Dienst, Sie Weichei!«, brüllte Staatsanwalt Scherer. »Scharfschützen, die nicht schießen können, brauchen wir nicht! Sie sind da, um Menschenleben zu retten! Jetzt haben Sie wahrscheinlich eins auf dem Gewissen. Ich habe damit jedenfalls nichts zu tun.«

Weller räusperte sich: »Ich bin froh, dass Sie nicht geschossen haben. Wenn einer eine Chance hat, Pia

Herrstein da lebend rauszuholen, dann Ann Kathrin.«

»Ihr Wort in Gottes Ohr«, sagte Ubbo Heide. »Wenn das schiefgeht, sind wir alle im Arsch.«

»Sylvia? Ich komme jetzt rein«, sagte Ann Kathrin. »Ich bin alleine. Du musst keine Angst haben. Die anderen sind unten am Haus. Ich bin unbewaffnet. Ich habe die Arme erhoben.«

»Wer sagt mir, dass du nicht lügst?«, rief Sylvia von innen. »Der Erste, der hier im Licht erscheint, den knall ich ab!«

»Du würdest wirklich auf mich schießen, Sylvia? Das glaub ich nicht. Bitte lass mich hereinkommen. Ich will nur mit dir reden.«

Sylvia kaute sich die Unterlippe blutig. Wenn sie zu lange in Stresssituationen war, bekam sie Kopfschmerzen und konnte nicht mehr klar denken. Das konnte bis zu Brechanfällen führen.

Sie spürte, dass sich ihr Magen zusammenkrampfte, und es war, als würde sich ein Stahlband um ihr Gehirn legen, das sich immer enger zog. Sie brauchte jetzt eine Betreuerin. Eine Beraterin. Jemand, dem sie vertrauen konnte. Vielleicht war es gut, Ann Kathrin hereinzulassen. Aber sie war sich nicht mehr sicher, ob sie ihr wirklich trauen konnte.

»Gut«, rief sie, »komm rein. Aber nackt.«

»Warum verlangst du das von mir? Traust du mir nicht? Glaubst du, dass ich eine Waffe trage?«

»Du hast immer eine Waffe getragen, wenn du bei mir warst. Du hast sogar darauf geschlafen.«

Mist, dachte Ann Kathrin. Sie muss es gemerkt haben.

Als Ann Kathrin sich nicht rührte, fragte Sylvia: »Schämst du dich, dich auszuziehen?«

»Natürlich schäme ich mich. Ich stehe hier im Regen vor dem Pferdestall.«

»Ich hab dich schon mal nackt gesehen«, konterte Sylvia.

Pia suchte einen Ausweg. Während die beiden Frauen miteinander redeten, konnte sich für sie eine Möglichkeit ergeben. Vorsichtig schob sie sich an der Bretterwand entlang zu Fabella, die nah am Ausgang stand.

Diese verrückte Kuh würde ohne Probleme auf mich schießen, dachte Pia. Aber garantiert nicht auf das Pferd. Wenn ich im Schutz des Pferdes rauskomme, bin ich gerettet. Ich könnte dabei das Licht ausknipsen, dann stehen sie im Dunkeln da.

Pia fasste wieder Mut. Endlich hatte sie einen Plan.

»Ich weiß«, sagte Ann Kathrin. »Als ich im Garten stand. Mein Mann hatte mich gerade verlassen. Mir war hundeelend. Da hast du mich beobachtet. Warum hast du mich damals nicht umgebracht?«

Die Frage machte Sylvia nervös und erhöhte den Druck in ihrem Kopf immens. »Aber warum hätte ich dich umbringen sollen«, keifte sie, »warum das denn? Ich denk, du bist meine Freundin?!«

»Warum zielst du dann nachts mit einem Bogen auf mich?«

»Das hab ich überhaupt nicht. Ich hatte Paul, das Schwein, erledigt. Und ich wollte nicht allein sein. Auf dem Rückweg bin ich bei dir vorbeigefahren. Ich wollte dir einfach nur nah sein. Ich hab nie auf dich gezielt. Wie kommst du denn darauf?«

Völlig durchnässt stand Ann Kathrin mit erhobenen Armen vor dem Pferdestall und holte sich die Szene ins Gedächtnis zurück.

Natürlich, warum bin ich nicht selbst darauf gekommen, dachte sie. Nur, weil ich die Feder gefunden habe, muss der Schütze ja nicht auf mich gezielt haben. Sie war in Not. Sie wusste nicht wohin mit sich selbst. Und gleichzeitig hat sie sich nicht getraut, mich in der Situation zu stören. Sie hat mich beobachtet, und der Wind hat ihr eine Feder aus dem Köcher gerissen.

»Du musst mich doch verstehen«, rief Sylvia. »Deinen Papa haben sie doch auch umgebracht!«

Ann Kathrin zögerte nicht länger. Sie zog sich bis auf die Unterwäsche aus, wickelte ihre Sachen zu einem Bündel zusammen und rief: »Ich werfe jetzt meine Sachen in den Schuppen!«

Auf dem Dach des Bauernhauses lag nur noch der Scharfschütze Nummer Zwei. Der erste haderte

412

unten mit der Situation, mit seinem Beruf, ja, mit seinem Leben. Er war stolz auf sich, und er hasste sich gleichzeitig für das, was er nicht getan hatte. Er fürchtete die Konsequenzen und freute sich darauf, es zu erzählen. Er wusste noch nicht, ob er in dieser Nacht zu einem Helden geworden war oder zu einem Versager.

Der zweite Scharfschütze meldete von oben: »Eure Kommissarin hat sich gerade ausgezogen und geht jetzt in den Stall.«

Ubbo Heide hielt sich die Hände vors Gesicht. Der Staatsanwalt nahm das Nachtsichtgerät. Als er aber endlich in der richtigen Position war, konnte er Ann Kathrin Klaasen schon nicht mehr sehen.

»Wenn du sie erschießt, bist du auch nicht besser als die Terroristen, Sylvia.«

Sylvia schüttelte den Kopf und protestierte. »Nein, das stimmt nicht. Das ist nicht wahr. Was erzählst du da? Und du willst meine Freundin sein? Ich mach das nur, um Menschen zu retten.«

»Mir ist ein bisschen kalt«, sagte Ann Kathrin. »Kann ich eine Decke haben?«

Zunächst wollte Sylvia sofort eine Pferdedecke aus dem Regal an der Wand nehmen, aber dann fürchtete sie, dass das Ganze eine Falle war.

»Hol sie dir selbst«, sagte sie und zeigte mit dem Gewehrlauf zum Regal.

413

Ann Kathrin ging langsam. Sie machte nur vorsichtige Bewegungen, die nicht missdeutet werden konnten. Sie legte sich die raue Decke über die Schultern. Sie roch stark nach Pferd. Ein Schauer lief über Ann Kathrins Rücken. Dann sprach sie so langsam und deutlich wie möglich: »Die Terroristen haben auch Gründe für das, was sie tun. Sie glauben, sie seien im Recht, genauso wie du. Manche tun es aus Liebe. Andere aus Hass. Für ihre Religion. Aber man darf keine Menschen töten, schuldig oder unschuldig. Das dürfen wir uns nicht anmaßen zu entscheiden. So einfach ist das. Wer Menschen tötet, ist auf der falschen Seite, Sylvia.«

Sylvia riss die Waffe hoch. Sie zielte schon lange nicht mehr auf Pia, sie schien Pia ganz vergessen zu haben. Sylvia fuchtelte so wild mit der Waffe herum, dass Ann Kathrin Klaasen fürchtete, eine Kugel könnte sich aus Versehen lösen.

»Die ist nicht unschuldig! Die ist eine Terroristin! Das hat sie selber zugegeben! Sie ist eine Al-Qaida-Schlampe!«

Ann Kathrin nickte. »Mag sein. Vielleicht stimmt das alles. Aber ihr Kind ist es nicht. Das Kind ist unschuldig. Garantiert. Wenn du Pia erschießt, bist du wie die Mörder deiner Eltern.«

Sylvia schüttelte den Kopf. »Nein. Nein, das stimmt nicht. Ich will genau das Gegenteil sein. Ich …«

Sylvia kaute ihre Unterlippe blutig.

Tickt sie jetzt aus?, fragte sich Ann Kathrin. *Bin ich zu weit gegangen, oder habe ich wieder einen Zugang zu ihr gefunden?*

»Wieso ist hier eigentlich kein Krankenwagen?«, fragte Weller. »Wir brauchen auf alle Fälle einen Krankenwagen. Wollen wir erst einen anfordern, wenn da oben Schüsse fallen, oder was?«

Ubbo Heide kämpfte mit der Ohnmacht. »Wir wissen doch genau, warum wir nur mit einem Wagen gekommen sind. Es sollte unauffällig sein. Wir konnten doch hier nicht mit einer Hundertschaft und ein paar Krankenwagen …«

»Aber jetzt weiß jeder, dass wir hier sind. Bitte, Chef.«

Heide nickte Weller dankbar zu. Er hatte ja recht. Vielleicht war es Zeit, langsam aufs Altenteil zu gehen. Leute wie Weller behielten doch eher die Nerven, dachte er.

Er brauchte Urlaub. Ein paar Bierchen wären auch nicht schlecht.

Der Scharfschütze Nummer Zwei meldete von oben: »Da kommen Leute aus dem Haus.«

Heide nahm dem Staatsanwalt das Fernglas ab.

»Nicht schießen! Nicht schießen! Es ist vorbei! Wir ergeben uns!«, rief Ann Kathrin und winkte mit dem linken Arm. Wenn Heide sich nicht irrte, kam da gerade seine Hauptkommissarin, in eine Pferdedecke eingewickelt, aus dem Schuppen. Rechts im Arm hielt sie die erschöpfte Mörderin. Und zwei, drei Meter hinter ihr kam die Geisel aus dem Stall. Dann ein Pferd.

»Licht! Licht!«, rief Staatsanwalt Scherer. Der Scharfschütze schaltete die auf dem Dach installierten Scheinwerfer ein. Im gleißenden Licht wollte Sylvia nicht weitergehen. Es war alles zu viel für sie. Sie sackte zusammen.

Ann Kathrin hob sie hoch und trug sie ein paar Schritte. Sylvia drückte sich an sie, wie sie sich vorher an den Hals von Fabella gekuschelt hatte.

»Werden sie mich jetzt mitnehmen, Ann? Komme ich jetzt ins Gefängnis?«

»Ich glaube«, sagte Ann Kathrin, »du wirst eine gute Therapie bekommen.«

Sylvia lächelte und schüttelte den Kopf. »Nein. Sie werden mich einsperren. Aber es ist mir egal, was aus mir wird. Kümmerst du dich um meinen Kater Willi? Und um meine Pferde?«

»Natürlich«, versprach Ann Kathrin.

»Wirklich?«

»Du kannst dich auf mich verlassen.«

»Ja«, nickte Sylvia. »Du bist meine Freundin. Ich weiß.«

ENDE